Laura Gambrinus

Eine
Liebe
an der
Adria

© 2019/2022 Laura Gambrinus

ISBN: 9781693608384
Imprint: Independently published

Laura Gambrinus
c/o Die Bücherfee Karina Reiß
Heiligenhöfe 15c
37345 Am Ohmberg
Autorin(et)laura-gambrinus.de

Lektorat:
Christiane Geldmacher

Originalausgabe
Copyright © 2019 by MIRA Taschenbuch in der HarperCollins Germany GmbH, Hamburg

Umschlaggestaltung:
Buchvorderseite Birgit Tonn
Buchrückseite Laura Gambrinus mit Elementen von Canva

Verwendete Bildlizenzen:
© Sven Hansche / Shutterstock.com
© momnoi / GettyImages
© tommasolizzul / GettyImages
© designer_an / Depostiphotos

Alle Rechte vorbehalten. Nachdruck, auch auszugsweise, nur mit schriftlicher Genehmigung der Autorin. Alle in diesem Roman vorkommenden Personen, Ereignisse und die Handlung sind frei erfunden. Etwaige Ähnlichkeiten mit real existierenden Menschen wären rein zufällig und nicht beabsichtigt.

Laura Gambrinus

Eine Liebe an der Adria

An der idyllischen Adriaküste will Lara über ihre zerbrochene Ehe hinwegkommen. Aber obwohl die Einheimischen sie mit der typisch italienischen Herzlichkeit empfangen, fällt es ihr schwer, Vertrauen zu ihnen zu fassen. Selbst der charismatische Muschelfischer Alessandro beißt bei ihr zunächst auf Granit.
Als Lara sich dennoch auf eine Affäre mit ihm einlässt, scheint diese zum Scheitern verurteilt. Denn sie verschweigt Alessandro ein wichtiges Detail - und auch ihr charmanter Verehrer scheint ein Geheimnis zu haben.
Hat ihre junge Liebe trotzdem eine Chance?

In Bayern geboren und aufgewachsen, hat es Laura Gambrinus vor einigen Jahren ins Land ihrer Sehnsucht verschlagen: Sie lebt und schreibt im (auch nicht immer) sonnigen Italien. Hier findet sie die wunderbaren Locations, die sie zu ihren Liebesromanen inspirieren. Besonderes Augenmerk legt die Autorin gerne auf Irrungen, Wirrungen und dramatische Wendungen, die aus der fehlenden Kommunikation der Protagonisten entstehen – eben wie im richtigen Leben auch. Denn wie viele Bücher, Dramen und Märchen wären wohl nicht geschrieben worden, würden alle Agierenden immer vorbildlich miteinander über alles Bedeutsame sprechen?

1

Ein strahlend blauer Herbsthimmel begrüßte Lara, als sie die Jalousien öffnete. Die Luft dieses Morgens war erstaunlich klar im Gegensatz zu den letzten Tagen, an denen stets ein leichter Morgendunst die Sonne mit einem zarten, milchigen Schleier verhüllt hatte. In der Nacht jedoch war Wind aufgekommen, und nun schien alles auf subtile Weise verändert. Zu Hause waren ihr diese kleinen atmosphärischen Unterschiede nie so deutlich aufgefallen, und auch hier konnte sie nicht wirklich den Finger darauflegen. Es war mehr ein Gefühl als eine messbare Tatsache. Das Licht, das so anders war als daheim in Regensburg, bescherte ihr unversehens eine Art Urlaubsfeeling, und sie konnte mit einem Mal nachvollziehen, was berühmte Künstler wie William Turner und Goethe so unaufhaltsam in den Süden gezogen hatte.

Sie lächelte. Ihr fiel kein Grund für ihre unvermittelt gute Laune ein, außer vielleicht der Tatsache, dass sie langsam anfing, sich hier im Haus ihrer Freunde zurechtzufinden. Der Ankunftsschock, den sie immer bekam, wenn sie irgendwo das erste Mal nächtigte, hatte sich verflüchtigt und war einer angenehmen Routine gewichen. Einen Gutteil hatte sicher auch das gemütliche Ferienhäuschen dazu beigetragen. Allein der große offene Kamin mit der Umrahmung aus rustikalen Ziegeln sorgte allabendlich für heimeliges Ambiente. Dieses Wohnzimmer, das so anders war als ihr eigenes, kühl durchgestyltes Zuhause, war ihr anfangs sehr fremd erschienen. Dass ihr der Kontrast so gut gefiel, war ihr beinahe unheimlich gewesen.

Der Gedanke an daheim ließ Laras gute Stimmung für einen Moment verpuffen, doch als sie sich nach dem Zähneputzen dazu zwang, ihr Spiegelbild anzulächeln, kehrte sie wieder zurück.

Na also. Ging doch.

Sie warf sich einen kritischen zweiten Blick zu. Große graugrüne Augen wurden von dunklen Wimpern betont, eine nicht zu lange, fein geschnittene Nase und einigermaßen volle Lippen. Das schmale Gesicht umrahmt von glattem, mahagonifarbenem Haar, das sie zu einem fast streng wirkenden Pagenkopf geschnitten trug.

Die Frage drängte sich ihr auf, was daran nicht genügt haben mochte ... doch dann erinnerte sie sich stirnrunzelnd daran, was sie sich vorgenommen hatte: *Denk nicht mehr dran. Vergiss, was passiert ist. Du bist jetzt hier, und hier geht es dir gut. Punktum.*

Draußen wehte ihr der kalte Wind scharf entgegen, der den Himmel über Nacht so blank geputzt hatte. Also ließ sie das Fahrrad stehen und fuhr mit dem Auto. Um die veränderte Stimmung auf sich wirken zu lassen, nahm sie nicht den direkten Weg, sondern fuhr am Flussufer entlang. Zwar waren hier eigentlich nur Fahrräder erlaubt, doch Lara gab der spontanen Lust nach, mal nicht die vorschriftentreue Deutsche zu sein, sondern es den lebenslustigen Italienern nachzumachen, die Straßenschilder für optional hielten und sich regelmäßig mit selbstverständlicher Nonchalance über sie hinwegsetzten.

Die Strecke in das kleine Hafendorf Goro führte sie um das Kastell von Mesola herum. Von der erhöhten Dammstraße aus hatte sie einen schönen Blick auf das Bauwerk, das einige Jahrhunderte auf dem Buckel hatte und von Alfonso II., dem Herzog von Este, angeblich für seine Gattin Lucrezia Borgia als Jagdschloss erbaut worden war. Den Reiseführern nach, die sie im Buchregal gefunden hatte, war es ein Ableger des großen Renaissanceschlosses von Ferrara und so wie dieses aus rotem Ziegelstein erbaut. Die vier Türme an den Ecken gaben dem quadratischen Bau ein trutziges Aussehen, und der große, mit Flusskieseln gepflasterte Innenhof hatte früher sicher viele Pferde und vornehme Jagdgesellschaften kommen und gehen sehen – Raum für Fantasie war hier genug.

Lara blieb auf der Uferstraße und fuhr langsam und gemächlich. Hin und wieder musste sie Schlaglöchern ausweichen, ansonsten konnte sie sich ganz auf ihre Umgebung konzentrieren. Die Flussauen standen voller exakt in Reih und Glied gepflanzter Pappelhaine, die Ufer waren mit mannshohem Gebüsch überwuchert und von Silberweiden durchzogen. Rechts säumten Felder ihren Weg, jedes schön schnurgerade wie mit dem Lineal gezeichnet. Ein Gewirr an Kanälen durchzog die Landschaft. Wenn die Sonne im richtigen Winkel stand, blitzte das Wasser darin für einen kurzen Augenblick auf, als hätte jemand Diamanten über die Ebene verstreut. Einzelne Gehöfte lagen über die Felder verteilt wie Rosinen auf einem Blechkuchen. Überhaupt ... dieses flache Land ... der hohe Himmel ließ sowohl dem Auge als auch der Seele viel Freiraum, sich darin zu verlieren.

»Das Podelta ist der Beweis dafür, dass die Erde eben doch eine Scheibe ist«, hatte Bert, der Mann ihrer Freundin Valerie, einmal gesagt.

Dieser Satz drängte sich ihr immer wieder auf, und jedes Mal spürte sie, dass sich ihre Mundwinkel unwillkürlich nach oben stehlen wollten bei dem Gedanken.

Vor Loris' Hafenbar parkte sie ihren Wagen und freute sich über die vielen freien Parkplätze auch heute wie am ersten Tag. Zu Hause war es in der engen, verwinkelten Innenstadt ein ewiger Kampf um Parkplätze, und die öffentlichen Parkhäuser wurden immer teurer. Neun Euro für zwei Stunden! Daher war sie mit großer Erleichterung vor ein paar Jahren an den Stadtrand gezogen, aber auch dort war es nicht immer einfach, das Auto unterzubringen.

Zumindest nicht solche, wie sie nach Roberts Willen hätte fahren sollen. Am liebsten hätte er ihr einen VW Touareg oder einen Jaguar F Pace verpasst. Als Statussymbol natürlich. Ob sie damit im Stadtverkehr Probleme bekam, war ihm egal gewesen. Erst nach langem, zähem Ringen war es ihr gelungen, ihn auf einen Audi A4 Kombi herunterzuhandeln. Allerdings hatte er sich beim Allradantrieb durchgesetzt, doch damit konnte sie leben.

Lara schüttelte sich. Weniger wegen der Kälte. Gegen die wickelte sie die Jacke fest um sich, schlang den Schal einmal mehr um ihren Hals und genoss so noch einen Moment lang die Aussicht auf den kleinen Fischerhafen, in dem die Schiffe und Boote auf der bewegten Wasseroberfläche auf und ab tanzten. Die Böen waren hier heftig und pfiffen teilweise hörbar um die Führerkabinen und die metallenen Aufbauten der Muschelkutter.

Sie ging hinein, statt sich wie in den Tagen zuvor auf die Terrasse zu setzen.

»Ciao, Lara«, begrüßte Loris sie kameradschaftlich. Sie hatten sich während der letzten Zeit häufiger gesehen, als Lara regelmäßig mit dem Fahrrad hergekommen war. »Was darf's denn sein?«

»Ciao, Loris. Ich nehme einen Orangensaft und ein Tramezzini.«

»Wenn du nur eines willst, heißt es Tramezzino«, erklärte er ihr. »Welches möchtest du? Schinken und Artischocken oder Thunfisch mit Ei?«

Sie entschied sich für Schinken und setzte sich an einen der freien Tische am Fenster. Die schlichte Einrichtung mit den einfachen Tischen und Stühlen aus Kunststoff wirkte angenehm entspannt auf sie, auch wenn sie sich bei ihrem ersten Besuch hier ein wenig fehl am Platz gefühlt hatte. Es war ein bisschen wie mit Valeries Ferienhaus und ihrem eigenen Zuhause: Ein permanenter Kontrast zwischen gestylt und gemütlich, und immer drängender wurde in ihr der Verdacht, dass das ganze Designerzeugs, das sie sonst immer umgab, nicht wirklich ihre Welt war.

Offensichtlich war heute kein Tag zum Fischen, denn ein paar lärmende junge Männer traten ein, die allesamt den regionalen Dialekt sprachen, von dem Lara noch immer kein Wort verstand.

»Warum ist heute so viel los bei dir?«, fragte sie, als Loris ihr den Saft und das Sandwich brachte.

»Heute ist zu viel Wind, da fahren die meisten Fischer nicht raus aufs Meer«, bestätigte er ihre Vermutung. »Morgen vielleicht wieder. Zum Glück kommt später Sania zur Verstärkung.«

Sania, erinnerte sich Lara, war das junge Mädchen, das bedient hatte, als sie vor etwa drei Wochen das erste Mal hier gewesen war. Tatsächlich traf sie kurze Zeit später ein und lächelte Lara zur Begrüßung zu. Dann band sie sich ihre Schürze um und gesellte sich zu Loris hinter die Theke. Als Lara aufgegessen hatte und Loris den leeren Teller abräumte, hatte er offensichtlich Lust, ein wenig zu plaudern.

»Hast du eigentlich schon unsere neuen Billardtische gesehen?«, fragte er sie.

»Nein, wo denn?«

»Komm, ich zeig sie dir.«

Sie folgte ihm ins Nebenzimmer, das sich als fast doppelt so groß wie das eigentliche Café erwies. Es hatte eine riesige Bar aus dunklem Holz, war mit ebensolchen Tischen und Stühlen eingerichtet und wirkte sehr gemütlich.

Der Knüller allerdings waren drei große Billardtische, die richtig professionell aussahen.

»Ganz neu«, erklärte der Wirt stolz. »Wir haben letzten Freitag die Umbauarbeiten abgeschlossen und abends die Bar hier eröffnet. Da war mächtig was los. Schade, dass du nicht hier warst.«

Lara nickte anerkennend. »An der Uni habe ich gern Billard gespielt. Aber das ist auch schon wieder acht Jahre her. Meistens habe ich nur versucht, die weiße Kugel zu treffen, und dann zugeschaut, was passiert.«

»Komm mal abends hierher, dann kannst du üben«, bot ihr Loris an.

Sie zögerte. »Ach weißt du, ich kenne doch hier niemanden. Allein macht das auch keinen so großen Spaß.«

»Eben deshalb. Beim Billard wurden schon unzählige Freundschaften geschmiedet.«

»Na ja, das klingt schon sehr verlockend. Ich hoffe nur, die sprechen nicht alle bloß euren Dialekt, sonst weiß ich nachher gar nichts über meine neuen Freunde.«

Loris lachte. »Das kommt mit der Zeit, wart's nur ab. Und ein paar von ihnen können tatsächlich auch richtiges Italienisch.«

»Vielleicht komme ich wirklich mal vorbei.«

Während sie sich noch unterhielten, war von vorn ein lautes Klirren zu hören, zugleich ein kurzer, aber spitzer Schrei und danach Stille. Sie eilten zurück ins Café, das sich in der Zwischenzeit geleert hatte.

Sania stand hinter der Theke, ein zerbrochenes Glas in der Hand, von der hellrotes Blut tropfte, und sah sie beide ratlos an.

»Ich habe mich geschnitten«, sagte sie tonlos, ehe sie sich langsam auf den Boden setzte.

Lara bemerkte, wie das Mädchen immer bleicher wurde, während Loris vorsichtig die Wunde inspizierte.

»Ich glaube, sie muss zum Arzt. Der Schnitt scheint ziemlich tief zu sein.« Ratlos wandte er sich an Lara. »Kannst du sie hinfahren?«

»Ich habe keine Ahnung, wo hier der Arzt ist. Wenn du es mir genau erklärst ...«

»Nein«, unterbrach er sie, »das ist zu kompliziert, es ist besser, wenn ich sie selbst hinbringe. Aber dann ist niemand im Lokal!« Er verzog das Gesicht und sah sie fragend an.

»Ich kann inzwischen hierbleiben und auf dich warten. Ich werde das schon irgendwie schaffen, bis du wieder da bist.«

»Das wäre super, danke.«

Loris umwickelte Sanias Hand provisorisch mit einer Küchenserviette und erklärte Lara nebenbei, wie Kasse und Kaffeemaschine funktionierten. Dann half er dem immer noch kreidebleichen Mädchen auf die Beine und führte sie nach draußen.

Lara holte tief Luft.

Was hatte sie da nur geritten? Es stimmt schon, sie hatte während ihres Betriebswirtschaftsstudiums in Regensburg in einem Restaurant gejobbt, weil ihr Vater der Meinung gewesen war, dass es nicht schaden konnte, wenn seine verwöhnte Tochter lernte, selbst ein wenig Geld zu verdienen. Aber hier? Wollte sie sich nicht eigentlich entspannen? Anders als im Büro einfach mal keine Verantwortung haben?

Sie hoffte inständig, dass Loris bald wieder zurückkäme und bis dahin niemand etwas von ihr wollte.

Keiner ihrer beiden Wünsche sollte in Erfüllung gehen.

Es waren höchstens fünf Minuten vergangen, seit Loris die Bar verlassen hatte, als ein Schwung junger Leute hereinkam, von denen Lara einige schon einmal gesehen hatte. Alle bestellten durcheinander, und schnell kannte sie sich vorn und hinten nicht mehr aus.

So ging das auf keinen Fall!

Mit erhobenen Händen bat sie verzweifelt um Ruhe und spürte, wie ihr die Röte ins Gesicht schoss, als alle Augen auf sie gerichtet waren.

»Hört mal, Sania hat sich die Hand aufgeschnitten, und Loris bringt sie gerade zum Arzt«, erklärte sie, so ruhig sie nur konnte. »Ich war zufällig hier und helfe ihm, aber ich kenne mich überhaupt nicht aus. Bitte seid so nett und redet langsam mit mir, weil ich euren Dialekt sonst nicht verstehe.«

Leises Lachen und ein Raunen waren die Antwort. Während ihrer letzten Worte hatte eine weitere kleine Gruppe das Lokal betreten, und ehe sich Lara versah, löste sich einer der jungen Männer von den anderen und trat neben sie hinter die Bar.

»Ich helfe dir«, erbot er sich. Überrascht und dankbar zugleich machte sie Platz. »Jetzt seid doch endlich mal leise, zum Donnerwetter!«

Stille breitete sich aus.

»Also, was wollt ihr?«

Einer nach dem anderen gab seine Bestellung auf, und der Fremde dirigierte Lara von rechts hinten nach links vorn und wieder zurück, um die Bestellungen der Gäste abzuarbeiten, während er selbst Cola, Bier und Wein ausschenkte. Nebenbei machte er die Kaffees und kassierte ab. Nach etwa einer halben Stunde war der Andrang schließlich vorbei, und sie nutzte die Gelegenheit, um einmal tief Luft zu holen.

»Danke für deine Hilfe! Ich bin Lara.« Sie reichte ihm die Hand.

Der Kerl, dem sie da gegenüberstand, war schon auf den ersten Blick ein völlig anderes Kaliber als alle, die sie bisher in Goro kennengelernt hatte: dunkle geschwungene Brauen über Augen, die so blau waren, wie sie noch nie welche gesehen hatte, gerahmt von langen schwarzen Wimpern; ein scharf geschnittenes, leicht gebräuntes Gesicht mit hoher Stirn und akzentuierten Wangenknochen. Von der kühnen, geraden Nase führten zwei tief eingegrabene Lachfältchen zu den Mundwinkeln, die Lippen waren geschwungen und so voll, wie man es einem Mann gerade noch durchgehen lassen konnte, und das energische, markante Kinn zierte ein kleines Grübchen in der Mitte.

Seine Erscheinung strahlte eine deutliche physische Präsenz aus.

»Freut mich, Lara. Ich bin Alessandro.«

Sein Händedruck war fest und angenehm. Entweder täuschte sie sich, oder er schüttelte ihre Hand einen Augenblick länger als nötig, ehe er sich abwandte und ein Bier kassierte. Während er den Kopf zur Seite geneigt hielt, bemerkte sie in seinem kurz geschnittenen, dunklen Haar ein paar silberne Fäden an den Schläfen. Ihre Inspektion wurde abrupt unterbrochen, als er ihr wieder seine Aufmerksamkeit schenkte.

»Du bist also keine Kellnerin, aber einer dahergelaufenen Touristin hätte Loris seine Bar auch nicht überlassen. Was tust du in der Gegend? Warte mal …« Er trat einen Schritt zurück und musterte sie. »Dich habe ich doch irgendwo schon mal gesehen!«

Verwundert schaute sie ihn an, gab aber keine Antwort. Sie erinnerte sich nicht, ihm bereits begegnet zu sein, und das würde sie, das war sicher.

Er schnippte zufrieden mit dem Finger, als es ihm einfiel.

»Na klar, das war vorn am Hafen, ist schon eine Weile her. Da hast du aber nicht den Eindruck gemacht, als wärst du auf so viel Gesellschaft versessen, wie du sie heute hast.«

Sie zuckte mit den Schultern. »Ich bin keine Touristin, aber ich mache hier Ferien. Wenn nicht gerade medizinische Notfälle eintreten, habe ich meine Ruhe.«

»Ungewöhnliche Jahreszeit für Ferien«, meinte er.

Seine direkte Art befremdete sie. »Von gewöhnlich hatte ich genug«, erwiderte sie kurz angebunden.

Fiel ihm der verschlossene Zug auf, der über ihr Gesicht huschte? Jedenfalls wechselte er das Thema.

»Lass mich dir ein paar von meinen Freunden vorstellen.« Während er ihr der Reihe nach die Namen der Anwesenden aufzählte, musterte sie ihn verstohlen von der Seite. Er war mit Sicherheit einer der größten Italiener, denen sie bisher begegnet war. Unter seinem dunkelblauen Hemd, dessen Ärmel er bis zu den Ellbogen hochgekrempelt hatte, erkannte sie breite Schultern und muskulöse Oberarme. Er hatte eine schmale Taille, und unter dem Stoff seiner Jeans spannten sich unübersehbar kräftige Oberschenkel.

Ihr wurde bewusst, dass sie ihn anstarrte, und sie wandte abrupt den Blick ab.

Falls es jemandem außer ihr aufgefallen war, ließ es sich zumindest keiner anmerken. Sie wurde freundlich und mit einem Kopfnicken von den Francos, Paolos, Dinos, Ginos und wie sie alle hießen, begrüßt.

»Freut mich sehr«, meinte sie mit einem unsicheren Lächeln, »aber bitte entschuldigt, wenn ich mir bei so vielen Namen nicht alle auf einmal merken kann.«

»Ah, das macht nichts«, rief einer von ihnen vorlaut und grinste sie über den Tresen hinweg an. »Hauptsache, du vergisst nicht, dass ich Maurizio bin!«

»Nein, Maurizio, bestimmt nicht.« Sie schüttelte ihm die Hand. »Piacere.«

»Wenn du gerade mal nicht arbeitest, sollten wir eine Partie Billard spielen«, versuchte Maurizio, seine Annäherungsversuche fortzusetzen. »Auch wenn du eigentlich gar nicht in Loris' Fischerbude passt.«

»Wie … meinst du das?« Lara starrte ihn befremdet an.

»Du bist viel zu …« Maurizio wedelte mit der Hand unbestimmt in ihre Richtung. »… schick angezogen, finde ich.«

»Äh ...« Sie schaute unwillkürlich an sich hinunter. Natürlich hatte sie bereits bemerkt, dass das bevorzugte Outfit des Großraums Mesola-Goro aus Trainingsanzügen bestand, aber diese »Mode« musste sie ja nicht unbedingt mitmachen.

Oder doch? War sie wirklich so auffallend overdressed in Stoffhose und Desigual-Longshirt? Immerhin war das für sie schon bequem und eine willkommene Abwechslung zu ihren sonstigen Businesskostümen.

Alessandro rettete sie aus der Verlegenheit. »Du bist unhöflich, Maurizio«, tadelte er ihn, klopfte ihm über den Tresen hinweg aber gutmütig auf die Schulter. »Und eins ist klar: Die Signorina ist nicht deine Kragenweite, das hast du eben selbst bestätigt!«

»Deine wohl schon eher«, gab der Gefoppte keck zurück. Die anderen feixten, und Alessandro ließ ein tiefes, leicht raues Lachen hören, da ging die Tür auf, und Loris kam herein. Er wirkte müde und schien sehr überrascht zu sein, Alessandro hinter der Theke zu sehen.

»Ciao, Alessandro. Was machst du denn hier?«, fragte er, bevor die beiden Männer sich mit lässigem Handschlag begrüßten.

»Ich war gerade mit ein paar Jungs unterwegs und habe den Trubel mitbekommen. Da bin ich Lara etwas zur Hand gegangen, sie machte einen ziemlich ratlosen Eindruck.«

Besorgt wandte Loris sich an Lara. »Wie geht's denn an der Front?«

»So lala. Ich bin froh, dass du wieder da bist! Ohne Alessandro hätte ich ganz schön dumm und deine Bar bestimmt schlimm ausgesehen.«

»Ach was, sie hat Talent, Loris«, warf Alessandro lässig ein, während er seine Hände abtrocknete und sich dann auf die andere Seite der Theke stellte. »Du solltest sie behalten, eine schöne Deutsche ist hier garantiert der Renner.«

Lara wusste nicht, ob sie pikiert oder geschmeichelt sein sollte, und funkelte ihn wortlos an. Er quittierte ihren Blick mit einem breiten Grinsen, bei dem seine wirklich unverschämt blauen Augen aufleuchteten.

Loris lachte mit ihm. »Da könntest du recht haben.«

»Ich muss jetzt gehen. Aber vorher, mysteriöse Fremde, mach mir doch bitte noch einen schönen caffè ristretto, sì?«

Wortlos drehte sie sich um, schraubte das Sieb aus der Halterung der Kaffeemaschine, klopfte es schwungvoll aus, füllte es mit frischem Pulver, positionierte es wieder unter dem Wasserventil und drückte auf den Knopf.

»Siehst du, Loris, ich habe dir ja gesagt, sie hat echt Talent. So schöne Crema bringst nicht mal du zustande.«

Alessandro kippte den Inhalt seiner kleinen Tasse mit einem Schluck hinunter, und Lara fragte sich, wie er es nur schaffte, ihn schwarz und ohne Zucker zu trinken. Als er zahlen wollte, wehrte Loris heftig ab.

»Geht aufs Haus, für deine Hilfe.«

»Danke. Schönen Nachmittag noch und viel Erfolg, Lara. Ciao!«

Als er verschwunden war, sah Lara Loris fragend an.

»Wie geht's Sania?«

»Ganz gut soweit. Aber sie wird ein paar Tage nicht arbeiten können.« Ratlos sah er sie an. »Ich möchte nicht unhöflich sein, und du hast bestimmt was Besseres zu tun in deinen Ferien ... aber würde es dir was ausmachen, mir ein paar Tage zu helfen? Nicht lange«, beeilte er sich zu versichern, als er ihr Zögern bemerkte, »und nur ein paar Stunden. Vielleicht am Abend?«

Lara überlegte.

Was hinderte sie eigentlich daran? Abends saß sie sowieso meistens nur auf der Couch, sah sich Filme im Fernsehen an, die sie schon kannte, oder las, bis sie müde wurde. Alles nur

Beschallung, um nicht an zu Hause denken zu müssen. Das hier würde als Ablenkung genauso gut dienen, und es war entschieden mal was anderes. Und wenn sie schon mal jemandem aus der Patsche helfen konnte …

»Also gut. Ich mach's, Loris«, antwortete sie. »Wann soll ich morgen antreten?«

Sein erleichtertes Lächeln bestärkte sie in ihrer Entscheidung.

»Sagen wir, um acht?«

»Wunderbar, ich werde pünktlich sein.«

Lara fühlte sich merkwürdig beschwingt, als sie das Lokal verließ, um zurückzufahren. Als hätte sie bereits etwas Gutes getan, das ihr ein Gefühl moralischer Befriedigung gäbe, indem sie ihm ihre Hilfe zugesagt hatte.

Der Wind hatte sich noch immer nicht gelegt, also vergrub sie die Nase in ihrem Schal und steuerte mit schnellen Schritten ihr Auto an.

Eine Bewegung aus dem Augenwinkel ließ sie hochschauen. Unter zwei Pinien, welche die Einfahrt zum Parkplatz flankierten, stand ein Mann und telefonierte. Er gestikulierte heftig nach typisch italienischer Art, sodass sie fast das Gefühl hatte, zu verstehen, was er sagte.

Schmunzelnd ging sie weiter zum Auto. Der Mann beendete das Gespräch und winkte ihr zu. Als er auf sie zukam, erkannte sie ihn – es war Alessandro.

Obwohl sie am liebsten einfach weitergegangen wäre, hielt sie an und wartete auf ihn. Es gab keinen Grund, offen unhöflich zu ihm zu sein, und nicht nur, weil er ihr vorhin den Hintern gerettet hatte. Das gehörte sich einfach nicht.

»Du bist ja noch da«, formulierte sie das Offensichtliche und schenkte ihm ein knappes Lächeln.

»Ich wurde aufgehalten.« Er lächelte zurück und schwenkte sein Handy, als sei das Erklärung genug.

»Aha. Ja, dann ...«

»Ganz schön windig heute, was?«

Ein Gespräch übers Wetter? Wirklich? Beinahe hätte sie gelacht. So souverän, wie er hinter dem Tresen gewirkt hatte, kam er ihr plötzlich nicht mehr vor.

»Allerdings«, stimmte sie seiner scharfsinnigen Beobachtung zu.

»Du solltest dich nicht erkälten.«

Nun lachte sie tatsächlich. »Sagt der, der mich auf dem Weg zum warmen Auto aufgehalten hat.«

Alessandro lachte mit. »Tut mir leid. Sehr intelligent von mir, was?«

»Irgendwie ... schon, ja. Und ausgerechnet mit diesem Thema ...«

»Du willst doch nicht etwa über Fußball oder Formel 1 plaudern?« Er sah sie gespielt schockiert an.

Lara konnte ein Kichern nicht unterdrücken, obwohl sie langsam kalte Finger bekam. »Nein, Gott bewahre. Auf keinen Fall.«

»Gut. Das interessiert mich nämlich auch kein bisschen.«

»Ein Italiener, der nicht fußballverrückt ist? Nicht zu fassen.«

Er zuckte mit den Schultern. »Ausnahmen bestätigen die Regel. Ich war noch nie in meinem Leben in einem Fußballstadion.«

»Da haben wir tatsächlich was gemeinsam. Ich nämlich auch nicht.«

Zwei Atemzüge lang herrschte Schweigen. Lara zog die Jacke enger um sich und starrte auf ihre Schuhspitzen. Wie sollte sie sich jetzt nur aus der Affäre ziehen, ohne unhöflich zu wirken?

»Also dann ...«, fing sie unbeholfen an.

»Du frierst ...«, sagte er im selben Moment und sah sich um. »Wo steht dein Auto?«

Sie nickte mit dem Kopf ein paar Meter weiter.»Da vorn.«
»Dann mal los. Sonst wird aus Spaß tatsächlich Ernst, und ich bin schuld.«
»Und ich würde meinen ersten Arbeitstag morgen gleich mit einer Krankmeldung beginnen«, bemerkte Lara mehr zu sich selbst als zu ihm und kramte in der Handtasche nach ihrem Schlüssel, während sie nebeneinander in Richtung ihres Wagens gingen.
»Was?«
Sie sah auf.»Na ja ... ich vertrete Sania ab morgen, bis ihr Finger verheilt ist«, erklärte sie und betätigte die Fernbedienung.
»Wie hat Loris, dieser Fuchs, das nur angestellt?«
»Er hat einfach gefragt«, antwortete sie trocken und erntete ein schiefes Grinsen, das seine blauen Augen zum Leuchten brachte.
»Soso. Dann bist du jetzt also Teilzeiturlauberin mit Job.«
»Sieht so aus.«
Kopfschüttelnd sah er sie an.»Normalerweise sucht man im Urlaub nach einer Pause vom Alltag.«
Seine Worte berührten sie unangenehm.»Vielleicht suche ich einen neuen Alltag«, sagte sie kurz angebunden.»Und jetzt muss ich los. Hat mich gefreut.«
»Ciao, Lara. Man sieht sich!«
Jetzt aber nichts wie weg.

Nach wenigen Tagen bereits kannte Lara die üblichen Verdächtigen beim Namen. Sie ließ sich auf Smalltalk ein, bediente die Kasse und fand beinahe alle gewünschten Getränke auf Anhieb. Wenn sie gelegentlich doch auffallend lang die Regale absuchte, erntete sie nie Spott, sondern nur geduldige Ermutigung. Und den Spitznamen *Lumachina* – Schneckchen. Natürlich kam der Einfall von Maurizio, doch er begleitete ihn mit einem so spitzbübischen Lachen, dass Lara ihm deshalb einfach nicht beleidigt sein konnte.

Als Maurizio am folgenden Freitag zu seinem Kaffee Sambuca bestellte, entdeckte sie die Flasche nicht gleich, und noch während sie die Regale absuchte, hatte sie plötzlich das unbestimmte Gefühl, beobachtet zu werden.

»Geh nach links und jetzt streck den Arm aus. Da steht sie, direkt vor deiner Nase!«

Die tiefe samtige Stimme gehörte eindeutig nicht zu Maurizio! Lara schnellte herum: Vor ihr stand Alessandro.

»Oh, ciao! Wie geht es dir?«

Sie begrüßten sich formell, und wieder schien es Lara, als ob er ihre Hand einen Augenblick zu lange festhielte.

»Wie lange musst du heute noch bleiben?

Die Frage befremdete sie. »Meistens höre ich um zwölf auf«, antwortete sie trotzdem wahrheitsgemäß.

Er sah auf seine schlichte goldene Armbanduhr. Lara stellte irritiert fest, dass er sie, so wie sie auch, auf der falschen Seite trug, also am rechten Handgelenk.

»Das ist nur noch eine Viertelstunde«, bemerkte er zufrieden.

»Ich werde Loris fragen, ob er dir für heute schon freigibt.«

Noch ehe sie den Mund aufmachen konnte, hatte er sich umgedreht und steuerte auf Loris zu, der sich in einer Ecke mit einem Gast unterhielt. Wenig später kam er wieder und winkte ihr zu.

»Komm, nimm deine Sachen, wir können gehen.«

Lara war überrumpelt, irgendwie ging ihr das zu schnell, doch da ihr in der Eile nicht die rechten Worte einfielen, verabschiedete sie sich mit einem kurzen Gruß von Loris und folgte Alessandro nach draußen.

»Du könntest mich wenigstens fragen, ob ich mitkommen will«, meinte sie schließlich, als sie zu seinem Auto gingen.

»Willst du denn nicht?«

»Ich weiß nicht mal, was du vorhast!«

»Wir gehen bei einem Freund was trinken. Oder hast du keine Lust? Bin ich vielleicht der böse italienische Wolf, der deutsche Mädchen frisst?«

»Unsinn«, entgegnete sie ärgerlich. *Und außerdem bin ich kein Mädchen mehr*, ergänzte sie im Stillen.

»Also dann, steig ein.«

Er öffnete ihr galant die Tür eines kleinen silbernen Alfas.

»Wohin fahren wir?«

Er nahm hinter dem Steuer Platz. »Es ist nicht weit, wir sind gleich da«, war die unbestimmte Antwort.

Sie betrachtete ihn im Halbdunkel des Wageninneren. Alessandros Gesicht wurde nur vom Schein des Armaturenbretts beleuchtet, was seine markanten Züge noch stärker hervortreten ließ. Er war wohl Mitte dreißig, vielleicht auch älter, und sah verdammt gut aus. Es störte sie ein wenig, wie selbstverständlich er sie in sein Auto gepackt hatte, um mit ihr wer weiß wohin zu fahren, doch das war Teil seines lässigen, selbstsicheren Auftretens, das sie vom ersten Moment an fasziniert hatte.

Lara versuchte, sich in der Dunkelheit zu orientieren, so gut es ging, doch als Alessandro von der Hauptstraße abbog und einem Schotterweg folgte, der sich durch die Landschaft schlängelte, verlor sie völlig die Orientierung.

Unbehagen stieg in ihr auf. Wie hatte sie nur so unbedacht sein können, einfach zu einem wildfremden Mann ins Auto zu steigen? Als vor ihnen der nahe Wald als dunkler Schatten gegen den Nachthimmel auftauchte, stöhnte sie innerlich auf und tastete nach dem Türöffner. Das durfte doch nicht wahr sein! Sie saß im Auto neben einem arroganten Fremden, der mitten in der Nacht mit ihr davonfuhr, ihr nicht sagen wollte, wohin, und sie landete tatsächlich auf einem einsamen Waldweg!

Als Kies unter den Reifen knirschte, verlangsamte Alessandro das Tempo und bog scharf nach links ab. Lara traute ihren Augen kaum, als die Scheinwerfer ein Gartentor streiften und wie aus dem Nichts ein kleines Haus auftauchte, dessen Eingangstür von einem schwachen, gelblichen Licht erhellt wurde.

»So, da sind wir«, kommentierte er das Ende ihrer Fahrt gut gelaunt.

Sie seufzte so laut auf vor Erleichterung, dass er erstaunt zu ihr herübersah.

»Was ist los? Bin ich zu schnell gefahren?«

»Mm«, war die einzige Antwort, die sie zwischen zusammengebissenen Zähnen herausbrachte. Als sie zur Haustür nebeneinander herliefen, wurde ihr bewusst, wie sehr sie sich vor Anspannung und Nervosität verkrampft hatte.

»Du zitterst ja! Ist dir kalt?«, fragte Alessandro, doch sie weigerte sich zu antworten. Er machte Halt und starrte sie forschend an. »Moment mal! Nein ... das ist nicht wahr, oder?«

»Was?«

Nun begann sie tatsächlich vor Kälte zu zittern, so eisig klang seine Stimme. »Du hattest tatsächlich Angst, aber nicht vor der Geschwindigkeit. Hör mal«, er nahm ihr Kinn fest in seine Hand und zwang sie, ihn anzusehen. »Für wen hältst du mich eigentlich? Italienischer Kidnapper verschleppt deutsche Touristin? Ich lade dich zu meinen Freunden ein, und du traust mir so etwas zu?«

Lara war ärgerlich und zugleich verunsichert, weil das Licht der Lampe sie blendete, und sie das Funkeln in seinen Augen mehr ahnte als sah. Er ließ ihr Gesicht los, und die Wärme seiner Hand breitete sich als Schamesröte über ihre Wangen aus. Sie kam sich dumm vor und wusste nicht, was sie erwidern sollte, um seine Aussage zu entkräften, denn schließlich hatte er den Nagel auf den Kopf getroffen.

»Tut mir leid, ich ... es war so dunkel, und ich wusste doch nicht, wohin du fährst.« Obwohl sie nach wie vor fand, dass ihre Bedenken berechtigt waren, schämte sie sich.

Er gab ihr keine Antwort, sondern wandte sich kopfschüttelnd ab und klingelte.

Die Tür schwang auf, sie traten ein und wurden lautstark begrüßt.

»Da seid ihr ja! Warum hat das denn so lange gedauert?« Lara folgte Alessandro und der fremden Stimme und fand sich in einem kleinen Wohnzimmer wieder, das nur spärlich eingerichtet war. Ein Sofa, ein paar Stühle und Hocker, dazu kleine Tischchen, die voller Flaschen und Gläser standen. Linker Hand erkannte sie den Zugang zu einer winzigen Küche, die diesen Namen eigentlich gar nicht verdiente. Um den riesigen Kamin, in dem ein Feuer behaglich vor sich hin loderte, war eine gemischte Gruppe von Leuten in Laras Alter versammelt.

Zwanglos begrüßten sie die Neuankömmlinge.

Der Mann, der ihnen die Tür geöffnet hatte, stellte sich als Rossano vor. Er war kleiner und schmächtiger als Alessandro, hatte nur millimeterkurze dunkle Haarstifte, dafür einen beeindruckenden Vollbart, und drückte ihr ohne Umschweife ein Glas Wein in die Hand.

»Lara kommt aus Deutschland und macht gerade Ferien hier«, erklärte Alessandro und setzte sich zwischen zwei junge Frauen auf die Couch.

»Hier bei uns? In dieser gottverlassenen Gegend? Wo übernachtest du?«, fragte Rossano überrascht.

»Bei Freunden.«

Gnädigerweise schob ihr jemand einen Stuhl hin, sodass sie nicht mehr so ungelenk mitten im Raum stehen musste. Sie hörte dem melodischen Stimmengewirr zu, das wie das Summen eines riesigen Bienenschwarmes klang und manchmal von lautem Lachen übertönt wurde. Nun holte Rossano hinter der Couch eine Gitarre hervor, griff in die Saiten und begann zu singen. Die anderen sangen mit, jeder kannte den Text.

Lara hatte das Lied noch nie gehört, aber es gefiel ihr. Als sie zu Alessandro hinübersah, fing sie einen unergründlichen Blick auf, den sie nicht deuten konnte. Trotzig versuchte sie, ihm standzuhalten, und gewann die Partie, weil der blonde, schlaksige Junge, der neben Rossano auf einem Stuhl saß, Alessandro plötzlich eine Frage stellte.

Langsam und unmerklich rückte Lara ihren Stuhl etwas nach hinten aus seinem Blickfeld und versuchte, sich zu entspannen, während die fröhlichen Stimmen um sie herum gute Laune verbreiteten. Sie sah sich um. Ein paar der jungen Männer und Frauen, es waren acht oder neun, waren einfach, aber ordentlich in die unvermeidlichen Trainingsanzüge gekleidet. Die Männer hatten saubere, kurze Haarschnitte und die Frauen waren sehr gepflegt und dezent geschminkt.

Laras Anspannung wich allmählich. Sie war froh, dass niemand sie besonders beachtete. Keiner beäugte sie abschätzend, so wie sie es von vielen Partys und Abendessen zu Hause gewohnt war: Hatte sie die richtigen Schuhe zur Designerhose? Trug ihre Handtasche das richtige Label? War der Blazer etwa aus der Vorjahreskollektion? Jetzt, da sie keine wertenden Blicke auf sich spürte, wurde ihr erst richtig bewusst, wie anstrengend das für sie immer gewesen war.

Eine helle Frauenstimme riss sie aus ihren Gedanken. »Spaghetti sind fertig!«

Verstohlen sah sie auf ihre Uhr: halb zwei! Spaghetti um diese Zeit? Alle anderen schienen es völlig normal zu finden, denn nacheinander belud sich jeder einen Teller in der kleinen Küche.

Alessandro hielt ihr ebenfalls einen hin. Dem verlockenden Duft, der ihm entströmte, konnte sie nicht widerstehen.

»Danke!«

Sie stellte den Teller auf ihre Knie und er setzte sich auf den freigewordenen Stuhl neben ihr.

»Schmeckt es dir?«

Sie probierte und konnte mit vollem Mund nur zustimmend nicken. Es war köstlich, die Soße bestand aus Tomatenpüree, kleinen Muscheln, Garnelen, Petersilie und Knoblauch. Den merkte sie allerdings erst, als sie darauf biss. Sie hatte in ihrer Küche Knoblauch stets vermieden, weil Robert ihn nicht mochte. Genüsslich schmeckte sie dem Aroma nach.

»Wirklich fabelhaft«, sagte sie, als sie wieder sprechen konnte.

»Das freut mich. Ich wusste nicht, ob du Meeresfrüchte magst.«

»Doch, wahnsinnig gern. Und das hier ist das Beste, was ich in dieser Art je gegessen habe. Ehrlich!«

»Schön, ich werde es Silvia sagen. Sie war heute Abend die Köchin.« Er stellte seinen Teller beiseite. »Das freut sie sicher. Möchtest du einen Schluck Wein, um deine traurige Miene damit hinunterzuspülen? Und lächle noch mal, deine Augen funkeln dann so schön.«

Wäre Lara nicht schon mit dem Essen fertig gewesen, dann wäre ihr sicher der Bissen im Hals stecken geblieben. Hatte sie richtig gehört?

Zum Glück schien er nicht zu bemerken, wie verdutzt sie war, sondern stand auf und trug ihre beiden Teller in die Küche, wo er sich kurz mit Silvia, der Köchin, unterhielt. Dann kam er wieder und schenkte Lara Wein nach.

»Los, Rossano, spiel weiter«, ermunterte er seinen Freund. Der grinste und stimmte ein neues Lied an.

Die Songs, die er jetzt spielte, kannte Lara zum Teil, und sie klatschte begeistert in die Hände. Rossano deutete eine Verbeugung in ihre Richtung an und gab sich danach besondere Mühe, das Original nachzuahmen.

»Du kennst das Lied?«, fragte Alessandro ungläubig, nahe an ihrem rechten Ohr.

»Oh ja, und ich liebe es«, flüsterte sie zurück und erhaschte einen Hauch seines Aftershaves.

Mit einem Schlag wurde ihr seine physische Präsenz bewusst. Verwirrt zog sie sich zurück.

Was war nur in sie gefahren? Vor zwei Stunden noch hatte sie gedacht, er sei ein – ja, was eigentlich? Und nun? Klarer Fall. Sie hatte zu viel getrunken, und diese Stimmung hier benebelte sie. Ein einziges Kompliment zu ihren Augen warf sie sonst nicht so leicht aus der Bahn.

Sie nahm sich vor, ab jetzt nur noch Wasser zu trinken, um bei Sinnen zu bleiben. Nebenbei beobachtete sie Alessandro aus dem Augenwinkel, doch er konzentrierte sich nur auf die Musik und warf ab und zu ein scherzhaftes Wort in die Runde.

Schließlich machte sich Müdigkeit in der Runde breit, aus einem versteckten Gähnen wurde ein herzhaftes, und als die ersten aufbrachen, sah Alessandro Lara fragend an.

»Wollen wir?«

»Einverstanden.«

Sie sah auf die Uhr. Es war schon nach vier, und sie hatte gar nicht gemerkt, wie die Zeit verflogen war. Sie verabschiedeten sich, und Lara bedankte sich bei Rossano und Silvia für die Gastfreundschaft.

»Es hat uns gefreut, dich kennenzulernen. Hoffentlich bringt Alessandro dich bald mal wieder mit.« Silvia schüttelte ihr herzhaft die Hand.

»Wenn Lara möchte, warum nicht?«, war Alessandros diplomatische Antwort.

»Na dann – ciao und kommt gut nach Hause, ihr beiden!«, mischte sich Rossano ein.

Lara schwieg peinlich berührt. Offensichtlich glaubten alle, sie hätten noch ein gemeinsames Ziel vor sich.

Draußen war in der Zwischenzeit dichter Nebel aufgestiegen.

»Wohin möchtest du?«, fragte Alessandro, als er losfuhr. Dabei haftete sein Blick an ihr. Lara wünschte, er würde sich lieber auf die schmale Straße konzentrieren, und war heilfroh, dass es dunkel war. Wenigstens sah er nicht, wie sie rot wurde.

»Was steht denn zur Auswahl?«, wich sie aus.

»Entweder dein Auto, wenn du noch selbst fahren kannst, oder nach Hause, wenn du es lieber stehen lassen möchtest.«

Wieder hatte sie sich getäuscht. Benahm er sich eigentlich absichtlich so zweideutig, oder bildete sie sich das nur ein? Bevor sie zu einem Ergebnis kam, hielt er das Auto an.

»Hier musst du dich entscheiden, rechts oder links? Und keine Sorge, ich habe nichts getrunken heute Abend.«

Als er das sagte, wurde ihr bewusst, dass sie während der ganzen Zeit kein Weinglas in seiner Hand gesehen hatte – und wie müde sie war.

»Aber ich muss morgen wieder zur Arbeit«, machte sie einen schwachen Versuch, sich gegen ihre eigene Bequemlichkeit zu wehren. Der Gedanke, nach Hause chauffiert zu werden, war zu verlockend, besonders bei diesem Nebel!

»Sag mir, wann ich dich holen soll, und ich bin da.«

»Ich will dir aber keine Umstände machen.«

»Dann fang auch jetzt nicht damit an, okay?«

»Also bitte einmal Taxi nach Hause«, entschied sie und unterdrückte ein Gähnen, was er mit einem leisen Lachen quittierte.

Schweigend fuhren sie durch die Nacht.

Alessandro war ein sicherer, konzentrierter Fahrer, und nun, da sie sich wohler fühlte, registrierte sie auch, wie angenehm sein Fahrstil war. Dabei trat sie sonst als Beifahrerin schon mal die Bremse, weil sie es nicht gewohnt war, daneben zu sitzen.

»Wir sind da, sag mir, wohin«, unterbrach er ihre schläfrigen Gedanken.

»Lass mich an der nächsten Ecke aussteigen, ich möchte gern noch ein paar Schritte laufen, ja?«

Er bremste, und Lara hielt unwillkürlich den Atem an. Stellte er nun den Motor ab? Wenn er das täte, würde er wohl einen längeren Abschied erwarten, sozusagen als Taxientgelt.

Doch wieder überraschte er sie, indem er den Motor laufen ließ, sich zu ihr wandte und ihr die Hand hinstreckte.

»Komm gut heim, und schlaf gut. Wann soll ich dich morgen abholen?«

»Ist halb acht für dich in Ordnung?«

»Selbstverständlich. An dieser Ecke?«

Sie lächelte und schüttelte seine Hand. »Danke für den schönen Abend. Und danke fürs Fahren«

»Habe ich gern gemacht. Ciao.«

Sie stieg aus und sah ihm nach, bis die Nacht und der Nebel ihn verschluckt hatten, dann wandte sie sich um.

Lara nahm nicht den direkten Weg, sondern ging einmal um das Geviert herum. Obwohl sie schon lange nicht mehr so spät von irgendwo nach Hause gekommen und in Alessandros Auto entsprechend müde gewesen war, wollte sie den Abend noch ein wenig Revue passieren lassen.

Es war ... entspannt gewesen. Frei von Druck. Sie hatte sich mehr als sie selbst gefühlt als seit sehr langer Zeit. Mit Robert war es immer anstrengend gewesen. Stets hatte sie versucht, ihm zu gefallen. Hatte seine Stimmungen analysiert und sich ihnen angepasst. Oder es zumindest versucht. Dabei hatte er sie in Gesellschaft selten mit besonderer Aufmerksamkeit bedacht. Ihm war der Eindruck, den sie als Paar machten, stets wichtiger gewesen. So viel Interesse an ihrer Person wie an diesem Abend war ihr fremd, noch dazu eine Art von Interesse, die keine Gegenleistung von ihr zu erwarten schien.

Sie hatte sich kritiklos akzeptiert gefühlt. Wunderbar!

So wunderbar, dass sie sich daran gewöhnen könnte ...

Als Lara am nächsten Abend pünktlich um halb acht um die Ecke bog, wartete Alessandros silberner Alfa schon am Straßenrand. Als sie einstieg, stutzte sie einen Moment. Hinterm Steuer saß nicht er, sondern Rossano.

»Alessandro lässt sich entschuldigen, er musste überraschend weg. Deshalb hat er mich gebeten, dich abzuholen«, erklärte er ihr mit einem bedauernden Lächeln.

»Das macht doch nichts. Ich freu mich genauso, dich zu sehen, Rossano«, antwortete sie wenig wahrheitsgemäß und wunderte sich über ihre eigene Ernüchterung. Hatte es etwas zu bedeuten, dass er heute einen Stellvertreter schickte?

Sie führten während der Fahrt eine belanglose Unterhaltung miteinander. Lara beteuerte noch einmal, wie gut ihr die Spaghetti geschmeckt hätten und dass sein Auftritt mit der Gitarre sie sehr beeindruckt hätte.

»Du hast wirklich eine gute Stimme. Man merkt auch, dass es dir riesigen Spaß macht.«

»Das ist wahr. Wenn man mich allerdings reden hört, glaubt man kaum, dass ich einen anständigen Ton herausbringe«, witzelte er.

Es stimmte, Rossano hatte eine derart raue Sprechstimme, dass man solche anderen Töne bei ihm gar nicht vermutete. Lara lachte.

»Trefft ihr euch denn oft zu solchen Abenden?«

»Hin und wieder. Manchmal mit Anlass, manchmal auch ohne. Gestern war außerdem Alessandros Geburtstag, da hatten wir schon was zu feiern.«

»Gestern war was?« Sie traute ihren Ohren nicht. Hoffentlich hatte sie sich verhört.

Er sah sie erstaunt an. »Alessandros Geburtstag. Hat er dir das nicht gesagt?«

»Keine Silbe!«

»Aber er hat dich doch extra abgeholt, damit du von seiner Party noch was mitbekommst!«

Ach du Schande, auch das noch! Das wurde ja immer schöner!
»Nein, er hat nichts dergleichen erwähnt. Ich habe ihn gestern überhaupt erst das zweite Mal in meinem Leben gesehen.«
Rossano schüttelte ungläubig den Kopf. Dann fing er an zu grinsen. »Unser Alessandro hat eben seinen eigenen Humor. Soso, dann seid ihr euch also praktisch gerade erst begegnet, was?«
»Könnte man sagen.«
Lara war heilfroh, als sie endlich aussteigen und in Loris' Bar flüchten konnte.
Als sie eintrat, saßen Sania und Loris am Tisch neben der Tür.
»Na, du! Wie geht's dir denn?« Sie legte dem Mädchen freundschaftlich eine Hand auf die Schulter, während Loris aufstand, um für einen anderen Gast einen Kaffee zu machen.
»Wieder ganz gut.« Sania lächelte zu ihr hoch. »Wenn es dir nichts ausmacht, könnte ich ab morgen wieder anfangen zu arbeiten.«
»Klar, freut mich, dass der Schnitt wieder verheilt ist. Das hat am Anfang schön schlimm ausgesehen.«
»Der Arzt hat es sogar genäht, siehst du?« Sania zeigte ihr unter dem Pflaster die rötliche Narbe, an der die Stiche noch deutlich sichtbar waren. »Ich möchte mich noch bei dir bedanken, dass du für mich eingesprungen bist. Das war großartig von dir.«
»Keine Ursache, Sania. Es hat Riesenspaß gemacht, und ich weiß nicht, ob es mir gefällt, jetzt arbeitslos zu sein.« Sie zwinkerte. »Aber gut. Dann werde ich meinen letzten Einsatz heute besonders genießen. Und morgen komme ich dich besuchen, und dann trinken wir ein Glas darauf, dass ich wieder Ferien habe und du okay bist, einverstanden?«
Sanias Freund Fabio hupte draußen, und das Mädchen verschwand mit einem fröhlichen Winken.
Lara trat neben Loris hinter die Bar.

»Weißt du«, meinte er, »ich glaube, du wirst mir fehlen. Ich habe mich schon richtig an dich gewöhnt!«

»Aber Loris, glaubst du denn, ich komme dann nicht mehr? Was wird aus dem Billardspielen? Inzwischen kenne ich so viele von deinen Kumpels, dass ich mir schon zutraue, mit einem von ihnen eine Partie zu spielen.«

»Fein, das wäre nett. Ach übrigens, wie hat dir die Party gestern gefallen?«

»Du weißt aber auch wirklich alles!«

»Klar, Alessandro hat mir ja gesagt, du müsstest unbedingt früher gehen, damit du noch die letzten Minuten von seinem Geburtstag mitkriegst.«

»Na toll! Und weißt du was? Das bleibt aber jetzt wirklich unter uns, versprochen?«

»Versprochen!«

»Er hat mir nicht gesagt, dass er Geburtstag hat. Er hat mir auch nicht gesagt, wohin wir fahren, und ich Dummkopf bin im Auto vor lauter Angst fast gestorben.«

»Das ist nicht wahr, oder?«

»Doch, leider ist das sehr wahr. Ich habe mich blamiert bis auf die Knochen und ihm die Überraschung verdorben.«

Nun konnte Loris sich nicht länger beherrschen, er lachte schallend drauflos. »Das glaube ich nicht. Du hattest Angst?«

»Und wie! Ich schwör's dir, ich hatte bereits den Türöffner in der Hand, aber wir waren einfach zu schnell. Kannst du dir vorstellen, wie ich ausgesehen hätte, wenn ich aus dem fahrenden Auto gesprungen wäre und danach gesagt hätte *Mein Name ist Bond – Lara Bond*!«

Nun konnte Lara sich nicht mehr halten, und sie lachten beide, bis sie außer Atem waren und Lara die Wimperntusche über das Gesicht lief.

»Wisch dir das Gesicht ab«, riet Loris ihr, als er wieder einigermaßen vernünftig sprechen konnte. »Sonst denken die

Leute noch, du weinst Freudentränen, weil du endlich nicht mehr bei mir arbeiten musst.«

Als auch Lara sich wieder beruhigt hatte, versuchte sie, sich auf die Arbeit zu konzentrieren. Sie war froh, dass ziemlich viel los war und sie nicht zum Nachdenken kam. Was sie gehört hatte, verwirrte sie, und sie wusste, wenn sie erst zu Hause in ihrem Bett läge, würde sie bestimmt nicht gleich zum Schlafen kommen. An diesem Abend wurde es später als sonst, und als sie sich dann schließlich von Loris verabschieden wollte, drückte er ihr den restlichen Lohn und eine Flasche Prosecco in die Hand und bestand darauf, dass sie sie annahm.

»Als kleines Dankeschön. War eine Freude, mit dir zu arbeiten! Und versprich mir, dass du wirklich öfter mal vorbeikommst, ja?«

2

Der nächste Morgen wartete mit bedecktem Himmel auf, es war zwar nicht besonders kalt, doch Lara hatte keine Lust, sich von der Stelle zu bewegen. Sie schnappte sich ein Sitzkissen und eine Wolldecke und machte es sich mit einer Tasse Kaffee auf der Bank vor dem Haus bequem.

Diese Phase der Muße nach den bewegten und ereignisreichen vergangenen Tagen schien ihrer Laune allerdings nicht gutzutun. Während sie an ihrem Kaffee nippte und den Olivenbaum betrachtete, der ein paar Meter entfernt im Wind raschelte, drängte sich plötzlich eine vergangene Szene in ihr Bewusstsein. Je stärker Lara versuchte, die Erinnerung zu verscheuchen, desto intensiver wurde sie.

Valerie und Bert hatten ihnen damals eröffnet, dass sie sich in Italien ein Haus gekauft hätten und dieses Jahr Weihnachten und Silvester dort verbringen würden.

»In einem Ferienhaus im Süden? Im Winter?«, hatte Robert verblüfft gefragt. »Habt ihr denn überhaupt Heizung und genug Strom?«

Lara wäre am liebsten im Erdboden versunken, als sie Berts beleidigtes Gesicht gesehen hatte. Wie konnte ihr Mann sich nur so danebenbenehmen?

»Natürlich haben wir Heizung. Das ist ein normales freistehendes Einfamilienhaus in einem Dorf. Voll erschlossen, mit Heizung, Strom, fließend Wasser – warm und kalt – und sogar asphaltierten Straßen vor der Tür«, war Valerie mit ihrer Beschreibung fortgefahren, und hatte sich einen ironischen Nachsatz nicht verkneifen können. »Und denk dir nur, Robert, in Italien sind Messer und Gabel sowie die Geheimnisse des Schreibens und Lesens bereits bekannt.«

Pikiert hatte er sie angesehen, doch angesichts der Tatsache, dass alle anderen sich die Bäuche vor Lachen hielten, hatte er gute Miene zum bösen Spiel gemacht und unlustig mitgelacht.

Allerdings nur so lange, wie sie in Gesellschaft gewesen waren. Zu Hause hatte er drei Tage lang kaum ein Wort mit ihr gesprochen, ihr nur vorgeworfen, sie sei ihm in den Rücken gefallen, indem sie mit den anderen gelacht habe. Statt ihm Paroli zu bieten, hatte sie sich bei ihm entschuldigt und auf Schönwetter gemacht. Wie des Öfteren in solchen Situationen.

Und wozu das alles?

Seufzend tauchte Lara aus ihren trüben Erinnerungen auf und beschloss, sich notfalls mit Gewalt auf andere Gedanken zu bringen. Also raffte sie sich auf und ging ins Haus zurück. Im Wohnzimmer hatte Valerie einen Bücherschrank voll mit Lesestoff jeglichen Genres angelegt. Sie selbst hatte früher so gern gelesen – bevor ihr Robert mit seinem Spott den Spaß an ihren geliebten Krimis und historischen Romanen verdorben hatte. Zu anspruchslos, fand er. Auf seinem Lesetisch fanden sich natürlich nur Pulitzer- und sonstige Preisträger. Manchmal hatte Lara sich gefragt, ob er die Schmöker überhaupt anfasste, doch da er tatsächlich hin und wieder mit einem Zitat aufwarten konnte, hatte er sie offenbar gelesen.

Sie selbst las nicht, um mit ihrer Lektüre anzugeben, sondern um sich zu unterhalten und die Zeit zu vertreiben. Ein spannendes

Buch war für sie wie ein Film – Kopfkino, bei dem sie mitfiebern oder lachen konnte, Herzschmerz inklusive und allem, was sonst noch so dazugehörte. Manchmal sogar mit Popcorn.

Langsam streifte sie an den vollgepackten Regalen entlang. Viele der hier vertretenen Autoren kannte und mochte sie. Andere waren ihr neu. Ein etwas zerlesenes Taschenbuch fiel ihr auf und sie zog es aus dem Regal: *Zeit der Hoffnung* von Nora Roberts. Das würde ihre Lektüre für den Rest des Tages sein. Wenn das kein gutes Omen war …

In den folgenden Tagen ging sie viel spazieren und erkundete das Dorf und die nähere Umgebung. Schon als sie bei Loris in der Bar gearbeitet hatte, war ihr Italienisch flüssiger geworden, als sie selbst es erwartet hätte. Kein Wunder, schließlich hatte sie tagelang kein einziges deutsches Wort gesprochen, und auch mit den Dorfbewohnern kam sie immer enger in Kontakt; ihre verschiedenen Einkäufe und Aufenthalte in den Bars halfen ihr dabei, heimisch zu werden.

Als sie abends kurz vor Sonnenuntergang am Flussufer saß, schaltete sie ihr Handy ein und rief Valerie an.

»Hallo, hier spricht Italien.«

»Ja, hallo! Was ist mit dir los? Ich habe mir schon Sorgen um dich gemacht!«

»Warum? Ich sagte dir doch, ich würde mich melden!«

»Schon, mein Schatz, aber es sind schon wieder ein paar Tage vergangen seit deinem letzten Anruf. Hast du denn schönes Wetter?«

»Meistens schon …«

»Na fein. Und wie geht es dir sonst?«

»Keine Ahnung, wenn ich ehrlich bin. Es ist noch immer ein bisschen komisch, allein zu sein.« Lara fühlte sich außerstande, das besser zu beschreiben.

»Ach, du gewöhnst dich bestimmt bald daran, du bist bloß noch nicht lang genug weg! Nimm dir eine Flasche Prosecco, setz dich in die Sonne und tauch etwas ab. Du langweilst dich doch nicht, so allein?«

»Bis jetzt noch nicht.«

»Weißt du schon, wie lange du noch bleiben willst?«

Lara lachte verlegen. »Gefühlt bin ich gerade erst angekommen.«

»Verstehe …«

»Ist irgendwas passiert?«

»Nein, ich wollte mich nur orientieren. Unseretwegen kannst du bleiben, solange du willst, es sieht nicht so aus, als ob wir dieses Jahr im Winter wegfahren können. Bert hat ein kompliziertes Mandat angenommen und kann sich wahrscheinlich gar nicht freinehmen.«

»Das ist natürlich schade für euch. Aber … nein, ich weiß noch nicht, wann ich wieder zurückkomme.« Und ob überhaupt, ergänzte sie im Stillen. »Wenn es euch nichts ausmacht, bleibe ich etwas länger, einverstanden?«

»Klar. Hast du etwa jemanden kennengelernt?«

»Ich doch nicht. Ich mag momentan einfach nichts anderes hören und sehen. Was tut sich bei euch? Äußert sich Robert eigentlich?«

»Na klar. Du hast seinen männlichen Stolz schließlich gehörig verletzt und damit hält er auch nicht hinterm Berg, selbst nicht vor uns.«

»Was sagt er denn?«

»Ach, weißt du … du solltest dich damit gar nicht belasten. Erhole dich und denk nicht daran.«

»Du machst mir Angst. Ist es so schlimm?«

Valerie schwieg einen Moment, und in Laras Magen ballte sich ein eisiger Klumpen zusammen.

»Nun ja. Er stellt es so dar, als hättest du ihn ohne die leiseste Vorwarnung und vor allen Dingen grundlos eiskalt sitzenlassen.«

Lara wusste nicht, was sie darauf antworten sollte, so tief war ihre Fassungslosigkeit. »Das darf doch nicht wahr sein«, murmelte sie schließlich kraftlos.

»Du weißt, wie das in solchen Situationen ist«, antwortete Valerie voller Unbehagen. »Der andere stellt es so dar, wie es für ihn am besten ist.«

»Ist klar.« Lara atmete tief aus, um ihrer Beklemmung Herr zu werden. Warum interessierte es sie überhaupt? Die Leute, bei denen er sie schlechtmachte, würde sie in Zukunft ohnehin nicht mehr sehen wollen. Trotzdem ... »Er ist einfach ein Mistkerl.«

»Hast du von ihm was anderes erwartet?« Eine ungewohnte Schärfe lag in Valeries Stimme.

»Du hast ihn nie richtig gemocht, oder?«

Einen Moment herrschte Schweigen.

Dann antwortete Valerie zögernd mit einer Gegenfrage. »Mal ehrlich?«

»Ja, mal ehrlich. Von Lügen habe ich nämlich die Nase gestrichen voll!«

»Nein, ich konnte ihn nie so richtig leiden. Aber da du dich nun mal für ihn entschieden hattest, habe ich den Mund gehalten. Man soll sich da als Außenstehender lieber nicht einmischen mit seinen Unkenrufen ...«

»Aber du bist meine beste Freundin! Du hättest es mir sagen müssen.«

»Einen Keil zwischen euch treiben und am Scheitern einer Beziehung schuld sein? Nein, Lara, das wollte ich nicht. Ich habe mich oft mit Bert darüber unterhalten, und wir waren uns einig, dass wir den Mund halten. Wenn es weiter gut gegangen wäre, hätten wir eines Tages als die Bösen dagestanden, und du bist mir als Freundin zu wichtig, als dass ich das zulassen wollte. Du musstest selbst herausfinden, dass er dich nicht verdient hat.«

Lara seufzte.

»Hinterher ist man eben immer schlauer. Was soll's jetzt noch, nicht wahr? Wenigstens habe ich nun endlich rausgefunden, wer er wirklich ist.«

»Genau. Damit hast du dir immerhin die nächsten Jahre deines Lebens mit ihm gespart. Und jetzt wieder Kopf hoch, okay?«

»Okay. Und Valerie ...«

»Was?«

»Wenn Robert nach mir fragen sollte ...«

»Dann weiß ich nicht, wo du bist. Schon klar.«

Allein bei der Erwähnung ihres Mannes zog sich Laras Magen jedes Mal zu einem eiskalten Klumpen zusammen. Daher vermied sie es nach Möglichkeit, über ihn zu reden, nur manchmal musste es eben doch sein. Immerhin hielt er sich getreu an die letzten Worte, die sie ihm entgegengeschleudert hatte. Sie erinnerte sich nur zu gut daran.

»Es ist vorbei, und zwar endgültig. Ich verlasse dich, und du brauchst gar nicht zu versuchen, mich zu finden. Wenn ich so weit bin, melde ich mich bei dir.«

»Bist du sicher, dass du das willst?«, hatte er noch gefragt, seine Stimme betont ruhig, so wie immer, wenn Lara aufgebracht war. Als müsse er ein kreischendes Kind besänftigen.

»Ganz sicher. So sicher, wie schon lange nicht mehr in meinem ganzen beschissenen Leben. Und wenn du möchtest, kannst du ja gern schon mal die Scheidung einreichen«, hatte sie ihm eisig erklärt, bevor sie ihre Sachen ins Auto gepackt hatte und einfach gegangen war.

Zuerst hatte sie eine Weile bei Valerie und Bert gewohnt, aber das war kein Dauerzustand für sie gewesen. Sicher, die beiden mochten sie von Herzen gern, sie kannten sich schon, seit Lara ein Teenager gewesen war. Aber einerseits hatte sie dauernd das Gefühl gehabt, ein geliehenes Leben zu führen, das ihr weder gehörte noch zustand und in dem sie ständig die Intimsphäre zweier Menschen verletzte, und andererseits hatte sie es einfach nicht mehr ertragen, mit ansehen zu müssen, was für eine harmonische Beziehung die beiden miteinander führten. Jeder Moment hatte ihr deutlich gemacht, wie sehr sie und Robert versagt hatten – wahrscheinlich vor allem sie, sonst wäre das alles schließlich nicht passiert.

Es hatte ihr einfach zu wehgetan.

Lara fröstelte und wusste nicht, ob es wegen der heraufziehenden Abendkühle war oder weil sie sich plötzlich zutiefst selbst bedauerte. Sie hatte immer getan, was sich gehörte, und hatte standesgemäß geheiratet. Sie hatte ihr Studium absolviert, nicht weil Betriebswirtschaft zu ihren eigentlichen Talenten gehörte, sondern weil ihr Vater der Meinung war, damit könnte sie überall punkten. Die wenigen Male, die er sich wirklich Zeit für sie genommen hatte, war es um ihre berufliche Laufbahn gegangen, und er hatte sie nicht ein einziges Mal gefragt, was sie selbst gern machen würde. Sie hatte dann auch folgerichtig im Architekturbüro gearbeitet, als Robert es von ihrem Vater übernommen hatte, und hatte sich um die Kontakte zu ihren Kunden gekümmert. Das war ihr einigermaßen leichtgefallen, obwohl auch das nicht wirklich ihren Neigungen entsprach. Neigungen, von denen sie im Grunde bis heute nicht wusste, wo sie eigentlich lagen.

Sie war immer die wohlerzogene Tochter und Ehefrau gewesen, die funktionierte, wenn man sie brauchte. Immer.

Und das hatte sie nun davon!

Scheiß drauf, dachte sie trotzig. Damit war es jetzt vorbei. *Hier kann ich tun und lassen, was ich will.* Und was sie wollte, war ein ruhiger Abend, vorzugsweise mit einer Flasche Rotwein.

Der dörfliche Supermarkt war mit Spirituosen und Wein erstaunlich gut bestückt. Lara nahm sich die Zeit und genoss es, sorgfältig auszuwählen. Für Wein hatte sie sich immer schon eher interessiert als für trockene Zahlen und Arbeitsrecht, hätte als Teenager gern einen Kurs als Sommelière besucht, doch wie aus anderen ihrer naiven Träume war auch aus diesem nichts geworden.

Wie sie es von ihren Einkäufen zu Hause gewohnt war, fing sie mit den teuren Weinen an. Robert war stets der Meinung gewesen, je kostspieliger, desto besser, doch auch hier teilte sie seinen Geschmack nur bedingt. Für ihn musste es staubtrocken sein, sie mochte es auch mal lieblicher. Nicht süß, aber … Chianti vielleicht? Montepulciano? Oder doch lieber ein einfacher Merlot? Bei einem Malbec hielt sie schließlich inne. Preislich akzeptabel und – soweit sie sich erinnerte – ein guter Jahrgang.

Zufrieden packte sie ihn ein.

Jedoch lief Laras Abend nicht nach Plan. Als sie, ihre Flasche Rotwein in der Handtasche, noch einen Kaffee im Pub al Castello um die Ecke nahm, kam sie mit der Frau des Besitzers ins Gespräch. Der Kontakt zu den beiden jungen Leuten war in den letzten Tagen ein wenig freundschaftlicher geworden, trotzdem war sie überrascht und zierte sich dementsprechend, als Gaia sie zum Feierabend in ihr Zuhause einlud.

»Nun mach schon, komm mit!« Gaia, mit blonden Haaren, blauen Augen und zwei Kopf kleiner das krasse Gegenteil zur langbeinigen und dunkelhaarigen Deutschen, unterstrich ihre Aufforderung mit temperamentvollen Gesten. »Michele macht sowieso hier Dienst, und die Kinder sind bei meiner Mutter. Na los, sag Ja! Wir trinken Wein und stopfen uns mit Käse und Oliven voll. Allein zu Hause sitzen kannst du doch morgen auch noch, oder?«

»Na gut, ich komme«, gab Lara schließlich nach. »Aber wenn ich deine Oliven esse, dann trinken wir wenigstens meinen Wein, abgemacht?«

»Abgemacht!«

Gaias herzhaftes Lachen war ansteckend, und gemeinsam fuhren sie los, Lara in ihrem Auto hinter Gaia her. Sie und ihre Familie bewohnten ein neues Haus direkt an der Pappelallee, die Lara schon oft entlanggefahren war, wenn sie nach Goro oder ans Meer wollte.

Es lag inmitten eines riesigen Gartens, in dem zwei französische Bulldoggen herumtollten.

Lara war begeistert. »Es ist so ruhig hier, und trotzdem nicht einsam.«

»Stimmt. Ins Dorf ist es nur ein Katzensprung. Aber der Garten macht ganz schön Arbeit, das kann ich dir sagen.«

»Denke ich mir. Trotzdem, mit Kindern und Tieren ist so was ideal. Habt ihr das Haus schon lange?«

»Wir sind erst letzten Herbst eingezogen.«

Bewundernd sah Lara sich um. Schwere dunkle Holzbalken durchzogen die Decke und zwei hohe steinerne Bögen lagen sich rechts und links der Haustür gegenüber und trennten die Küche vom Wohnzimmer. Große doppelflügelige Türen führten beiderseits des Kamins in den Garten hinaus.

»Es gefällt mir sehr. Diese Form ... ich habe sie auf meinen Ausflügen schon öfter gesehen und kann dir nicht sagen, was mich daran so fasziniert.«

»Du meinst den Kubus? Ich nehme an, das ist noch ein Überbleibsel der venezianischen Herrschaft auf der Terraferma. Meist bauten sich die örtlichen Honoratioren solch große Würfel mit dem typischen Walmdach darauf. In der Mitte die Eingangstür, rechts und links Fenster und zwischen denen jeweils ein Kamin.«

»Genau das meine ich. Und dann noch in rosa oder gelb gestrichen – ich würde da am liebsten sofort einziehen.«

Gaia lachte. »Kamin haben wir hier nur einen. Sollen wir den anzünden?«

»Nein, mach dir nicht so viel Arbeit. Es ist auch so sehr gemütlich.«

Sie setzten sich, naschten die Oliven und etwas Käse zum Rotwein und plauderten eine Weile, bis Gaia ihr schließlich unvermittelt eine sehr direkte Frage stellte.

»Sag mal, ich möchte dir ja nicht zu nahe treten, aber du siehst manchmal so traurig aus, wenn du bei uns im Pub sitzt. Hat das einen bestimmten Grund?«

Lara schwieg einen Moment. Sollte sie dieser herzlichen jungen Frau, die mit ihren Kindern, dem großen Haus und dem Lokal wahrscheinlich genug Probleme hatte, auch noch ihre eigenen aufs Auge drücken?

»Du brauchst es mir nicht zu sagen.« Gaia legte ihr kurz eine Hand auf den Arm, als sie Laras Zögern bemerkte. »Ich denke mir nur, da du hier allein bist und vielleicht nicht so viel Anschluss hast – ich meine, wenn du mal jemanden zum Reden brauchen solltest ...« Sie ließ den Satz unvollendet.

»Danke, das ist sehr lieb von dir. Ich glaube, ich bin noch nicht so weit, aber wenn, dann komme ich mich bei dir ausweinen. Ich habe mich vor kurzem erst von meinem Ehemann getrennt, das sitzt mir noch in den Knochen.«

»Verständlicherweise, dafür hältst du dich aber bewundernswert. Lass uns lieber über etwas Angenehmeres reden. Und trinken wir auf die Liebe, die dir bestimmt bald wieder begegnen wird. Salute!«

Mit ihrem lauten, herzerfrischenden Lachen schenkte sie Lara nach und sie stießen an. Auf die Liebe, dachte Lara, ja, die Liebe. Wenn das nur so einfach wäre mit dieser vertrackten Liebe. Nie hatte sie sich davon weiter entfernt gefühlt als in diesen Tagen, und doch musste sie sich eingestehen, dass eine unterdrückte Sehnsucht danach immer noch in ihr schwelte. Auch wenn sie wild entschlossen war, energisch dagegen anzukämpfen.

Sie schlief nicht sofort ein an diesem Abend, das Telefonat mit Valerie beschäftigte sie, ohne dass sie es verhindern konnte.

Sie hatte Robert schon vor ihrer Heirat gekannt, nur offensichtlich eher lang als gut. Er war attraktiv, und er hatte ihr den Eindruck vermittelt, seine Traumfrau zu sein – dem hatte sie einfach nicht widerstehen können. Also hatte sie sich gar nicht mehr gefragt, ob sie seine Gefühle erwiderte.

Sicher, es hatte auch schon zu Beginn manche Dinge an ihm gegeben, die ihr nicht besonders gefallen hatten, zum Beispiel sein Bedürfnis, stets mehr zu scheinen, als er war. Seinen Markenwahn – nur, wenn etwas ein Designerlabel trug, war es ihm gut genug. Zuerst hatte sie das abgetan, doch mit der Zeit ...

Dafür hatte sie anfangs seinen Ehrgeiz sehr bewundert. Seine Zielstrebigkeit. Nur ging das mit der Zeit zunehmend auf ihre eigenen Kosten, und sie hatte immer mehr zurückgesteckt, ohne sich dessen richtig bewusst zu werden.

Sie konnte sich noch an eine Phase erinnern, als sie sich gar nicht mehr so sicher gewesen war, ob sie Robert überhaupt heiraten sollte. Als sie versucht hatte, mit ihrer Mutter darüber zu sprechen, hatte sie zur Antwort bekommen, das Leben sei nun mal kein Wunschkonzert. Es sei absolut normal, im Zusammensein mit einem Menschen Kompromisse zu schließen. Sie solle sich in Toleranz üben, da sie selbst auch nicht fehlerfrei sei.

Ja toll.

Natürlich hatte ihre Mutter auf ihre Weise recht gehabt, das war ihr heute klar, aber sie hatte sich selbst zu wenig gekannt und ihre Bedenken nicht ernst genug genommen. So hatte sie sich an der falschen Stelle auf Kompromisse eingelassen und sich stattdessen immer mehr zurückgezogen.

Nun, jedenfalls bedauerte sie mit einem gewissen Groll, dass ihre Mutter nicht mehr lebte. Die hätte sie jetzt gern gefragt, was um alles in der Welt sie nun dazu zu sagen hätte, dass manche

Menschen das Leben eben doch als Wunschkonzert betrachteten und dass sie nicht mehr der Wunschtitel war.

Sie wälzte sich ungehalten herum. Wenigstens war sie einfach nach Italien abgehauen! Mit Genugtuung erinnerte sie sich an eine Situation, in der Bert wieder einmal fast schwärmerisch von seinem Dorf erzählt hatte.

»Das Aufregendste, was da während der Mittagszeit passiert, ist, wenn der Hund des Optikers mit den Ohren wackelt.«

Lara hatte hellauf gelacht bei diesem Spruch, doch Robert hatte in seiner bekannt unterkühlten Art den Kopf geschüttelt und abschätzig die Mundwinkel verzogen. Er stand eher auf Metropolen wie Mailand oder Rom, London und Paris, wo es sich fein bummeln und nobel Geld ausgeben ließ. Ihr Geld, wenn sie das Erbe, das ihr Vater ihr außer dem gut gehenden Architekturbüro hinterließ, nicht schleunigst auf ihren Namen und ohne seine Zeichnungsberechtigung angelegt hätte.

Was sie damals dazu gebracht hatte, die ansehnliche Summe Bargeld und die Wertpapiere Roberts Zugriff zu entziehen, als ihre Ehe vordergründig noch in Ordnung war?

Das wusste sie bis heute nicht.

Es war, als hätte eine innere Stimme sie davor gewarnt, sich ihrem Mann wirtschaftlich mit Haut und Haaren auszuliefern. Jetzt erwies sich das als Segen für sie, und sobald sie wüsste, wie sie ihr weiteres Leben gestalten wollte, würde sie entscheiden, was damit zu tun wäre.

Vorerst aber hatte der Vertrauensbruch sie so geschockt, dass sie sicher war, mit ihm nie mehr ein vernünftiges Wort wechseln zu können. Das hatte sie auch Valerie gesagt.

»Das wirst du aber eines Tages müssen, wenn du dich von ihm scheiden lassen willst. Irgendwie müsst ihr schließlich eure Habseligkeiten auseinanderklauben, wenn du nicht mehr zu ihm zurückgehst.«

»Ja, da hast du recht«, war ihre deprimierte Antwort gewesen. »Das Einzige, was mich beruhigt, ist zu wissen, dass Bert mich als Anwalt vertreten wird.«

Lara seufzte und streckte sich. Momentan jedenfalls wollte sie davon nichts wissen. Sie würde so lange wie möglich den Kopf in den Sand stecken und sich ablenken.

3

Am nächsten Vormittag eröffnete ihr eine Nachricht auf der Mailbox, dass Valerie sie über Allerheiligen besuchen wollte. Lara rief zurück.

»Ehrlich? Das wäre fantastisch! Aber ist dir das nicht zu weit nur für ein paar Tage?«

»Überhaupt nicht. Ich würde mich unheimlich freuen, dich mal wiederzusehen, außerdem hat Bert dir ein paar Unterlagen zusammengestellt, die du unterschreiben solltest.«

»Das fände ich toll. Wann kommst du?«

»Ich hatte an übernächste Woche gedacht. Oder überrumpelt dich das zu sehr?«

»Um Himmels willen, Valerie, das ist euer Haus, und ich bin froh, dass ich es benutzen darf. Du kannst mich gar nicht überrumpeln. Komm, so schnell du kannst, ich freue mich riesig auf dich!«

Nach dem Essen machte Lara sich zurecht. Ihr Haar war ziemlich lang geworden, und während der Abende bei Loris hatte sie es der Einfachheit halber meist zu einem kurzen Pferdeschwanz im Nacken gebunden, was sie sehr burschikos wirken ließ. Heute trug sie es offen und schob nur die Strähnen aus dem Gesicht hinter die Ohren. Sie schminkte sich flüchtig und betonte ihre hohen Wangenknochen mit etwas Rouge. Schließlich schlüpfte sie in eine sportliche Hose und ein neues Twinset aus Kaschmirwolle, das sie sich erst vor Kurzem gekauft hatte und das ihrem neuen Bedürfnis nach Understatement sehr entgegenkam.

Valeries Ankündigung, sie zu besuchen, hatte ihr viel Auftrieb gegeben, und sie fühlte sich, anders als noch am Vorabend, beschwingt und voller Tatkraft. Vorsichtshalber forschte sie lieber nicht nach irgendeinem weiteren konkreten Grund für ihre gute Laune – sie genoss sie einfach und war froh, dass sie sich so beschwingt fühlte. Falls das bedeutete, dass sie die Talsohle endlich durchschritten hätte, könnte sie glücklich darüber sein.

Es war schon nach halb neun, als sie in Loris‹ Bar eintraf. Sania begrüßte sie und freute sich sichtlich, dass sie tatsächlich gekommen war.

»Ciao, Lara. Ist mächtig was los heute Abend, wie?«

Sania schenkte zwei Gläser Prosecco ein und sie stießen an. Lara lehnte sich an die Theke und beobachtete das Treiben um sich herum, plauderte mit Sania, die flink hinter dem Tresen hin und her flitzte, und nippte an ihrem Glas.

»Loris ist nebenan und wirft den Billardladen«, sagte Sania, während sie ein Bierglas unter den Zapfhahn hielt.

Lara machte sich auf die Suche nach ihm und erkannte ein paar von den Jungs, die sie schon an ihrem ersten Abend gesehen hatte. Sie spielten konzentriert Billard, die Tische an den Fenstern waren belegt, eine geschäftige Geräuschkulisse lag über dem Raum. Loris winkte ihr von der neu eröffneten Theke aus zu, und sie ging zu ihm.

»Viel Betrieb heute, was?«

»Schön, dich zu sehen. Wenn du spielen möchtest, ein gewisser Herr hat schon nach dir gefragt.« Laras Herz tat einen überraschten kleinen Hüpfer. Sie folgte Loris‹ Kopfbewegung zum hintersten Billardtisch, an dem – wie sie erst jetzt registrierte – nur ein einzelner Spieler zugange war. Loris war die Enttäuschung in ihrer Miene wohl entgangen, denn er fuhr unbefangen fort. »Ich habe Maurizio erzählt, dass du vielleicht heute kommen würdest, und da war er gleich Feuer und Flamme. Ich glaube, er ist in dich verknallt!«

Lara musste lachen, und auch Loris grinste. Maurizio war zwar ein netter Kerl, aber schmächtig und reichte ihr gerade bis zur Schulter. Doch er war ihr nicht unsympathisch, hatte eine witzige Art, und so ging sie zu ihm hinüber.

»Ciao, Maurizio, da bin ich.«

»Ah, ciao, Lara!« Überschwänglich küsste er sie auf beide Wangen und drückte ihr ohne Umschweife einen Queue in die Hand. »Komm und spiel mit mir.«

»Aber … das hier kann ich nicht! Ich habe noch nie so einen Billardtisch gesehen!«

Der Tisch hatte keine Löcher, und es lagen nur drei Kugeln darauf: eine rote, eine weiße und eine gelbe. Dafür waren in der Mitte neun kleine Plastikkegel ordentlich kreuzförmig aufgestellt, ein roter im Zentrum und acht weiße um ihn herum.

Maurizio wischte ihre Bedenken mit einer Handbewegung beiseite. »Ah, das lernst du schnell. Du nimmst die gelbe Kugel und versuchst damit, die Weiße zu treffen. Mit der musst du dann die Männchen umschießen, und das gibt Punkte. Versuch's doch einfach mal!«

Lara gehorchte, auch wenn sie das System überhaupt nicht verstanden hatte, und er überließ ihr den Anstoß. Da keines der weißen Männchen umfiel, machte sie keine Punkte, und die Reihe war an ihm. Er spielte sehr gut, wie Lara neidlos feststellte, sie dagegen hatte keine Chance, mit ihm mitzuhalten.

»Ich habe dich gewarnt, ich bin blutiger Anfänger«, stöhnte sie deprimiert.

»Macht doch nichts«, tröstete er sie. »Hauptsache, du hast Spaß, dann lernst du es schnell, wirst schon sehen.«

Sie begannen ein neues Spiel, und er zeigte ihr, wie sie ihre Kugel anspielen musste, um die andere so zu treffen, dass sie in die Mitte des Tisches rollte und die Männchen umwarf.

»Spiel sie hier an.« Er deutete seitlich rechts auf die gelbe Kugel. »Dann trifft sie die weiße hier links und die geht dann hier …«, er tippte mit dem Finger an den Rand, »… an die Bande und rollt genau in die Mitte.«

Lara konzentrierte sich darauf, seiner Anleitung aufs Haar zu folgen. Gespannt beobachtete sie den Weg der Kugeln. Ein helles Klicken ertönte, als sie aneinanderstießen, und wie er vorhergesagt hatte, rollte die weiße Kugel in die Mitte des Tisches.

»Guter Stoß!«

Sie drehte sich überrascht um und das Blut schoss ihr in die Wangen. Alessandro stand vor ihr, als wäre er aus dem Boden gewachsen.

»Wo ist Maurizio?«, fragte sie verwirrt und wich verlegen seinem Blick aus.

»Er hat plötzlich Durst bekommen, und ich vertrete ihn. Stört dich das?«

»N… nein«, stotterte sie und sah Maurizio an der Theke mit Loris plaudern. Sie wandte sich wieder zu Alessandro, wusste allerdings beim besten Willen nicht, was sie sagen sollte.

»Hast du keine Lust weiterzuspielen? Du warst gerade so in Fahrt!«

»Ich kann diese Variante hier überhaupt nicht, Maurizio war gerade dabei, sie mir beizubringen.«

»Ich biete mich als Vertretungslehrer an.« Als Lara keinen Einspruch einlegte, schmunzelte er. »Also, bei Biliardo alla Goriziana geht es darum, möglichst viele Punkte zu sammeln. Du spielst mit deiner Kugel die gegnerische, die dann die Kegel in der Mitte umwirft. Jeder Kegel, den du triffst, bringt dir Punkte, und wenn du über Bande spielst, bevor du die gegnerische Kugel triffst, gibt's pro Kegel die doppelte Punktzahl.«

»Und was muss ich tun, um die dreifache Punktzahl zu bekommen?« Alessandros Augenbraue schoss in die Höhe, und Lara wurde zum zweiten Mal an diesem Abend rot. Das hatte eindeutig falsch geklungen! »Ich meine … gibt es noch mehr Sonderregeln?«

Alessandro schüttelte amüsiert den Kopf. »Ich fange jetzt einfach mal an, damit du siehst, wie es geht.«

Konzentriert beugte er sich über den Tisch und visierte seine Kugel an. Während er spielte, beobachtete Lara ihn. Alessandro trug Jeans, ein schwarzes Hemd und einen blauen Lederblouson, dessen Ärmel er lässig bis fast zu den Ellenbogen hochgeschoben hatte. Er bewegte sich mit einer katzenhaften Geschmeidigkeit, und Lara ertappte sich dabei, dass sie seine Kehrseite fixierte. Hastig senkte sie den Blick und spielte an ihrem Queue herum. Gerade noch rechtzeitig, denn eine Sekunde später wandte er sich zu ihr um.

»Du bist dran. Ich habe keine Punkte gemacht und dir deine Kugel auch noch schön hingelegt.«

»Na«, meinte sie skeptisch, »dann wollen wir mal sehen, was ich gelernt habe …« Sie beugte sich hinunter, nahm die weiße Kugel ins Visier, konzentrierte sich – und schoss daneben. »Oje«, seufzte sie und stützte sich auf ihren Queue. »Das kann noch eine Weile dauern.«

»Eine Weile, die du hier verbringen wirst?«

»Bitte?«

»Ich versuche, mich unauffällig zu erkundigen, wie lange dein Urlaub noch andauert.«

Lara zögerte. Es widerstrebte ihr, sich zu ihren Plänen zu äußern, als würde sie damit ihre Freiheit gefährden. Andererseits reizte es sie herauszufinden, was Alessandro mit der Information, dass sie noch bleiben wollte, anzustellen gedachte. Nichts anscheinend. Denn auf ihr vages »Bis zum Winter wohl« folgte keine Antwort.

Wie peinlich, was hatte sie erwartet? Beschämt wandte sie sich wieder dem Spiel zu. Obwohl sie sich bemühte, hatte sie keine Chance.

Er punktete, sie spielte Fouls und schenkte ihm damit noch mehr Punkte, daher beendete er die Partie ziemlich schnell.

»Komm, wir trinken was«, schlug er vor, und sie setzten sich an einen der Tische am Fenster, der gerade freigeworden war.

Lara fühlte sich unbeholfen und linkisch, das war ihr schon lange nicht mehr passiert. *Stell dich nicht so dumm an, was soll denn das?* kritisierte sie sich. Aber sie fühlte sich zu befangen, um einfach mit ihm drauflos zu plaudern. Also beschloss sie, den Stier bei den Hörnern zu packen.

»Alessandro, ich habe erfahren, dass die Party deine Geburtstagsfeier war … also nachträglich noch alles Gute!«

Er unterbrach sie ein wenig schroff, wie sie fand. »Rossano hat also geplaudert, was?«

»Warum hast du mir nichts gesagt?«

»Es war mir nicht so wichtig.«

»Und wie alt bist du geworden, wenn ich fragen darf?«

»Sechsunddreißig. Sag mal«, wechselte er das Thema, »da du ja noch etwas hier bist …« Er zögerte, und sie nippte an dem Prosecco, den er ihr bestellt hatte. »Nun ja, wenn du möchtest, könnten wir einen Ausflug machen. Irgendwohin, wo du noch nicht gewesen bist.«

»Das würde ich gern!«, rief sie etwas zu erfreut. Wieso verhielt sie sich so ungeschickt?

Er musterte sie einen Moment lang ungeniert.

Lara war sich dessen bewusst, was er sah – sie hatte sich zu Hause vor dem Spiegel sorgfältig zurecht gemacht, ehe sie losgefahren war. Mit ihrem sportlich-eleganten, figurbetonten Twinset und der legeren Hose fand sie sich an diesem Abend sogar einigermaßen reizvoll, was eher selten vorkam.

»Wollen wir Freunde werden?«

»Freunde? Äh ... warum?«

Er lachte über diese Frage. »Schockiert dich das so? Du bist eine sympathische, intelligente Frau, und ich möchte mehr über dich erfahren«, erklärte er schließlich.

Sie lehnte sich zurück und sah ihn skeptisch an. »Gehst du bei allen Frauen, die du triffst, so ran?«

»Ich treffe nicht viele Frauen, die mich interessieren. Ich könnte dir auch durch die Blume schmeicheln, aber mit leeren Phrasen kommt man bei dir nicht sehr weit, das durchschaust du sofort.«

Laras Aufmerksamkeit fixierte sich jetzt auf diesen eigenartigen Typen, der ihr da so lässig gegenübersaß. Sie wusste nicht, ob ihr gefiel, dass er sie zu kennen glaubte.

»Und was weißt du sonst noch über mich?«, fragte sie mit einem Pokerface.

»Du suchst keine Bekanntschaften, obwohl du ein geselliger Mensch bist. Du bist nicht hier, um jemanden zu treffen, sondern um allein zu sein. Auf deiner Stirn steht deutlich ›Abstand halten‹ geschrieben, sehr zum Leidwesen aller Männer im Ort. Außerdem ... Du weißt, ich habe dich vorher schon mal am Hafen gesehen ...«

Vor Laras innerem Auge dämmerte ein vages Bild ihres ersten Nachmittags im Dorf herauf. Sie erinnerte sich, dass sie die hereinfahrenden Boote beobachtet und den Blick eines Fischers aufgefangen hatte.

Alessandro lächelte, als er sah, dass sie sich erinnerte. »Du hast mich neugierig gemacht.«

»Wieso das denn?«

»Wieso überrascht es dich so, dass andere Interesse an dir haben?«

»Ich frage nicht nach anderen, sondern nach dir.«

»Gutes Argument. Nun gut, du bist mir aufgefallen, weil du hier offensichtlich fehl am Platz warst. Alles an dir schrie ›nicht von hier‹, und gleichzeitig konnte ich nicht zuordnen, wo du hingehören könntest. Du wirktest …«

»Willst du nun sagen, dass ich verloren aussah?«

Er lächelte. »Das ist es wohl. Verloren und einsam.« Er lehnte sich zurück und trank einen Schluck von seinem Prosecco. »Weißt du, du strahlst etwas aus, das andere Menschen von dir fernhalten soll.«

»Bei dir scheint es nicht zu funktionieren.«

Ein breites Grinsen ließ Alessandros gebräuntes Gesicht erstrahlen. »Nein, das tut es nicht. Dazu verbringe ich zu viel Zeit auf dem Meer. Wenn man die regnerische Zeit ausharrt, wird man mit dem schönsten Sonnenschein belohnt, also habe ich gelernt, Geduld zu haben. Es sei denn, meine Aufmerksamkeit ist dir unangenehm, aber das scheint mir nicht so.«

Lara rutschte unbehaglich auf ihrem Stuhl hin und her. Wie konnte er so viel von ihr wissen? Sie hatte niemandem außer Gaia, und auch das nur andeutungsweise, etwas über sich und ihre Enttäuschung erzählt, und sie bezweifelte, dass er Gaia kannte. Es störte sie, dass er in ihr zu lesen schien wie in einem offenen Buch, während sie über ihn rein gar nichts wusste. Bis auf seinen Geburtstag.

Schließlich fand sie ihre Sprache wieder. »Und woher willst du das alles so genau wissen?«, fragte sie heiser.

Er grinste. »Ich schaue dich an und mache mir meine Gedanken. Man weiß viel, wenn man einen Menschen nur gut genug beobachtet und seine Schlüsse aus dem zieht, was man sieht.«

»Du bist dir deiner Sache wohl sehr sicher? Und wenn du dich irrst?« Lara versuchte, so distanziert wie nur möglich zu klingen. Es gelang ihr nur halbwegs.

Er ließ sein tiefes, herzliches Lachen hören, das ihr einen kleinen Schauer über den Rücken jagte und seine ebenmäßigen Zähne aufblitzen ließ. »Ich glaube, ich habe voll ins Schwarze getroffen. Was ist meine Belohnung?«

»Dein Ausflug«, versuchte sie einer Antwort auszuweichen.

»Das ist ein schlechtes Geschäft, denn den bekommst ja du von mir!«

Wieder lachte er, als er ihre Verunsicherung bemerkte. Lara zögerte. Sie spürte, sie musste Abstand zwischen sich und diesen sonderbaren Menschen bringen, der mit einer Selbstverständlichkeit mit ihr umging, als wären sie schon seit einer Ewigkeit miteinander vertraut.

»Wenn du nur auf eine Belohnung aus warst, hättest du deine Fähigkeiten nicht umsonst anbieten dürfen. Ich habe keinen Bedarf an Gedankenlesern, ich kenne mich gut genug.«

Er nickte und deutete ein Lächeln an. »Dann zurück zu unserem Ausflug. Wann hast du Zeit?«

Seine Direktheit war ihr nicht geheuer, und wieder stieg eine leichte Beklemmung in ihr auf. Sie suchte nach einer Möglichkeit, das Gespräch in unverfänglichere Bahnen zu lenken. Sie war verwirrt und verunsichert, musste sich aber eingestehen, dass er sie gleichzeitig faszinierte. Nein, gebot sie sich, du bist hier, um deine Wunden zu lecken, und nicht, um dich von einem italienischen Hobby-Siegmund-Freud aufreißen zu lassen.

»In ein paar Tagen kommt mich eine Freundin besuchen, Valerie. Ihr gehört das Haus, in dem ich wohne. Dann vielleicht nach Allerheiligen?«, schlug sie vor. Bis dahin konnte allerhand passieren und möglicherweise hatte er dann sein Interesse an ihr schon wieder verloren.

Er aber schnaubte unwillig. »Morgen wäre viel besser. Oder musst du zwei Wochen lang das Haus hüten, bis deine Freundin ankommt?«

»Nein, natürlich nicht!«, widersprach sie irritiert. Er war wirklich hartnäckig.

»Na also. Dann treffen wir uns morgen Nachmittag hier. Ist halb zwei für dich in Ordnung?«

Lara zögerte. Sie kämpfte mit einem gewissen Unbehagen, aber andererseits – Robert wäre Dampf aus den Ohren gequollen beim Gedanken daran, dass sie mit einem einfachen Fischer in einem alten Alfa durch die Provinz tuckerte. Er hätte beschlossen, dass es unter ihrem Niveau war. Lara sah den attraktiven Mann an, der nichts weiter als ihre Gesellschaft wollte, und gab sich einen Ruck.

»Na gut. Ich komme.«

»Fein, dann wäre das also geklärt!«

»Jetzt muss ich aber gehen, danke für den Drink.«

»Keine Ursache.«

Er versuchte nicht, sie aufzuhalten. Es irritierte sie, dass er sie nicht einmal nach ihrer Telefonnummer fragte. Entweder war es ihm egal, ob sie käme, oder er war sich absolut sicher, dass sie es tun würde.

Verwirrt stand sie auf und hielt ihm ziemlich förmlich die Hand hin, doch er war ebenfalls schon auf den Beinen.

»Ich bringe dich zum Auto.«

»Nein, danke«, wehrte sie ab, »das finde ich auch allein.«

Sie ging und spürte seinen Blick in ihrem Rücken brennen. Dreh dich jetzt bloß nicht um, wenn du gehst, ermahnte sie sich und tat es trotzdem. Wie sie vermutet hatte, beobachtete er sie und schenkte ihr zum Abschied ein entwaffnendes, breites Lächeln.

Als Lara draußen stand, holte sie erst einmal tief Luft.

»Heiliger Strohsack, worauf hast du dich denn da eingelassen?«

Lara hatte sich fest vorgenommen, Alessandro zu versetzen. Wie kam sie nur dazu, sich mit ihm zu verabreden? Seine beinahe schon arrogante Selbstsicherheit war unübertroffen. Doch konnte sie nicht verhindern, dass sie kurz vor der vereinbarten Zeit in ihr Auto stieg und losfuhr. Zu ihrem eigenen Verdruss hatte sie sich auch noch sorgfältig zurechtgemacht, als ob es nicht schon gereicht hätte, dass sie überhaupt schwach wurde und die Verabredung einhielt. Die mäßige Befriedigung darüber, dass sie zumindest ein paar Minuten zu spät kam, mischte sich mit der Befürchtung, er könnte vielleicht nicht auf sie warten. Aber als sie ihr Auto auf dem Parkplatz neben dem seinen abstellte, erwiesen sich ihre Zweifel als unbegründet.

Alessandro erwartete sie an der Theke. »Möchtest du noch etwas trinken, oder wollen wir gleich losfahren?«

»Meinetwegen können wir fahren.«

Geflissentlich übersah sie Sanias neugierigen Blick. Wahrscheinlich wusste jeder hier, dass sie nun schon das zweite Mal gemeinsam mit Alessandro die Bar verließ.

»Wir machen eine kleine Delta-Tour, einverstanden? Ich muss nur vorher noch kurz etwas abholen.«

Es ärgerte sie, dass sie sich in seiner Nähe schon wieder so unbeholfen vorkam. Seine gelassene, selbstverständliche Art machte ihrer Unbefangenheit schwer zu schaffen und trotz ihrer sprachlichen Fortschritte fühlte sie sich in seiner Gegenwart wie auf den Mund gefallen.

Alessandro fuhr um den Hafen herum und nahm eine schmale Straße, die – wie es Lara schien – ans Ende des Dorfes führte. Vor dem letzten Haus hielt er an und stellte den Motor ab. Hinter dem Haus endete die Teerdecke, und nur noch ein Schotterweg führte weiter.

Lara sah sich neugierig um. Im Gegensatz zu den meisten anderen Häusern, die sie in Goro gesehen hatte, besaß dieses einen auffallend gepflegten Garten.

»Wo sind wir hier?«

»Bei meinen Großeltern«, antwortete er kurz. »Kommst du einen Moment mit rein? Ich würde mich freuen!«

»Oh!« Überrumpelt folgte sie ihm durch das Gartentor, das er ihr aufhielt.

Er klingelte an der Tür, doch als nach ein paar Sekunden niemand öffnete, gingen sie um das Haus herum. Auch hier war der Garten sehr gepflegt, mehrere Reihen von Gemüsebeeten lagen nebeneinander, die meisten um diese Jahreszeit schon abgeerntet, manche aber noch üppig mit Gemüse bewachsen. Eine schöne weißhaarige Frau war gerade dabei, mit einer Harke die Erde aufzulockern.

»Ah, ihr seid ja schon da!« Überrascht ließ sie ihr Werkzeug fallen.

»Ciao, nonna.« Alessandro beugte sich zu ihr herunter und gab ihr einen herzlichen Kuss auf die Wange.

Sie zog die Arbeitshandschuhe aus, ehe sie Lara die Hand reichte.

»Du musst Lara sein. Buongiorno.«

»Ja. Freut mich, Sie kennenzulernen, Signora.«

»Mich auch. Sandro, dein Großvater ist im Schuppen, geh ihn begrüßen, ich hole euch einstweilen den Korb.«

Fragend sah Lara Alessandro an.

»Ich habe uns ein kleines Picknick bestellt.« Er schmunzelte amüsiert, als sie die Augen aufriss.

Alessandros Großvater war ein stattlicher, grauhaariger Mann mit wettergegerbtem Gesicht. Auch er begrüßte Lara mit einem kräftigen Händedruck und nahm dabei seine Pfeife aus dem Mund.

»So so, ihr wollt heute ins Delta fahren, was? Ihr habt Glück mit dem Wetter.« Prüfend sah er zum Himmel. »Es wird noch ein paar Stunden halten, bevor es kälter wird.«

»Er macht die beste Wettervorhersage, die es gibt«, erklärte Alessandro ihr gutmütig. »Das habe ich von ihm gelernt.«

»Und nicht nur das«, ergänzte der alte Herr mit unverhohlenem Stolz in der Stimme. »Ich habe den besten Fischer aus ihm gemacht, den das Dorf hat.«

»Schon gut, nonno. Ich glaube nicht, dass Lara sich besonders dafür interessiert. Ein andermal vielleicht, ja?«

»Doch, das interessiert mich tatsächlich!«, protestierte sie.

»Bring sie mal mit, wenn ihr mehr Zeit habt, dann erzähle ich ihr, wie man an der Form der Wolken und an den Farben des Himmels erkennen kann, wie das Wetter wird.«

»Das würde ich wirklich gern hören«, bestätigte Lara mit aufrichtigem Interesse.

»So, da bin ich.« Alessandros Großmutter stellte einen großen geflochtenen Korb vor ihnen ab. »Bleibt ihr zum Kaffee?«

»Nein, wir wollen die Sonne ausnutzen«, lehnte Alessandro ab. »Wir fahren gleich weiter.«

»Einen schönen Gemüsegarten haben Sie da, Signora.« Lara beugte sich interessiert über eins der Beete. »Ist das nicht Radicchio?«

»Richtig, du kennst dich wohl aus, was?«

»Nein, das nicht – leider. Ich glaube aber, gärtnern könnte mir Spaß machen.«

»Oh ja, es ist schön, sich sein Gemüse selbst zu ziehen. Dann weiß man, was man isst. Heutzutage mit den ganzen Chemikalien ...« Sie brachte mit einem missbilligenden Kopfschütteln ihre Meinung zum modernen Gemüsebau zum Ausdruck.

»Das macht aber bestimmt auch viel Arbeit, oder?«

»Das macht es! Aber es lohnt sich. Du solltest das mal probieren.«

»Ja, das sollte ich wohl.« Lara bedachte den Garten mit einem letzten Blick und bedankte sich herzlich bei Alessandros

Großeltern. Es war ungewohnt für sie, so offen mit Fremden zu reden, das kannte sie von zu Hause nicht. Ihre Eltern hatten immer sehr viel Wert auf tadellose Umgangsformen gelegt, was besonders durch ihre Mutter leider irgendwann in bloße Distanziertheit abgeglitten war. Natürlich war einwandfreies Benehmen nicht nur eine Option, sondern selbstverständlich, aber was waren gute Manieren schon wert, so ganz ohne Herzenswärme? Doch dass ihre Mutter mit dem eigenen Schwiegersohn bis knapp vor dem Standesamt noch per Sie gewesen war, hatte Robert anscheinend weniger befremdet als sie selbst. Vielleicht hätte ihr das mal zu denken geben sollen.

Sie verabschiedeten sich, und Alessandro wendete den Wagen. Lara stellte den Korb hinten ins Auto, dann stieg sie ein und sie fuhren zurück zum Hafen. Von dort aus nahmen sie den Weg zur Dammstraße Richtung Gorino. Kurz bevor sie den Ort erreichten, bog Alessandro links ab und fuhr zu ihrer Verblüffung das Ufer hinunter zum Fluss.

Was sie sah, ließ sie die Luft anhalten. »Da willst du rüberfahren?«, fragte sie zweifelnd.

Er schenkte ihr einen amüsierten Seitenblick. »Das ist eine der letzten beiden Bootsbrücken, die hier in der Gegend noch in Betrieb sind«, erklärte er ihr. »Keine Angst, die hält mehr aus als uns beide!«

Die Brücke bestand aus einer Reihe aneinander geketteter Metallkähne, über die eine Fahrbahn aus dicken Holzbohlen gelegt war. In der Mitte stand ein kleines Wärterhäuschen. Die Kähne waren beiderseits des Ufers mit schweren Stahltrossen festgemacht, und Lara hielt sich unwillkürlich am Türgriff fest, als Alessandro sich anschickte, langsam und vorsichtig hinüberzufahren. Am Häuschen hielt er an und ließ das Fenster herunter. Ein alter, braun gebrannter Mann mit unzähligen Runzeln im Gesicht murmelte ein paar Worte in einem Dialekt, von dem Lara nicht eine einzige Silbe verstand, und streckte die Hand zum Fenster hin. Alessandro antwortete ebenso unverständlich und reichte ihm ein paar Münzen, dann konnten sie passieren.

»Das war der Brückenwart«, erklärte er ihr, während das Auto langsam und behutsam über die dumpf klappernden Bohlen rumpelte und auf der gegenüberliegenden Seite das Ufer hinauffuhr. »Jedes Fahrzeug, das die Brücke überquert, hat je nach Größe einen bestimmten Betrag zu zahlen. So finanzieren sie sich.«

Lara wandte den Kopf und sah zurück. Diese Brücke war wirklich abenteuerlich! »Und was ist, wenn mal ein Schiff hindurchmuss?«

»Man kann sie in der Mitte öffnen. Das macht man auch, wenn der Wasserstand über einen bestimmten Pegel steigt, um zu verhindern, dass die Konstruktion beschädigt wird, zum Beispiel durch Treibgut.«

Die andere Seite des Flusses präsentierte sich in ebenso verhangenen Spätherbstfarben wie jene, die sie hinter sich gelassen hatten.

»Sieh mal da!« Er deutete in ein Feld rechts. »Das ist ein Silberreiher!«

»Schön«, entfuhr es ihr bewundernd.

Sie passierten abgeerntete Maisfelder und jede Menge Kanäle. Die gesamte Gegend war durchzogen von einem Netzwerk endloser Wasseradern, die sich in rechten Winkeln kreuzten, voneinander abzweigten, sich verbanden und wieder voneinander wegflossen. Ihr Weg führte sie noch über eine zweite Bootsbrücke, die ein Stück weiter im Osten den nächsten Flussarm überspannte. Dann gelangten sie schließlich ans Meer. An einer Straßenausbuchtung, an der ein großes Holzkruzifix stand, machten sie kurz Rast. Ein kühler Wind wehte von der offenen See zu ihnen herüber.

Lara zog den Reißverschluss ihrer Windjacke höher.

»Ist das schön hier«, murmelte sie gedankenverloren und kniff die Augen ein wenig zusammen, um sie vor dem Wind zu schützen. Ein paar Minuten standen sie schweigend am Ufer und betrachteten das Meer, das kleine Schaumkronen auf den Wellenkämmen trug.

»Komm, wir fahren weiter«, ermunterte er sie, »es wird dir sonst zu kalt.«

Sie blieben auf der Straße, die zwischen den Feldern und dem Meer entlangführte. Lara deutete auf lange Reihen von Holzpfählen, die nebeneinander aus dem Wasser ragten. »Was sind das für Pfähle?«

»Hier werden Miesmuscheln gezüchtet.«

»Interessant!«

»Sieh mal dort!« Alessandro drosselte die Geschwindigkeit und hielt an. Er wies auf einen grau gefiederten, langbeinigen Vogel, der etwa die Größe eines Storchs hatte und reglos im seichten Wasser nahe dem Ufer stand. »Ein Graureiher. Und siehst du etwas links von ihm diese kleineren schwarzweißen mit den langen Schnäbeln? Das sind Austernfischer.«

Lara lächelte. »Die sind schön.« Sie wandte den Kopf zur Landseite hin. »Ist das ein herrlicher Anblick«, entfuhr es ihr. »Sieh doch nur, dieses intensive Grün auf der einen Seite und auf der anderen Seite das blaue Meer!«

Alessandro schenkte ihrer Begeisterung ein gutmütiges Lächeln. »Du solltest im Sommer herkommen, dann sind die Farben noch viel satter. Jetzt wird es bald Winter, und viele der Felder sind schon abgeerntet und braun.«

»Es gefällt mir trotzdem.«

»Diese kahle, flache Gegend gefällt dir? Warum?«

»Eben weil sie so flach ist. Man kann so weit sehen, wie das Auge reicht, es gibt keine Grenzen und Hindernisse, nichts hält den Blick auf. Es ist so frei und das gefällt mir.«

»Langweilst du dich noch nicht?«

»Ich kann mir nicht vorstellen, dass man sich hier langweilen kann. Es gibt doch so wahnsinnig viel zu sehen!«

»Für jemanden, der hier nicht seinen Lebensunterhalt bestreiten muss und abreisen kann, wann er möchte, schon. Wer hier lebt, sieht das etwas anders.«

Sie warf ihm einen forschenden Blick zu, den er mit einer kleinen Grimasse beantwortete.

»Das Leben hier ist hart. Wenige Arbeitsplätze, ständiger Nebel, im Sommer unendlich viele Mücken.«

»Das glaube ich«, meinte sie teilnahmsvoll.

Natürlich, aus der Sicht der Einheimischen war dieses Naturidyll alles andere als romantisch.

»Aber lass uns über etwas Angenehmeres reden«, lenkte er ab. »Du sollst dich schließlich amüsieren und nicht auf trübe Gedanken kommen. Jetzt zeige ich dir ein hübsches Fleckchen, das im Sommer ein beliebtes Ausflugsziel ist. Da machen wir unser Picknick.«

Sie fuhren weiter. Die Landschaft änderte sich nur wenig, Wasser und Felder beherrschten überall das Bild. Schließlich hielten sie erneut an.

»Nimmst du das hier?«

Alessandro reichte ihr eine dicke Wolldecke und nahm den Korb aus dem Auto. Sie folgten einem schmalen gepflasterten Weg durch ein kleines Stück Pinienwald, bis sich vor ihnen der Blick zum Horizont hin weitete. Die Wellen der Adria schlugen rauschend auf den Strand, ein paar einsame Möwen zogen ihre Kreise, und der Himmel war milchig blau. Es roch nach Salz und Tang.

»Hier soll im Sommer etwas los sein?«, fragte Lara amüsiert.

»Und ob. Da bekommt man nirgends mehr einen Parkplatz, von einem freien Fleck für den Liegestuhl ganz zu schweigen.«

»Kaum zu fassen. Jetzt sieht alles völlig unberührt aus.«

Sie breitete die Decke aus und setzte sich, während er den Inhalt des Korbes auspackte. Eine Flasche Rotwein, zwei Gläser, ein großes Stück Käse, Tomaten, eine halbe Salami, Weißbrot und kalter gegrillter Fisch kamen zum Vorschein.

»Gute Idee«, lobte sie anerkennend und probierte ein Stück Fisch. »Schmeckt wunderbar.«

»Nonna weiß, wie man die einfachen Dinge besonders zubereitet«, sagte Alessandro mit unüberhörbarem Stolz in der Stimme.

»Siehst du die beiden oft?«

»Seit ich nicht mehr gemeinsam mit meinem Großvater zum Fischen hinausfahre, leider etwas weniger. Damals waren wir jeden Tag zusammen und oft auch nachts unterwegs.« Er lachte. »Einmal ist uns etwas passiert ... das muss ich dir erzählen. Es gab einen Hafenhund.«

»Einen Hafenhund?« Lara runzelte die Stirn. Vielleicht hatte sie sich verhört.

»Ja. Ein Mischling, kein Mensch wusste, welche Rassen sich da getroffen hatten. Er tauchte eines schönen Tages in der Nähe von Loris' Bar auf und blieb. Er war sehr charmant und wurde von allen gefüttert. Er ging nie an Bord eines der Boote, sondern blieb immer an der Mole, allerdings hatte er stets seine Anlaufstellen. Er wusste schnell, wo es die meisten Fische und das beste Futter abzustauben gab. Eines Abends ...«, er schüttelte grinsend den Kopf, »wir waren schon fast aus der Bucht draußen, und es war noch hell genug, um alles gut erkennen zu können, da kam ein umgestülpter Plastikkorb plötzlich in Bewegung und heraus kroch – wer wohl?«

»Der Hund?«

»Genau. Und er war nicht seefest.«

»Oh Gott!«

Alessandro nickte mit breitem Grinsen im Gesicht. »Wir mussten leider umkehren und ihn zurückbringen. Da konnte ich meinen Großvater mal so richtig fluchen hören.«

»Das kann ich mir vorstellen.« Lara grinste ebenfalls. »Gibt es den Hund noch?«

»Nein, das ist schon zu lange her. Er wurde aber richtig alt. Fisch ist immerhin gesund.«

»Hast du Geschwister?«

»Einen jüngeren Bruder. Und du?«

»Keine. Meine Eltern waren beide schon weit über vierzig, als ich zur Welt kam, und nach mir durften sie keine Kinder mehr bekommen.«

»Wie schade. Auch wenn jüngere Geschwister manchmal eine Pest sein können.«

»Na ja ... ich kenne es nicht anders, als ein Einzelkind zu sein.«

»Allerdings.«

»Du liebst deine Großeltern sehr, nicht wahr?«

Ein warmes Lächeln breitete sich auf seinem Gesicht aus. »Meine Familie bedeutet mir sehr viel.«

Lara spürte ein Kribbeln im Bauch. »Danke, dass ich sie kennenlernen durfte. Sie sind beide sehr nett, und ich habe mich so willkommen gefühlt.«

»Das bist du auch.«

Seine Aufrichtigkeit verschlug Lara die Sprache. Alessandro schien es zu merken und reichte ihr eine dicke Scheibe Salami mit einem Stück Brot. »Probier mal, die macht einer ihrer Nachbarn selbst.«

»Tatsächlich? Wie denn?«

»Sie kaufen sich ein Schwein, ziehen es auf, und wenn es soweit ist, dann wird es geschlachtet und verarbeitet. Hier hat fast jede zweite Familie ihr Geheimrezept zur Salamizubereitung.«

Lara lachte. »Und das Schwein lebt im Gemüsegarten, was?«

»So ungefähr.«

Alessandro schenkte ihnen Wein ein. Die Flasche trug kein Etikett, aber ihr Inhalt hatte es in sich.

»Ganz schön stark«, kommentierte Lara den ersten Schluck.

»Passt aber gut dazu.«

Sie aßen schweigend und jeder hing seinen Gedanken nach. Weit draußen über dem Horizont trieben ein paar Schleierwolken, direkt unter ihnen waren einige dunklere Punkte zu erkennen, Fischerboote vielleicht. Das Wasser schien fast dieselbe Farbe zu haben wie der Himmel, die Horizontlinie selbst war mehr zu erahnen als zu erkennen. Erstaunlicherweise, stellte Lara fest, war ihr das Schweigen nicht unangenehm. Anders als Robert schien Alessandro kein Interesse daran zu haben, belanglose Themen anzusprechen, nur um mit seinem Wissen zu prahlen, und Lara fühlte keinerlei Druck, ein Gespräch aufrechtzuerhalten – die Ruhe tat ihr gut. Zumindest so lange, bis sie anfing zu frösteln, und sich leicht schüttelte. Die Sonne neigte sich hinter ihnen dem Horizont entgegen, und der Wind wurde empfindlich kühl.

»Ist dir kalt?«

»Ich hätte mich wärmer anziehen sollen.«

»Dann lass uns gehen.« Er warf einen prüfenden Blick in Richtung Himmel. »Das Wetter wird bald umschlagen. Morgen oder übermorgen, denke ich.«

»Ja?« Lara sah ihn verblüfft an. »Woran siehst du das?«

»Schwer zu sagen. Ich sehe es einfach. Es ist die Form der Wolken und die Farbe, die der Horizont hat. Das ist heute anders als gestern.«

Als sie umkehrten und den schmalen Pfad zurückgingen, legte er wie zufällig einen Arm um ihre Schultern. Lara verspannte sich sofort. Forschend erwiderte er ihren misstrauischen Blick.

»Ich beiße nicht«, beruhigte er sie.

»Aber ich vielleicht!«

Unter seinen funkelnden blauen Augen fühlte Lara sich mehr als unbehaglich. Er war so nah an ihrer Seite, dass sie spüren konnte, wie ihre Hüften sich bei jedem Schritt aneinander rieben. Wieder einmal war sie sich seiner körperlichen Präsenz deutlich bewusst und fragte sich, ob er ihre Gedanken erraten konnte, denn er zog sie für einen Moment noch fester an sich, als der Wind ihr einen Ast ins Gesicht peitschte. Mit einer reflexartigen Bewegung fing er den Zweig auf und bugsierte sie daran vorbei. Lara schüttelte seinen Arm ab und ging etwas schneller. Sie hielt den Kopf gesenkt, damit er nicht sehen konnte, wie sie errötete. Sein herber, maskuliner Duft hatte ihr Herz wild zum Klopfen gebracht.

Lieber Himmel, was war nur mit ihr los? Sie kannte ihn kaum und reagierte so auf ihn? Sie durfte um keinen Preis zulassen, dass er ihr näherkam, spürte mit jeder Faser, wie gefährlich er für sie werden könnte. Sicher musste er sich fragen, was für eine Frau er sich da ausgesucht hatte, die beim kleinsten Annäherungsversuch davonrannte. Aber sie wusste, dass sie noch nicht bereit war, sich auf jemanden einzulassen. Es war, als hafteten Roberts Berührungen noch an ihr. Sie strich verstohlen mit dem Daumen über jene Stelle, an der ihr Ehering gesessen hatte.

Es ist vorbei, ich habe ihn verlassen, erinnerte sie sich. Und doch spürte sie das schlechte Gewissen, das sie davor warnte, etwas zu tun, das sich nicht gehörte. Lara schüttelte den Kopf. Wie tief die Regeln ihrer alten, engen Welt doch in ihre Seele eingebrannt waren.

Zum Glück hielt Alessandro den Rest des Weges einen respektvollen Abstand. Sie traute sich kaum, ihm in die Augen zu blicken aus Angst, Spott oder gar Enttäuschung darin zu sehen.

Die Route, die er auf dem Rückweg nahm, kannte Lara nicht, und sie konzentrierte sich auf die Landschaft, als er sie unvermittelt aus ihren Gedanken riss.

»Da vorn ist eine Bar, wir trinken etwas, wenn du Lust hast.«
Sie hielten an und setzten sich an einen windgeschützten Tisch nahe der Hausmauer in die untergehende Sonne. Alessandro bestellte caffè macchiato, Lara Cappuccino.
»Das ist typisch deutsch«, kommentierte er mit einem Grinsen.
»Was?«
»Um diese Uhrzeit einen Cappuccino zu trinken. Wir Italiener trinken ihn nie nach der Mittagszeit. Die Milch ist zu schwer, das passt eher für ein Frühstück.«
»Ich mag ihn eben«, verteidigte sie sich. »Da ist mir die Uhrzeit egal.«
»Macht nichts«, beschwichtigte er sie. »Das war nicht als Kritik gemeint.«
»Weißt du, woran ich mich hier erst noch gewöhnen muss?«
»Nein, woran denn?«
»Dass ihr solche Lokale ›Bar‹ nennt. Bei uns versteht man unter einer Bar etwas völlig anderes, das hat eher einen unseriösen Beigeschmack.«
Er lachte. »Wie ein Nightclub?«
»Ja, das meine ich.«
»Nein, das ist hier nicht so. Unsere Bars haben mit Nachtleben nichts zu tun.«
»Das habe ich inzwischen auch herausgefunden. Für euch Männer ist das eher so etwas wie euer zweites Wohnzimmer.«
Alessandro schnaubte, enthielt sich aber eines Kommentars.
Lara lehnte den Kopf zurück und ließ sich die Sonne ins Gesicht scheinen. »Hier könnte ich stundenlang sitzen«, murmelte sie verträumt. »Man hört nur den Wind, ein paar Vögel und sonst nichts. Das ist wunderbar.«
Wie zum Hohn knatterte genau in diesem Moment mit ohrenbetäubendem Lärm ein Mofa an ihnen vorbei und zerriss den Zauber des Augenblicks.

»So viel zur himmlischen Ruhe«, meinte Alessandro ironisch. Irritiert öffnete sie die Augen, und ihre Blicke trafen sich.

»Was ist los mit dir, eh?«, fragte er, als wollte er sie herausfordern. Entschlossenheit zeichnete sich auf seinem Gesicht ab.

»Was meinst du?« Sie lehnte den Kopf wieder zurück.

»Warum bist du wirklich hier? Du machst doch nicht einfach nur Urlaub, oder? Geht es um eine unglückliche Liebe oder dergleichen?«

Sie biss die Zähne aufeinander. »Ich will nicht darüber reden. Kannst du das akzeptieren?«

»Natürlich. Aber du musst zugeben, dass es einen Versuch wert war, oder nicht?«

Nun war sie es, die in die Offensive ging. »Was willst du von mir? Warum stellst du mir Fragen über Dinge, die dich nichts angehen?«

»Das sagte ich dir bereits: Ich möchte, dass wir beide Freunde werden, und das fängt normalerweise damit an, dass man über sich redet.«

»Bei mir nicht.«

»Schon gut«, lenkte er ein. »Aber wie soll ich sonst etwas über dich erfahren? Von selbst erzählst du ja nichts von dir.«

»Weil es nichts zu erzählen gibt, so einfach ist das.«

»Schön, lassen wir das bleiben. Nur eins noch …« Er machte eine Pause. »Du bist jung, du bist schön, und du hast deine besten Jahre noch vor dir. Versuche, dein Leben zu genießen.«

Ein Schauer überlief Lara.

Seine Stimme hatte bei seinen letzten Worten einen sonderbar weichen Klang bekommen, fast so, als wollte er ihr mehr als nur einen guten Rat geben.

Aber sie brauchte niemanden, der sich um sie kümmerte und ihr sagte, was zu tun war.

Und doch berührten seine Worte etwas tief in ihr auf eine Weise, die sie beunruhigte.

»Du kannst dir deine Manöver sparen«, meinte sie schließlich. »Das zieht bei mir nicht.«

Alessandro lachte amüsiert. »Aber es macht Spaß, das musst du doch zugeben!«

»Dir vielleicht«, murrte sie. Es ärgerte sie, dass sein Lachen sie mit schöner Regelmäßigkeit aus der Fassung brachte.

»Dir etwa nicht? Lara«, er lehnte sich über den Tisch und legte ihr leicht die Hand auf den Arm, »nicht alle Männer sind Ungeheuer! Ich würde dich gern davon überzeugen.«

»Das kann ich mir lebhaft vorstellen.« Sie wurde rot und zog ihren Arm zurück.

»Lass uns fahren«, schlug er unvermittelt vor.

»Ja, bitte.«

Auf der Fahrt schwieg Lara, und er ließ sie in Ruhe. Eigentlich, gestand sie sich ein, konnte sie ihm nichts vorwerfen, er benahm sich ihr gegenüber höflich und korrekt. Abgesehen von seiner Vorliebe dafür, sie in Verlegenheit zu bringen. Verstohlen musterte sie von der Seite sein markantes, scharfes Profil und biss sich auf die Lippen.

Lass das, schalt sie sich. *Lass die Finger von ihm, du verbrennst sie dir, und das fehlt gerade noch!*

»Was hast du heute Abend vor?«, fragte er in ihre wirren Gedanken hinein.

»Nichts«, war die lapidare Antwort.

»Möchtest du mit mir essen gehen?«

Sie zögerte. »Sei mir nicht böse, aber nein danke. Ich bin müde und fahre lieber nach Hause.«

»Schade, aber – in Ordnung.« Wenig später setzte er sie bei ihrem Auto ab. »Wir fahren morgen nach Ferrara. Treffen wir uns um zwei Uhr hier?«

»Wir fahren nach Ferrara? Wer ist wir?«

»Du und ich.« Er lächelte sie gewinnend an.
»Ich kenne Ferrara bereits«, gab sie verärgert zurück.
»Dann möchtest du lieber eine andere Stadt kennenlernen?« Wie konnte er mit einer solchen Selbstverständlichkeit über sie verfügen? Wie konnte er so verdammt sicher sein, dass sie ihn morgen würde sehen wollen?
»Ich weiß nicht …«
»Also doch Ferrara«, entschied er. »Macht nichts, du kannst es dir ein zweites Mal ansehen.«
»Also gut!« Im selben Moment war sie wütend auf sich selbst. Wenn sie ihm nicht unmissverständlich klarmachte, dass sie mit ihm nicht mehr als bisher zu tun haben wollte, dann würde er es zweifellos weiterhin versuchen. Warum also willigte sie schon wieder ein, mit ihm etwas zu unternehmen?

Sie verabschiedete sich kühl und stieg in ihr Auto. Auf dem Heimweg fragte sie sich, wie in aller Welt er sie dazu brachte, ihm dauernd nachzugeben. Mit seiner Hartnäckigkeit schaffte er es tatsächlich immer wieder, sie zu überreden. Nur ungern gestand sie sich ein, dass es ihr gar nicht so unangenehm war, wie er sich um sie bemühte. Es war ein vergnüglicher Zeitvertreib, solange er gewisse Grenzen nicht überschritt.

Und diese Grenzen bestimmte sie allein!

Lara gefiel Ferrara auch bei ihrem zweiten Besuch. Sie hatte einmal eine Dokumentation über die Stadt im Fernsehen verfolgt, und ihre Begeisterung war bei Robert auf Unverständnis gestoßen. Zu klein und zu provinziell, fand er. Kleiner als Regensburg, das gerade so noch erträglich war. Nun gut, sie konnte sich ihre Ziele ja jetzt endlich selbst aussuchen … obwohl Ferrara eigentlich Alessandros Wahl gewesen war. Lara wusste nicht recht, wie sie diesen inneren Konflikt auflösen sollte. Sie wusste nur, dass ihre Zweifel am Ende der Vorfreude gewichen waren.

Sie hatten einen bewölkten Tag erwischt und es war kühl geworden. Düstere Wolken hingen tief am Himmel und kündigten eine Ahnung von Winter an. Sie lehnten an der Mauer des Burggrabens, der das Wasserschloss der Herzöge von Este umgab. Es war die prachtvolle Vorlage für das kleine Jagdschloss zu Mesola gewesen, und Lara war, wie schon bei ihrem ersten Besuch hier, tief beeindruckt.

»Weißt du eigentlich, dass Lucrezia Borgia hierher verheiratet wurde?« Alessandro schaute nach oben zu den vielen Fenstern des Gebäudes. So entging ihm der ungläubige Blick, den sie ihm zuwarf. Er interessierte sich für Geschichte?

»Wenn ich mal viel Zeit habe, dann möchte ich mich ein wenig mit der Familie der Este beschäftigen«, gestand sie.

»Fein. Dann kannst du mir Nachhilfeunterricht darin geben.« Er lächelte sie von der Seite her an. »Ich bin schon neugierig, was du mir alles erzählen wirst.«

Sie antwortete nicht, und so schlenderten sie weiter um das Schloss herum. Auf der Rückseite stand eine einzelne alte Kanone.

»Gegen wen sie die wohl benutzt haben?«

»Wohl kaum gegen die Papsttruppen«, mutmaßte er mit ernsthafter Miene. »Warum sollte Alfonso seinen Schwiegervater beschießen?«

»Na ja, bei *dem* Schwiegervater wäre das aber auch verständlich gewesen. Hallo? Der Borgia-Papst war doch der pure Skandal, oder nicht?«

»Stimmt. Und der Schwager war bekanntlich auch nicht von schlechten Eltern!«

»Cesare, o Cesare!«, deklamierte Lara dramatisch und wunderte sich über ihre eigene Spontaneität.

Alessandro lachte. Er war heute anders als sonst. Witzig, aber zurückhaltend, enthielt sich jeder zweideutigen Bemerkung, stellte keine indiskreten Fragen, erwies sich als aufmerksamer Begleiter durch die Gassen der Stadt. Beinahe vergaß sie, auf der Hut zu sein, und fühlte sich einfach nur unbeschwert und wohl. Als ihre Füße vom Herumlaufen zu schmerzen begannen, setzten sie sich in ein Lokal am Domplatz. Fast fühlte sie sich in seiner Gesellschaft tatsächlich, als wären sie schon alte Bekannte.

Als er sie gegen Abend zu ihrem Auto zurückbrachte, stieg sie nicht sofort aus.

»Das war wirklich ein sehr schöner Nachmittag«, meinte sie aufrichtig. »Danke dafür. Und danke, dass du heute nicht wieder versucht hast, mich auszufragen.«

Er antwortete ihr nicht sofort, sondern starrte vor sich hin.

»Weißt du«, meinte er nachdenklich, »man kann nicht erzwingen, was man gern haben möchte. Das bringst du mir gerade bei.« Nun erst sah er sie an. In seinen Augen fehlte das heitere, siegessichere Funkeln. Seine Miene war ernst. »Aber es freut mich, dass dir der Nachmittag gefallen hat.«

»Das hat er.« Sie wusste nicht, was sie ihm sonst auf diese eigenartige Aussage antworten sollte.

»Fein.« Er blieb wortkarg. »Wir sehen uns, okay?«

»Ja, okay. Ciao!«

Da er es offenbar eilig hatte, sie zu verabschieden, stieg sie aus und schloss die Wagentür. In ihrem Rücken hörte sie, wie er davonfuhr, und sah ihm verwirrt nach. Bisher hatte er stets darauf gedrängt, gleich für den nächsten Tag eine Verabredung mit ihr zu treffen. Dass er diesmal einfach davonfuhr, ohne sich eine weitere Begegnung zu sichern, irritierte sie. Was sie wiederum ärgerte.

Schulterzuckend stieg sie in ihr Auto und fuhr ebenfalls nach Hause.

Die Tage nach ihrer Fahrt nach Ferrara hörte Lara nichts von Alessandro. Gelegentlich machte sie einen Abstecher zu Loris, jedoch ohne ihn anzutreffen. Er war wie vom Erdboden verschluckt, und sie gestand sich widerwillig ein, dass ihr das ganz und gar nicht gefiel. Abgesehen von seinen eindeutigen Zweideutigkeiten war ihr seine Gesellschaft sehr angenehm gewesen.

Nun, wenn er jemanden auf die Folter spannen wollte, musste er sich jemand anderen dafür suchen, entschied Lara. Sie würde ihre Zeit auch gut ohne ihn verbringen können. Trotzdem fehlten ihr seine witzigen Bemerkungen, und sie registrierte mit Unbehagen, dass sie für ihren Geschmack viel zu häufig an ihn dachte.

Als ihr das bewusst wurde, fuhr sie nicht mehr zu Loris. Wenn der Kontakt damit abgerissen war, sollte ihr das auch recht sein. Zumindest hatte sie ein paar unbeschwerte Stunden verbracht, und die eigentliche Ursache, warum sie hier war, rückte immer mehr in den Hintergrund. Seit ein paar Tagen dachte sie nicht mehr so oft an ihre gescheiterte Ehe. Ihre tiefe, bleierne Traurigkeit und das kalte Gefühl von Einsamkeit und Leere hatten nachgelassen. Und darüber war sie mehr als froh!

4

Valerie traf am späten Nachmittag ein, von Lara schon sehnsüchtig erwartet. Was sich da in der letzten Zeit mit ihrem neuen Verehrer zugetragen hatte, rumorte in ihr, und sie brannte darauf, mit jemandem darüber zu sprechen. Wer konnte sie besser verstehen als ihre lebenserfahrene, unkomplizierte Freundin?

Sie umarmten sich herzlich, und als das Auto ausgeräumt war, setzten sie sich in die Küche und tranken ein Glas Prosecco zur Begrüßung.

Auf dem Tisch stand der Blumenstrauß, den Lara am Vormittag noch schnell besorgt hatte, und Valerie atmete erleichtert auf.

»Na, jetzt bin ich aber froh, dass ich da bin. Die letzten fünfzig Kilometer sind für mich immer die längsten. Ich werde eben auch nicht jünger.«

Lara lachte. »Nun hör aber auf! Du siehst keinen Tag älter aus als vierzig, und du weißt das auch!«

»Schätzchen, sag nicht so etwas, immerhin werde ich bald fünfzig.«

»Schon klar! Aber du hast dich eben gut gehalten, wie man so schön sagt.«

»Vielen Dank für die Blumen. Und für die auch.« Sie nickte zur Tischmitte hin. »Hast du die bei Loretta gekauft?«

»Natürlich. Sie bindet herrliche Sträuße, genau wie du gesagt hast. Oh, Valerie, ich freue mich so, dass du da bist.«

Valerie sah Lara forschend an. »Wurde aber auch Zeit, wie ich sehe. Du bist blass und viel zu dünn, ist dir das klar? Heute Abend gibt's erst mal ein Vier-Gänge-Menü«, entschied sie resolut. »Du musst unbedingt zusehen, dass du wieder etwas auf die Rippen bekommst! Und ein Besuch beim Friseur könnte dir auch nicht schaden. Aber jetzt gehe ich mich erst mal frischmachen, dann ziehen wir los, und du erzählst mir, was es so an Neuigkeiten gibt.«

Sie aßen in einem kleinen Restaurant in einer schmalen Gasse hinter der Kirche. Hier war Lara noch nicht gewesen. Das Lokal war neu renoviert worden und besaß ein Ambiente, das mit viel Liebe zum Detail gestaltet worden war.

»Ach, ist das herrlich hier!«, schwärmte Valerie. »Und jetzt lass mal hören. Ich will alles genau wissen.«

Während sie genüsslich speisten, berichtete Lara so detailliert und wahrheitsgetreu wie möglich jede Einzelheit ihrer vergangenen Wochen.

»Weißt du, ich bin unglaublich froh, dass es dir wieder so gut geht. Anfangs hast du uns echt Sorgen gemacht«, resümierte Valerie ernst.

Lara nickte beschämt.

Sie hatte tatsächlich anfangs tagelang das Bett nicht verlassen, nichts essen und niemanden sehen wollen.

»Ja, ich weiß. Ich war scheußlich, und du hast den ganzen Mist ohne zu murren mitgemacht. Dafür bin ich dir unendlich dankbar. Ich weiß nicht, was ich damals ohne dich und Bert gemacht hätte.«

»Ach was, dazu sind Freunde schließlich da. Es ist gut, dass du dich wieder gefangen hast. Merk dir eins: Kein Mann auf dieser

Welt ist solchen Kummer wert. Außer vielleicht Bert, aber das ist etwas anderes. Und dieser Alessandro scheint mir ein sehr interessanter Mann zu sein.«

»Findest du? Ich werde aus ihm nicht schlau.«

»Das musst du vorerst auch nicht. Wenn er dir den Hof machen will, soll er das ruhig tun. Und wenn dir danach ist, kannst du dir überlegen, ob du dir ein paar heiße Nächte mit ihm machen möchtest.«

Valeries herzhafte, direkte Art hatte Lara schon immer zum Lachen gebracht.

Ihre Freundin war klein und eher mollig, hatte ein fein geschnittenes, hübsches Gesicht und kurze dunkle Locken. Am auffallendsten an ihr aber war ihre unwiderstehliche positive Ausstrahlung, die vor allen Dingen durch ihren funkelnden Blick und ihr herzliches Lachen zum Ausdruck kam.

Lara konnte sich nicht erinnern, sie jemals übellaunig oder deprimiert erlebt zu haben, egal, was sie für Probleme haben mochte. Sie und Bert hatten sich erst relativ spät gefunden, Hals über Kopf geheiratet und neckten sich noch immer wie am ersten Tag.

»Aber Valerie!« Lara tat entrüstet. »Heiße Nächte sind momentan das letzte, was ich mir vorstellen kann.«

»Schon möglich, aber die Zeit heilt alle Wunden, und du wirst wohl kaum als Nonne enden wollen. Wer weiß, vielleicht täte es dir ja gut, mal wieder ein paar horizontale Trainingseinheiten zu nehmen.«

»Valerie! Aus dir wird nie eine feine Dame bei deiner Ausdrucksweise!«

Sie lachten beide aus vollem Hals.

»Gott sei Dank nicht, ich stelle mir das anstrengend vor. Da bin ich lieber unfein.«

Nachdem sie am nächsten Tag gründlich ausgeschlafen hatten, sichteten sie zunächst die Unterlagen, die Valerie für Lara mitgebracht hatte.

»Das Unangenehme zuerst, dann haben wir frei«, entschied Valerie.

Lara unterschrieb alles, was Valerie ihr vorlegte. Als das erledigt war, beschlossen sie, eine kleine Spazierfahrt zu machen. Das Wetter hatte aufgeklart, es war warm und windstill.

»Lass uns zur Torre Abate fahren«, schlug Valerie vor. »Ich gehe so gern dort an dem kleinen See spazieren. Wir könnten ein Picknick machen, statt irgendwas zu kochen.«

Sie packten Matten und zwei Decken ein, kauften ein wenig Obst, Brot und Käse, den unvermeidlichen Prosecco und fuhren los.

Sie stellten das Auto an der Straße ab und gingen zu Fuß durch das halbhohe Gras, bis sie einen sonnigen, windgeschützten Fleck fanden, an dem sie sich niederließen. Von dort aus hatten sie einen herrlichen Blick auf das schlichte Gebäude aus gebrannten Ziegeln, das sich scharf vom strahlend blauen Herbsthimmel abhob und im umgebenden Wasser spiegelte. Das ehemalige Schleusenhaus thronte wie ein Schiff auf fünf Steinbögen über dem kleinen Teich, der es umgab, und blickte mit schmalen Fenstern über die Ebene.

Das Laub hatte längst begonnen, sich zu verfärben, die Blätter der großen Silberweiden, die am Ufer standen, taumelten langsam und in schwankenden Kreisen auf die stille Wasseroberfläche, die sie hellbraun sprenkelten. Am anderen Ende des Sees saß ein einsamer Angler am Ufer und beobachtete müßig seine Angelruten, die übers Wasser ragten.

»Wusstest du eigentlich«, begann Valerie zwischen zwei Bissen ihres mitgebrachten Käses, »dass Leonardo da Vinci das Schleusensystem erfunden hat, das hier mal installiert war?«

»Tatsächlich?« Lara sah fasziniert zu dem stillen und unbewohnten Gebäude hinüber. »Ist das denn schon so alt?«

»Nicht ganz, und leider ist von den Schleusentoren nichts mehr übrig, aber sie haben sie nach seinen Vorgaben errichtet.«

»Und wie funktionierten sie?«

»Soweit ich weiß, waren die Tore so angebracht, dass sie sich mit der Ebbe öffneten und das Wasser ablaufen ließen. Kam dann die Flut, drückte sie gegen die Torflügel und die schlossen sich. Eigentlich simpel, wenn man das erst mal weiß.«

Lara lachte. »Stimmt. Trotzdem gut erfunden.«

»Würde ich auch sagen.«

»Aber ... von welcher Ebbe und Flut reden wir? Das ist doch nur ein Tümpel.«

»Jetzt ja, aber früher war das hier mal eine Lagune und zum Meer hin offen.«

»Aha. Ich würde zu gern mal dieses Ding von innen sehen«, sinnierte Lara.

»Ich auch. Aber leider war es immer geschlossen, wenn ich herkam. Siehst du? Auch heute sind alle Fensterläden zu.«

»Was ist eigentlich drinnen?«

»Ich glaube, ein Modell der Landschaft, wie sie vor ein paar hundert Jahren war, und eine Fotoausstellung, aber ... wie gesagt, da ich es selbst auch noch nie von innen gesehen habe, bin ich mir nicht sicher.«

»Vielleicht schaffen wir es irgendwann mal hinein. Momentan bin ich mit dem zufrieden, was ich außenherum sehe. Es ist so still, so idyllisch.« Lara sprach unwillkürlich mit gedämpfter Stimme, als wollte sie die Ruhe nicht unnötig durch laute Worte stören.

»Das ist es gerade, was ich hier so besonders liebe. Es ist wie ein Stück aus einer anderen Welt. Hier bist du für dich, außer es ist gerade Ostersonntag. Du hörst fast keine Geräusche, die von

Menschen gemacht sind, nur die Natur, den Wind, die Vögel und die Frösche.«

Eine Weile saßen sie einfach nur so da, betrachteten die Umgebung und ließen die Ruhe auf sich wirken.

»Weißt du, Valerie, ich habe mich vor Kurzem zum ersten Mal bei dem Gedanken ertappt, wie schön es wäre, wenn ich für immer hierbleiben könnte«, gestand Lara. »Wenn ich überhaupt nicht mehr zurückkommen würde, sondern einfach hier leben könnte. Natürlich müsste ich irgendetwas zu tun haben, irgendeine Tätigkeit, die mir Spaß macht und mit der ich genug Geld verdienen könnte, damit ich nicht zu sehr an meine Rücklagen gehen muss.«

Valerie schien von dieser Eröffnung nicht wirklich überrascht zu sein. »Wenn du das ernsthaft willst, dann wirst du es auch schaffen, davon bin ich überzeugt. Du musst dir nur unbedingt sicher sein, dass das nicht nur eine kurzzeitige Spinnerei ist, eine emotionale Trotzreaktion, die sich verflüchtigt, wenn du dein inneres Gleichgewicht wiedergefunden hast! Denn dann wirst du hier todunglücklich werden, wenn du die Ruhe und Einsamkeit nicht mehr aushältst. Was wir im Urlaub toll finden und womit wir im verdammten Alltag umgehen können, ist nicht unbedingt dasselbe.«

»Das ist mir klar. Ich weiß noch nicht genau, ob es nur eine Laune ist, oder ob es wirklich tief aus mir herauskommt. Aber ich fühle mich hier so ungeheuer wohl, dass mir der Gedanke, das alles verlassen und mein altes Leben wieder führen zu müssen, zutiefst zuwider ist. Ich habe sehr viel nachgedacht in den letzten Wochen, und eins kannst du mir glauben: Die Art und Weise, wie ich mit Robert gelebt habe, will ich auf gar keinen Fall mehr. Auch wenn ich wieder zurückkomme, muss sich radikal etwas an meiner Lebensweise ändern.«

»In welcher Beziehung?«

Lara dachte einen Moment nach und suchte nach den richtigen Worten.

»Mir kommt alles, was ich getan habe, so oberflächlich vor. Einfach alles. Weißt du, eigentlich ging es immer nur darum, möglichst viel für irgendwas meist Unnötiges bezahlt zu haben. Wenn ich an die Abende denke, die ich in Nobelkneipen oder schicken Restaurants verbringen musste, mit Menschen, die ich eigentlich nicht mochte, mit Frauen, die ihren Schmuck vorführen, und mit Männern, die sich mit ihren Heldentaten brüsten – da läuft es mir eiskalt den Rücken runter.«

»Mir scheint, du suchst momentan tatsächlich nach neuen Wegen, und das finde ich sehr gut! Du hast einfach zu viel Zeit damit verbracht, erst die wohlerzogene Tochter zu sein und dann die angepasste Ehefrau.«

»Genau. Ich glaube, wenn mir das alles schon viel früher klar gewesen wäre, hätte ich Robert gar nicht geheiratet. Dann hätte ich all diese Jahre nicht verloren, die ich mit ihm verbracht habe.«

»Das ist Blödsinn. Es bringt nichts, Fehler zu bereuen oder verlorenen Chancen nachzutrauern. Der Mensch lernt dazu und verändert sich, solange er lebt. Wenigstens, wenn er ein bisschen Grips im Schädel hat. Und um sich zu verändern, braucht man eben manchmal einschneidende Erlebnisse und schmerzhafte Erfahrungen. Du hast damals diese Entscheidung getroffen, weil du der Mensch dafür warst. Jetzt bist du dabei, dich neu zu entdecken, damit siehst du logischerweise die Dinge anders als früher und wirst andere Wege einschlagen.«

»Und was, meinst du, soll ich tun?«

»Oh nein, meine Süße, verlange bitte nicht von mir, dass ich dir dazu einen Rat gebe. Kein Mensch kann dir dabei helfen, das musst du allein herausfinden. So wie ich das sehe, da du nun schon mal an diesem Punkt angelangt bist, kannst du ihn nicht wieder beiseiteschieben und so tun, als wäre nichts passiert. Es würde an dir nagen, und eines Tages würdest du es zutiefst bereuen, nichts verändert zu haben. Ich finde nur, du solltest dir dabei Zeit lassen. Es ist dein Leben, und auch du hast nur eins.«

»Das wird nicht so einfach werden!«

»Ich weiß.«

Lara legte sich auf den Rücken und betrachtete schweigend den Himmel über sich. Sie wusste tief drinnen bereits, was sie wollte, sie wusste nur noch nicht, ob sie es schaffen würde.

»Da kommt jemand zu uns herüber«, unterbrach Valerie ihre Gedanken.

Lara setzte sich auf und kniff ihre Augen ein wenig zusammen, da die Sonne sie blendete.

»Das darf doch nicht wahr sein!«, entfuhr es ihr.

Valerie sah sie neugierig an. »Wer ist das?«

Inzwischen hatte der Mann sie erreicht. »Buongiorno. Ein schönes Fleckchen für ein Picknick habt ihr euch da ausgesucht.«

»Buongiorno, Alessandro«, antwortete Lara. »Das ist meine Freundin Valerie. Valerie, das ist Alessandro.«

»Freut mich, Sie zu treffen, Signora.« Er schüttelte Valerie die Hand. »Lara hat mir schon erzählt, dass Sie kommen würden. Sie haben Glück mit dem Wetter, die letzten Tage waren nicht so schön wie heute.«

Valerie rückte ein Stück beiseite und bot ihm an, Platz zu nehmen.

»Nein danke, ich gehe gleich wieder, ich möchte nicht stören. Wenn zwei Damen sich treffen, haben sie sich meistens viel zu erzählen.«

»Was machst du hier?« Lara war noch immer überrascht.

»Ich bin zufällig vorbeigekommen. Ein Freund hat mir gestern erzählt, dass er heute hier Karpfen angeln will, und da habe ich spontan beschlossen, ihn zu besuchen.« Er deutete zu dem Angler hinüber. Sie hatte ihn mit jemandem reden sehen, der Szene aber keinerlei Beachtung geschenkt. »Ich habe das deutsche Auto vorn an der Straße gesehen und mir gedacht, ich sehe mal nach, ob das nicht vielleicht Lara mit ihrer Freundin ist.«

»Das haben Sie gut gemacht«, lobte Valerie. »Sonst hätte ich Sie vielleicht gar nicht zu Gesicht bekommen. Möchten Sie einen Schluck?« Sie bot ihm einen Becher Prosecco an. »Leider sind die Gläser dem Anlass nicht angemessen, aber der Inhalt ist gut gekühlt.«

»Sehr nett, aber ich muss verzichten. Übrigens möchte ich Lara für einen der nächsten Tage zu einem Ausflug einladen, das gilt selbstverständlich auch für Sie, wenn Sie mitkommen möchten. Und falls Lara *Ja* sagt.« Er schenkte Valerie ein betörendes Lächeln.

»Das wird sie, Alessandro, das wird sie bestimmt. Ich weiß nur nicht, ob ich lange genug bleibe, um dabei sein zu können.«

»Überlegen Sie es sich. Schönen Nachmittag noch.«

»Danke, Ihnen auch.«

Als er weg war, wandte Valerie sich zu Lara um. »Wenn du dir den entgehen lässt, verabreiche ich dir eine Tracht Prügel. Männer wie der wachsen nicht auf den Bäumen. Einen so attraktiven, charmanten und höflichen Kerl habe ich selten getroffen.«

»Ja, er hat sich absolut von seiner Schokoladenseite gezeigt. Aber irgendwie traue ich ihm nicht über den Weg. Er ist so undurchsichtig, so eigenartig. Er wollte dich absichtlich einwickeln, und das ist ihm prächtig gelungen. Er kann auch anders.«

»Jeder kann auch anders. Dein Robert konnte ebenfalls anders, wie du weißt.«

»Das ist nicht fair.«

»Doch, ist es. Was willst du eigentlich? Er ist doch ein toller Typ. Sei mal ehrlich, da ist wirklich noch nichts gelaufen zwischen euch? Und das bei diesem knackigen Hintern?«

»Nicht das Geringste. Wir sind ein bisschen herumgefahren und haben miteinander Billard gespielt, das war aber auch schon alles.«

»Das ist nur der Anfang. Der will nicht nur Freundschaft, da kannst du dir sicher sein. Ich habe gesehen, wie er dich anschaut. Er steht auf dich, und du gefällst ihm, was willst du mehr?«

»Vielleicht will ich lieber weniger. Ich kann mir immer noch nicht vorstellen, wieder mit einem Mann zusammen zu sein. Ich bin hier, um Abstand zu bekommen und das Ganze zu verarbeiten. Das Letzte, was ich jetzt brauchen kann, ist eine Affäre, die wieder alles über den Haufen wirft.«

»Wer redet denn von einer ernsthaften Affäre? Du sollst einfach nur tun, wonach dir zumute ist. Und mit einem Mann wie Alessandro ins Bett zu gehen, hat bestimmt noch keiner Frau geschadet. Lass dich von ihm hofieren, lass dich ausführen, lass dir Komplimente machen! Was glaubst du, wie sehr das dein angeknackstes Selbstvertrauen wieder auf die Beine bringt.«

Lara schüttelte unschlüssig den Kopf. »Ich weiß nicht recht, ich bin nicht der Typ für eine Nacht. Ich sollte lieber die Finger von ihm lassen.«

»Warum das?«

Lara zögerte. »Er fragt mich aus. Will einfach immer irgendwas von mir erfahren. Und er sagt mir Dinge auf den Kopf zu, von denen er nichts wissen kann.«

»Scheint ein guter Menschenkenner zu sein.«

»Mir ist das eher unheimlich. Und ich glaube, ich will ihn lieber nicht zu nahekommen lassen.«

»Na, wenn du meinst!« Valerie lächelte verschmitzt in sich hinein. »Aber miteinander zu schlafen heißt nicht unbedingt, sich nahezukommen. Selbstbestätigung ist doch genau das, was du jetzt brauchst, das Gefühl, dass ein Mann sich für dich interessiert, dich begehrt, sich um dich bemüht – das tut gut, und das weißt du auch!«

»Jetzt hör mal wieder auf, mich zu verkuppeln! Warten wir ab, was passiert, vielleicht will er wirklich nicht mehr, als mit mir befreundet zu sein.«

Valerie lachte schallend. »Schmink dir das lieber gleich ab, er ist nicht der Typ, der mit Frauen nur befreundet sein will. Aber wie du meinst, lass es darauf ankommen, und entscheide dich dann. Und vergiss all den Quatsch, den du gelernt hast! Ich meine das, was sich gehört und was nicht, und dass Urlaubsflirts unglücklich machen. Du bist eine attraktive junge Frau, du bist frei, und du kannst tun und lassen, was immer du willst. Dein Alltag holt dich früh genug wieder ein.«

Lara gab ihr im Stillen recht. Trotzdem erschien ihr das Ganze nicht so einfach zu sein, wie Valerie es sah. Es war ihr nicht gelungen, in ihren Schilderungen die Atmosphäre deutlich genug einzufangen, die sie bei ihren Begegnungen mit Alessandro gespürt hatte, und vielleicht wäre es ein Fehler, zu glauben, eine Affäre mit ihm würde keine Spuren bei ihr hinterlassen. Dieser Mann griff viel zu schnell und viel zu tief in ihr Innerstes ein, was sie faszinierte und zugleich in höchste Alarmbereitschaft versetzte. Ein paar Sätze von ihm hatten gereicht, sie in Verwirrung zu stürzen, und dabei hatte sie bisher geglaubt, Erfahrung mit Männern zu haben.

»Ich überlege es mir«, resümierte sie laut. »Aber vorerst und vor allen Dingen will ich kein Durcheinander mehr haben, sondern Ruhe.«

»Das kann ich gut verstehen. Die letzte Zeit hat dich schön mitgenommen, was?«

»Ja. Und das Sonderbare an der Sache ist, dass mir jetzt, wenn ich zurückblicke, die Zeit davor noch viel schlimmer vorkommt. Ich frage mich, wie ich die letzten Jahre überstanden habe. Wenn ich nur daran denke, kriege ich schon keine Luft.«

Lara schüttelte sich.

Sie fröstelte. Es war kalt geworden, die Sonne sank, und der nahende November kündigte sich mit einem unfreundlichen Windstoß an. »Lass uns gehen, Valerie, sonst erkälten wir uns noch.«

Sie standen auf und räumten ihre Sachen zusammen.

»Was mich betrifft, ich möchte jetzt in deine Hafenbar und eine Tasse heißen Tee trinken, einverstanden?«

Lara seufzte. »Und du hoffst, Alessandro dort zu treffen, damit du deine Fäden spinnen kannst, habe ich recht?«

»Und ob du recht hast«, verkündete Valerie lachend. »Los, machen wir uns auf die Socken.«

»Hübsch ist es hier«, lobte Valerie, als sie sich bei Loris an einen Fenstertisch gesetzt hatten. »Und hier hast du gejobbt?«

»Ja. Hat mir richtig Spaß gemacht.«

Ein paar junge Männer lehnten an der Bar, andere saßen an den Nachbartischen. Die meisten kannten Lara und grüßten sie freundschaftlich.

»Es ist wie überall hier im Süden«, konstatierte Valerie. »Die Jungs gehen sich amüsieren, und die Mädchen bügeln zu Hause die Hemden. Sei bloß froh, dass du das hinter dir hast. Diese Belastung mit deinem Beruf und dann noch der Haushalt und einen Mann wie Robert, dem du eigentlich nie etwas recht machen konntest, hat dich gewaltig Kraft gekostet.«

Lara blickte sie forschend an. »Siehst du das auch so?«

»Was meinst du?«

»Dass ich Robert nie etwas recht machen konnte.«

»Natürlich. Ist dir das denn nie aufgefallen? Genau das war doch die letzten Jahre dein Muster. Zuerst wolltest du es deinem Vater recht machen und hast etwas studiert, das dir nie gefallen hat. Dann wolltest du es deiner Mutter recht machen und hast einen ehrgeizigen Architekten geheiratet, der aufstrebende Pläne hatte und ein vorzeigbarer Schwiegersohn war. Dann wolltest du es deinem Mann recht machen, der nichts anderes im Kopf hatte als versnobte Partys und schnelle Autos. Wann, um alles in der Welt, willst du es eigentlich mal Lara recht machen?«

Lara sah ihre Freundin an. Wusste inzwischen jeder besser über sie und ihr Leben Bescheid als sie selbst?

»Nun schau mich nicht an, als ob ich von einem anderen Planeten käme«, verteidigte die sich. »Es ist einfach, so etwas zu durchschauen, wenn man nicht selbst drinsteckt.«

»Stimmt alles. Ich kann es kaum fassen, aber so ist es immer gewesen. Ich habe inzwischen auch begriffen, dass ich ein Leben gelebt habe, das am Ende gar nicht mehr meines war. Deshalb will ich nicht mehr dahin zurück. Und ich meine das auch räumlich. Darum überlege ich, ob es nicht eine Möglichkeit gibt, hierzubleiben.«

»Mach den Anfang am besten damit, dass du dir ein erotisches Abenteuer gönnst!«

Nun lachte Lara befreit auf. »Fang bloß nicht schon wieder damit an.«

»Ich wollte nur die Stimmung auflockern, wir haben uns jetzt den ganzen Nachmittag ernst genug unterhalten. Es wird Zeit für ein wenig Spaß.«

In diesem Moment kam Loris zu ihnen an den Tisch.

»Entschuldigt, dass ich euch störe, aber da ist ein Anruf für dich, Lara.«

»Für mich?« Wer konnte das sein? Wer rief sie hier bei Loris an? Als sie den Hörer nahm und sich mit dem üblichen »Pronto« meldete, war es ihr schnell klar.

»Ciao, Lara, hier spricht Alessandro«, hörte sie ihn am anderen Ende der Leitung,

»Ciao, was gibt's denn?« Das Unbehagen war ihr deutlich anzuhören.

Als sie merkte, dass Valerie sie mit fragend hochgezogenen Augenbrauen ansah, formte sie mit den Lippen lautlos seinen Namen und sah ihre Freundin zufrieden lächeln.

»Ich wollte euch eigentlich etwas ausrichten lassen, aber da du gerade da bist, kann ich es dir selbst sagen. Ich habe eben mit ein paar Freunden beschlossen, dass wir morgen Abend Muscheln essen fahren, und wollte euch beide einladen, mitzukommen. Hast du Lust?«

Lara zögerte. »Ich frage Valerie, bleib bitte dran, ja?«

Sie wandte sich zu Valerie um und erklärte es ihr.

»Natürlich sagst du Ja, was denkst du denn?«, war die entschiedene Antwort.

Schulterzuckend gab sie nach. »Alessandro? Wir kommen gern mit, danke für die Einladung. Wo ist das?«

»Auf der anderen Seite des Flusses, im Veneto. Ich schlage vor, dass ich euch in Mesola abhole. Es ist schwer zu finden, wenn man das erste Mal hinfährt. Ich bin morgen Abend um acht Uhr bei euch, einverstanden?«

»Einverstanden.«

»Wie heißt die Straße, in der ihr wohnt?«

Ihr fiel ein, dass er sie damals ein paar Ecken weiter hatte aussteigen lassen, und sie gab ihm die genaue Adresse. »Du brauchst nur eine Häuserzeile weiterzufahren und biegst dann links ab. Es ist das Eckhaus am Ende der Straße.«

»Gut. Also dann bis morgen.«

Sie legte auf und setzte sich wieder zu Valerie an den Tisch. »Nun ja, dann haben wir beide also morgen ein Date«, meinte sie.

»Ob wir eins haben, weiß ich nicht. Auf jeden Fall hast du eins.«

»Was soll das heißen?«

»Das soll heißen, dass ich noch nicht entschieden habe, ob ich mitkomme. Vielleicht bleibe ich zu Hause.«

Lara war entrüstet. »Wenn du nicht mitfährst, fahre ich auch nicht, ist das klar? Er hat ausdrücklich uns beide eingeladen, dabei bleibt es auch. Er holt uns morgen Abend zu Hause ab, und wir fahren gemeinsam.«

»Gut, gut, beruhige dich, aber es geht schließlich um dich und deine Eroberung, nicht um mich. Sag mal, wo wohnt er eigentlich?«

Lara überlegte kurz. »Keine Ahnung.«

»Das weißt du nicht? Wie heißt er noch, außer Alessandro?«

»Weiß ich auch nicht. Ich habe ihn noch nicht danach gefragt. Er fängt meistens an, über mich zu reden.«

»Und das beschäftigt dich so sehr, dass du ihn darüber völlig vergisst, nicht wahr? Er ist ganz schön clever. Was macht er beruflich?«

Sie konnte nur ratlos die Schultern zucken. »Er ist Fischer, glaube ich.«

»Willst du mir damit sagen, du hast einen der interessantesten Männer getroffen, die dir seit Jahren begegnet sind, und hast außer seinem Vornamen nichts über ihn in Erfahrung gebracht?«

»Das soll es wohl heißen«, gestand Lara zerknirscht. »So etwas ist mir noch nie passiert, ehrlich. Ich bin aus der Übung in letzter Zeit.«

»So könnte man das auch nennen. Aber lass nur.« Valerie lachte. »Das kriegen wir schon hin. Jetzt ist natürlich klar, dass ich morgen unbedingt mitfahren muss. Ich werde ein bisschen für dich spionieren.«

»Oh nein, das wirst du nicht! Untersteh dich!« Doch sie sah Valeries verschmitztes Grinsen und wusste, dass sie keine Chance hatte. »Wehe dir, es fällt ihm auf!«

»Es wird weder ihm noch sonst jemandem auffallen. Viel auffälliger wäre, wenn wir ihm den ganzen Abend keine Frage stellen würden.« Sie warf einen Blick nach draußen, es war inzwischen dunkel geworden. »Lass uns fahren und überlegen, was wir heute Abend essen wollen.«

Auf dem Heimweg dachte Valerie laut nach. »Morgen ist Freitag. Du könntest vormittags zum Friseur gehen. Giovanna schneidet gut, ich war schon ein paar Mal bei ihr. Dann gehen wir einkaufen, du brauchst was Freches anzuziehen. Am besten fahren wir nach Ravenna, da gibt es jede Menge Auswahl.«

»Valerie, es ist nur ein Abendessen, keine Gala-Vorstellung in der Mailänder Oper!«

»Macht nichts. Hast du vergessen, wie gut es tut, sich mal wieder etwas Schönes zu gönnen?«

Da musste Lara ihr allerdings beipflichten. Und wenn sie ehrlich war, begann sie sogar, sich darauf zu freuen.

Am nächsten Morgen warf Valerie sie um halb acht aus dem Bett. »Raus, du Faulpelz, wir haben heute viel vor.«

Lara ließ sich von Valeries Energie und Tatendrang anstecken. Sie tranken einen Milchkaffee bei Angela, die das kleine Lokal an der Piazza betrieb, und waren um halb neun bei Giovanna im Salon. Sie hatten Glück, und Lara konnte gleich dableiben.

»Nicht viel kürzer, nur den Pony«, hatte Valerie ihr geraten. »Und lass dir Strähnchen machen. Ich gehe inzwischen Mitbringsel kaufen. Bert möchte unbedingt ein paar Ecken Parmesan haben.« Als sie anderthalb Stunden später zurückkehrte, musterte sie Lara gründlich. »Du solltest dein Haar immer so tragen. Es betont deine Augen und deine Wangenknochen, das steht dir.«

Giovanna hatte ihr einen frechen, kurzen Pony geschnitten, den sie mit etwas Gel keck aus der Stirn gekämmt hatte. Das schwere, glatte Haar war an den Enden nach innen geföhnt und reichte ihr bis knapp unter das Kinn. Passend zur Haarfarbe hatte sie vereinzelte dunkelrote Reflexe bekommen, die Laras Kopf in der Herbstsonne zum Leuchten brachten.

Valerie sah auf die Uhr. Es war kurz nach zehn. »Wenn wir gleich losfahren, schaffen wir es, bevor mittags die Geschäfte schließen. Danach können wir uns überlegen, ob wir uns noch die Mosaiken in San Vitale ansehen wollen.«

Und so fanden sie sich kurze Zeit später auf der Schnellstraße in Richtung Süden wieder. Es herrschte reger Verkehr, doch sie kamen gut durch und waren um kurz nach elf am Ziel. Valerie parkte das Auto in der Nähe des Bahnhofs, wo ein paar Parkplätze ausdrücklich für ausländische Kennzeichen reserviert waren. Dann machten sie sich auf in die Fußgängerzone, die das Zentrum der Stadt bildete. Schnell hatte Valerie gefunden, was sie suchte. Hier reihte sich eine Boutique an die andere, und aller Protest half nichts. Sie verpasste Lara kurzerhand ein dunkelrotes Etuikleid mit Blazer und dazu passende Wildlederpumps. Die nächste Station war ein Wäschegeschäft. Inzwischen fand auch Lara Freude daran und probierte Unmengen von Dessous an. Sie entschied sich für drei Träume aus Spitze und Satin.

»Weißt du noch, wie viel Spaß ich früher dabei hatte, bummeln zu gehen und mir etwas Schönes zu kaufen?«, erinnerte sie sich wehmütig.

»Häng nicht der Vergangenheit nach, sondern schau nach vorn«, tadelte Valerie sie. »Ab sofort wird es dir gefälligst wieder Spaß machen, verstanden?«

»Zu Befehl, Chefin. Du hast ja recht, es macht mir verdammt viel Spaß. Und ich brauche dringend noch ein paar teure Strumpfhosen.«

»Nimm auch halterlose, man kann nie wissen«, riet Valerie.

Beladen mit ihren Tüten machten sie sich auf den Weg, um irgendwo etwas zu trinken. Dabei fiel Laras Blick in ein Schaufenster, in dem ein Hosenanzug in einem sanften Taubengrau ausgestellt war.

»Valerie, den muss ich haben.«

Er passte wie angegossen.

Dazu gab es noch einen kurzen Rock und einen fein gestrickten Rollkragenpullover, und als die Verkäuferin, die ihre gute Laune schnell bemerkt hatte, auch noch einen farblich darauf abgestimmten Mantel zum Vorschein brachte, war die Ausstattung komplett. Danach folgte ein weiteres Schuhgeschäft, in dem sie elegante Slipper erstand, und Lara fühlte sich wie eine Königin.

»Ich hatte tatsächlich vergessen, wie gut das tut«, gestand sie, als sie endlich vor einer kalten Cola saß und einen Toast verspeiste. »Ich darf zwar nicht daran denken, was das mit meinem Konto machen wird, aber … ich habe es genossen.«

»Das habe ich dir ja gesagt. Unterschätze die Wirkung nicht, die das auf deine Laune heute Abend haben wird. Egal, was passiert oder auch nicht, du wirst dich wunderbar amüsieren.«

»Hoffentlich bin ich in dem Kleid nicht zu aufgetakelt. Ich finde, nichts ist schlimmer, als overdressed zu sein.«

»Mach dir da mal keine Sorgen, es ist sehr schlicht und steht dir ausgezeichnet. Hast du jetzt noch Lust auf Kultur, oder bist du zu erledigt, um noch durch Kirchen zu laufen?«

»Nein, ich möchte schon noch etwas sehen, wenn wir schon mal da sind.«

Sie hatten jedoch Pech, denn als sie vor der Eingangstür standen, die in den Kreuzgang und zu der Kirche führte, teilte ihnen ein Schild mit, dass bis nachmittags um sechzehn Uhr geschlossen wäre.

»Macht nichts, dann fahren wir eben wieder nach Hause und ruhen uns aus«, entschied Valerie.

Die Rückfahrt verlief nicht so entspannt, sie gerieten in einen Stau und kämpften sich im Schritttempo voran. Nach einer halben Stunde passierten sie eine Baustelle, dann war die Straße wieder frei. Als sie endlich in Mesola ankamen, war es später Nachmittag, und Valerie gähnte.

»Ich leg mich erst mal hin und mache ein Nickerchen. Das rate ich dir übrigens auch.«

»Valerie, wir gehen nur essen«, erinnerte Lara sie. »Das wird keine lange Nacht.«

»Und wenn schon, je ausgeruhter du aussiehst, desto besser.«

Alessandro stand pünktlich um acht vor der Tür.

»Möchtet ihr hinter mir herfahren, oder vertraut ihr euch mir an?« fragte er, nachdem sie sich begrüßt hatten.

»Wenn es dir nichts ausmacht, uns nachher wieder heimzubringen, fahren wir lieber mit dir. Was meinst du, Valerie?«

»Natürlich. Sie müssen aber hoffentlich keinen zu großen Umweg machen«, meinte sie an Alessandro gewandt.

»Überhaupt nicht«, wehrte er ab. »Ich wohne in der Nähe von Goro, es liegt also auf meinem Weg.«

Valerie drehte sich mit einem triumphierenden Blick zu Lara um, als wollte sie sagen: »Siehst du, so einfach ist das!«

Lara hatte Mühe, sich ein Lachen zu verkneifen, und stieg vorn ein, nachdem Valerie darauf bestanden hatte, auf der Rückbank zu sitzen.

»Wohin bringen Sie uns jetzt?«, fragte Valerie.

»Das Lokal liegt mitten im Podelta, etwa auf halbem Weg zwischen der Hauptstraße und dem Meer. Wenn man zum ersten Mal nachts dorthin fährt, ist es etwas schwierig zu finden, darum dachte ich mir, ich nehme euch lieber mit.«

»Das ist sehr aufmerksam von Ihnen.«

Sie plauderten weiter, und Valerie gab sich alle Mühe, das Gespräch in Gang zu halten. Nach ungefähr einer halben Stunde Fahrzeit bog Alessandro von der Straße ab, und sie sahen ein großes, flaches Gebäude vor sich auftauchen, das hell erleuchtet war.

Das Innere des Hauses wurde fast vollständig von einer einzigen, riesigen Halle eingenommen, fast alle Tische waren bereits besetzt. Alessandro ging voran und führte sie an einen Tisch, an dem schon einige junge Leute saßen. Er stellte sie beide den anderen vor. Ein paar von ihnen kannte Lara bereits, auch Rossano und Silvia waren da. Sie setzten sich. Alessandro platzierte Lara und Valerie so an einer Ecke der großen Tafel, dass sie sich bequem miteinander unterhalten konnten. Er selbst nahm neben Lara Platz.

Sie sah sich neugierig um. Ein ungewöhnlich großer, offener Kamin beherrschte die Mitte der Halle. Ein Mann war ausschließlich damit beschäftigt, Holzscheite nachzulegen und Glut hin und her zu schieben, um die richtige Hitze für die darüber liegenden Grillroste zu erhalten. Durch das offene Dachgebälk konnte man erkennen, dass das Haus anstelle von Dachschindeln mit Stroh gedeckt war, was dem Ganzen eine sehr rustikale Atmosphäre verlieh. Eine Handvoll Kellner schwirrte herum und verteilte Flaschen und Brotkörbe. Sie stellten auf jeden Tisch Rot- und Weißwein sowie mehrere Flaschen Mineralwasser.

»Was wollt ihr trinken?« Alessandro griff nach den Weinkaraffen. »Rot oder weiß – hier gibt es nur Hauswein, ihr könnt aber immerhin die Farbe selbst bestimmen.«

Sie entschieden sich für Weißwein und stilles Mineralwasser.

»Wie gefällt es euch hier?«, erkundigte er sich.

»Gut! Ich frage mich gerade, wie alt dieses Gebäude wohl sein mag«, gab Valerie Auskunft über ihre Gedankengänge.

»Ungefähr zweihundert Jahre«, erläuterte er bereitwillig. »Früher wurde es als Unterstand und zur Reparatur der Fischerboote benutzt, danach stand es viele Jahre leer. Dann hat man ein Restaurant daraus gemacht. Eigentlich kennen es nur die Einheimischen, Touristen verirren sich selten hierher.«

»Gibt es noch viele Fischer in dieser Gegend?«

»Es gibt nur noch einen einzigen Flussfischer, der seinen Beruf im Po ausübt, aber in jedem Hafenort leben natürlich viele davon, dass sie aufs Meer hinausfahren. Und wir in Goro und Gorino zum Beispiel hatten in den letzten Jahren mit der Muschelfischerei ziemlich gut zu tun, bis man die Sammelquoten gesetzlich beschränkt hat.«

»Aber ihr habt einen ziemlich großen Hafen, da gehen doch sicher einige auch auf Fischfang und nicht nur auf Muscheln, oder?«

Lara hielt die Luft an. Wie raffiniert Valerie das doch anstellte!

»Ja, natürlich tun sie das«, gab Alessandro unbefangen Auskunft. »Ein paar von uns machen natürlich auch noch etwas anderes, wie zum Beispiel Piero dort drüben.« Er wies zur anderen Seite des Tisches hinüber. »Er hat ein Elektrogeschäft. Aber viele von uns leben vom Meer wie in alten Zeiten, und viele andere indirekt natürlich auch. Die technischen Möglichkeiten haben sich zwar geändert, aber der Job ist immer noch genauso hart wie eh und je.«

»Bei Wind und Wetter draußen, das geht sicher an die Substanz«, meinte Valerie mitfühlend.

Sie wurden unterbrochen, weil sie den ersten Gang serviert bekamen, und widmeten sich nun genussvoll dem Essen. Hier wurde nicht bestellt, sondern es gab das, was die Küche zu bieten hatte. Lara hatte noch nie in ihrem Leben eine solche Menge an verschiedenen Muscheln gesehen – geschweige denn gegessen. Alle waren auf unterschiedliche Weise zubereitet, und jeder Gang war so köstlich wie der vorherige.

»Das hast du raffiniert angestellt«, meinte sie anerkennend auf Deutsch zwischen zwei Bissen zu Valerie und war froh, dass niemand am Tisch ihre Sprache verstand. »Ich hätte das nie so lässig hingekriegt.«

»Wenn du ihn einfach gefragt hättest, dann hätte er dir das auch verraten, und ich müsste mich jetzt nicht so anstrengen«, gab sie zurück. »Aber dafür, dass er auch nur Fischer ist wie die anderen, hat er erstaunlich gepflegte Hände, ist dir das noch nicht aufgefallen?«

»Doch«, bestätigte Lara.

Valerie hatte richtig beobachtet, Alessandro besaß schlanke und doch kräftige Hände mit kurz geschnittenen, gepflegten Fingernägeln, die blitzsauber waren und nicht nach schmutziger, körperlicher Arbeit aussahen. Die meisten anderen hatten wettergegerbte, rissige Hände mit leichten dunklen Rändern unter den Nägeln, die wohl trotz aller Mühen nicht mehr so einfach zu entfernen waren.

»Und dann seine Kleidung!«, fuhr Valerie fort. »Schlicht, aber sehr edel. Der ist mindestens so teuer angezogen wie du heute Abend.«

»Wir haben uns eben alle besonders herausgeputzt.«

»Aber seine Sachen sind eben noch zwei Klassen besser.«

Lara stimmte ihr im Stillen zu. Nun, dann war er eben ein Fischer mit teurem Geschmack. Ihr war das ziemlich gleichgültig.

»Schmeckt es euch?«, unterbrach Alessandro sie.

»Es ist hervorragend. Klasse von dir, uns hierher mitzunehmen.«

»Es freut mich, dass ihr mitgekommen seid. Ich hatte schon Zweifel, ob du Ja sagen würdest. Weißt du eigentlich, dass du heute Abend besonders hinreißend aussiehst?«

»Das will ich auch hoffen«, antwortete Lara leichthin. »Schließlich hat Valerie mich zum Friseur und bis nach Ravenna geschleppt, um mich fein zu machen.«

»Das ist ihr außerordentlich gut gelungen, finde ich.« Er lehnte sich vor und lächelte anerkennend zu Valerie hinüber.

»Was? Ich habe gerade nicht zugehört!«, behauptete diese.

»Ich sagte gerade, wie besonders gut Lara heute Abend aussieht. Das haben Sie toll hingekriegt.«

»Nicht wahr? Aber wenn Sie nichts dagegen haben und mir das Recht der Älteren zugestehen, dann könnten wir das mit dem Sie bleiben lassen und uns duzen, einverstanden?«

»Es wäre mir eine Ehre, Valerie.«

»Außerdem habe ich dann mit der Grammatik weniger Probleme«, gestand sie schmunzelnd.

»Und ich dachte schon, es käme davon, dass ich dir sympathisch bin«, scherzte er.

»Bist du auch, keine Frage!«, konterte Valerie. »Und ich hoffe, wir haben in den nächsten Tagen noch Gelegenheit, unsere Bekanntschaft ein bisschen zu vertiefen!«

»An mir soll es nicht liegen. Ich hoffe nur, Lara sieht das genauso. Was meinst du?«

Er wandte sich zu ihr, und sie spürte, wie sich unter dem Tisch sein Oberschenkel gegen den ihren presste. Sie sah ihn an und versank für einen Moment in seinen unergründlichen Augen, die in diesem Licht erstaunlich hellblau waren.

»Was meinst du?«, wiederholte er leise seine Frage. »Würde dir das gefallen?«

»Stört es dich denn gar nicht, dass uns die anderen beobachten?«, versuchte sie abzulenken.

»Wer beobachtet uns denn?«, neckte er sie unbeeindruckt und wandte den Blick nicht von ihr. Der Druck an ihrem Bein verstärkte sich.

»Deine Freunde natürlich.«

Ihr Atem ging unwillkürlich schneller, und sie starrte auf seinen vollen Mund, um den – wie sie erwartet hatte – ein Lächeln spielte. Wieder fiel ihr das kleine Grübchen in seinem markanten Kinn auf.

»Lass sie doch. Sie sehen eine wunderschöne Frau, die sich mit einem Mann unterhält, dem sie gefällt. Und der ihr eine Frage gestellt hat, die sie noch beantworten muss.«

»Was für eine Frage?« Lara hatte den Faden verloren.

»Es ging darum, etwas zu vertiefen, erinnerst du dich nicht? Ich möchte es gern sehr weit vertiefen!« Sein Lächeln verstärkte sich, als er ihre Verlegenheit bemerkte. »Du bist unwiderstehlich. Wenn man dich so sieht, wirkst du richtig schüchtern.«

»Bin ich auch!«, bestätigte Lara irritiert, doch in Gedanken schlug sie sich an die Stirn. Lieber Gott, was redete sie da bloß? Das war der allergrößte Blödsinn, den sie seit Langem von sich gegeben hatte. Dabei sollte sie flirten und sich amüsieren, was das Zeug hielt!

Sie griff nach ihrem Glas und trank hastig einen Schluck Wasser, während sie ihm einen kurzen Seitenblick zuwarf. Lara spürte, wie sie ein heißer Blitz durchzuckte, und stand auf.

»Entschuldigt mich, ich gehe mal an die frische Luft. Ich kann sowieso fast nichts mehr essen, es war ganz schön viel bisher.«

Sie ignorierte Valeries fragenden Blick und schaffte es mit zitternden Knien bis vor die Tür, ohne Kellner oder andere Gäste anzurempeln.

Draußen war es kalt, doch das tat ihren glühenden Wangen gut. Valerie hatte also recht gehabt, sie hatte es deutlich in seinen Augen gesehen. Er wollte sie, und nun war es für ihn wohl an der Zeit, seine Offensive zu starten. Und sie? Wie sollte sie sich nun verhalten?

Wut kroch plötzlich in ihr hoch, eine heillose, unbändige Wut auf – ja, auf wen? Das war genau das Schwierige daran. Eigentlich war sie wütend auf Robert, der ihre selbstsichere, spielerische Gewandtheit im Umgang mit Männern abgetötet hatte. Doch ihr war auch klar, dass sie selbst es gewesen war, die sich all das hatte antun lassen. Und solange Alessandro sie so unverblümt reizte – und er fand offensichtlich unvermindert Gefallen daran – würde ihre Gelassenheit nicht von selbst zurückkehren. Was also sollte sie jetzt tun?

Es ergab wahrscheinlich nicht viel Sinn, es mit Hinhaltetaktiken zu versuchen. Entweder sie ging auf sein Tempo ein, überließ ihm die Führung, und die Dinge würden so laufen, wie er es wollte, oder sie entschied sich dagegen, dann musste sie das Spiel abbrechen, ehe sie zu weit gegangen war und nicht mehr umkehren konnte.

Lara fühlte sich wie ein Teenager, der Angst vor der eigenen Courage hatte. Einerseits fand sie ihn ungemein anziehend, aber andererseits hatte sie ein mulmiges Gefühl. Sie schob es auf ihre bittere Enttäuschung, schließlich war sie eine erwachsene Frau, für die Sex das Normalste auf der Welt sein sollte. Warum also stellte sie sich jetzt so dämlich an?

»Wenn du dich nicht bald zusammenreißt, dann hat Robert gewonnen ...«

Ihr war nicht bewusst, dass sie diesen Satz laut gesagt hatte, und sie zuckte zusammen beim Klang ihrer eigenen Stimme. Ihr passierte nur, was sie zuließ – und wenn sie jetzt auf ein Abenteuer mit Alessandro verzichtete, das ihr Spaß machen und das sie vielleicht richtig genießen würde, erlaubte sie ihrer verkorksten Vergangenheit, auch in ihrer Zukunft weiterhin Regie zu führen.

»Na, so weit kommt's noch!«

»Mit wem redest du da?«

Lara erschrak, doch diesmal war es der Klang von Alessandros Stimme – er stand plötzlich da, wie aus dem Boden gewachsen.

»Mit mir selbst.« Sie lachte verlegen. »Passiert manchmal.«

»Ich habe zwar nichts verstanden, aber es klang nicht sehr liebevoll. Du solltest netter mit dir umgehen!«

Er zog seine Jacke aus und legte sie ihr über die Schultern.

»Danke.« Sie blieb einsilbig und starrte auf ihre Schuhe.

»Was ist los? Wovor läufst du davon?«

»Ich laufe nicht davon«, widersprach sie gegen ihr besseres Wissen. Er nahm ihr Kinn in seine rechte Hand, wie das erste Mal, als sie vor Rossanos Haus gestanden hatten, sodass sie ihn ansehen musste.

»Natürlich tust du das, und du weißt es. Wovor hast du Angst?« Er stand so dicht vor ihr, dass sie die Wärme seines Körpers spüren konnte. Sein Atem strich über ihr Gesicht, als er sich langsam zu ihr beugte. Doch er küsste sie nicht, sondern hielt inne und streichelte mit seinem Daumen nur sacht über ihre Wange.

»Wie lange wirst du mich noch zappeln lassen, was meinst du?«

Ja, wie lange eigentlich noch? Sie hatte das Gefühl, in seinen Augen zu versinken. Hier draußen erschienen sie schwarz, mit einem deutlichen Funkeln darin, und wenn sie jetzt noch länger so stehen blieb, dann würde er sie bestimmt auch noch hypnotisieren.

Sie holte tief Luft. Als sie eine leichte Bewegung mit dem Kopf machte, ließ er sie sofort los und trat ein wenig zurück.

»Du verlierst keine Zeit, nicht wahr?«, fragte sie schwach.

»Nein, cara, warum auch? Dazu ist das Leben zu kurz und zu kostbar. Wir sollten es lieber genießen. Wer weiß schon, was morgen kommt?«

Sie schloss einen Moment benommen die Augen und senkte den Kopf. Er hatte recht, und sie sollte sich wirklich nicht so albern benehmen! Sie hatte sich lange genug vergraben, hatte lange genug getrauert, hatte sich und die Welt lange genug mit ihrem Herzschmerz genervt und hatte sich lange genug selbst verboten, sich zu amüsieren und wieder am echten Leben teilzunehmen.

Vielleicht spürte Alessandro, dass sie sich einen Ruck geben wollte. Er tat genau das Richtige im richtigen Moment – er nahm sie in die Arme, das Gesicht in ihrem Haar vergraben.

Sie stöhnte leise auf, als er mit seinem Mund an ihrer Wange entlangstrich und den ihren suchte. Lara spürte ihn, spürte seinen Körper, seine Hand in ihrem Nacken und dann seinen Mund auf ihrem. Ganz von selbst schlangen sich ihre Arme um ihn, sie fuhr mit den Fingern durch sein kurz geschnittenes Haar und streichelte seinen Nacken.

Er küsste sie sehr sanft, umspielte ihre Lippen, umwarb sie vorsichtig, und als sie sich schließlich öffneten, suchte er mit seiner Zunge die ihre. Laras Reaktion war heftig: Ihre Knie gaben nach, und sie lehnte sich an ihn, um nicht das Gleichgewicht zu verlieren. Seine Antwort darauf war ein heiseres Stöhnen.

Ihr lief ein heißer Schauder den Rücken hinunter, als sie spürte, wie erregt er war. Ihr Herz raste, und ihre eigene wachsende Lust auf ihn raubte ihr den Atem.

Er strich ihr sanft eine Haarsträhne aus dem Gesicht. »Alles in Ordnung?«

Lara konnte nur nicken, machte aber keine Bewegung.

»Hat es dir die Sprache verschlagen?« Es klang rau, als hätte auch er Mühe, sich wieder unter Kontrolle zu bringen.

»Das hat es.« Sie räusperte sich. »Aber ... doch, alles in Ordnung!«

Plötzlich wollte sie nicht, dass er sie wieder losließ. Außer der fast unerträglichen Spannung hatte sie ein flüchtiges Gefühl von Geborgenheit gestreift, und sie versuchte sehnsüchtig, diesen vagen Moment noch etwas länger festzuhalten.

»Fein.« Er verstärkte den Druck seiner Umarmung. »Dir ist kalt, wir sollten wieder reingehen«, schlug er leise vor.

»N-nein, ich ...« Sie stockte. Noch immer steckte ihr ein Kloß im Hals, und ihre Stimme war belegt. »Ich kann noch nicht ... lass mich noch kurz ... bitte ...«

»Na, eigentlich müsste ich es sein, der hier draußen bleibt, um sich erst mal abzukühlen«, seufzte er. »Komm, setz dich.« Er bugsierte sie zu einer kleinen hölzernen Sitzbank neben dem Eingang und setzte sich neben sie. »Oder willst du lieber allein sein?«

Sie schüttelte den Kopf. Er hatte ihre Hand nicht losgelassen, nun legte er sie an seine Wange. Lara spürte das leichte Kratzen seiner Bartstoppeln, spürte die Wärme seiner Haut und dann seine Lippen, als er den Kopf wandte, ihre Handfläche küsste und sie dabei kurz seine Zungenspitze fühlen ließ.

»Nicht, bitte ...« Noch immer fühlte sie sich außer Stande, einen klaren Gedanken zu äußern.

»Ich verspreche dir, es wird nichts passieren, was du nicht willst.« Seine Stimme klang samten und verführerisch, als hätte er die Ursache ihres Zögerns erraten. Mit dem Daumen strich er sanft über ihre Handfläche.

Statt einer Antwort sah sie ihn einen Moment forschend an und war sich nicht sicher, ob sie ihn nicht lieber erneut abblitzen lassen sollte.

Doch dann fasste sie Mut. Sie beugte sich vor und gab dem Drang nach, ihn zu küssen. Als sie mit ihrer Zunge seine Lippen umschmeichelte, spürte sie, dass er leicht erschauerte, und löste sich hastig von seinem Mund. In seinen Augen spiegelte sich das Licht, das durch ein Fenster des Lokals zu ihnen herausdrang.

»Ich möchte dich erleben, wenn dein Panzer erst einmal geschmolzen ist.« Seine Stimme war nur noch ein Flüstern. »Ich jedenfalls brenne jetzt schon lichterloh, das dürftest du inzwischen gespürt haben.«

Die unerwartet direkten Worte jagten eine Gänsehaut über ihren ganzen Körper. Es hörte sich ... ein bisschen verrucht an. Aber so gut. »Sobald Valerie abgereist ist, kannst du dich ans Schmelzen machen. Wirst du das abwarten können oder ist dein Feuer bis dahin erloschen?«

Er sah sie einen Moment schweigend an, als wollte er ergründen, woher diese plötzliche und unerwartete Direktheit kam.

»Ja, ich kann warten, aber nur unter einer Bedingung!«

Aus seinen Augen war das leicht spöttische Lächeln gewichen, und auch Lara empfand mit einem Mal tiefen Ernst. Sie saßen sich von Angesicht zu Angesicht gegenüber und wandten den Blick nicht voneinander.

»Welche Bedingung?«

»Kein anderes Feuer!«

Sie begriff sofort, was er meinte. »Abgemacht.«

Für einen flüchtigen Augenblick befanden sie sich in einer Welt, in der nur sie beide existierten. Völlig aufeinander konzentriert, vergaßen sie alles um sich herum und schlossen einen Pakt. Lara hoffte in diesem Moment inständig, dass er ihn einhalten würde.

Plötzlich hätte sie am liebsten laut gelacht, um ihren überschäumenden Emotionen Luft zu verschaffen, doch Alessandro fixierte sie noch immer mit unverändertem Ernst.

»Lara, ist dir klar, was du mir da gerade versprochen hast?«

»Natürlich ist mir das klar.« Sie fühlte sich wie aus einem Gefängnis befreit. »Hier hast du meine Hand darauf. Und jetzt küss mich noch mal«, forderte sie ihn auf. »Ich komme gerade auf den Geschmack!«

Doch er zog sich ein wenig zurück.

»Nein«, meinte er langsam, »wenn ich das jetzt tue, dann muss ich dich sofort in mein Auto setzen und mit dir von hier verschwinden.«

Sie zögerte nur einen Moment und kostete die Empfindung aus, die diese Worte in ihr auslösten. Die Situation hatte sie erregt, und in ihr stieg eine unheimliche Bereitschaft auf, alles über Bord zu werfen und sich kopfüber ins Abenteuer zu stürzen.

»Dann lass uns gehen!«

»Nein, cara, heute nicht. Wie du gesagt hast, wir warten. Lass uns nichts überstürzen, okay?«

»Wenn du meinst.«

Ihre Stimme klang bedauernd, und sie fragte sich, wie viel Geduld er wohl aufbringen würde, jetzt, wo sie ihm eigentlich schon alles zugestanden hatte, was er wollte.

»Wollen wir wieder hineingehen?«, fragte er. »Valerie wird dich bestimmt schon vermissen. Außerdem will ich nicht, dass du dich hier noch erkältest.«

»Geh nur, ich komme nach. Ich glaube, ich brauche noch einen Moment, um mich zu beruhigen«, gestand sie. »Und essen kann ich sowieso nichts mehr!«

»Ich habe dir doch hoffentlich nicht den Appetit verdorben?«, erkundigte Alessandro sich halb besorgt, halb amüsiert.

Lara schüttelte den Kopf. »Nein, aber ich muss mich erst sammeln. Gib mir noch eine Minute, ich komme gleich.«

»Na gut.«

Er erhob sich zögernd, beugte sich aber noch einmal zu ihr, um sie auf den Hals zu küssen, ehe er sich abwandte.

»Willst du nicht lieber deine Jacke mitnehmen?«, schlug sie mit einem vielsagenden Blick auf seinen Schritt vor.

Er lachte. »Wir sollten uns wohl beide etwas abkühlen, was?« Dann griff er nach seiner Jacke und streifte sie über. »Besser so?«

»Allerdings.«

Als die Tür hinter ihm zufiel, atmete sie tief ein und schloss die Augen. So konnte es also sein, wenn man sich einfach gehen ließ und nicht an gestern oder morgen dachte.

Eine Woge der Euphorie schwappte über sie hinweg und hinterließ ein Lächeln auf ihrem Gesicht. Ihre Erregung wich einem leisen Gefühl gespannter Erwartung. Wie es aussah, könnte das wirklich gut funktionieren zwischen ihnen. Valerie hatte recht: Warum, verdammt, sollte sie sich ihr Leben dadurch vermiesen lassen, dass sie ständig an ihre Vergangenheit dachte? Wieso sollte sie nicht einfach genießen, was sich ihr da auf dem Silbertablett präsentierte? Das Lächeln auf ihrem Gesicht vertiefte sich. Wie hatte er es ausgedrückt? Er brannte lichterloh. Ja, aber nicht nur er! Alles in ihr hatte nach ihm und seinen Berührungen geschrien. Wie dumm musste eine Frau denn sein, bei so einem Mann Nein zu sagen, nur weil der eigene Ehemann ein Idiot war? Schließlich gab sie sich einen Ruck und ging wieder ins Lokal. Sie meinte, dass alle, die sie ansahen, sofort erkennen mussten, was passiert war. *Nun*, ermahnte sie sich und das Lächeln kehrte auf ihr Gesicht zurück, *was ist denn schon großartig passiert? Dich hat mal wieder ein Mann geküsst, davon geht die Welt nicht unter. Das hat dir nur endlich den Kopf ein bisschen zurechtgerückt!*

Sein brennender Blick folgte ihr durch den Raum und zog sie förmlich an. Sie hatte Mühe, den Weg zu ihrem Tisch zu bewältigen, ohne zu stolpern.

»Du hast eine herrliche Fischsuppe verpasst und die Grillplatte auch noch«, informierte Valerie sie gut gelaunt. »Oder gehe ich recht in der Annahme, dass es draußen interessanter war als hier?«

»Stimmt, ich hätte da draußen mehr verpasst als nur Fischsuppe«, gab Lara unumwunden zu.

»Na endlich! Dann kommt die Welt doch wieder ins Lot.«

Alessandro schien sich angeregt mit seinem Nachbarn zu unterhalten, doch unter dem Tisch spürte sie wieder sein Knie, das sich gegen ihres presste. Sie hielt kurz dagegen und zog sich dann zurück. Wenn das so weiterginge, würde sie sich so schnell nicht wieder beruhigen!

Er warf ihr einen kurzen fragenden Blick zu, den sie mit einem Lächeln erwiderte.

»Möchtest du noch irgendwas?«

»Einen caffè, und wenn's geht auch noch einen Grappa, bitte! Ich bin ja heute mit Chauffeur unterwegs.«

Er winkte einen Kellner heran, um das Gewünschte zu bestellen. Die anderen hatten in der Zwischenzeit bereits ihre

Dolci vor sich, und Lara sah aus dem Augenwinkel, dass Valerie sich angeregt mit ihrem Tischnachbarn unterhielt. Beruhigt wandte sie sich wieder Alessandro zu, der sie nun sehr ernst ansah. Zu ernst, wie sie fand!

»Hey, Fremder«, meinte sie neckend, »warum siehst du mich so düster an? Habe ich dich geärgert?«

»Geärgert? Nein, im Gegenteil! Ich bin mir nur nicht sicher, ob dir klar ist, dass wir eine Abmachung getroffen haben. Ich bin sehr altmodisch, was das Einhalten von Versprechen angeht, weißt du?«

»Doch, alles klar.«

»Gut, dann ist alles bestens, oder?« Er beobachtete sie noch immer leicht irritiert.

Von der anderen Seite her meldete sich Rossano zu Wort. »Hallo, ihr zwei Turteltäubchen, dürfen wir mal kurz stören? Es wird langsam Zeit, ein paar von uns müssen morgen früh aus den Federn. Habt ihr was dagegen, wenn wir uns allmählich ans Bezahlen machen?«

Alessandro nickte. Lara schenkte ihm noch ein kurzes Lächeln und wandte sich dann an Valerie. Daraufhin fingen beide an, in ihren Handtaschen nach den Geldbörsen zu suchen.

»Moment, ihr zwei.« Er beugte sich hinüber und legte Lara die Hand auf den Arm. »Lasst das bitte sein, wenn ihr mich nicht beleidigen wollt. Ich habe euch eingeladen.«

»Na, dann bedanken wir uns herzlich bei dir, Alessandro«, meinte Valerie und klappte ihre Tasche wieder zu. »Beleidigen wollten wir dich nicht im Entferntesten, ich bin es nur so gewöhnt, wenn eine größere Gruppe unterwegs ist, dass jeder für sich und seinen Partner bezahlt«, versuchte sie ihm zu erklären.

Alessandro lachte. »Valerie, du bist eine sehr kluge Frau. Ich tue nur genau das, was du gerade gesagt hast, und diese Gewohnheit erstreckt sich natürlich auch auf neue Freunde.«

»Es freut mich außerordentlich, das zu hören«, meinte Valerie zufrieden. Und mehr an Lara gewandt als an ihn: »Wie schön, dass ihr euch so gut unterhalten habt.«

»Mehr als das«, bestätigte Lara ihr auf Deutsch. »Du kannst stolz auf mich sein.«

»Hör mal, wenn ihr noch etwas vorhabt heute, könnt ihr mich einfach zu Hause absetzen. Vielleicht möchte er dir gern zeigen, wo er wohnt?«

»Das hat keine Eile, ich fahre mit dir nach Hause«, wehrte sie ab.

Indessen machte sich Aufbruchsstimmung breit. Alessandro wandte sich im Gehen an Lara. »Sag mal, meinst du nicht, dass es an der Zeit wäre, mir deine Telefonnummer zu geben?«

»Dringend. Also erinnere mich daran, wenn wir aussteigen!«

Vor ihrer Haustür angekommen, verabschiedete sich Valerie dezent und ging schon vor ins Haus. Lara und Alessandro blieben noch einen Moment draußen stehen, um ihre Nummern auszutauschen. Die kalte Nachtluft umfing sie, und er zog sie noch einmal eng an sich.

»Bis bald also.« Seine Zunge spielte sanft mit ihrer Unterlippe, und wieder brach ein Sturm über sie herein, als sie seinen Kuss ungehemmt erwiderte.

Er lachte leise. »Das mit dem Warten war keine so gute Idee, glaube ich«, gestand er. »Ich hätte dein Angebot vorhin annehmen sollen!«

»Stimmt«, flüsterte sie, als sie aufs Neue seine Erregung zu spüren bekam.

Schließlich riss er sich von ihr los. »Ich melde mich. Buona notte!«

»Notte!«

Seinen männlich-herben Duft noch in der Nase, sah sie ihm nach, als er verschwand.

5

Mit Valeries Abreise kam der Regen und hielt tagelang an. Es wurde fast winterlich kalt, die spätherbstlichen, schönen Tage gehörten über Nacht der Vergangenheit an. Die großen Feuchtgebiete des Deltas speicherten die Herbstwärme noch in ihren Wassermassen, und so brachte die Kälte dichten Nebel mit, der sich den ganzen Tag über nicht auflöste. Lara fühlte sich schlagartig und unvermittelt in eine andere Welt versetzt. Valerie fehlte ihr, das sonnige Gemüt der Freundin hätte ihre Laune in diesen Tagen beträchtlich gehoben. Das anhaltende Zwielicht tat sein Übriges, es wurde fast nicht mehr hell draußen.

Zu allem Überfluss ließ auch Alessandro nichts von sich hören, er war wie vom Erdboden verschluckt. Lara ertappte sich dabei, dass sie ihr Telefon in der Hand hielt und mit sich kämpfte, ihn anzurufen. Doch sie tat es nicht. Dieser arrogante italienische Fischer sollte die Genugtuung nicht erleben, dass sie ihm auch noch hinterhertelefonierte.

Schließlich, nach zwei Tagen, war ihre Geduld von Erfolg gekrönt – er schickte ihr eine Nachricht.

»Musste kurz weg«, hieß es da lapidar, »melde mich, sobald ich zurück bin. Kuss, Alessandro.«

Immerhin, er hatte von sich hören lassen. Warum er sich nach jenem Abend und ihrer Verabredung zum Beischlaf, wie sie es bei sich ironisch nannte, nur per SMS meldete, darüber mochte sie nicht weiter nachgrübeln. Auch darüber nicht, warum seine Abwesenheit ein solches Gefühl der Leere und Enttäuschung hinterließ.

Da sie keine Lust hatte, für sich allein zu kochen, aß sie meistens einen kleinen Snack in Micheles Pub. An einem dieser trüben Nachmittage hörte sie zum ersten Mal die Worte »acqua alta« fallen und fragte nach.

»Was ist mit dem Hochwasser?«

»Es kommt bald«, war die einsilbige Antwort des älteren Mannes, der ihr am nächsten saß. Michele sah ihren fragenden Blick und erklärte es ihr.

»Es hat die letzte Woche viel geregnet. Das ist zwar gut für die Wasserreserven, aber es war zu viel über zu lange Zeit. Und es hat nicht nur hier in der Ebene geregnet, sondern auch am Oberlauf des Po und im Gebirge. Sie fürchten alle, dass ein Hochwasser kommen könnte, wie wir es schon lange nicht mehr hatten.«

»Ich dachte immer, die gefährlichste Jahreszeit für Hochwasser wäre das Frühjahr, wenn die Schneeschmelze kommt! Hochwasser im Herbst?«

»Ja, weißt du, der Schnee schmilzt meistens langsam ab, das kann der Fluss verkraften. Aber wenn es dermaßen regnet wie in den letzten Tagen, dann steigt der Wasserstand. Schlecht ist es dann, wenn im Herbst auch die Stürme vom Meer her kommen und das Wasser im Fluss noch zusätzlich aufstauen, weil dadurch die Flut höher ist als normal.«

»Heißt das, der Fluss könnte überlaufen?«

»Das wollen wir nicht hoffen, aber in den Zeitungen warnen sie bereits davor. Die zuständigen Behörden lassen angeblich Sandsäcke vorbereiten.«

»Wenn das Wasser kommt, sind wir hier dann auch gefährdet?« Im Geiste sah sie sich schon mit Eimern Wasser aus dem Keller schöpfen.

»Wir hier nicht so sehr, weil wir auf einer kleinen Erhöhung liegen.«

Ja, ja, dachte Lara bei sich, *die alten Fürsten wussten schon, wohin sie ihre Schlösser bauen mussten.*

»Aber auf der anderen Seite drüben«, erklärte Michele weiter, »im Veneto, da ist der Damm ein paar Zentimeter niedriger als hier bei uns. Für uns ist das natürlich gut, denn wenn der Damm hier nicht hält, könnte das Wasser theoretisch bis nach Ferrara laufen, weil es kein natürliches Hindernis mehr hat.«

Er kam hinter der Theke hervor und bedeutete Lara mitzukommen. Er führte sie zu einer Deltakarte neben der Eingangstür, die sie schon öfter gedankenlos betrachtet hatte.

»Dieses Gebiet hier«, er zeigte auf eine Fläche zwischen zwei Flussarmen, »ist eigentlich eine riesige Insel, siehst du?«

Sie erkannte, was er meinte. »Soll das heißen, man lässt das Wasser da drüben überlaufen, um diese Gegend hier zu schützen?«, fragte sie mit ungläubigem Staunen.

»Mehr oder weniger. Da gibt es so gut wie nichts, nur ein paar Bauernhöfe. Die müssten dann rechtzeitig evakuiert werden. Ist zwar bitter für die Menschen, aber der Schaden ist wesentlich geringer, als wenn das Gebiet südlich des Po di Goro unter Wasser stünde.«

»Ist das schon jemals passiert?«

»Ja, aber es ist so lange her, dass sich fast keiner mehr daran erinnert.«

Lara studierte eingehend die Karte vor sich an der Wand.

»Dammbruch von 1953«, las sie. Und »Dammbruch von 1894« – noch mehr Stellen, an denen der Fluss sein Bett unkontrolliert verlassen hatte, waren verzeichnet. Ihr wurde mulmig.

»Denkt man denn, dass es so schlimm werden könnte?«

»Das kann man noch nicht so genau sagen, die wissen selbst auch erst in ein paar Stunden mehr. Hoffentlich werden wir dann wenigstens rechtzeitig informiert!«

Lara setzte sich wieder hin. Das waren ja Aussichten! Sie hätte mit Valerie nach Hause fahren sollen, schoss es ihr spontan durch den Kopf. Was tat sie eigentlich hier? Solange die Sonne schien, war alles schön und gut gewesen, aber bei diesem Wetter konnte man hier wirklich Depressionen bekommen! Einen Moment lang spielte sie mit dem Gedanken, nach Hause zu gehen und ihre Sachen zu packen, doch dann schämte sie sich. *Reiß dich zusammen und sei keine Zimperliese*, schalt sie sich. Und außerdem musste doch irgendwer auf das Haus aufpassen, oder?

Ehe sie nach Hause ging, stieg sie die Uferböschung hinauf und versuchte, in der beginnenden Dunkelheit noch Einzelheiten zu erkennen. Der Fluss, der sonst so ruhig und träge in seinem Bett dahinfloss, hatte eine atemberaubende Geschwindigkeit erreicht, so viel konnte sie sehen. Er war auch viel breiter als sonst und führte viel Treibgut mit sich. Sie fror und kehrte um. Morgen, so beschloss sie, würde sie sich das einmal bei Tageslicht ansehen.

Als Lara am nächsten Vormittag auf der Piazza eintraf, war der Parkplatz voller Autos. Schwarze Jeeps mit den typischen roten Streifen und der weißen Schrift der Carabinieri standen da, und es wimmelte von Fremden. Sie konnte von hier aus die Dammkuppe sehen und erkannte, dass Trauben von Menschen dort oben standen und aufs Wasser starrten. Beunruhigt betrat sie den Pub.

»Was ist los?«, erkundigte sie sich.

»Die Leute sagen, dass es ein Jahrhunderthochwasser geben könnte. Die Carabinieri sind hier, um die Einsätze zu organisieren. Sie wollen auch hier Sandsäcke bereithalten, weil sie ein paar Stellen in den Flussufern nicht mehr trauen. Die Nutria-Ratten können sie unterhöhlt haben«, erklärte ihr Gaia mit besorgter

Miene. »Es kann ein paar stressige Tage geben, bis das alles wieder vorüber ist, aber ich glaube nicht, dass es so schlimm werden wird.«

Sie trank hastig einen Kaffee und überquerte den Platz. Die kleine Straße, die auf den Damm hinaufführte, war vollgeparkt mit Autos. Oben standen viele Einheimische, aber auch Fremde, die fassungslos den Po beobachteten. Lara traute ihren Augen nicht. Der Fluss hatte sein Bett verlassen. Von der mehrere Meter hohen Ufermauer mit ihrer kleinen Promenade im Rücken des Kastells war nur noch ein Fußbreit zu sehen. Braune, strudelnde Wassermassen rissen alles mit sich, was nicht niet- und nagelfest war. In der Flussmitte wirbelten unkenntliche Gegenstände um ihre eigenen Achsen in einem wahnwitzigen Tanz, dicke Äste, ja sogar ganze Bäume kamen daher und schossen in atemberaubendem Tempo vorbei. Die kleine Treppe, auf deren oberster Stufe sie so oft gesessen und das beschauliche Dahinfließen des Wassers betrachtet hatte, war fast vollkommen überspült. Die Bäume, die am Ufer wuchsen, ragten nur noch mit ihren fast schon kahlen Kronen aus dem Wasser, die kleineren Büsche waren überhaupt nicht mehr zu sehen. Der schmale, kleine, friedliche Fluss war zu einem wütenden, reißenden Strom geworden.

Fasziniert und geschockt zugleich nahm Lara das Bild in sich auf.

So war die Geschichte dieser Landschaft geschrieben worden. So hatte der Fluss über Jahrtausende hinweg sein Bett gestaltet und diese Ebene geschaffen.

Was sie gerade erlebte, war ein Sekundenbruchteil Erdgeschichte, der sich vor ihr auftat. Schäden und Leid, aber auch fruchtbaren Boden und Wachstum hatte der gewaltige Fluss den Menschen auf diese Weise gebracht und ihnen das Land geschenkt, auf dem sie jetzt lebten.

»Da kann man wirklich Angst bekommen«, riss sie eine Stimme neben ihr aus diesen Gedanken und sie wandte den Kopf. Sie kannte den Mann neben sich vom Sehen, es war einer der Stammgäste aus Gaias Pub. »Der Hochwasserscheitel kommt erst noch, und sie sagen auch noch Sturm an!«

Schon jetzt fehlte nicht einmal mehr ein halber Meter bis zur Kuppe des Dammes. So nahe der Mündung bestimmten die Gezeiten zeitversetzt den Wasserstand des Flusses im Landesinneren. Lara hatte keine Ahnung, wie der Gezeitenstand um diese Tageszeit sein mochte, sie hoffte nur, dass nicht auch noch gerade Ebbe war und das Wasser bei Flut noch weiter steigen würde. Hinter sich hörte sie die Kirchenglocken läuten, und ein Konvoi von Kleinlastwagen fuhr hupend ins Dorf ein. Als sie den Kopf stromaufwärts wandte, erkannte sie zwei Beamte der Gemeindepolizei, die gerade die zum Nachbarort führende Dammstraße für den Verkehr sperrten.

Lara fühlte sich klein und hilflos und hastete nach Hause. Heftig schloss sie die Tür hinter sich. In diesem Moment läutete ihr Telefon. Mit fliegenden Fingern kramte sie es aus ihrer Handtasche.

»Ciao, hier ist Alessandro.«

Am liebsten hätte sie vor Erleichterung laut gelacht und brachte nicht mehr als ein zittriges »Ciao« heraus.

»Lara, wo ... du?« Sie hörte ihn nur undeutlich und verstand kaum, was er sagte. »Verdammt«, hörte sie ihn fluchen. Dann war seine Stimme klarer. »Ich wünschte, du wärst abgereist, es sieht momentan nicht gut aus.«

»Ich weiß, ich war gerade am Fluss. Wo bist du? Warum ist es bei dir so laut?«

»Ich bin am Hafen, wir müssen uns ... Boote kümmern ... Wetterbericht ... Sturm gemeldet!«

Auch das noch! Das Rauschen wurde wieder lauter.

»Was?«, schrie sie.

»Ich sagte, du sollst heute ... zu Hause bleiben, verstehst du? Ich komme vorbei, sobald ... kann!«

»Pass auf dich auf!«

»Versprich mir, dass du zu Hause bleibst! Versprich ...!«

Das Gespräch brach ab.

»Scheiße«, entfuhr es ihr, und am liebsten hätte sie das Telefon an die Wand geworfen, besann sich aber zum Glück im letzten Moment. Es war schließlich ihre einzige Verbindung zu ihm. Hastig versuchte sie, ihn zurückzurufen, bekam aber nicht einmal mehr ein Rauschen zu hören. Sie konnte also nichts anderes tun als warten.

Unruhig lief sie durchs Haus und schloss sorgfältig alle Fenster und Türen. Nachdem sie zweimal alles kontrolliert hatte, fühlte sie sich wohler. Aufatmend setzte sie sich auf die Couch und stellte den Fernseher an. Das Bild, das die Antenne lieferte, war schwächer als sonst, und als sie aus dem Fenster sah, erkannte sie, dass starker Wind die Äste schüttelte. Nun hörte sie es auch an den Fenstern und Jalousien rütteln. Sie ging nach oben und ließ in den beiden Schlafzimmern und im Bad die Rollos herunter, machte das Licht aus und schloss die Türen. Nun werde nicht gleich hysterisch, befahl sie sich und setzte sich wieder hin.

Wenig später sprang sie wieder auf. Sie musste doch etwas tun können, irgendwas! Einen Moment lang schoss ihr der Gedanke durch den Kopf, nach Goro zu fahren und Alessandro zu helfen, doch sie verwarf die Idee schnell wieder als puren Unsinn. Falls sie ihn überhaupt finden sollte, würde sie mehr stören als nützen. In einer solchen Situation war eine unerfahrene Landratte sicher fehl am Platz.

Eine Weile schaffte sie es, sich auf das Fernsehprogramm zu konzentrieren, doch schließlich griff sie zum Telefon und rief in Micheles Pub an. Gaia antwortete ihr.

»Ciao, Gaia, hier ist Lara. Wie geht es euch?«

»Hier ist eine fürchterliche Hektik ausgebrochen, die richten sich alle darauf ein, über Nacht zu bleiben. Sie haben Proviant gebracht, um die Helfer zu versorgen, und alles auf die Cafés verteilt. Wir müssen die Nacht durch geöffnet lassen, damit die Leute sich ausruhen und etwas essen und trinken können. Michele ist gerade weggefahren, um noch schnell ein paar Pappbecher und Teller zu besorgen. Ich habe keine Ahnung, wann er wiederkommt.«

Lara zögerte keine Sekunde. Das war vielleicht die Gelegenheit, etwas Sinnvolles zu tun, anstatt nur herumzusitzen und auf das Ende des Hochwassers zu warten.

»Ich bin in fünf Minuten bei dir.« Gaias Widerrede hörte sie schon nicht mehr.

Lara rannte nach oben, zog ein paar alte Sachen an, dazu feste Schuhe, mit denen sie bequem ein paar Stunden auf den Beinen würde sein können. Sie überlegte, ob sie wohl einen Parkplatz finden würde, und nahm dann doch kurz entschlossen das Auto. Vielleicht könnte sie ja Transporte oder Besorgungen erledigen, dachte sie. Dann schloss sie auch noch die anderen Jalousien im Haus, sperrte die Tür ab und fuhr los.

Im Dorf herrschte Anspannung. Das kleine Lokal war brechend voll, und Gaia kämpfte hinter der Theke tapfer mit dem Geschirr, den Gläsern und den Tränen.

»Du bist ein Engel«, rief sie dankbar, als Lara ihre Hilfe anbot.

»Ach was«, wehrte diese ab. »Sag mir lieber, was ich tun soll.«

Sie ließ sich von Gaia bereitwillig dirigieren, verteilte Brote und Getränke, räumte Tische ab, spülte Gläser, trocknete Teller und Tassen, um Minuten später wieder von vorn anzufangen. Stapelweise standen Dosen und Flaschen mit Getränken herum, die man gebracht hatte, um sie an die Freiwilligen zu verteilen.

Immer neue Gesichter kamen herein, und je länger der Tag dauerte, umso müder sahen sie aus. Lara hatte es längst aufgegeben, in dem hastigen, undeutlichen Stimmengewirr aus verschiedenen Dialekten etwas verstehen zu wollen, sie konzentrierte sich nur noch auf Gaias Worte.

Draußen wurde es inzwischen dunkel. Schließlich kam Michele zurück, auch er sah müde aus. Vor ihm hüpfte übermütig seine kleine Tochter Elena, die mit ihren knapp fünf Jahren das ganze Chaos ungeheuer unterhaltsam fand. Sie plapperte und lachte, unterhielt sich mit jedem, der einen Moment der Aufmerksamkeit übrighatte, und war kaum zu bändigen.

Ein typisches Wirtshauskind, dachte Lara. *Keine Hemmungen vor vielen Menschen, keine Angst vor Fremden und immer gut gelaunt!*

Gaia fand ihr kleines Energiebündel weniger erheiternd.

»Aber Michele! Wieso hast du Elena nicht bei deiner Mutter gelassen? Hier stört sie nur, sie wird uns ständig im Weg sein, du kennst sie doch!«

»Sie wollte unbedingt mitkommen, ich bringe sie anschließend zu meinen Eltern. Ich muss sowieso noch mal weg und Batterien für die Taschenlampen holen, die habe ich nämlich vergessen!«

Er räumte hastig Pakete mit Papptellern und Bechern hinter die Theke und begrüßte Lara im Vorbeilaufen.

»Kann ich dir etwas abnehmen?«, fragte sie.

»Kannst du vielleicht in der Zwischenzeit ein Auge auf unseren kleinen Quälgeist haben? Nicht, dass ich sie noch über den Haufen renne, weil ich sie hinter all den Schachteln und Paketen nicht mehr sehe!« Er versuchte, seinen Scherz durch ein müdes Grinsen zu unterstreichen, doch es ging ein wenig schief.

»Kein Problem! Komm, meine Süße, wir machen es uns hier bequem und schauen den anderen ein bisschen bei der Arbeit zu. Was hältst du davon?«

Widerwillig ließ sich das Kind im Nebenzimmer auf den Schoß nehmen. Zum Glück für Lara hatte Elena ein kleines Malbuch dabei, das auch Geschichten zum Vorlesen enthielt, und so machte sie sich daran, eine nach der anderen durchzublättern, sich von der Kleinen die Märchenfiguren erklären zu lassen und die Texte vorzulesen. Hin und wieder korrigierte Elena ihre Aussprache, was Lara mit einem amüsierten Grinsen zur Kenntnis nahm.

Aus dem Lärm, der um die beiden herrschte, ertönte urplötzlich eine tiefe, hörbar genervte männliche Stimme.

»Kann – zum Teufel noch mal – irgendwer die Scheißkartons hier aus dem Weg schaffen? Gleich kommt ein Schwung Leute, die sind müde und wollen sich nicht auch noch die Beine brechen!«

Es war, wie Lara erkannte, einer der Leiter des Zivilschutzes, der gereizt im Lokal stand. Wasser tropfte von seiner Mütze und vom Regenmantel auf den Boden, und er wies mit dem Finger auf einen Stapel Kartons, den Michele in Ermangelung von Zeit und Platz ausgerechnet an die engste Stelle des Lokals gerückt hatte.

»Michele!«, hörte sie Gaia rufen, selbst beide Hände voll mit schmutzigen Gläsern. Nichts. Dann noch einmal. »Michele!« Er antwortete nicht, war vielleicht schon wieder unterwegs zu einer weiteren Besorgung.

Lara sprang auf und setzte Elena auf den Stuhl. »Schätzchen, du bleibst einen Moment hier sitzen und wartest auf mich, versprochen?« Sie sah die Kleine eindringlich an, bis diese ihren Blick erwiderte und wortlos nickte. Lara wandte sich rasch ab.

»Komme schon! Gaia, wo sollen die Kartons denn hin?«

»Danke! Sieh mal, ob du im Vorratslager noch ein Fleckchen findest!«

Das sogenannte Vorratslager war ein kleiner Raum unter einer Treppe, die nebenan nach oben führte. Es war sehr eng und sehr voll, doch mit ein wenig gutem Willen und ein bisschen sanfter

Gewalt gelang es Lara, den Durchgang freizuräumen und alles zu verstauen. Schnell kehrte sie ins Nebenzimmer zu Elena zurück – und erstarrte. Der Stuhl, auf dem das Kind noch vor wenigen Augenblicken gesessen hatte, war leer. Schlagartig stieg eine eiskalte Panik in Lara auf.

»Elena? Elena, wo bist du?« Sie klang dermaßen alarmiert, dass Gaia sie in all dem Durcheinander sofort hörte, und wie herbeigezaubert stand plötzlich auch Michele vor ihr.

»Was ist los?« In seinen müden Augen blitzte es alarmiert auf.

»Sie war gerade noch hier!« Lara fing vor Nervosität beinahe an zu stottern. »Ich habe doch nur schnell die Kartons verstaut!« Sie drehte sich um und lief zur Toilette. Vielleicht war Elena nur mal eben aufs Klo gegangen. Aber da war sie auch nicht!

Eine kreidebleiche Gaia schoss hinter der Theke hervor. »Ich habe sie nicht rausgehen sehen, sie muss noch hier drin sein – Elena!«, schrie sie. Nun wurden auch die Umstehenden aufmerksam, doch keiner von ihnen hatte gesehen, ob und wann das Kind den Raum verlassen hatte.

»Sie muss draußen sein, verdammt, wie hat sie das nur gemacht, dass keiner sie gesehen hat?« Gaia griff nach ihrer Regenjacke und wollte losstürmen, doch ihr Mann hielt sie fest.

»Bleib du hier und sag den Carabinieri und den Leuten vom Zivilschutz Bescheid. Ich werde sie schon finden!«

»Ich komme mit!«, rief Lara. »Es ist meine Schuld, ich habe nicht aufgepasst!« Sie zitterte am ganzen Körper, und ihre Finger waren mit einem Mal eiskalt, so viel Adrenalin raste durch ihre Adern. Michele widersprach ihr nicht, als sie hinter ihm her nach draußen schoss.

Inzwischen war es dunkel geworden, es goss in Strömen, und der Wind peitschte durch die Bogengänge des Schlosshofes. Lara folgte Michele. Auf dieser Seite der Piazza war nichts zu sehen. Er lief um die geparkten Autos herum, Lara nahm sich die andere

Seite vor. Nichts. Die beiden warfen sich einen besorgten Blick zu. Dann rannten sie wie auf Kommando durch die Durchfahrt, die zwischen den Geschäften hinaus zu dem kleinen Park und zur Dammstraße führte. Hinter der Passage begann die von hohem Gras bewachsene Böschung anzusteigen, und Lara kämpfte sich hinter Michele hastig nach oben, rutschte immer wieder auf dem nassen Gras aus, fiel hin, rappelte sich wieder auf und kam schließlich keuchend und hustend oben an.

Michele hatte innegehalten und starrte angespannt in die Dunkelheit. Lara hielt sich schützend die Hand vor die Augen, um durch den dichten Regen etwas zu erkennen.

»Elena«, schrie sie mehrmals gegen den erbarmungslosen Wind an. »Elena, wo bist du?« Sie bekam keine Antwort, Michele neben ihr atmete heftig. »Sieh mal, da vorn! Ist sie das?«

Angestrengt versuchten sie, die Dunkelheit und den Regen zu durchdringen, während das Wasser dicht an ihnen vorbeirauschte. Beide spurteten los, doch Lara konnte mit Michele nicht Schritt halten. Als sie sich dem kleinen Schatten näherten, erkannte sie tatsächlich Elena, die übermütig von einer Pfütze zur nächsten sprang. Das Wasser war nur wenige Zentimeter von ihren Füßen entfernt, und der Sturm zerrte gefährlich heftig an der kleinen Gestalt. Michele rief noch einmal ihren Namen, und die Kleine drehte sich um. Im nächsten Moment war er bei ihr und riss sie in seine Arme.

Zwischen der Straße und der Mauer des Dammes, die zum Ufer hin schräg abfiel, wuchs ein Streifen Gras, der an manchen Stellen etwa einen Meter, an anderen nur fußbreit war. Das Gras war nass und glitschig vom Regen. Lara, die direkt hinter Michele abrupt abbremste, fand sich plötzlich seitlich auf dem Allerwertesten sitzend an der Kante der Böschung wieder. Es hatte ihr einfach die Füße weggezogen, die nun bis über die Knie ins Wasser baumelten.

Sie spürte, wie die Strömung an ihren Beinen zerrte und sie langsam, wie in Zeitlupe, immer weiter die schräge Mauer hinunterrutschte. Das eiskalte Wasser drang durch ihre Kleider, und sie stieß einen Schreckensschrei aus. Verbissen versuchte sie, sich mit klamm werdenden Fingern im kurzen Gras festzuhalten. Mittlerweile war eine Handvoll Männer angekommen, die den Vorfall mitbekommen hatte. Sie kümmerten sich um die schluchzende Elena und ihren zwischen Wut und Erleichterung schwankenden Vater.

Lara rief Micheles Namen, und als er realisierte, was geschah, überließ er die Kleine der Obhut eines Carabiniere und rannte zu der Stelle, an der Lara im Wasser strampelte.

Sie mühte sich, die Beine aus dem Sog des Wassers zu bekommen. Hände zogen und zerrten an ihren Kleidern, die Kälte ging ihr durch und durch, sie spürte bereits, wie die Kontrolle über ihre Muskeln nachließ. Dann bekam sie unerwartet einen harten Stoß in die rechte Seite und schrie auf, als sie den Halt verlor.

»Lara«, hörte sie Michele rufen, »per carità, halt dich fest!« Doch er erreichte ihre Hand nicht mehr. An ihrem Bauch fühlte sie die Ufermauer unter sich, deren raue Steine ihren vollgesogenen Pulli zerrissen und ihre Haut aufschürften. *Die Brücke,* schoss es ihr durch den Kopf, *die Brücke kommt irgendwann. Ich muss mich vorher festhalten, aber wo?*

Wie in einem Daumenkino spielte sich der Verlauf der Uferböschung vor ihrem inneren Auge ab, so wie sie ihn von ihren langen Spaziergängen her in Erinnerung hatte. Ihre Treppe! Irgendwo da vorn kam noch ihre Treppe. Sie erinnerte sich vage an den schmalen steinernen Rand, der die Stufen einfasste. Verzweifelt wehrte sie sich dagegen, von der wirbelnden Strömung auf den Rücken gedreht zu werden, damit sie wenigstens mit beiden Händen zugreifen konnte, wenn sie die Stelle erreichte.

Als sie mit ihrem linken Beckenknochen hart gegen etwas stieß, krallte sie sich instinktiv daran fest. Keuchend schnappte sie nach Luft und spuckte angewidert Wasser aus, das ihr in Mund und Nase gedrungen war. Durch die Kälte verlor sie das Gefühl in Armen und Händen und konnte nicht mehr unterscheiden, ob sie sich noch festhielt oder ob sie leere Finger verkrampfte. Nur das stetige kalte Zerren an ihrem Körper sagte ihr, dass sie langsamer sein musste als das strömende Wasser. Äste wurden an ihr vorbeigerissen und zerkratzten ihr Hals und Gesicht, immer wieder schluckte sie Wasser. Ihre strampelnden Füße landeten schließlich auf einer Stufe, dann noch einer. Mühsam schob sie sich hoch. Ihr war kalt, und sie war erschöpft.

Nach einer gefühlten Ewigkeit griffen Hände nach ihr, die sie festhielten und aus dem Wasser zogen. Die Stimmen überschlugen sich, und dann lag sie wieder auf festem Boden.

»Lara!«

Sie spürte, dass jemand sie auf den Rücken drehte und ihr unsanft auf die Wangen klopfte.

»Lara, du musst wach bleiben! Nicht einschlafen, Lara! Bist du verletzt?«

Die Stimme gehörte Michele.

Dann eine zweite Stimme, die ihr bekannt vorkam.

»Lara, du Dickkopf, hörst du mich?«

Wie von selbst stahl sich ein Lächeln auf ihre eingefrorenen Lippen. Das musste Alessandro sein.

Sie blinzelte vorsichtig mit einem Auge, dann öffnete sie das zweite. Er kniete vor ihr und schüttelte sie heftig.

»Mir ist kalt«, flüsterte sie und schloss die Augen wieder.

»Komm, mach die Augen auf, Lara, bitte!«

Seine Stimme klang so eindringlich, dass sie noch einen Blick riskierte. Er hielt ihr Gesicht in seinen Händen, und sie sah mit Befremden eine Menge Leute um sich herumstehen.

Warum starrten die sie alle so an?

»So ist's gut. Schau mich an, hörst du? Du musst aufstehen, Lara. Kannst du dich bewegen?«

Da er einfach nicht nachgeben wollte, seufzte sie ergeben und drehte langsam den Kopf. Ja, das funktionierte. Die Arme, die Beine, alles gehorchte ihr. Mit dem Aufstehen wollte es nicht klappen, aber Alessandro fasste sie entschlossen unter die Achseln und zog sie hoch. Mühsam versuchte sie, auf den zittrigen Beinen zu bleiben, und hilfsbereite Hände hielten sie aufrecht. Langsam und von beiden Seiten gestützt, taumelte sie die Straße entlang, die zum Kastell hinunterführte. Bei jedem Schritt bekam sie ihre Glieder mehr unter Kontrolle, und als das Gefühl der Lähmung aus ihrem Kopf wich, schüttelte sie ungehalten die vielen Hände ab, die sich an ihr zu schaffen machten.

»Es geht schon wieder, macht euch keine Sorgen! Ich kann selbst gehen, kein Problem!«

Ein unkontrolliertes Stolpern belehrte sie schnell eines Besseren, und Alessandros erleichtertes Lachen drang an ihr Ohr.

»Ja, das ist Lara. Kaum auf den Beinen und schon wieder kratzbürstig. Komm, du musst jetzt erst einmal etwas Heißes trinken!«

Im Pub wurde sie mit großer Anspannung erwartet. Gaia saß mit Elena auf dem Schoß an einem der Tische, der Schock stand den beiden noch in die Gesichter geschrieben. Lara hockte sich auf den Boden und nahm Gaias Hand, während das Wasser aus ihren Kleidern tropfte und die Pfütze zu ihren Füßen immer größer wurde.

»Tut mir so leid!« Ihre Stimme war tränenerstickt, sie fühlte sich scheußlich. »Das war meine Schuld, ihr habt mich schließlich gebeten, auf sie aufzupassen!«

»Nein«, wehrte Gaia ab, »sag das bitte nicht! Du wolltest helfen und sie hätte gar nicht hier sein dürfen unter diesen

Umständen! Du kannst nicht das Geringste dafür, mach dir bloß darüber keine Gedanken!«

Lara war nicht überzeugt, doch stand sie mühsam auf und ließ sich auf einen Stuhl neben Gaia fallen. Jemand legte ihr eine Decke um die Schultern und drückte ihr ein Glas heiße Milch in die Hand.

»Wenigstens braucht ihr heute kein Wasser mehr zum Bodenwischen.« Sie deutete auf den kleinen See unter ihren Schuhen, was Michele hinter der Theke trotz des ausgestandenen Schreckens zum Lachen reizte.

»Gott sei Dank kannst du schon wieder Witze machen! Wie ist das denn eigentlich passiert?«

Sie schüttelte den Kopf. »Keine Ahnung. Bin wohl ausgerutscht, und auf einmal war da überall Wasser um mich rum.« Sie wandte sich an Elena. »Na, Prinzesschen, wie geht's uns denn?« Sanft strich Lara dem Kind über die Wangen. »Ist sie so weit in Ordnung?«

»Ich glaube schon. Erschrocken und sehr kleinlaut, aber ihr scheint nichts zu fehlen. Sie sagen, es kommt gleich ein Sanitäter, der soll am besten euch beide untersuchen.«

»Ich brauche keinen Sanitäter«, wehrte Lara energisch ab. »Wer hat mich eigentlich aus dem Wasser gezogen?«, erkundigte sie sich schließlich.

Michele deutete mit der Hand auf Alessandro. Der stand am Tresen und beobachtete sie.

»Das war er. Ich habe ihm nur dabei geholfen.«

»Das hätte ich mir denken können.«

Sie lächelte zu ihm hinüber, und er erwiderte ihren Blick. Er sah verändert aus, fand sie, als er zu ihr an den Tisch kam. Finster und blass. Sie trank ihre Milch aus und stellte das Glas ab.

»Komm, ich bringe dich nach Hause.« Alessandro half ihr auf die Beine.

Sie winkte zum Abschied in die Runde und fühlte sich plötzlich hundemüde. Als er ihr ins Auto helfen wollte, protestierte sie schwach.

»Ich mache dir alles nass hier drin!«

»Vergiss das jetzt und steig endlich ein«, knurrte er, während er ihr einen aufmunternden Schubs gab. Sie hörte noch den Motor anspringen, dann lehnte sie den Kopf zurück und fiel fast sofort in einen dämmrigen Halbschlaf.

Lara erwachte, weil ihr heiß war, und sie versuchte, die Bettdecke ein Stück wegzuschieben, um mehr Luft zu bekommen. Beim Umdrehen auf die andere Seite realisierte sie mit Befremden den Stapel aus Decken und einem Federbett, unter dem sie lag, und die Schmerzen an ihrem ganzen Körper, besonders den Händen und Armen, den Rippen und der linken Hüfte. Langsam tauchten erste Erinnerungsfragmente aus den Tiefen ihres Gedächtnisses auf, so als hätte sie einen bösen und wirren Traum gehabt.

Hochwasser, dachte sie. Da war Hochwasser gewesen, und sie war in den Fluss gefallen. War das wirklich passiert, oder war es nur Einbildung? Vage erinnerte sie sich daran, wie nass und müde sie gewesen war, und schlagartig fiel ihr wieder ein, dass Alessandro sie in sein Auto gesetzt hatte. Doch was war danach geschehen?

Sie öffnete langsam die Augen, und ihr erster Blick fiel auf ein Kissen, dessen Überzug ihr fremd war. Sie wandte vorsichtig den Kopf, da auch ihr Nacken ziemlich schmerzte. Einen Moment lang glaubte sie, noch immer zu schlafen, und blinzelte ungläubig. Sie befand sich in einem Zimmer, das eindeutig nicht ihr Schlafzimmer war und das sie nicht kannte. Rechts, zwischen zwei schmalen Fenstern, durch die gedämpftes Tageslicht drang, stand ein kleiner Kleiderschrank, an den Wänden hingen ein paar gerahmte Fotografien aus der Umgebung.

Dann fiel es ihr langsam wieder ein. Alessandro hatte sie fortgebracht – aber wohin? Dumpf erinnerte sie sich daran, dass er ihr eine Treppe hinauf und in ein Bett geholfen hatte, aber wo war das gewesen?

Sie schüttelte verwirrt den Kopf. So sehr die Erinnerung zu verlieren! Was hatte sie wohl noch alles vergessen?

Lara setzte sich auf und sah zur anderen Seite hinüber. Neben dem Bett stand ein Sessel, und sie erkannte Alessandro, der dort halb sitzend, halb liegend schlief. Als sie sich bewegte, öffnete er die Augen und sah zu ihr herüber, dann glitt ein erleichtertes Lächeln über sein angespanntes Gesicht.

»Lara, endlich! Gut geschlafen? Wie fühlst du dich?«

»Als hätte ich einen Boxkampf verloren«, murmelte sie aufrichtig. »Wo bin ich hier eigentlich gelandet?«

»Bei mir«, antwortete er einfach, stand auf und dehnte sich. »Du hast deinen Haustürschlüssel im Pub vergessen, erinnerst du dich? Und ich wollte dich sowieso lieber im Auge behalten, nach allem, was dir passiert ist.«

Ah ja, nun dämmerte es ihr.

Ein kurzer Schock durchfuhr sie, als ihr bewusst wurde, dass sie nichts anhatte. Unauffällig fuhr sie mit der rechten Hand unter die Bettdecke und atmete auf. Wenigstens die Unterwäsche hatte sie anbehalten, als er ihr beim Ausziehen geholfen hatte. Sie zog die Decke ein bisschen höher und kam sich gleichzeitig ziemlich lächerlich vor.

Alessandro kam zu ihr ans Bett und setzte sich neben sie. Sie blickte zu ihm auf. Er sah müde und angespannt aus. Dunkle Bartschatten lagen auf seinen Wangen und gaben ihm ein düsteres Aussehen, sein strahlendes Lächeln war völlig verschwunden. War er die ganze Zeit über bei ihr gewesen?

»Was ist denn eigentlich passiert?«, fragte sie. »Bin ich wirklich in den Fluss gefallen oder habe ich das nur geträumt?«

»Nein, das war kein Traum, wir haben dich im letzten Moment da rausgezogen. Verdammt noch mal!«, knurrte er wütend und machte der Anspannung der letzten Stunden Luft. »Ich hatte dir doch gesagt, du sollst zu Hause bleiben! Habe ich das nicht gesagt? Am liebsten würde ich ...« Er brach ab und funkelte sie zornig an. Seine Augen waren dunkel geworden. »Ich habe dich zurückgerufen, sobald es ging, aber du hast nicht geantwortet. Da bin ich losgefahren, um nach dir zu sehen, aber du warst natürlich nicht zu Hause!« Seine Stimme wurde lauter. »Zum Glück fiel mir ein, du könntest vielleicht bei deinen Freunden sein, und als ich dort ankam, waren bereits alle in hellem Aufruhr, weil das kleine Mädchen verschwunden war.« Er schüttelte den Kopf, als könnte er immer noch nicht glauben, was geschehen war.

Lara sah ihn mit großen Augen an. »Warum regst du dich denn so auf? Es ist doch alles gut gegangen!«

»Aber nur, weil du riesiges Glück hattest! Lara, ist dir eigentlich klar, dass du hättest ertrinken können? Der Fluss hat reißendes Hochwasser, und du meinst, du musst die Heldin spielen!«

»Elena war verschwunden, und es war meine Schuld, denn ich hätte auf sie aufpassen sollen! Sie hätte ins Wasser fallen und ertrinken können, und ich bin einfach spontan hinter Michele hergerannt, um zu helfen! Es war wie ein Reflex – natürlich war er schneller als ich und hätte mich dafür nicht gebraucht, aber nur in der Bar rumsitzen und warten, und das auch noch, obwohl ich das Ganze verursacht hatte, das konnte ich einfach nicht! Ehrlich, warum bist du so sauer auf mich?«

»Weil ich eine verdammte Angst um dich hatte, deshalb!«, antwortete er heftig und atmete tief ein, um sich wieder zu beruhigen. »Das war ein Albtraum, du im Wasser, die Strömung, der ganze Dreck, die Baumstämme, und jeden Moment konntest du fortgerissen werden! Wir haben dich gerade noch erwischt.

Und du fragst mich, warum ich mich aufrege! Mannaggia!« Er holte erneut tief Luft, stand dann auf und wandte sich ab. Seine Stimme klang noch immer unwirsch. »Ich lasse dir jetzt erst mal ein Bad ein, danach sehen wir weiter.«

Er ging hinaus, und Lara hörte, wie er nebenan den Wasserhahn aufdrehte. Als er zurückkam, wirkte er fast schon wieder so gelassen, wie sie ihn sonst kannte.

»Deine Sachen sehen schlimm aus«, meinte er. »Ich weiß nicht, ob du sie noch brauchen kannst, aber ich habe sie dir vorsichtshalber mal getrocknet.«

»Danke, nett von dir. Wie spät ist es denn überhaupt?«

Er warf einen Blick auf die Uhr. »Wir haben kurz vor elf am Vormittag.«

»Habe ich so lange geschlafen?« Sie konnte es kaum fassen.

»Ja, das hast du. Du warst so müde, du hast um dich herum kaum mehr etwas wahrgenommen.«

Allerdings, dachte sie, nicht einmal, dass er sie bis auf die Unterwäsche ausgezogen hatte! Eine leichte Röte überzog ihr Gesicht. Alessandro deutete ihre Reaktion richtig und setzte sich wieder auf ihre Bettkante. Einen Moment schwieg auch er, und ein Schauer durchfuhr Lara beim Blick in seine dunkelblauen, unergründlichen Augen.

»Ich hatte keine andere Wahl«, meinte er entschuldigend. »Alle deine Sachen waren nass, und ich wollte nicht riskieren, dass du dich auch noch erkältest.«

Außerdem war sie nicht die erste Frau, die er ausgezogen hatte, ergänzte sie in Gedanken.

Alessandro strich ihr sanft eine Haarsträhne aus der Stirn, und Lara schloss unwillkürlich die Augen. Eigentlich erwartete sie, dass er sie küsste, doch er tat es nicht. Stattdessen erhob er sich. Fast schien er vermeiden zu wollen, dass sich die verheerende Spannung zwischen ihnen wieder ausbreitete.

»Dein Bad dürfte bereit sein.«

Damit verließ er das Zimmer.

Als Lara sicher war, dass er nicht zurückkommen würde, stand sie auf und huschte nach nebenan ins Badezimmer. Sie drehte den Hahn zu und ließ sich langsam in die Wanne gleiten.

Als ihre Kratzer an Bauch und Armen mit dem heißen Wasser in Berührung kamen und höllisch zu brennen anfingen, biss sie die Zähne zusammen. Forschend sah sie an sich herunter und registrierte an ihrer rechten Seite einen großen Bluterguss. Ihre Hüftknochen standen deutlich hervor, und der linke war ebenfalls bereits blau angelaufen. Wäre sie besser gepolstert, würde sie jetzt vielleicht nicht so erbärmlich aussehen!

Auch an ihren Oberschenkeln zeichneten sich schon jetzt dunkle Flecken ab. Schürfwunden an ihrem Bauch und den Unterarmen erinnerten sie daran, mit welchen Körperteilen sie an der Ufermauer entlanggeschrammt war. Da Alessandro sie entkleidet hatte, konnte ihm das alles nicht entgangen sein. Das warme Wasser tat ihr gut, und bei dem Gedanken, dass sie noch immer den Sand und den Schmutz des Flusswassers – und wer weiß was sonst noch – auf der Haut und in den Haaren hatte, schüttelte es sie ein wenig. Sie atmete tief durch und lehnte sich zurück. Ihre Schmerzen ließen nach, und sie entspannte sich.

Bei der Erinnerung an die durchdringende Kälte und ihre erlahmenden Kräfte wurde ihr flau im Magen. Anscheinend war ihre Situation doch ernster gewesen, als sie selbst angenommen hatte. Gott sei Dank war dem Kind nichts passiert!

Lara sah sich um und stellte überrascht fest, dass Alessandro alles für sie bereitgelegt hatte: Seife, Haarshampoo, Handtücher, Kamm und sogar eine frische Zahnbürste fand sie neben der Wanne. Sie tauchte unter, um sich die Haare zu waschen. Mehrmals spülte sie nach, bis sie endlich das Gefühl hatte, dass sie wieder richtig sauber waren. Dann seifte sie sich von oben bis unten gründlich ein, wobei sie darauf achtete, ihre Kratzer nicht wieder aufzureißen.

Sie stieg aus der Wanne und griff nach einem der Handtücher, um sich abzutrocknen. Ein anderes wickelte sie sich um die nassen Haare und putzte sich sorgfältig die Zähne. Ein Blick in den Spiegel ließ sie erschrecken: Ihre Haut war bleich, sie hatte sich auch das Gesicht und den Hals aufgeschürft, die letzten Reste ihrer verschmierten Wimperntusche legten tiefe Schatten unter ihre Augen. Sie bot einen geradezu erschreckenden Anblick. Sie wusch noch einmal sorgfältig ihr Gesicht und wünschte sich sehnlichst, ihr Make-up bei der Hand zu haben, um die hässlichen Kratzer wenigstens ein bisschen verbergen zu können. Doch wie es schien, musste sie ihm so gegenübertreten, wie sie nun mal war. Wenn sie ihm nicht mehr gefiel, dann war eben nichts zu machen. Sie rieb sich die Haare trocken, so gut es ging, und kämmte sie durch. Dann stand sie vor einem neuen Problem: Was sollte sie nun anziehen? Über der Badewanne hingen ihre fast trockenen Kleider. Allerdings hatte Alessandro recht gehabt. Alle Teile hatten Risse und Blutflecke. Ihre Jeans waren noch einigermaßen akzeptabel, aber sie hatte keine Lust, frisch gebadet in die schmutzigen Sachen zu steigen. Also streifte sie sich nur Slip und BH wieder über, die einigermaßen sauber wirkten. Als es klopfte und sie sich umsah, bemerkte sie einen Bademantel am Haken und schlüpfte hinein.

»Wenn du fertig bist, komm runter, du solltest etwas essen«, hörte sie Alessandro und öffnete die Tür.

»Ich komme. Tut mir leid, ich sehe schrecklich aus, und etwas anderes«, sie wies auf den Bademantel, »war gerade nicht zu finden. Ich hoffe, du hast nichts dagegen, wenn ich mir den ausleihe?«

»Ganz im Gegenteil, er steht dir fabelhaft«, scherzte er und ging vor ihr die Treppe hinunter. Unten fand Lara sich zu ihrer

Überraschung in dem Raum wieder, in dem sie damals an Alessandros Geburtstag gesessen hatten.

»Aber ...« Sie hielt verblüfft inne. »Du sagtest doch vorhin, wir wären bei dir? Ist das denn nicht Rossanos Haus?«

»Nein. Wir treffen uns hier gelegentlich zum Essen, aber es gehört mir.«

»Aha, ich verstehe. So etwas wie ein Liebesnest also, was?« Sie warf ihm einen schrägen Blick zu. »Und warum hast du dann damals geläutet, als du mich hierhergebracht hast?«

Er lachte. »Was dir alles auffällt! Ich hatte einfach nur meinen Schlüssel vergessen. Und es ist kein Liebesnest, ich wohne hier.«

Als hätte sich ihr Gespräch materialisiert, klingelte es an der Haustür.

»Ah, das wird Francesco sein«, murmelte Alessandro, so als müsste sie wissen, wen er damit meinte, und ging zur Tür. Ein schlanker, drahtiger Mann trat ein, der vom Alter her Alessandros Vater hätte sein können.

»Ciao, Alessandro! Wie geht es der Patientin?«

»Gut, hoffe ich. Sieh selbst.«

Patientin? Tatsächlich trug dieser Francesco eine jener klassischen dunkelbraunen Ledertaschen bei sich, die Lara sofort an einen Arzt denken ließ. Was tat er hier? Fragend sah sie Alessandro an, doch der schwieg. Stattdessen wandte sich der Besucher an sie.

»Buongiorno, Signorina. Ich habe gehört, Sie haben Bekanntschaft mit unserem Fluss gemacht.«

»Ja, das habe ich, aber es ist nicht der Rede wert.«

»Ich schlage vor, ich sehe Sie mir trotzdem einmal an, da ich nun schon hier bin. Wo kann ich die junge Dame untersuchen?«, fragte er an Alessandro gewandt.

»Du gehst am besten mit Lara hoch ins Schlafzimmer.«

»Aber ich brauche keinen Arzt«, protestierte sie.

Doch Alessandro ging schon voran nach oben, Francesco hinterher. Murrend folgte sie den beiden und blieb kopfschüttelnd mit dem Doktor im Schlafzimmer zurück.

»Wie Alessandro eben schon sagte, mir geht es gut«, eröffnete sie die Partie, doch Dr. Francesco lächelte nur nachsichtig.

»Lassen Sie mich das überprüfen, dann bin ich zufrieden. Und Alessandro wird es auch sein, okay?«

»Na schön.«

Lara gab seufzend nach.

Sie hatte keine Lust, zu diskutieren. Wenn sie ehrlich war, taten ein paar Stellen ihres Körpers doch ziemlich weh. So gab sie trotz anfänglichen Widerstands höflich Auskunft auf alle Fragen, die seine ausführliche Untersuchung begleiteten.

»Übelkeit?«, erkundigte sich der Arzt, nachdem er ihre Hämatome in Augenschein genommen, die Kratzer desinfiziert und Lara auf Brüche oder innere Verletzungen untersucht hatte.

»Nein. Wie kommen Sie darauf?«

»Der Po ist nicht gerade für Trinkwasserqualität bekannt, und ich nehme an, dass Sie einiges geschluckt haben.«

»Stimmt. Aber, nein, meinem Magen geht es gut.«

»Beobachten Sie das. Ich schreibe Ihnen etwas gegen die Schmerzen und eine Salbe für die Prellungen auf.«

»Danke.«

»Sie können sich wieder anziehen.«

Der war gut. Was denn? Seufzend schlüpfte Lara wieder in den Bademantel, der ihr einige Nummern zu groß war, und folgte dem Arzt nach unten.

»Du solltest ihr diese Sachen bald besorgen«, hörte sie Francesco an der Tür zu Alessandro sagen. »Sie wird die Prellungen bald noch stärker spüren, das kann sie sich ersparen. Und pass die nächsten Tage auf sie auf. Nicht, dass noch etwas nachkommt, das sich jetzt nicht gezeigt hat.«

»Ist gut. Ich fahre gleich in die Apotheke. Danke für deinen schnellen Besuch.«

»Keine Ursache. Bis demnächst.«

»Ich bringe dir in den nächsten Tagen ein paar Kilo Muscheln vorbei.«

»Ha – dafür wird dir meine Frau die Füße küssen.«

»Nun übertreib mal nicht so.«

Die Männer verabschiedeten sich voneinander.

Lara sah, dass Alessandro nach seinem Autoschlüssel griff.

»Du willst tatsächlich in die Apotheke fahren?«

Er sah sie kopfschüttelnd an. »Was dachtest du denn, wofür ich den Arzt gerufen habe?«

»Na ja ... das hättest du nicht tun müssen.«

»Doch, das musste ich. Jetzt hole ich dir die Schmerzmittel, und wenn ich sowieso schon unterwegs bin, kann ich dir auch gleich was zum Anziehen mitbringen, einverstanden?«

»Du könntest mich einfach nach Hause fahren«, schlug sie halbherzig vor, obwohl etwas in ihr hoffte, dass er den Vorschlag ablehnen würde.

Tatsächlich ging er nicht darauf ein. »Du hast Francesco gehört. Ich soll auf dich aufpassen. Genau das werde ich tun. Oder hast du immer noch Angst vor mir?«

»Quatsch.« Sie schüttelte lachend den Kopf. »Meine Schlüssel sind im Pub liegengeblieben.«

»Okay. Ich kümmere mich darum.« Alessandro verließ das Zimmer.

Lara sank seufzend auf das Sofa.

Es behagte ihr nicht, ihm solche Umstände zu bereiten. Früher hatte sie verbissen während aller Erkältungen, Grippen und Wehwehchen gearbeitet.

Wer hätte sich sonst darum gekümmert, dass alles so lief, wie es sollte? Doch hier hatte sie keine Verpflichtungen. Im

Gegenteil: Allein der Vorschlag, sie allein zu lassen, hatte Alessandros Stolz verletzt.

Er wollte sich um sie kümmern. Ein wohliges Gefühl der Geborgenheit überkam Lara, und sie musste schmunzeln. Nun gut, wenn er darauf bestand, würde sie ihm den Gefallen tun und sich umsorgen lassen.

»Lara? Wach auf. Silvia hat uns deine Lieblingsspaghetti gebracht.«

»Was?« Verschlafen rappelte Lara sich hoch. Nachdem Alessandro gegangen war, hatte sie den Fernseher eingeschaltet und war offensichtlich davor eingeschlafen. Wieder hatte sie jedes Zeitgefühl verloren. »Wie spät ist es?«

»Kurz nach zwei. Du solltest essen und die Schmerzmittel nehmen.« Alessandro stellte eine Tasche neben ihr auf dem Sofa ab. »Hier drin sind frische Anziehsachen und ein paar Bücher, die ich auf deinem Wohnzimmertisch gefunden habe. Hoffentlich hast du die nicht schon gelesen.«

»Nein, habe ich nicht«, antwortete sie verblüfft. Sogar daran hatte er gedacht?

»Lass uns erst essen, sonst wird es kalt«, schlug er vor. »Danach kannst du dich umziehen.«

»Wie lang willst du mich eigentlich hierbehalten?«, erkundigte sie sich, als sie die Tasche ausleerte, die beinahe überquoll.

»Ein paar Tage«, war seine verschmitzte Antwort. »Da soll dir schließlich nicht langweilig werden.«

»Ich bin doch in guter Gesellschaft.«

Ein Schatten huschte über sein Gesicht. »Ich kann leider nicht die ganze Zeit bei dir sein. Ich muss bei den Aufräumarbeiten helfen und mich um unser Boot kümmern.«

»Ja, das ist ... klar.«

Eine irrationale Enttäuschung breitete sich in Lara aus, doch sie schluckte eine entsprechende Antwort hinunter.

Das war natürlich wichtiger, als bei ihr Händchen zu halten.
»Rossano hat mir geholfen, dein Auto zu bringen. Es steht vor der Tür, die Schlüssel sind in der Tasche bei all deinen anderen Sachen«, erklärte Alessandro, während sie aßen.
»Danke. Wann musst du wieder weg?«
»Sobald wir gegessen haben. Ich hatte mir das anders vorgestellt, aber ...« Der Blick, den er Lara über den Tellerrand hinweg zuwarf, sprach Bände.

Ihr wurde heiß. Es war klar, was er sich vorgestellt hatte. Mit einem bohrenden Gefühl des Bedauerns verabschiedete sie sich nach dem Essen von ihm. Er ging sichtlich ungern, und nicht, ohne ihr vorher das Versprechen abgenommen zu haben, dass sie gewissenhaft ihre Tabletten nehmen und auf sich aufpassen würde. Dann war er fort.

Lara zog sich an und wusch das Geschirr ab. Den Rest des Nachmittags verbrachte sie damit, abwechselnd zu lesen, fernzusehen und auf Alessandro zu warten. Als es Abend wurde und von ihm immer noch kein Lebenszeichen kam, rief sie ihn an, erreichte ihn aber nicht. Schließlich nahm sie eine weitere Tablette und ging schlafen.

Lara erwachte so plötzlich, als hätte jemand sie angestupst. Ihr Herz schlug einen hektischen Rhythmus. Ein paar Atemzüge lang lauschte sie in die Dunkelheit, doch sie hörte nichts.

Nichts?

War Alessandro etwa immer noch nicht zurück? Sie setzte sich auf und horchte noch einmal konzentriert, doch kein Laut durchbrach die Stille. Es war beinahe unheimlich ruhig.

Ein Blick auf das Display ihres Smartphones sagte ihr, dass es fast zwei Uhr morgens war. Unwahrscheinlich, dass Alessandro noch immer mit Aufräumen beschäftigt war.

Oder?

Sie schwang die Beine aus dem Bett, griff nach dem Bademantel und aktivierte die Taschenlampenfunktion des Handys. Barfuß tappte sie zur Tür und öffnete sie.

Auch von unten kam kein Geräusch, doch als sie den schmalen Korridor entlang Richtung Treppe ging, erkannte sie, dass ein rötlicher Lichtschein heraufdrang.

Erleichtert atmete sie aus. Also war Alessandro inzwischen tatsächlich nach Hause gekommen und sie hatte ihn nur nicht gehört.

Langsam ging sie Stufe für Stufe nach unten. Am Fuß der Treppe hielt sie inne und nahm das Bild in sich auf.

Alessandro saß auf dem Sofa und wandte ihr das Profil zu. Der rötliche Feuerschein ließ seine Züge noch markanter wirken. Er hatte die Ellbogen auf die Oberschenkel gestützt und drehte ein halb volles Glas Rotwein in den Händen. Sein Anblick faszinierte sie, und sie genoss ihn noch einen Moment, ehe sie sich bemerkbar machte.

»Hey«, sagte sie und hoffte, dass er das Zittern ihrer Stimme nicht mitbekäme.

Er wandte den Kopf. »Hey«, antwortete er ebenso leise wie sie. »Wie geht es dir?«

»Gut. Und dir?«

»Müde.« Er lächelte ihr entgegen und straffte die Schultern.

»Ich habe dich nicht gehört. Bist du schon lange da?«

»Nein, nicht sehr lange. Was machen deine Schmerzen?«

»Sind weg. Ich spüre nichts mehr und fühle mich prächtig.« Unschlüssig nahm sie die letzte Stufe, blieb aber dann an der Treppe stehen.

»Das ist schön.«

Nun setzte sie sich in Bewegung und ließ sich in einen Sessel ihm gegenüber fallen.

»Kriege ich auch einen Schluck?«

»Mit deinen Tabletten? Ganz sicher nicht.«

Lara zog eine Grimasse. »Spielverderber.«

Er lachte leise und rau. »Du solltest lieber wieder ins Bett gehen.«

Was für eine Steilvorlage. »Und du?« Hoffentlich hörte sie sich für ihn nicht genauso atemlos an wie für sich selbst.

»Ich schlafe auf der Couch.«

Was sollte das denn? »Ist das ... dein Ernst? Das ist sicher höllisch unbequem.« Irgendwie musste sie ihn doch aus der Reserve locken können, ohne allzu direkt zu werden.

Alessandro beugte sich vor und stellte sein Glas ab, ohne sie anzusehen. »Lara«, begann er, »wenn wir jetzt nicht die Reißleine ziehen, dann ...«

Er brach ab und fuhr sich nervös durchs Haar.

»Dann?«, provozierte sie ihn leise.

Nun sah er auf. Sein Blick war dunkel und unergründlich. Trotz der schummrigen Beleuchtung im Raum konnte sie sehen, dass er sie mit gerunzelter Stirn musterte.

»Du weißt genau, was ich meine«, antwortete er. »Und es ist absolut nicht der richtige Zeitpunkt dafür. Du bist voller Kratzer und blauer Flecken – glaubst du, ich könnte da ...«

Enttäuschung machte sich in ihr breit. »Verstehe«, sagte sie leise und stand auf. Er wollte also nicht. Das war ... entmutigend.

»Nein, tust du nicht«, antwortete er heftig.

»Du glaubst, du müsstest Rücksicht nehmen, nicht wahr?« Sie tat einen zaghaften Schritt auf ihn zu.

»Das glaube ich nicht nur, das weiß ich. Also geh wieder ins Bett.« Er warf ihr einen finsteren Blick zu.

Wenn er ihr doch wenigstens ein bisschen entgegenkäme!

»Denkst du wirklich, dass ich jetzt schlafen könnte?«

Er stieß ein dumpfes Lachen aus, das keineswegs nach Belustigung klang. »Dann sind wir schon zu zweit.«

Fiel es ihm doch nicht so leicht, wie er sich den Anschein geben wollte? Sie kam zaghaft auf ihn zu. Jeder Schritt kostete sie Überwindung. Direkt vor ihm blieb sie stehen. »Wir könnten doch gemeinsam schlaflos sein.« Oh Gott – woher nur nahm sie den Mut zu dieser Herausforderung?

Er hob abwehrend eine Hand, als sie noch ein wenig näherkam. »Stopp, Lara. Das werden wir auf keinen Fall tun. Du hattest einen Unfall und ...«

»Und die Tabletten von deinem Doktorfreund wirken Wunder.«

Nein. Sie wollte sich nicht mehr aufhalten lassen. Lara öffnete langsam den Gürtel des Bademantels.

»Nicht, Lara«, murmelte er, doch es klang schon ziemlich halbherzig.

Sie ignorierte seinen kaum hörbaren und hoffentlich nicht ernst gemeinten Einwand und setzte sich auf seinen Schoß.

Als er die Augen schloss und den Kopf zurücklehnte, wusste Lara, dass sie gewonnen hatte ... auch gegen sich selbst ...

Es dauerte eine Weile, ehe sie wieder einigermaßen zu Atem kamen. Seine Lippen streiften zärtlich ihr Gesicht, huschten wie ein Schmetterling über ihre Augen, ihre Nase und ihren Mund. Das Feuer im Kamin war fast ausgegangen. Mit einem Seufzer stand er schließlich auf, um Holz nachzulegen.

Lara betrachtete ihn im Halbdunkel, das es ihr erlaubte, seinen Anblick ungeniert zu genießen. Er hatte lange, muskulöse Beine, kräftige Oberschenkel und einen wirklich unverschämt knackigen Hintern. Sein Bauch war flach, seine breite Brust und die Oberarme durchtrainiert.

Schließlich kam er wieder zu ihr aufs Sofa, und sie machte ihm Platz, damit er es sich zwischen ihr und der Rückenlehne bequem machen konnte.

Lara spürte seinen Körper dicht an dem ihren und lehnte sich noch etwas zurück.

»So gefällt mir das«, murmelte er und küsste sie auf die Schulter. »Ich war etwas heftig, was?« Sanft strich er mit dem Finger über eine Schramme an ihrem Hals. »Ich habe dir doch hoffentlich nicht wehgetan?«

»Nein, hast du nicht«, wehrte sie ab. »Ich hatte dir doch gesagt, dass die Tabletten wirken.«

Er atmete tief aus. »Trotzdem. Sag mal ... Ich möchte dich etwas fragen. Gib mir bitte eine ehrliche Antwort darauf.« Sie drehte sich zu ihm um und sah ihn neugierig an. »Bereust du es?«

»Das hier?«, fragte sie leise zurück.

»Ja, das hier. Tut es dir leid?«

»Nein. Keine Sekunde tut mir leid. Es war atemberaubend und ich habe es sehr genossen. Was ist mit dir?«

Alessandro grinste sie an, und seine Augen funkelten. »Mir tut schon etwas leid. Und zwar sehr.« Er machte eine Pause, und in ihren fragenden Blick hinein erklärte er: »Mir tut es leid, dass wir so lange damit gewartet haben.«

Er schob sein Bein über ihren Oberschenkel und fuhr mit den Fingern sanft über ihre Haut, zeichnete langsam die Konturen ihrer Schultern nach und küsste ihren Nacken.

»Meinst du, wir haben etwas versäumt?« Lara fasste mit der freien Hand nach seinem Schenkel, um ihn näher an sich heranzuziehen. »Was denn – schon wieder?«

Sie lachte ungläubig. Seine Reaktion war eindeutig. Er unterdrückte ein Stöhnen, bevor er weitersprach.

»Natürlich haben wir etwas versäumt, spürst du das nicht? Wenn ich an all die Nächte denke, die wir zusammen hätten verbringen können, an die wunderbaren Stunden, die wir uns haben entgehen lassen ...«

Er verstummte und knabberte herausfordernd an ihrem Hals.

Sie spürte die Hitze, die von ihm ausging, seine Hände wurden drängender, und sie drehte sich zu ihm herum.

»Aber vielleicht wäre es gar nicht so wunderbar geworden, wenn es nicht genau die richtige Stunde gewesen wäre. Und das ist sie, findest du nicht auch?«

Er gab ihr keine Antwort, sondern küsste sie mit neu erwachtem Hunger.

Wieder ließen sie sich in den leidenschaftlichen Taumel hineinfallen, der sie bereits vorher der Wirklichkeit entrückt hatte. Und wieder wunderte sie sich über die Heftigkeit, mit der ihr Körper sein Begehren beantwortete.

Danach lag sie eine Weile reglos mit geschlossenen Augen da. Fast glaubte sie, er wäre eingeschlafen, als er tief einatmete und sich leise räusperte.

»Geht es dir gut?«

»Ja, sehr ... sag mal – es sind noch Spaghetti übrig. Was meinst du – schmecken die auch kalt?«

Er grinste verschmitzt. »Hast du etwa Hunger bekommen?«

Sie nickte, und er stand auf, brachte zwei Teller, schenkte Rotwein nach und setzte sich zu ihr. Lachend fütterten sie sich gegenseitig mit kalten Spaghetti, Scampi und Muscheln, und als sie schließlich nach oben ins Schlafzimmer gingen, waren sie beide satt, müde und sehr zufrieden.

Lara kuschelte sich eng an ihn und genoss das wunderbare Gefühl der Geborgenheit, das sie empfand, als er besitzergreifend seine Arme um sie schlang.

Sie schliefen beide sehr schnell ein, doch Lara hatte in dieser Nacht wirre Träume.

Sie träumte, Alessandro beobachtete sie beim Ertrinken.

Auch Valerie war neben ihr im Wasser. Eigenartigerweise schien Valerie nicht nass zu werden, und die Strömung konnte ihr nichts anhaben.

»Ich habe dir doch gesagt, der ist kein Fischer, er kann ja nicht mal schwimmen«, hörte sie ihre Freundin sagen. »Er hätte dich schon längst herausziehen müssen, aber er ist ein Hochstapler.« Dann war Valerie verschwunden, und Lara fühlte festen Boden unter den Füßen. Er hat zu viel Zeit, dachte sie und sah Alessandro davongehen. Aus ihren Haaren fielen kleine Flussfische wie Wassertropfen zu Boden, und als sie entsetzt den Kopf schüttelte, saß sie plötzlich vor Alessandros Kamin, und Rossano spielte ihr auf der Gitarre ein trauriges Lied vor. Jemand riet ihr, Spaghetti zu essen, doch die Krebse und Muscheln darin waren noch lebendig und versuchten, über den Tellerrand davonzukriechen, um ihrer Gabel zu entgehen. Ein paar von ihnen krochen auf das Feuer zu, und als sie eine abwehrende Bewegung machte, um sie vor der Hitze zu warnen, erwachte sie schließlich schweißgebadet.

Zuerst hatte sie Mühe, sich zu orientieren, doch dann hörte sie Alessandros regelmäßige Atemzüge neben sich, und mit einem Schlag fiel ihr alles wieder ein. Vorsichtig, um ihn nicht zu wecken, glitt sie langsam aus dem Bett, schlüpfte in den Bademantel und tastete sich so geräuschlos wie möglich ins Wohnzimmer hinunter. Vergeblich versuchte sie, die eigenartige Benommenheit abzuschütteln, die der Albtraum in ihr hinterlassen hatte.

Merkwürdig, dachte sie, wie das Unterbewusstsein mit manchen Erlebnissen umgeht. Ein unerklärlicher Drang zu weinen überfiel sie, und sie konnte sich nicht dagegen wehren. Sie versuchte, ihr heftiges Schluchzen so gut es ging zu unterdrücken, doch da hörte sie Alessandro auch schon die Treppe herunterhasten.

»Hey, was ist los mit dir?« Besorgt setzte er sich neben sie und nahm sie tröstend in die Arme.

Sie konnte nur den Kopf schütteln, und da ließ er sie schweigend schluchzen und hielt sie fest, bis sie sich von selbst beruhigte.

»Geht's wieder?«, erkundigte er sich schließlich mitfühlend.

»Ja.« Sie nickte und machte sich los. Hastig wischte sie sich die Tränen aus dem Gesicht und sah zur Seite. Dass er das mitbekommen musste! »Tut mir leid – ich wollte dich nicht wecken mit meiner Heulerei!«

»Hast du nicht, ich bin aufgewacht, weil mir so kalt wurde. Du warst nicht mehr da, um mich zu wärmen«, versuchte er sie aufzumuntern.

»Ich habe schlecht geträumt und bin davon aufgewacht. Nachts ist sowieso alles anders als am Tag.«

»Intensiver und dramatischer, nicht wahr?«

»Genau.« Sie verschwieg, welche Rolle ihm in ihrem Traum zugedacht gewesen war, weil es ihr albern vorkam, dass sie überhaupt von ihm geträumt hatte.

Er strich ihr eine verirrte Haarsträhne aus dem Gesicht. Seine Stimme klang sehr sanft. »Meinst du, du kannst jetzt weiterschlafen?«

»Nein«, murmelte sie gedämpft und suchte seinen Blick. »Ich glaube nicht, dass ich jetzt schlafen will. Aber lass uns trotzdem wieder nach oben gehen ...«

6

Das Klingeln ihres Telefons holte Lara langsam, aber unwiderruflich aus ihren Träumen. Schließlich verstummte es. Hoffentlich war Alessandro nicht wach geworden – er hatte noch weniger Schlaf bekommen als sie.

Sie atmete tief ein und versuchte, das wohlige Gefühl, das sie während des Schlafes gehabt hatte, festzuhalten, aber es verflog mehr und mehr. Durch die Fensterläden zwängten sich schmale Sonnenstrahlen und brachten die Luft zum Tanzen. Es war also schon wieder heller Tag. Sie wandte den Kopf. Alessandro war neben ihr eingeschlafen irgendwann nach dieser langen, leidenschaftlichen Nacht, doch ... er war nicht da. Sie lag allein im Bett.

Lara richtete sich auf und schob die Beine aus dem Bett. Mit einem leisen Schmerzenslaut stellte sie fest, dass ihr beinahe jeder Muskel wehtat. Offenbar hatten die Tabletten aufgehört, zu wirken. Dazu die ungewohnte Anstrengung ...

Sie schmunzelte in sich hinein.

Wieder begann ihr Handy zu klingeln. Seufzend sah sie sich um.

Richtig, sie hatte es gestern Abend als Beleuchtung benutzt, nun lag es auf Alessandros Wohnzimmertisch und machte Radau.

Sie stand auf und eilte nach unten.

»Ja?«

Es war Valerie. »Habe ich dich geweckt? Das tut mir leid, aber es ist schon nach halb eins. Ich dachte nicht, dass du noch schlafen würdest«, entschuldigte sie sich zerknirscht.

»Das konntest du ja nicht wissen.« Lara öffnete nebenbei die Jalousien. Draußen schien die Sonne von einem strahlendblauen Himmel. In kurzen Worten beschrieb sie Valerie die Ereignisse der letzten Tage.

»Sie haben es hier in den Nachrichten gebracht. Wir haben uns Sorgen gemacht, ob bei dir alles in Ordnung ist, aber Bert meinte, du würdest dich schon melden, wenn etwas nicht stimmt.«

»Genau, ich hätte euch schon Bescheid gesagt. Um ehrlich zu sein, ich habe noch keine Ahnung, wie die Lage aussieht, mir fehlt der gestrige Tag komplett. Ich bin … also, ich … bin bei Alessandro.«

Am anderen Ende der Leitung herrschte einen Moment verblüfftes Schweigen, dann konnte sie Valeries herzhaftes Lachen hören.

»Na endlich hat die Katze die Sahne vernascht. Hat's dir denn wenigstens gefallen?«

»Das kann man wohl sagen. Du hattest recht, es wäre ein Jammer gewesen, ihn zu verpassen. Woher du so etwas immer weißt, ist mir zwar ein Rätsel, aber dein Tipp war goldrichtig!«

»Das freut mich«, meinte Valerie zufrieden. »Dann ist mir schon klar, dass du nach deinen Abenteuern erst mal richtig ausschlafen musstest. Aber versprich mir bitte, keine solchen Eskapaden mehr zu unternehmen, wie ins Wasser zu fallen und zu ertrinken oder ähnlich hässliche Sachen, ja, mein Schatz?«

»Ist gut, ich werde mir Mühe geben.«

»Vom Rest kannst du dir gern noch mehr gönnen, glaub mir, das tut dir gut.«

Lara vermied es, sich nach Robert zu erkundigen, und da auch Valerie ihn nicht erwähnte, ging sie davon aus, dass es von dieser Seite keine Neuigkeiten gab. Sie verabschiedeten sich voneinander mit den üblichen guten Wünschen, und Lara ging nach oben ins Badezimmer.

Sie nahm sich erstmals die Muße, sich umzublicken. Ein typisches Männerbad, stellte sie fest. Karg eingerichtet und nur mit dem Nötigsten versehen, wenn auch penibel sauber. Alessandro liebte es offenkundig ordentlich. Drei Aftershave-Flakons mit bekannten Designerdüften standen sauber verschlossen auf der Spiegelablage, wenn auch nicht in Reih und Glied; die Zahnpastatube war zwar zugeschraubt, aber nicht im Becher beim Nassrasierer und der Zahnbürste, sondern lag auf dem Waschbeckenrand; und die Handtücher hingen an den Haken, wohin sie gehörten, passten aber nicht zusammen. Immerhin schien Alessandro kein Pedant zu sein, das beruhigte sie. Doch dann machte sie rasch Toilette und beschloss, nicht weiter in seine Privatsphäre einzudringen.

Was sollte sie an diesem Nachmittag tun? Sie musste sich unbedingt bei Gaia und Michele blicken lassen, das war klar. Sie seufzte leise auf. Hoffentlich hatten die beiden nicht zu viel Aufhebens um die Sache gemacht!

Anschließend ging sie wieder nach unten. Auf dem winzigen Küchentisch lag ein Zettel.

Guten Morgen, Schlafmutze.
Fühl dich wie zu Hause, bis ich wiederkomme.
Ich hoffe, du findest dich zurecht.
A.
PS: Die Nacht war fantastisch.

Ein wohliges Kribbeln breitete sich in ihr aus.

Ja, fantastisch war das richtige Wort. Anstrengend allerdings auch. Ihr Magen knurrte.

Fühl dich wie zu Hause ...

Sie sah sich flüchtig in der kleinen Küche um. Sich zurechtfinden? Alles durchsuchen, um Frühstück zu machen? Nein, genau das würde sie nicht tun. Sie gehörte nicht hierher. Allein der Gedanke, in Alessandros Abwesenheit seine Schränke zu öffnen, widerstrebte ihr zutiefst. Gestern war das etwas anderes gewesen. Sie hatte einen Unfall gehabt und er hatte sich um sie gekümmert, aber heute ... Nein. Ohne dass sie genau sagen konnte, was ihr an der Situation nicht behagte, wusste sie, dass sie ohne Alessandros Anwesenheit nicht bleiben wollte. Und schon gar nicht in seine Intimsphäre eindringen. Vorhin im Bad hatte sie keine Schubfächer und Schranktüren öffnen müssen, um ein wenig über ihn zu erfahren. Das sah hier anders aus ...

Sie rief ihn an. Wenn er nicht gerade auf dem Weg hierher wäre, würde sie lieber nach Hause fahren, als in seinen vier Wänden herumzusitzen und sich unwohl zu fühlen.

Alessandro antwortete erst nach dem fünften oder sechsten Läuten, als Lara schon wieder auflegen wollte. »Wie geht es dir?«, erkundigte er sich als Erstes.

»Gut. Alles in Ordnung.«

»Wirklich?«

»Ganz ehrlich.«

»Hast du deine Tabletten genommen?«

Sie seufzte. »Nein, die habe ich heute tatsächlich vergessen, Herr Doktor.«

»Lara! Sei nicht so nachlässig mit deiner Gesundheit!«

»Also wirklich, Alessandro. Nun übertreibe es mal nicht, ich nehme sie anschließend, okay?«

»Schon gut. Aber tu es bitte, ja?«

Es tat ihr gut, seine dunkle, vibrierende Stimme zu hören. »Versprochen. Wo bist du?«

»Am Hafen bei den Booten.
»Weißt du schon, wann du wiederkommst?«
»Hier ist einiges zu tun. Es wird sicher später Nachmittag. Wartest du auf mich?«
»Um ehrlich zu sein, würde ich gern Gaia besuchen und hören, ob alles in Ordnung ist. Mal sehen, ob sie nachher da ist.«
»Wie schade. Willst du dich dann wenigstens nachher mit mir treffen?«
»Wie wäre es mit abends?«
»Erst so spät?« Er klang enttäuscht. »Was hältst du davon, wenn wir uns in Micheles Pub sehen, nachdem du bei Gaia warst, einen Aperitif nehmen und dann etwas essen gehen?«
»Einverstanden. Um fünf?«
»Gut, dann also bis nachher.«

In Mesola schien die Normalität wieder eingekehrt zu sein. Die Lastwagen und auch die Jeeps der Carabinieri waren verschwunden, und nichts deutete mehr darauf hin, dass die Gegend vielleicht nur knapp einer Katastrophe entgangen war. Sie machte einen kleinen Umweg über die Dammstraße und war gespannt, welcher Anblick sie erwarten würde.

Der Flusspegel war deutlich gefallen, stand aber noch immer weit über seinem normalen Niveau. Die Uferpromenade war wieder vollends zu sehen. Auch die Büsche ragten wie vorher aus dem Wasser, und in ihren Zweigen hatte sich Treibgut gesammelt. Lara folgte dem Ufer flussabwärts und versuchte, die Stelle zu finden, an der sie ins Wasser gerutscht war, aber sie war sich nicht sicher. Fest stand nur, wo Alessandro sie herausgeholt hatte. Nachdenklich blieb sie an der Treppe stehen und betrachtete die steinernen Stufen. Bis zur Brücke war es noch weit, und bei der Erinnerung an ihre Angst, sie könnte mit einem der Pfeiler kollidieren, lief es ihr noch einmal kalt den Rücken hinunter.

Anschließend fuhr sie zu Gaia. Sie klingelte, und das elektrische Gartentor öffnete sich. Als sie sich dem Haus näherte, riss Gaia mit einem strahlenden Lächeln die Tür auf.

»Wo bist du nur so lange gewesen? Wir haben uns schon Sorgen um dich gemacht und befürchtet, du wärst nach dem Schreck abgereist!« Sie zog Lara ins Haus und umarmte sie lange und herzlich.

»Ich würde doch niemals wegfahren, ohne mich von euch zu verabschieden«, entgegnete sie und konnte sich einer gewissen Rührung nicht erwehren angesichts der ehrlichen Freude, die Gaia bei ihrem Anblick zeigte. Schließlich ließen sie einander los.

»Komm rein!«

Gaia ging vor ihr her, und sie setzten sich ins Wohnzimmer. Einen Augenblick lang wussten beide nicht, was sie sagen sollten. Gaia sah sie mit großen Augen an.

»Weißt du, wenn ich daran denke, was du riskiert hast, um uns zu helfen, und dass du dabei vielleicht sogar hättest ertrinken können ... Und wie du aussiehst! Überall hast du Kratzer im Gesicht, du Ärmste!«

Sie verstummte und versuchte, ihre Fassung wiederzugewinnen.

»Gaia, hör auf damit, bitte«, erwiderte Lara. »Ich habe doch hier nicht auch noch ein Lob verdient, schließlich war es meine Schuld, dass Elena sich einfach davonstehlen konnte! Ich bin einfach nur unsagbar glücklich, dass ihr nichts passiert ist. Ich hätte mir das nie im Leben verzeihen können – es geht ihr doch gut, oder?«

»Ja, sie ist nur ein bisschen erkältet, sie schläft oben, aber sonst ist alles in Ordnung mit ihr.«

»Siehst du, das ist das Wichtigste. Es ist vorbei.«

»Und wenn du nicht so viel Glück gehabt hättest? Wenn sie dich nicht rechtzeitig hätten rausziehen können?«

»Weißt du, ich war gerade da oben und habe mir die Stelle angesehen. Da kommen noch so viele Bäume. In irgendeinem von denen wäre ich schon hängen geblieben, und ihr hättet mich gemütlich einen Tag später dort abpflücken können. Nein, im Ernst, mir wäre es lieber, wenn wir diesen Zwischenfall in Zukunft nicht mehr erwähnen würden. Allerdings sollten wir daraus lernen, dass ich mich als Babysitterin überhaupt nicht eigne!«

Nun machte Gaia eine abwehrende Handbewegung. »Hör endlich auf, dir daran die Schuld zu geben! Kinder können das, sie verschwinden buchstäblich vor deinen Augen, ich weiß selbst nicht, wie sie das machen. Und du hast sie nicht zu deinem eigenen Vergnügen sitzen lassen. Du wolltest helfen!«

Lara war erleichtert, dass Gaia ihr nichts nachtrug. Sie kannte die andere Frau zwar erst seit Kurzem, aber sie war ihr eine wahre Freundin im Dorf geworden. Es fühlte sich gut an zu wissen, dass es Menschen gab, denen wichtig war, wie es ihr erging. Menschen, die sie als Teil ihrer Gemeinschaft ansahen.

Die Vorstellung, dass sie diesen Ort vielleicht wieder verlassen müsste, ziepte in Laras Magen. Konnte sie nicht einfach bleiben? Doch so verlockend diese Überlegung auch war, etwas in ihr warnte sie davor, all ihre Zelte in der Heimat abzubrechen und sich hier in ein neues Leben zu stürzen.

Du bist nur Gast hier, spukte es durch ihren Kopf. *Du siehst noch nicht, was alle anderen sehen. Was, wenn du eines Tages die Augen öffnest und merkst, dass du dich hast blenden lassen?*

Kurz nach fünf traf Lara im Pub ein.

»Ciao, cara. Wie geht es dir? Hast du Gaia getroffen?« Alessandro begrüßte sie mit einer herzhaften Umarmung und küsste sie unbefangen auf den Mund, was sie zugegebenermaßen irritierte.

Sie fing sich aber schnell wieder und ging auf seinen herzlichen Ton ein.

»Ja, wir haben uns sehr gut unterhalten. Ich mag sie. Der Kleinen geht es gut, und die Welt ist wieder im Lot.«

»Bene.« Er sah sie forschend an. »Und du? Ist bei dir alles in Ordnung? Hast du dich ein bisschen von den Strapazen der letzten Nacht erholt?«

Beinahe hätte sie sein Grinsen anzüglich genannt und gab es ebenso zurück. »Alles bestens.«

Er nickte zufrieden. »Gut. Und jetzt – was möchtest du essen und wo fahren wir hin?«

»Ich habe keine allzu große Lust, viel durch die Gegend zu fahren. Was hältst du davon, wenn wir hier essen? Ich war mit Valerie in einem netten Restaurant hinter der Kirche.«

»Einverstanden. Wir sind aber ein bisschen zu früh.«

»Wir könnten noch ein paar Schritte laufen, wenn du magst.«

»Wir könnten aber auch etwas anderes machen in der Zwischenzeit.«

Alessandro sah ihr tief in die Augen.

Sein Blick ließ keinen Zweifel daran, was er meinte, und Laras Körper reagierte sofort. Bis dahin hatte sie sich noch keine Gedanken darüber gemacht, wie sich ihr Verhältnis in Zukunft gestalten sollte, ihr Pakt war schließlich erfüllt.

Allerdings schien ihr Körper schon längst eine eigenmächtige Entscheidung getroffen zu haben, und auch Alessandro ging so selbstverständlich mit der Situation um, als wäre es für ihn das Normalste auf der Welt, sich auch weiterhin zu treffen und miteinander zu schlafen. Warum also nicht?

»Einverstanden«, erwiderte sie und konnte nicht verhindern, dass ein zufriedenes Lächeln über ihr Gesicht huschte.

Sie fuhren mit beiden Autos zu Lara nach Hause. Kaum war die Tür hinter ihnen ins Schloss gefallen, fand sie sich ohne

Umschweife in seinen Armen wieder. Sein Verlangen nach ihr hatte um nichts nachgelassen, und atemlos erwiderte sie seine Berührungen. Kaum schafften sie es, sich aus ihren Kleidern zu winden. Diese Stück für Stück hinter sich lassend, fanden sie den Weg in Laras Schlafzimmer.

Sie wollte Licht machen, doch er hinderte sie daran.

»Nein, nicht«, bat er zwischen zwei Küssen, »heute möchte ich nur spüren, was ich gestern gesehen habe.«

Seine Hände glitten forschend, spielend, fordernd, staunend über ihren Körper. Lara hatte immer das fast unbehagliche Gefühl gehabt, dass seinen Augen nichts entging, und doch waren seine Berührungen so hauchzart, als müsste er mit den Fingerspitzen sehen wie ein Blinder. Sie huschten leicht wie taumelnde Blütenblätter über ihre Haut, und Lara wand sich unter lustvollen Schauern.

Diesmal zelebrierte er den Akt langsam und bedächtig, anders als beim ersten Mal, als er seine Gier kaum unter Kontrolle gehabt hatte. Sie genoss die Schwere seines Körpers auf dem ihren, den Druck zwischen ihren Schenkeln, und konzentrierte sich auf seinen Rhythmus, passte sich ihm an, gab ihm nach. Dann, als er anfing, sich schneller zu bewegen, als sie die Schweißperlen auf seiner Haut zwischen seinen Schulterblättern spürte, ließ sie sich mitreißen, vergaß alles um sich herum. Sie konzentrierte sich auf sein Stöhnen, auf seine Bewegungen und auf die Glut, die sich schließlich unaufhaltsam in ihrem Innersten ausbreitete.

Ihr Atem ging noch immer heftig, als er sich herumdrehte. Er hielt sie fest, fast bekam sie in seiner Umklammerung keine Luft. Sie legte den Kopf auf seine Brust und ergab sich dem Druck seiner Arme.

»Du hast mir gefehlt heute«, murmelte er. »Ich wollte dich bei mir haben und dich festhalten, wollte deine Intensität spüren, deine Hingabe, deinen Hunger ...«

Sie lachte leise. »Wir waren gerade mal ein paar Stunden getrennt!«

»Das waren aber schon zu viele für mich!«, gestand er leise, so als widerstrebte es ihm, ihr das überhaupt zu sagen. Dann küsste er sie auf den Hals, ließ sie los und stand auf. »Hunger, das war vorhin das Stichwort.«

»Das Bad ist nebenan«, murmelte sie. Wenige Augenblicke später ging das Licht an. Sie musterte ihn ungeniert bei voller Beleuchtung. Sein Körper war so harmonisch wie der einer antiken Statue, die sie einmal in einem Museum betrachtet hatte: kompakt, muskulös und ästhetisch.

»Sag mal, wie oft trainierst du eigentlich?« Sie konnte sich diese Frage nicht verkneifen.

Er sah sie verständnislos an. »Trainiere was?«

»Na, deine Muskeln natürlich! Du musst doch mindestens dreimal die Woche in irgendein Fitnessstudio laufen, um so auszusehen!«

Er lachte belustigt. »Nein, meine Süße, tue ich nicht! Ich bin so, wie Gott mich schuf, und habe das große Glück, dass ich außer der Arbeit auf dem Boot sonst nichts brauche. Aber du kannst mir glauben, das ist Training genug!«

So ein Mann sollte nicht frei herumlaufen, dachte sie spontan. Eigentlich gab es so etwas im richtigen Leben gar nicht. Wahrscheinlich würde er sich in Luft auflösen, wenn sie in diesem Moment blinzelte. Doch die Statue setzte sich neben sie aufs Bett, statt zu verschwinden.

»Na los, jetzt ist der nächste Genuss dran«, ermunterte er sie. »Wer so viel Sport treibt, braucht Kraft. Und du kannst es vertragen.«

Sanft zeichnete er mit dem Finger die Konturen ihrer Rippen nach. Lachend sammelten sie nach einer kurzen Dusche ihre Sachen vom Boden auf.

Lara zog ihren Lippenstift nach und warf sich den Mantel über.

»Wir nehmen mein Auto«, schlug er vor. »Oder möchtest du zu Fuß gehen?«

»Nein, mein Bedarf an Bewegung ist für heute gedeckt«, scherzte sie.

Sie bekamen denselben Tisch, an dem Lara schon mit Valerie gesessen hatte. Auch Alessandro gefiel die Atmosphäre des Restaurants, und sie ließen sich viel Zeit beim Essen.

Das Lamm, für das Lara sich entschieden hatte, war vorzüglich und der Rotwein exzellent. Sie musste unbedingt ein Dessert essen, und er bestellte sich Grappa zum Kaffee. Wieder fiel ihr auf, dass er ihn schwarz trank.

»Wie du das nur schaffst, ihn ohne Zucker zu trinken«, wunderte sie sich laut.

»Ist reine Gewohnheit. Außerdem schmeckt er dann intensiver und echter. Bitter, so wie das Leben eben manchmal ist.«

»Aber heißt es nicht, caffè muss schwarz wie die Nacht, heiß wie die Hölle und süß wie die Liebe sein?«

»Wer hat dir denn erzählt, Liebe sei süß?«, fragte er trocken und schüttete einen Schuss Grappa in seine Tasse, die er dann schwenkte, um den Rest crema vom Rand zu lösen.

Lara musterte ihn schweigend, und einen Moment war ihr, als senkte sich ein Hauch Bitterkeit um seinen vollen Mund.

»Ist sie das denn nicht?«, fragte sie ihn provokativ. Alessandro sah sie an, und Lara konnte den Schatten über seinen Augen deutlich sehen, ehe das Lächeln, das ihr nun schon so vertraut erschien, zurückkehrte.

»Mit dir schon, cara, da besteht kein Zweifel!«

Als er sie nach Hause brachte, war es Mitternacht.

»Sehen wir uns morgen?«, wollte er wissen. »Wir könnten einen Ausflug machen, was hältst du davon?«

»Das könnten wir«, schnurrte sie gut gelaunt.

»Wohin möchtest du denn? Ans Meer?«
»Gute Idee.«
Er fasste sie mit der Hand ums Kinn, dieselbe Geste, die sie nun schon so gut kannte, und drehte ihr Gesicht zu sich. Seine Augen waren dunkel, als er sie zum Abschied küsste. »Ich rufe dich an.«

Lara lag an diesem Abend noch lange wach und dachte nach. Unvermittelt war in ihr das Echo ihres Traumes aufgestiegen, als er ihr den Ausflug vorgeschlagen hatte: *Er hat zu viel Zeit.*
Zuvor war ihr das nicht so bewusst gewesen, aber es stimmte. Seit sie ihn etwas näher kannte, schien er nichts anderes zu tun zu haben, als sich mit ihr zu beschäftigen. Sie suchte in ihrer Erinnerung nach einem Anhaltspunkt, ob er irgendwann einmal seine Arbeit erwähnt hatte, doch außer während des Unwetters, als er im Hafen mit den Booten beschäftigt gewesen war, fiel ihr dazu nichts ein. Mussten Fischer nicht einen gewissen Tagesablauf einhalten? Soweit sie wusste, fuhren die meisten Boote frühmorgens aufs Meer hinaus und kamen am Nachmittag wieder zurück. Außer – sie erstarrte. Fuhr er etwa nach den Treffen mit ihr noch los und war dann am nächsten Nachmittag schon wieder für sie da? Wenn dem so war, wann schlief er dann?
Sie verwarf den Gedanken als absurd und nahm sich vor, ihn zu fragen, warum er dermaßen viel Zeit für sie erübrigen konnte.
Der zweite Gedanke, der sie beschäftigte, war seine Bemerkung, warum für ihn Liebe nicht süß war. Hatte er, so wie sie, eine Enttäuschung erlebt? *Sei kein Schaf*, ermahnte sie sich, *ein Mann in seinem Alter hat immerhin auch seine Erfahrungen hinter sich.* Er war Mitte dreißig, in einem Alter also, in dem wenigstens in Italien – und nicht nur dort – eine Familie mit Kindern als Norm angesehen wurde. Dass er verheiratet war, schloss sie aus, schließlich trug er keinen Ring, nicht einmal einen

Schatten davon hatte sie an seinen Händen entdecken können. Doch das musste nichts zu bedeuten haben, sie selbst trug auch keinen und war trotzdem verheiratet. Aber sie lebte gewissermaßen schon in Scheidung. Und er vielleicht auch? Wie auch immer, sie konnte sich beim besten Willen nicht vorstellen, dass er zu Frau und Kindern unterwegs war, wenn er sie verließ. Auch dafür schien er ihr zu viel Zeit mit ihr zu verbringen. Oder wollte sie es sich nur nicht vorstellen?

Alessandro wollte sie um zwei Uhr nachmittags abholen. Angesichts ihres gähnend leeren Kühlschranks ging Lara am Vormittag einkaufen, dann machte sie sich noch schnell über die Waschmaschine her, um ihr schlechtes Gewissen zu beruhigen. In den nächsten Tagen wollte sie die Vorhänge waschen. Wenn Valerie und Bert ihr schon so großzügig das Haus überließen, wollte sie sich wenigstens mit solchen Kleinigkeiten revanchieren.

Als Alessandro vor der Tür stand, war sie gerade mit Anziehen fertig geworden. Er trug schwarze Hosen, ein blaues Hemd und einen schwarzen Pullover. Auch sein Mantel war schwarz. Und teuer, wie ihr geschulter Blick sofort erriet. Seine Augen reflektierten die Farbe seines Hemdes, und sie gestand sich ein, dass Schwarz ihm zweifellos gut stand.

»Nimm lieber einen Schal mit«, riet er ihr, »wir haben kalten Wind heute.«

Sie schnappte sich auch noch ein Paar Handschuhe und schloss die Tür. »Wohin ans Meer fahren wir denn?«

»Kennst du Porto Garibaldi? Es ist einer der sieben Lidi di Comacchio, das sind die Strandbäder, die zwischen hier und Ravenna liegen. Du wirst sehen, es gefällt dir bestimmt.«

Er nahm nicht die Hauptstraße, sondern parallel dazu die Route entlang seichter Lagunen nach Süden. Lara, die inzwischen einiges an Informationen über die Gegend gesammelt hatte, begrüßte die karge, winterliche Vegetation an den Straßenrändern. So hatte sie Gelegenheit, die vielen Wasservögel zu beobachten, die in diesem Gebiet überwinterten.

Angeblich sollte es sogar Flamingos hier geben, aber von denen war nichts zu sehen. Stattdessen begegneten ihnen jede Menge Teichhühner, verschiedene Entenarten, von denen sie auf Anhieb nur die Stockenten erkannte, Reiher und Möwen. Die stillen Wasserflächen waren voll von ihnen, es mussten Tausende sein.

Lara genoss es sehr, nicht selbst am Steuer zu sitzen, sondern nach Herzenslust die Umgebung betrachten zu können.

Alessandro parkte das Auto, und sie schlenderten zu Fuß einen Kanal entlang, an dem ein Fischerboot nach dem anderen vor Anker lag. Der Kanal, so erklärte er ihr, sei gewissermaßen der Fischerhafen des Ortes, er führte vom offenen Meer bis hinein in die Valli di Comacchio, die letzte große Brackwasserlagune, die von der großflächigen Entwässerung der Gegend noch übrig geblieben war.

Sie folgten der Kaimauer, die ein Stück ins Meer hinausführte, und Lara war froh um Schal und Handschuhe. Er hatte recht gehabt, ihnen wehte ein kalter Wind entgegen, und sie zog ihren Mantel enger um sich. Eine befestigte Mauer mit einem betonierten Fußweg führte weit bis ins Meer hinaus, an ihm entlang standen Hütten mit den für die Gegend so typischen viereckigen Senknetzen. An ihren Ecken waren lange Seile befestigt, mit denen sie ins Wasser gelassen werden konnten. Nach einer gewissen Zeit wurden sie wieder herausgezogen, und mit etwas Glück fanden sich Fische oder Krebse darin.

Am Ende des Weges stand ein winzig kleiner Leuchtturm. Hier war der Wind besonders heftig und trieb Lara die Tränen in die Augen. Der Horizont vor ihnen war klar, und das Meer stach scharf vom blauen Winterhimmel ab. Als Lara sich umwandte, lag die Silhouette des Ortes vor ihr, und es überraschte sie, kein einziges Hochhaus zu sehen. Die üblichen Hotelburgen, die sie von Bildern anderer Badeorte kannte, fehlten.

»Stimmt«, bestätigte Alessandro. »Es ist ein relativ ursprünglicher Fischerort geblieben. Hier gibt es nicht viel Platz zum Bauen, der Ort ist von allen Seiten eingeschlossen – im Osten vom Meer, im Süden vom Kanal, im Westen von der Hauptstraße und im Norden vom nächsten Ort. Da blieb zum Glück nicht viel Raum für die typischen Bausünden der sechziger Jahre.«

Langsam machten sie sich auf den Rückweg. Vor ihr, entlang des Sandstrands, erkannte Lara die flachen Gebäude der Bagni, in denen man im Sommer Liegestühle und Sonnenschirme mieten und sich mit Getränken, Eis und Snacks versorgen konnte. Als sie den Strand erreicht hatten, steuerte Alessandro auf das nächstgelegene Lokal zu – eins der wenigen, die um diese Jahreszeit geöffnet waren. Sie traten ein und wurden freundlich begrüßt. Sie waren die einzigen Gäste und setzten sich an einen kleinen Tisch am Fenster, von wo aus sie einen herrlichen Blick aufs Meer hatten.

Der Anblick des winterlichen Badestrands befremdete Lara, so als könnte es Sand, Muscheln und Wellen nur in Verbindung mit Hitze, lärmenden Touristen und Sandburgen bauenden Kindern geben. Die leere Weite, die sich vor ihren Augen ausbreitete, wurde nur von den orangefarbenen Fangnetzen unterbrochen, die den Sand der heftigen Winterstürme abhalten sollten. Ein einsamer Spaziergänger war mit seinem Hund unterwegs, ansonsten gehörte der Strand den Möwen.

Sie bestellten sich Kaffee und Mineralwasser und bekamen einen kleinen Teller mit Schokoladenkuchen dazu serviert.

»Darf ich dich etwas fragen?«, brach Lara das Schweigen, und Alessandro wandte sich zu ihr.

»Frag mich, was immer du willst.«

»Was machst du eigentlich, wenn du nicht gerade mit mir spazieren fährst? Ich meine«, sie erwiderte seinen ruhigen und doch erwartungsvollen Blick, »was machst du beruflich? Du hast zwar erzählt, ihr aus Goro wärt alle Fischer, aber wenn ich ehrlich bin, kann ich mir nicht vorstellen, wann du dazu die Zeit findest.«

Er musterte sie einen Moment und schmunzelte dann.

»Ich sehe schon, die Detektivin in dir erwacht! Sei ehrlich, das interessiert dich doch schon lange, nicht wahr?«

Sie nickte ein wenig verlegen, weil er sie schon wieder durchschaut hatte.

»Wir Muschelfischer haben, wenn alles glatt läuft, tolle Arbeitszeiten. Wenn du gut bist und deine Ausrüstung technisch auf dem neuesten Stand hast, dann bist du mit deiner Quote unter Umständen in zwei bis drei Stunden fertig.«

»Was denn für eine Quote?«

»Das ist etwas kompliziert, aber sagen wir mal so: Keiner von uns fischt auf eigene Faust. Wir sind in Kooperativen organisiert, und die wiederum schließen sich zu einem Konsortium zusammen. Dort sammelt sich die gesamte Nachfrage, und von da aus wird die Quote verteilt, die jeder einzelne von uns pro Tag aus dem Meer holt.«

»Ist das jeden Tag verschieden?«

»Vor Festtagen ist es mehr, unterm Jahr wieder weniger. Vor Weihnachten kann es passieren, dass jeder von uns eine Quote von hundert Kilo hat, aber in den Wochen nach Neujahr nur die Hälfte davon.«

»Aha. Und deine zwei, drei Stunden, wann machst du die?«

»Am frühen Morgen.«

»Also gehst du nicht Fische fischen, sondern Muscheln sammeln«, resümierte sie.

»So ist es«, bestätigte er.

»Hast du das schon immer gemacht?«

»Früher war ich auch fischen, mit meinem Großvater, aber jetzt nicht mehr. Als er langsam zu alt dafür wurde, haben wir das größere Boot verkauft und nur das für die Muscheln behalten. Das betreibe ich zusammen mit Rossano, aber das werde ich auch nicht mehr jeden Tag machen. Ich habe über den Winter noch einen Job in einem Hotel in der Nähe von Ferrara. Ich helfe dort aus, wo es brennt, und verdiene gut.«

»Wirklich? Ich dachte immer, Jobs in der Hotellerie wären so schlecht bezahlt.«

»Oh, ich werde natürlich auch mal Überstunden machen müssen. Ich habe echtes Organisationstalent, das schätzen die Leute sehr.«

»Und was wirst du da genau tun?«

»Na, das ist so ... ein bisschen Mädchen für alles. Verloren gegangene Kinder einsammeln, doppelt belegte Zimmer koordinieren und all so was. Ich habe ziemlich viel Geduld, und die kann man gut gebrauchen, wenn nörgelnde Gäste sich gegenseitig auf die Zehen treten.«

Lara sah ihn forschend an. Was er sagte – oder eher, *wie* er es sagte –, klang irgendwie ... ausweichend. Es erklärte zwar einigermaßen, wie er so viel Zeit mit ihr verbringen konnte und warum er so vollendete Umgangsformen besaß, aber es hörte sich dennoch merkwürdig an. Aushilfe in einem Hotel? War das ein Job für einen intelligenten Mittdreißiger? Oder war die Arbeitssituation in dieser Region wirklich so desaströs, dass er hatte nehmen müssen, was gerade zu bekommen war?

»Zufrieden?« Er schien ihre Zweifel bemerkt zu haben. Feinfühlig wie immer.

»Ja. Entschuldige bitte, es geht mich eigentlich nichts an, aber ...« Sie verstummte. »Man macht sich eben so seine Gedanken, weißt du?«

»Verständlich. Aber wie kommst du gerade heute drauf?«

»Es interessiert mich schon seit einer Weile, warum du immer Zeit für mich hast, aber wenn ich ehrlich bin ... es war dein Mantel ... der sieht alles andere als billig aus.«

Er lachte. »War er auch nicht. Ich habe eine Vorliebe für gute Kleidung wie du auch.«

Sie nickte, noch immer peinlich berührt. Es ging sie tatsächlich nichts an. Sie schliefen momentan miteinander, mehr nicht. Alessandro war ihr keine Rechenschaft schuldig, und sie war keine Betriebsprüferin.

»Und da hast du dich also gefragt, wie ich mein Geld verdiene, wenn ich offensichtlich nichts tue, was?« Ein spitzbübischer Zug lag um seinen Mund. »Kann ich verstehen. Mir geht es bei dir genauso. Ich frage mich ebenfalls, wie eine junge Frau in deinem Alter es sich leisten kann, so lange Urlaub zu machen, ohne zu arbeiten.«

Lara überlegte einen Moment und sah dabei geistesabwesend zum Fenster hinaus. Was sollte sie ihm hierauf antworten? Sie hatte keine Lust, zu viel von sich selbst preiszugeben, schließlich gingen ihn ihre Eheprobleme nicht das Geringste an. Andererseits machte natürlich auch er sich seine Gedanken über sie, und dass irgendetwas mit ihr nicht stimmte, hatte er ihr schon zu Anfang auf den Kopf zugesagt.

»Urlaub im eigentlichen Sinne kann man das nicht nennen«, begann sie zögernd. »Ich hatte Probleme mit meinem Chef und bin freigestellt worden.« Was immerhin einigermaßen der Wahrheit entsprach. »Von meinen Eltern habe ich ein bisschen Geld geerbt.« Was untertrieben war. »Valerie verlangt keine Miete von mir.« Wenigstens hier konnte sie ehrlich sein. »Und darum kann ich es mir leisten, einfach mal nichts zu tun und nur zu überlegen, was ich in Zukunft machen will. Geld brauche ich nicht viel, also bleibe ich einfach noch eine Weile hier.«

»Das freut mich natürlich.« Er schien mit ihrer Antwort vollauf zufrieden zu sein. »Hoffentlich reicht deine Erbschaft noch, ich verbringe nämlich meine Zeit gern mit dir.«

»Ich mit dir auch«, gestand sie, überrascht über seine Offenheit. Dann schwiegen sie wieder und sahen hinaus aufs Meer, über dem der kurze Wintertag sich langsam zur Dämmerung neigte.

»Schade eigentlich«, meinte er unvermittelt, »dass du dir ausgerechnet den Winter als Urlaubszeit ausgesucht hast. Ich meine, natürlich habe ich jetzt mehr Zeit für dich, aber wir könnten so viele schöne Dinge unternehmen, wenn es nur wärmer wäre.«

»Wir unternehmen schöne Dinge, oder nicht? Was würdest du sonst machen?«

»Stell dir nur mal vor, wir würden nachts mit dem Boot hinausfahren und uns auf dem Meer unter den Sternen lieben.«

»Klingt verlockend, aber ich weiß gar nicht, ob ich nicht seekrank werden würde!«

»Wir könnten nachts am Strand spazieren gehen und uns unter den Sternen lieben.« In seiner Stimme begann verhaltene Belustigung mitzuschwingen.

»Dann hätten wir überall Sand, wo wir ihn überhaupt nicht brauchen können.« Ihre Augen blitzten mit den seinen um die Wette.

»Wir könnten am See von Torre Abate nächtliche Picknicks machen ...«

»... und uns unter den Sternen lieben«, fiel sie lachend ein, »und uns würden die Mücken auffressen.« Sie gluckste amüsiert. »Ich bin schon zufrieden, so wie es ist. Nein, im Ernst, mir gefällt es, und wenn mich nicht gerade ein Hochwasser verschlingt, ist der Winter hier okay.«

Er grinste.

»Das freut mich. Trotzdem kann es im Sommer auch schön sein. – Wollen wir fahren? Was möchtest du heute noch machen? Was möchtest du essen?«

»Hör mal, Alessandro, du solltest mich nicht so verwöhnen! Ich kann nicht schon wieder etwas essen, ich habe gerade erst den ganzen Kuchen allein verdrückt.«

»Dann habe ich einen anderen Vorschlag: Was hältst du davon, wenn wir auf dem Heimweg bei Loris Halt machen, vielleicht einen Toast essen und Billard spielen?«

»Gute Idee!«

Er nahm ihre Hand in seine und führte sie an seinen Mund. Langsam berührte er ihre Finger einen nach dem anderen mit seinen Lippen, seine blauen Augen funkelten unter langen, dunklen Wimpern.

»Wir spielen Billard, und wenn du verlierst, dann …« Er ließ den Satz unvollendet, nahm stattdessen ihren Zeigefinger in den Mund und leckte sehnsüchtig daran.

Ihr stockte der Atem. »Nicht, Alessandro«, flüsterte sie tonlos, »wir sind hier schließlich nicht allein, so etwas darfst du nicht mit mir machen!«

»Und warum nicht?« Seine Stimme war ebenso leise, ein wenig rau von verhaltener Leidenschaft, wie ihr auch sein vielsagender Blick verriet.

Sie erwiderte diesen Blick, gab jedoch keine Antwort.

»Sag's mir, ich möchte es von dir hören«, drängte er. »Warum nicht?«

Sie schluckte. Er wusste genau, welche Wirkung er auf sie hatte.

»Das weißt du genau«, wich sie aus.

»Nein, ich weiß es nicht. Sag's mir, warum darf ich das nicht mit dir machen?«

Es machte ihm sichtlich Spaß, sie zu reizen.

Lara biss sich auf die Lippen. Er spielte mit ihr, spielte mit ihrer Erregbarkeit, die er nun schon gut genug kannte, und es funktionierte auch dieses Mal. Nun gut, dann würde sie eben mitspielen!

»Weil mich das anmacht, was du da tust. Wenn wir allein wären, wüsste ich schon, was ich gern mit dir machen würde!«

Wie erwartet, ging er darauf ein. »So? Und was wäre das?« Er klang etwas atemlos, was seine Wirkung auf sie keineswegs verfehlte.

»Na, was wohl? Ich würde dich auf der Stelle ausziehen und mit dir genau das tun, was du da gerade mit meinem Finger machst.«

Er schloss einen Moment lang die Augen. »Warum sind wir uns nur nicht schon früher begegnet, wir hätten so vieles nicht versäumt.«

»Ich bin ja hier«, antwortete sie schlicht.

»Ja, das bist du. Komm, wir gehen.«

Auf dem Weg zum Auto liefen sie eng umschlungen nebeneinander her. Als er ihr die Wagentür öffnete, hielt er sie fest, ehe sie einsteigen konnte, und vergrub sein Gesicht an ihrem Hals.

»Sag mal, wollen wir Loris und das Billard und das Essen nicht lieber vergessen?«, fragte er zwischen zwei leidenschaftlichen Küssen, »und gleich zu mir fahren?«

Die Ungeduld, mit der er sie gegen den Wagen presste und sie seine Erregung spüren ließ, jagte prickelnde Schauer über ihren Körper. Sie konnte kaum noch atmen.

»Das wäre wirklich besser, glaube ich«, murmelte sie erstickt.

»Ich hoffe nur, wir schaffen es noch bis nach Hause!«

7

»Es wird nur ein kleines Treffen, wir essen, machen Musik und sitzen zwanglos zusammen.«

»Wie bei deiner Geburtstagsparty?« Lara warf ihm einen vielsagenden Seitenblick zu.

Alessandro küsste sie auf den Mund. »Dieses Mal ist es keine Geburtstagsparty. Keine Entführung, keine finsteren Waldwege, nichts dergleichen.« Er lachte, als sie das Gesicht verzog, sich aber nachgiebig an ihn lehnte.

»Und wie läuft das ab? Wer kümmert sich um das Essen?«

»Das machen Silvia und Tina, wir brauchen nur durch Anwesenheit zu glänzen. Warum fragst du?«

»Ich könnte auch etwas beisteuern, die Vorspeise zum Beispiel. Ich bin zwar keine große Köchin vor dem Herrn, aber eine Kürbissuppe kriege ich gerade noch hin.«

»Wenn du willst, gern. Ich rufe an und sage ihnen, dass wir etwas mitbringen.«

»Wann sollen wir dort sein?«

»Egal. Wenn wir da sind, sind wir da.«

»So genau wollte ich es gar nicht wissen! Dann lass mich schnell noch einkaufen gehen, sonst bekomme ich keinen Kürbis mehr.«

Wenig später saßen sie in Laras Küche. Sie schälte den Kürbis, und Alessandro sah ihr dabei zu.

»Gut zu wissen, wie geschickt du mit Messern umgehst«, meinte er anerkennend. »Ich möchte nicht in deiner Nähe sein, wenn du wütend bist.«

»Was glaubst du, wie viele Männer ich damit schon unter die Erde gebracht habe!«, versetzte sie todernst. »Also sei vorsichtig.«

»Was hatten die Ärmsten denn verbrochen?«

»Ach, das waren bösartige Machos, die ihre Frauen belogen und betrogen haben. Ich bin deren finstere Rächerin!«

Sie riss die Augen weit auf und fuchtelte wild mit der glänzenden Klinge durch die Luft. Dann nahm sie die Kürbiswürfel und warf sie in den Topf, in dem bereits die Brühe kochte. Aufatmend setzte sie sich wieder, und da erst fiel ihr auf, dass Alessandro einen Moment lang still geworden war und sie stirnrunzelnd ansah.

»Was ist? Das war ein Witz!« Sie schüttelte den Kopf. »Seit wann verstehst du denn keinen Spaß mehr?«

»Oh, das hat mit dir nichts zu tun, ich habe gerade an etwas anderes gedacht, entschuldige! Wirst du denn rechtzeitig fertig?«

»Eine halbe Stunde wird es schon noch dauern, ich ziehe mich inzwischen um.«

Als sie fertig war, packte sie vorsichtig den heißen Topf in einen Korb.

»Wohin geht's denn eigentlich diesmal?«

»Heute ist ein besonderer Freund von mir an der Reihe, Nando.«

»Nando? Kenne ich den schon?«

»Bis jetzt noch nicht. Er hat ein recht nettes Häuschen drüben im Veneto und freut sich schon darauf, es mal so richtig einweihen zu können.«

»Wie heißt Nando denn wirklich?«, erkundigte sie sich.
»Dieser sonderbare Name kann doch nur eine Abkürzung sein.«
»Fernando, aber nenne ihn bloß nicht so. Seine Eltern konnten es sich nicht verkneifen, ihn nach einem Urgroßvater mütterlicherseits zu taufen, und er kann den Namen nicht ausstehen.«
»Das werde ich mir merken.«
Die untergehende Sonne hatte den aufziehenden Nebel zuerst in zartes Gelb, dann, je näher die Dämmerung kam, in rauchiges Violett getaucht. Nun war der Nachmittag einem nebligen Spätherbstabend gewichen. Die Strecke, die Alessandro nahm, war ihr unbekannt. Er überquerte den Fluss und fuhr ein Stück in nördlicher Richtung die Hauptstraße entlang. Nach ein paar Kilometern bog er links ab und folgte einer schmalen Nebenstraße, die geradewegs durchs Nichts zu führen schien. Hin und wieder rissen die Nebelbänke auf, und die Weite der Landschaft, die dann im Mondschein glänzte, faszinierte Lara auch diesmal wieder. Auf ihrer Fahrt passierten sie einzelne Gehöfte, hinter deren Fenstern einladend Lichter brannten.
Alles schien ruhig und friedlich.
»Du bist so still, woran denkst du?«, wollte Alessandro wissen.
»Ich habe mir gerade überlegt, wie schön es sein müsste, hier zu wohnen. Man hätte keine störenden Nachbarn und könnte sich vollkommen frei fühlen. Wie in einer Burg, wenn du dein Gartentor hinter dir geschlossen hast.«
»Dann wird es dir bei Nando bestimmt gefallen. Er hat so eine Burg, und seine nächsten Nachbarn wohnen ungefähr zwei Kilometer entfernt. Da vorn ist es!«
Gebannt starrte Lara auf das Haus, dem sie sich nun näherten. Das Gartentor stand offen, eine Kiesauffahrt führte zum Haus, dessen Außenbeleuchtung brannte. Es hatte die Form eines Würfels, die Eingangstür befand sich in der Mitte der Vorderfront,

flankiert von zwei Fenstern auf beiden Seiten, zwischen denen jeweils die Reliefs eines Kamins zu erkennen waren. Die Fenster im Obergeschoss waren gleich angeordnet. An beide Seiten des Würfels schlossen zurückversetzte niedrigere Nebenflügel an, denen jeweils ein Portikus mit weißen Säulen vorgelagert war. Die Beleuchtung war hell genug, um erkennen zu lassen, dass das Haus in einem kräftigen Rot und die Fenster und Fensterläden schneeweiß gestrichen waren. Sogar um diese Jahreszeit ließ der gepflegte Garten erahnen, welche Pracht er im Sommer bieten mochte. Sie stieß einen bewundernden Laut aus.

»Ein nettes Häuschen also? Ist dein Freund ein Krösus oder was?«

»Wie findest du es?«

Sie stieg aus und blieb vor dem Haus stehen.

»Es ist ein Traum, ein absoluter Traum. Es passt perfekt in die Landschaft. So ein Haus habe ich in meinem Leben noch nicht gesehen.«

»Es gefällt dir also?«

»Und wie!«

Täuschte sie sich, oder hatte seine Stimme einen angespannten Unterton? Doch als sie sich neugierig zu ihm umdrehte und ihn forschend ansah, hatte er sich bereits abgewandt und klingelte. Ein Mann in Alessandros Alter öffnete die Tür.

»Ciao, Nando. Das ist Lara. Lara, das ist Nando!«

»Ciao! Kommt rein, ihr beiden.«

Sie betraten das Haus und standen in einer Diele, die so groß war wie Valeries ganzes Erdgeschoss. Nando reichte Lara die Hand zur Begrüßung.

»Freut mich, dich kennenzulernen. Alessandro hat mir schon so viel von dir erzählt, dass ich richtig neugierig war, dich endlich persönlich zu treffen.«

»Hat er das? Hoffentlich war auch etwas Gutes dabei!«

»Es war nur Gutes, cara. Nando ist ein besonderer Freund, wir kennen uns schon ewig, nicht wahr?«

»Fast so gut wie Brüder.« Nando verzog das Gesicht.

»Und wie du schon bemerkt hast, stammt Nando aus einer schwerreichen Familie. Die schwimmen im Geld, sage ich dir. Oder stimmt das etwa nicht?«

Nando lächelte gequält. »Muss das sein? Solche Späße finde ich wirklich total daneben!«

»Ach, er ist so bescheiden! Komm, Lara, ich zeige dir die Küche, damit du endlich deinen Suppentopf loswirst.«

Sie folgte ihm. Die Küche lag rechts vom Eingang, man betrat sie durch eine weiße Schiebetür mit einem blumenverzierten Glasfenster darin.

»Wow!« Lara blieb der Mund offenstehen. Die Küche war ein Traum in Weiß: schlicht, geradlinig und einfach perfekt. Die lackierten Türen hatten keine Griffe, Arbeitsplatte und Rückwand bestanden aus hellgrauem Carrara-Marmor mit feinen weißen Adern darin. Zwei große Edelstahlspülbecken lagen in der Mitte der Arbeitsfläche, und rechts davon erkannte sie einen Gasherd mit sechs Flammen, ebenfalls aus Edelstahl. Zwischen den beiden Fenstern brannte der Kamin. Ein großer rustikaler Holztisch, der für sechs Personen gedeckt war, bot zu der modernen Klarheit der restlichen Einrichtung einen reizvollen Kontrast.

»Das nenne ich eine Küche!« Sie sah sich neugierig um. »Hier könnte man sich so richtig austoben, vorausgesetzt, man kann besser kochen als ich. Wer kommt noch?«

»Rossano und Silvia, sie sind schon unterwegs.« Eine Frau betrat den Raum, in der Hand ein großes Tablett. Sie sah sehr jung aus, hatte halblanges mittelblondes Haar, ein fein geschnittenes Gesicht und braune Augen.

»Das ist Tina, Nandos Frau«, stellte Alessandro sie Lara vor. »Tina, das ist Lara.«

»Freut mich«, sagte Tina, und sie reichten sich die Hände.
»Alessandro, nun, wo ihr endlich hier seid, könntest du dich doch um die Wachteln kümmern, oder?«

»Nicht dein Ernst, oder?«

»Oh doch.«

Sie drückte ihm ohne weitere Umstände das Tablett in die Hand, und Lara sah, dass etwa zwanzig der kleinen Vögel darauf zum Grillen fertig vorbereitet waren.

Alessandro verzog das Gesicht. »Ich hatte eigentlich gehofft, heute dem Küchendienst entgehen zu können, aber wenn du meinst! Wie lange dauert die Suppe, Lara?«

»Zehn Minuten vielleicht.«

»Gut, dann werfe ich den Grill an, wenn wir mit der Suppe anfangen.«

Das Essen verlief ruhig und angenehm. Lara registrierte, wie schon des Öfteren, mit Erstaunen, wie wenig Alkohol eigentlich getrunken wurde. Die Wasserflaschen leerten sich wesentlich schneller als die mit Wein, und auch die drei Männer blieben sparsam damit. Die beiden anderen Frauen tranken keinen Alkohol, und Lara genierte sich fast, als Alessandro ihr Glas bereits zum dritten Mal füllte. Sie blieb zurückhaltend und beteiligte sich nur vorsichtig an der Unterhaltung. Irgendwie fühlte sie sich zwar wohl, aber doch als Fremdkörper in diesem untereinander offensichtlich sehr vertrauten Kreis, und sie fragte sich, warum Alessandro sie überhaupt mitgenommen hatte.

»Lara hat übrigens behauptet, sie könne nicht kochen. Wie findet ihr das?«

Alessandro hatte ihre Suppe nach dem Essen so überschwänglich gelobt, dass es Lara fast peinlich gewesen war.

»Wenn du alles so hinkriegst wie diese Suppe, hast du schamlos untertrieben, Lara«, bestätigte Silvia gutmütig und erntete dafür einen dankbaren Blick.

»Leider nicht, die Suppe ist so kinderleicht, dass ich mich gar nicht damit brüsten möchte. Wenn sie gelingt, liegt es ausschließlich am Kürbis und nicht am Koch! Über den Rest schweigen wir lieber. Oder möchtest du ihnen mein entsetztes Gesicht beschreiben, als du das erste Mal mit einer Ladung Muscheln bei mir aufgetaucht bist?«, wandte sie sich an Alessandro.

Er lachte. »Du hast dich gar nicht so dumm angestellt.«

»Nachdem du mir genau erklärt hast, wie man aus ihnen eine genießbare Mahlzeit macht.«

»Sie waren vorzüglich!«

»Jetzt hör schon auf damit!«, wehrte sie ab. »Du hättest genauso gut selbst den Kochlöffel schwingen können, du hast mir ja jeden einzelnen Schritt vorgekaut!«

»Was?«, fragte Nando dazwischen. »Du willst im Ernst behaupten, dass du sie die ganze Arbeit hast machen lassen und ihr dabei nur zugesehen hast?«

»Wieso?« Nun wurde Lara hellhörig. »Soll das etwa heißen, dass er kochen kann?«

»Oh, das kann er! Und wie!«

Sie warf ihm einen ungläubigen Blick zu. »Gut zu wissen«, neckte sie ihn dann. »Das könnte irgendwann unangenehme Folgen für dich haben!«

»Was machst du eigentlich so den ganzen Tag, Lara«, erkundigte sich Tina neugierig. »Ist dir nicht langweilig in dieser gottverlassenen Gegend? In Mesola liegt doch wirklich der Hund begraben!«

»Das mag stimmen, aber langweilig war mir bisher noch nicht.«

»Dazu hatte sie keine Zeit«, warf Alessandro lässig ein. »Denn bevor es dazu kommen konnte, habe ich sie mir unter den Nagel gerissen.«

Er grinste vielsagend, und Lara wusste nicht, ob sie geschmeichelt oder peinlich berührt sein sollte.

»Mit dem da hast du wirklich alle Hände voll zu tun«, bestätigte Nando. »Wie kommst du mit unserem Sorgenkind so zurecht?«

»Warum Sorgenkind?« Neugierig sah sie zu Alessandro. »Hast du heimliche Laster, von denen ich nichts weiß?«

Einen Moment lang sagte keiner ein Wort, und es schien Lara, als würde Alessandro einen giftigen Blick zu Nando hinüberwerfen. Der beschäftigte sich eingehend mit seinem Weinglas und machte ein betretenes Gesicht.

»Was ist los? Habe ich etwas Falsches gesagt?« Lara konnte die plötzlich unbehagliche Atmosphäre im Raum nicht deuten.

»Nein, du nicht«, beschwichtigte Silvia sie, »aber Männer mögen es bekanntlich nicht, wenn man sie auf ihre Schwächen aufmerksam macht.«

Unbefangen nahm Lara noch einen Schluck Kaffee und grinste zu Alessandro hinüber. »Was hat er für Schwächen, die ich noch nicht kenne?«

»Ach, weißt du …« Nando überlegte einen Moment. »Er hat es bisher noch nie lange bei einer Frau ausgehalten.«

Lara lachte hellauf. »Das ist es also! Ich habe mich schon lange gefragt, warum er immer noch frei herumläuft! Es sei denn, er hätte eine Ehefrau, von der ich nichts weiß!«

»Oh nein, die hat er nicht, keine Bange!«

Alessandro erhob sich abrupt und zog sie an der Hand mit sich fort. »Komm, ich zeige dir das Haus.«

»Was hast du?«, fragte Lara verwundert, als sie außer Hörweite waren.

»Nando hat wieder seinen Abend der dummen Sprüche«, erklärte er grollend.

»Findest du? So schlimm ist das doch gar nicht.«

»Weil ich ihm keine Gelegenheit mehr dazu gegeben habe, deshalb!« Sein Ton klang ungehalten. »Aber du solltest ihn mal hören, wenn er ungebremst loslegt! Er kann ein richtiges Lästermaul sein.«

»Ach was, wer kann das nicht?«

Er lachte. »Soll das heißen, dass sogar du eine böse Zunge haben kannst? Kann ich mir gar nicht vorstellen.«

»Doch, und wie!«

»Das würde mich beinahe einmal interessieren!«

»Falls du dich erinnerst, hast du meine wirklich böse Zunge bereits zu spüren bekommen – vor nicht allzu langer Zeit«, sagte sie provozierend.

Alessandro stutzte einen Moment, dann räusperte er sich kopfschüttelnd. Es war offensichtlich, dass er mit seiner Erregung kämpfte, und Lara konnte sich ein Grinsen nicht verkneifen. Sie stiegen die breite Steintreppe in den ersten Stock hinauf, und Alessandro öffnete eine Tür. Es war beinahe dunkel in dem Zimmer, nur eine kleine Stehlampe brannte, und der Raum sah aus wie eine Kombination aus Bibliothek und Arbeitszimmer. Große, teils leere Bücherregale bedeckten die Wände, ein schwerer Schreibtisch stand vor einem der Fenster.

»Sehr beeindruckend!«

»Hier ist noch Platz für viele Bücher«, sagte er und zog sie weiter. »Das da ist eins der Schlafzimmer ...«

Es war ein Eckzimmer mit zwei Fenstern, einer Balkontür, die auf eine der Terrassen der Nebengebäude führte, und einem riesigen, modernen Bett.

»Nando hat einen verdammt guten Geschmack, das muss man ihm lassen«, meinte sie anerkennend.

»Die Möbel sind erst letzte Woche geliefert worden«, erklärte er, »und die anderen Zimmer sind überhaupt noch nicht eingerichtet. Der Hausherr will damit warten, bis seine Teuerste sich eingehender über ihre Einrichtungswünsche geäußert hat. Vorher stand es eine Weile leer.«

Als er das sagte, fiel Lara mit einem Mal der Geruch in den Räumen auf. Sie hatte bisher nicht darauf geachtet, aber nun erkannte sie ihn. Es war der Geruch nach Neuem: neue Wandfarben, neue Bodenbeläge, neue Möbel.

»Eins der Schlafzimmer? Wie viele hat dieses *Häuschen* denn insgesamt?«

»Zwei große hier im Hauptgebäude und ein kleineres nebenan. Dazu natürlich auch noch die Badezimmer ...« Er öffnete eine Tür, und sie durchquerten ein Zimmer, dessen beide Wände komplett von Einbauschränken bedeckt waren. »Eins davon ist hier.« Er öffnete eine weitere Tür und machte Licht.

»Wow!«

Als sie an ihm vorbei hineinging, streifte sie wie versehentlich mit der Hüfte seinen Schritt. Die Wölbung war nicht mehr zu übersehen.

Das Bad, in das er sie führte, war riesig.

Helle Fliesen waren mit dekorativen Mustern verlegt worden. Trotz Doppelwaschbecken, einer erhöhten Eckbadewanne, Einbauschränken und zweier Fenster, die bis zum Boden reichten, hätte man hier sogar noch turnen können.

»Wirklich sehr geschmackvoll!«, lobte Lara und fuhr mit der Hand über den geschwungenen Rand des puristisch anmutenden Waschtischs, an den sie sich lehnte.

Das Licht ging wieder aus, nur aus dem Nebenzimmer kam noch ein schwacher Schein zu ihnen herüber. Das genügte, damit Lara im Spiegel erkennen konnte, wie er sich ihr von hinten näherte. Seine Augen schienen zu glühen, als er sie um die Hüfte fasste und sein Becken an sie presste.

»Was hast du vor?« Sie wollte sich zu ihm umdrehen, doch er hielt sie fest.

»Was werde ich schon mit dir vorhaben?«, knurrte er an ihrem Ohr. »Wie kannst du mir nur so eine Frage stellen? Sag mir nicht, du hättest keine Lust – seit wir allein sind, tust du nichts anderes, als mich aufzuheizen, du Hexe!«

Seine Hände glitten an ihren Beinen entlang unter ihren Rock. Er stutzte, als er oberhalb ihrer Strümpfe nackte Haut zu spüren bekam, und Lara lächelte zufrieden in sich hinein. Wie gut, dass sie heute Abend diese Wahl getroffen hatte!

Dennoch wehrte sie ihn halbherzig ab.

»Aber wir können es doch nicht einfach hier machen!«

»Warum denn nicht?«

»Was werden die von uns denken?«

»Sie werden denken, dass ich dich mit nach oben genommen habe, um dich ungestört zu vernaschen, was denn sonst!«

»Aber ... Alessandro, du kannst doch nicht ...«, keuchte sie atemlos. »Und wenn jemand hereinkommt?«

»Es wird niemand hereinkommen. Keiner würde es wagen, uns hierbei zu stören«, beruhigte er sie mit bereits versagender Stimme und ließ seine Hände langsam und genüsslich noch ein Stück höher gleiten, was alle Gedanken aus ihrem Kopf verscheuchte ...

Als er schließlich innehielt, lehnte sie atemlos den Kopf zurück an seine Schulter und lachte leise.

»Es ist unglaublich«, wisperte sie, »dass ich bei dir so ungebremst abheben kann. Egal, wo wir sind, du schaffst es einfach, dass ich um mich herum alles andere vergesse.«

»Das war genau meine Absicht«, murmelte er zufrieden, als er sich langsam und vorsichtig aus ihr zurückzog.

»Ich weiß.« Sie seufzte und drehte sich zu ihm herum. »Und ich bin verdorben genug, alles mitzumachen!«

»Es wäre schade, wenn du das nicht wärst. Mich macht das unheimlich an!«

»Mir ist ehrlich gesagt wirklich schleierhaft, wie du es bei diesen Vorzügen so lange geschafft hast, dich nicht einfangen zu lassen«, murmelte sie an seinem Ohr, ehe sie ihn flüchtig auf den Hals küsste und sich daran machte, ihren String vom Boden aufzulesen.

»Stört dich das?«

»Im Gegenteil«, klang es unterm Waschtisch hervor. »Ah, da ist er ja! Nein, das stört mich nicht im Geringsten.« Lara rappelte sich auf, das Haar ein wenig zerzaust. »Sonst könnte ich kaum mit so viel Aufmerksamkeit deinerseits rechnen, oder?«

»Wahrscheinlich nicht«, bestätigte er gelassen.

»Siehst du! Ich glaube, das würde mir weniger gefallen.«

»Ach ja?«

Alessandro hatte sich auf den Rand der Wanne gesetzt und sah ihr genüsslich dabei zu, wie sie sich in das winzige Etwas wand und sich dann sorgfältig den Rock zurechtzupfte. Nun fasste er sie am Handgelenk und zog sie zwischen seine Beine. Lara schloss für einen Moment die Augen und genoss seinen markanten Duft. Diese charakteristische Note, eine Mischung aus Mann und herbem Rasierwasser, gehörte für sie bereits untrennbar zu ihm, und sie liebte es, ihn tief einzuatmen.

»Es gefällt dir also, dass ich so aufmerksam bin?«

Sie nickte und lachte leise. »Oh ja. Ich glaube, ich habe mich schon viel zu sehr daran gewöhnt.«

»Viel zu sehr gibt es bei so etwas nicht«, tadelte er sie und ließ seine Hände über ihre Pobacken gleiten. »Ich bin sehr froh zu hören, dass du mit mir zufrieden bist! Jetzt aber los, sonst haben wir nachher nichts mehr zu lachen bei den anderen.« Mit einem bedauernden Seufzer schob er sie sanft von sich.

»Wahrscheinlich werde ich knallrot, wenn wir runterkommen.«

»Macht nichts, ich schalte das Licht aus, dann sieht dich keiner«, scherzte er.

Als sie die Treppe hinuntergingen, hörten sie aus dem Wohnzimmer die ersten Akkorde von Rossanos Gitarre. Die anderen vier saßen gemütlich beisammen, und Rossano grinste ihnen frech entgegen.

»Da seid ihr ja endlich! Wusste gar nicht, dass das Haus so groß ist, dass man sich darin verlaufen kann!«

Alessandro blieb ihm die Antwort schuldig und dirigierte Lara, die fast an ihrer Verlegenheit erstickte, in einen der großen Sessel. Er selbst setzte sich neben sie auf die Armlehne. Das Wohnzimmer stand der Küche auf seine Weise in nichts nach, die wenigen vorhandenen Möbel waren modern, ohne Kälte zu vermitteln.

Die lockere, gelöste Stimmung erinnerte Lara sehr an ihren ersten gemeinsamen Abend, und als Rossano ein paar der Lieder spielte, die sie mittlerweile kannte, entspannte sie sich und sang ausgelassen mit.

Als Alessandro sie spät in der Nacht nach Hause fuhr, war der Nebel noch dichter geworden.

»Das war echt ein schöner Abend«, meinte sie anerkennend. »Du hast nette Freunde, weißt du das?«

»Meistens schon. Sie können einem aber manchmal auch gewaltig auf die Nerven gehen.«

»Das tun Freunde im Allgemeinen. Vor allen Dingen, wenn sie wissen, was du in deinem Leben alles besser machen könntest.«

»Was meinst du damit?« Irritiert sah er sie von der Seite an.

»Ach, nichts Bestimmtes«, wich sie aus. Beinahe hätte sie sich verplappert, hoffentlich bohrte er jetzt nicht nach. »Dieser Nebel ist das Einzige, woran ich mich hier erst noch gewöhnen muss«, wechselte sie schnell das Thema. »Wenn es den ganzen Tag nicht richtig hell wird, vermisse ich die Sonne sehr. Es macht mir nichts aus, wenn es nur kalt ist, aber der Nebel will mir nicht so recht gefallen.«

»Lass uns ein paar Tage wegfahren und den Nebel einfach vergessen«, schlug Alessandro spontan vor.

Lara sah ihn an, als hätte sie ihn falsch verstanden. »Wegfahren?«, echote sie fassungslos.

»Ja, lass uns Urlaub machen. Hättest du nicht Lust, einfach mal etwas anderes zu sehen?«

»Ich mache gerade Urlaub, schon vergessen?«

»Aber ich war dieses Jahr noch nicht in den Ferien! Komm, gib deinem Herzen einen Stoß und sag Ja.« Seine Stimme klang drängend.

»Wohin willst du denn fahren?«

»Das können wir uns gemeinsam überlegen.«

Lara war hin und her gerissen von seinem Vorschlag. Dem trüben Wetter für ein paar Tage zu entkommen, erschien ihr sehr verlockend, aber andererseits hatte sie Zweifel, die sie noch nicht so recht in klare Gedanken fassen konnte.

»Denkst du, wir verstehen uns gut genug für so ein Experiment?«, fragte sie.

»Du etwa nicht? Lara, ich will doch nichts Unmögliches von dir. Nur dass du ein paar Tage mit mir wegfährst! Versprich mir, wenigstens darüber nachzudenken, einverstanden?«

Sie versprach es.

Und sie tat es auch. Allerdings kam sie zu keinem Ergebnis.

Wollte sie Alessandro so nahekommen? Ihn so nahe an sich heranlassen?

Mit ihm wegzufahren, würde bedeuten, ihn nicht einfach nur ein paar Stunden am Tag oder hin und wieder zu sehen, sondern rund um die Uhr. Und sich nicht nur ein Hotelzimmer – oder was auch immer – sondern auch ein Bad mit ihm zu teilen. Er würde nebenan im Bett liegen, wenn sie pinkeln ging.

Na toll.

Lara rümpfte unwillkürlich die Nase.

Waren sie schon an diesem Punkt angelangt? So viel Intimität zu teilen? Und was, wenn ihr irgendetwas herausrutschte, das sie ihn nicht wissen lassen wollte? So viel gemeinsame Zeit konnte durchaus dazu führen, dass sie sich verplapperte.

Wie sollte sie überhaupt den Status ihrer Beziehung definieren? War es eine lockere Affäre? Waren sie Freunde mit ein paar Extras? Ein More-Night-Stand?

Lara hatte keine Ahnung, wie Alessandro das sah, und sie musste sich eingestehen, dass sie es auch nicht wissen wollte.

Noch nicht.

So war sie hin- und hergerissen zwischen kribbelnder Vorfreude und Zaudern. Sie fühlte sich geschmeichelt, dass er sie so umwarb, und fürchtete sich doch davor, zu viel Nähe zuzulassen und schon wieder enttäuscht zu werden.

Der dumme Spruch »*Wasch mich, aber mach mich nicht nass!*« kam ihr in den Sinn. Und genauso fühlte sie sich auch. Sie wollte und doch auch wieder nicht.

Was für ein Dilemma!

Am nächsten Morgen, sie saßen im Pub bei einem späten Milchkaffee, nahm er den Faden wieder auf und ließ nicht locker. Als Gaia die Tassen brachte, hielt er sie auf.

»Könntest du bitte deine widerspenstige Freundin hier davon überzeugen, dass es das Allerbeste für sie wäre, mit mir ein paar Tage in Urlaub zu fahren?«

Gaia brach in herzhaftes Lachen aus »Ist das euer einziges Problem?«

»Ja«, bestätigte Alessandro. »Aber es ist ein sehr großes Problem. Lara will nicht mitkommen.«

»Ist das wahr?« Gaia wandte sich ungläubig an die so Angeklagte.

»Das ist es«, musste diese zugeben.

»Und warum fährst du nicht mit ihm? Er ist doch ein netter Bursche, oder nicht?«

»Das gebe ich zu, aber ...«

»Kein Aber, du fährst mit ihm und damit basta.« Sie zwinkerte Lara zu und ging.

»Du hast es gehört. Jeder vernünftige Mensch würde dir dasselbe sagen. Möchtest du vielleicht Valerie noch anrufen?«

»Alessandro, lass das bitte bleiben, ich brauche keinen Babysitter!« Seine Hartnäckigkeit brachte sie zum Lachen. »Na gut, ich fahre mit. Du hast mich überredet. Bist du nun bitte wieder friedlich?«

»Jetzt schon.«

»Warum ist es so wichtig für dich, ob ich mitfahre oder nicht?«

»Weil ich mehr Zeit mit dir verbringen möchte.«

»Das kannst du hier auch, ohne Geld auszugeben.«

»Denk nicht dauernd an das Geld.« Er machte eine unwillige Handbewegung. »Ich sagte dir doch bereits, ich war dieses Jahr noch nicht weg, und ich habe genug gespart, um mir ein paar Tage leisten zu können. Du musst dich von der Überzeugung trennen, dass wir Fischer arm sind. Wir verdienen mit den Muscheln sehr gut, und von unserem Nachbarort hieß es mal, es sei das Dorf mit der größten Ferraridichte Italiens. Außerdem kann ich dich hier nicht so kennenlernen, wie ich es gern möchte.«

»Aber warum nicht?«

Er sah ihr eindringlich in die Augen. »Lara, ich wünsche es mir. Genügt dir das immer noch nicht? Willst du mir diese kleine Freude nicht gönnen?«

Was sollte sie antworten, wenn er solche Geschütze auffuhr und sie dazu noch so ansah mit diesem schmelzenden Blick aus blauen Augen? »Doch, natürlich!«

»Dann ist das Thema beendet, ja? Wir fahren, und zwar so bald wie möglich.«

Sie atmete ergeben aus. »Also gut. Und wohin?«

»Was hältst du von Rom?«

Rom? Das hatte sie nicht erwartet. Ein Ausflug in einen nähergelegenen Ort hätte ihr völlig genügt, denn nun, da sie sich entschieden hatte, wäre sie mit ihm überall hingefahren. Das allerdings behielt sie lieber für sich.

Als sie abends mit Valerie telefonierte, war diese begeistert von der Idee. »Rom ist wunderbar. Um diese Zeit sind bestimmt nicht viele Leute dort.«

»Rom und nicht viele Leute kann ich mir kaum vorstellen. Aber er wollte es unbedingt, und ich konnte schließlich nicht mehr Nein sagen.«

»Kann er sich das überhaupt leisten?«

»Er behauptet, er könne es. Ich lasse es schon nicht zu teuer werden, auf jeden Fall habe ich meine Kreditkarte dabei und werde ihn nicht für alles zahlen lassen.«

»Pass nur auf, dass du seinen italienischen Macho-Stolz nicht verletzt!«

»Ich werde mein Bestes tun.«

»Ach übrigens, Lara, hast du ihm eigentlich schon gesagt, dass du verheiratet bist?«

Lara zögerte.

Valerie hatte da einen wunden Punkt angesprochen, über den sie lieber nicht nachdenken wollte.

»Nein, noch nicht. Ich hatte bisher keine Gelegenheit dazu.«

»Keine Gelegenheit, soso.«

»Was meinst du mit ›soso‹?«

»Dass sich Gelegenheiten nicht immer von selbst ergeben, sondern dass man sie suchen muss, das meine ich damit. Warum sagst du es ihm nicht einfach?«

»Weil es nicht so *einfach* ist, wie du dir vorstellst.«

»Und warum nicht? Er verhält sich so respektvoll dir gegenüber, meinst du nicht, dass du ihm die Wahrheit schuldig bist? Was, wenn er sich nun ernste Hoffnungen macht? Hast du daran schon mal gedacht?«

Lara brach in helles Gelächter aus. »Ernste Hoffnungen? Du hältst wirklich jeden Mann für einen Heiligen, Valerie! Alessandro macht sich nie im Leben ernste Hoffnungen, das kannst du mir ruhig glauben!«

»Bist du dir da wirklich sicher? Nach allem, was du mir erzählt hast, halte ich das nicht mehr für ausgeschlossen.«

»Was? Nein, unmöglich!« Sie schüttelte sich immer noch vor Lachen.

»Wenn er das nicht tut, kannst du ihm umso eher die Wahrheit sagen. Falls du recht hast und er auch nur ein flüchtiges Abenteuer sucht, könnte er erleichtert sein zu erfahren, dass du ihn nicht einfangen willst.«

»Ich sag's ihm, wenn wir zurück sind, zufrieden? Egal, wie er reagiert, so kurz vor der Abreise werde ich dieses Thema auf keinen Fall zur Sprache bringen. Immerhin freue ich mich nun darauf und will es nicht verderben.«

»Nun gut, das musst du selbst wissen. Ich hoffe nur, dass du dich nicht verrennst und etwas Gutes gefährdest!«

Alessandro hatte ein Hotel gebucht. Als sie gegen Abend dort ankamen, verschlug es Lara den Atem. Nachdem sie auf ihr Zimmer geführt worden waren und der Hotelpage sich verabschiedet hatte, nahm sie ihn beim Arm und sah ihn ernst an.

»Alessandro, etwas Einfacheres hätte es auch getan, meinst du nicht?«

Er lachte und küsste sie auf die Nasenspitze. »Du vergisst dabei, in welcher Branche ich arbeite, cara, Beziehungen sind Gold wert. Mach dir also keine Sorgen, ich werde mich schon nicht ruinieren! Und jetzt reden wir nicht mehr darüber, d'accordo?«

Lara gab nach und vermied es in den nächsten Tagen, das Thema noch einmal anzuschneiden. Wenn es ihm Freude machte, wollte sie keine Spielverderberin sein.

Rom war fantastisch, und Alessandro ging geduldig auf jeden ihrer Vorschläge ein. Sie schlenderten durch die Ruinen des Forums, bewunderten die Aussicht auf den Zirkus Maximus, tranken Prosecco an der Spanischen Treppe, besichtigten das Pantheon und warfen Münzen in die Fontana di Trevi.

»Möchtest du denn wirklich wieder einmal herkommen?«, fragte er.

»Warum nicht? Es gibt so wahnsinnig viel zu bestaunen.«

»Da fällt mir übrigens etwas ein, das du unbedingt sehen solltest«, meinte er.

»Was denn?«

»Lass dich überraschen.«

Neugierig ließ sie sich am nächsten Tag von ihm aus der Stadt kutschieren. Er schien genau zu wissen, wohin er wollte, doch er verriet ihr mit keiner Silbe das Ziel. Nachdem sie etwa eine Stunde unterwegs waren, zeichnete sich ein gleichmäßiger Hügel gegen den leichten Dunst ab.

Als Lara die charakteristische Silhouette am Horizont auftauchen sah, hielt sie unwillkürlich die Luft an. »Woher weißt du, dass ich schon immer auf den Monte Cassino wollte?«

Er sah sie vielsagend an. »Ich weiß es eben!«

Die schmale Straße wand sich in engen Serpentinen zum Gipfel hinauf, und als ihnen ein Reisebus begegnete, mussten sie zurücksetzen, bis eine etwas breitere Stelle kam, an der das Gefährt passieren konnte.

Die Spitze des kleinen Berges krönte das weltberühmte Benediktinerkloster. Die Anlage war riesig, aber das erkannte man erst, wenn man oben angekommen war. Aus weißem Stein erbaut, thronte der Gebäudekomplex majestätisch über der Ebene. Von dort aus hatte man einen einzigartigen Blick über das Land, und Lara lehnte sich gedankenverloren an die Mauer, unter der ein Abgrund gähnte.

Der Ort war still und friedlich und der Welt mit all ihren Problemen entrückt. Alessandro trat hinter sie und schloss sie in die Arme.

»Lara«, murmelte er in ihr Ohr, und ein seltsames Gefühl beschlich sie. Sie drehte sich zu ihm um und blickte in seine tiefblauen Augen. Ein seltsamer Schimmer lag in ihnen.

»Was hast du?«, fragte sie besorgt.

»Ich ... muss dir etwas gestehen.«

Plötzliche Panik überkam Lara. Was gab es, das er ihr mit solch ernstem Blick mitteilen konnte? Er hatte doch nicht etwa vor, ihr zu sagen, dass er sie liebte? Wenn Valerie mit ihrer Einschätzung recht gehabt hatte, säße sie schön in der Patsche.

Sie konnte nicht zulassen, dass er Gefühle für sie entwickelte, wenn sie ihm noch nicht einmal erzählen konnte, dass sie verheiratet war, also beschloss sie, die Gesprächsrichtung zu wenden.

»Du möchtest Mönch werden, ich wusste es.«

Überrascht sah er sie an. »Wie bitte?«

Sie konnte sehen, dass sie ihn aus der Bahn geworfen hatte, und Schuldgefühle stiegen in ihr auf. Doch konnte sie nicht mehr zurück.

»Meinst du nicht, dass man es als Mönch hier aushalten kann?«, fragte sie schließlich nicht ohne Ironie.

»Was willst du damit sagen?« Alessandro sah sie fragend an.

»Spürst du das nicht? Hier oben zwischen Himmel und Erde hat man das Gefühl, als könnte einen nichts auf der Welt jemals wieder aus der Ruhe bringen. Keine Versuchung dringt bis hierher vor, kein Problem kann einem etwas anhaben. Alles ist so weit von dir entfernt, als gäbe es kein anderes Leben als dieses hier. Es ist unendlich friedlich und fast ein wenig weltfremd.«

»Es klingt so, als wärst du diejenige, die darüber nachdenkt, in den Orden einzutreten«, scherzte er und strich ihr liebevoll eine Haarsträhne aus dem Gesicht. »Tu mir das nicht an, ja? Außerdem, glaube ich, nehmen die hier nur Männer.«

»Ich verkleide mich, und wenn du nachher fährst, werde ich dir voller Sehnsucht hinterherwinken und dich nie vergessen.«

Sie lachte über sein Gesicht und lehnte den Kopf an seine Schulter. Ja, hier ließ es sich aushalten. Doch wollte sie nicht darüber nachdenken, ob es an dem Ort oder an Alessandro lag.

Auf der Rückfahrt klingelte sein Telefon.

»Ich wundere mich schon die ganze Zeit, dass noch keiner angerufen hat«, grummelte er, während er in der Jackentasche wühlte. »Pronto? Was ist denn? Was …? Aha … nein! Mhm … nein, nicht jetzt, ich bin gerade im Auto unterwegs, ich melde mich später, okay?«

»Ist etwas passiert?«

»Nichts Besonderes, ich muss nur nachher telefonieren. Anscheinend habe ich vor unserer Abreise ein paar Formulare so gut aufgeräumt, dass meine Urlaubsvertretung sie nicht finden kann.«

Im Hotel angekommen, stellte er das Auto in die Tiefgarage, und sie fuhren im Aufzug nach oben in die Empfangshalle.

»Geh schon mal vor.« Er gab ihr den Zimmerschlüssel. »Ich telefoniere von der Rezeption aus, damit du deine Ruhe hast. Ich komme sofort nach.«

Verwundert fuhr Lara nach oben. Es hätte sie überhaupt nicht gestört, wenn er von ihrem Zimmer aus telefoniert hätte. Wieso glaubte er, derart Rücksicht nehmen zu müssen?

Sie duschte ausgiebig, föhnte sich die Haare und erneuerte ihre Schminke. Als sie nach fast einer Stunde aus dem Bad kam, war Alessandro noch immer nicht zurück. Es war inzwischen weit nach sieben Uhr, und er hatte für acht einen Tisch bestellt.

Ein mulmiges Gefühl machte sich in ihr breit. Es konnte doch nicht so lang dauern, einem Kollegen, und sei er noch so unwissend, den Verbleib von ein paar Blättern Papier zu erklären.

Ging es überhaupt um einen Kollegen? Alessandro hatte sich doch irgendwie merkwürdig benommen seit diesem Anruf, oder bildete sie sich das nur ein?

Voller Unruhe zog sie sich hastig für den Abend an und beschloss, nach Alessandro zu suchen.

Sie fand ihn im Foyer.

Tatsächlich telefonierte er nicht, sondern war im Gespräch mit einem livrierten Hotelangestellten. Einem männlichen, wohlgemerkt. Alessandro redete auf ihn ein, der junge Mann lauschte aufmerksam und nickte immerzu.

Die umfassende Erleichterung, die Lara bei diesem Anblick flutete, machte ihr erst bewusst, wie groß ihr Misstrauen tatsächlich gewesen war.

Als Alessandro aufsah und sie bemerkte, hätte sie sich am liebsten unsichtbar gemacht, aber dafür war es zu spät. Er brach das Gespräch sofort ab und kam zu ihr. Seine Miene war nicht zu deuten. Hoffentlich dachte er nicht, dass sie ihm hinterherspionierte!

»Entschuldige, ich wollte dich nicht stören, aber ...«

»Kein Problem, wir waren ohnehin fertig«, unterbrach er sie und schenkte ihr ein schiefes Lächeln. »Ich habe mich verplaudert, hat leider etwas länger gedauert.«

»Und? Haben sie die Formulare gefunden?«

»Was?« Er schien nicht bei der Sache zu sein.

»Na, die Formulare, die du vorhin erwähnt hast!«

Das konnte er doch nicht schon wieder vergessen haben? »Ach so, die! Ja, die haben sie endlich gefunden. – Gehst du schon mal vor an die Bar und trinkst einen Aperitif? Ich komme gleich zu dir, okay? Möchte mich nur auch schnell frischmachen.« Dieses Mal kam er tatsächlich schon nach wenigen Minuten wieder, das Haar noch feucht von der Dusche und mit einem Hauch seines Aftershaves, das sie so mochte.

Lara hatte sich in der Zwischenzeit, während sie an ihrem Aperitif nippte, dafür geschämt, dass sie ihm grundlos misstraut hatte. Vermutlich hatte sie sich die merkwürdige Szene nur eingebildet, und was sie von ihrer Wahrnehmung zu halten hatte, wusste sie ja inzwischen.

Da war es doch besser, alle Zweifel zu verdrängen und die uneingeschränkte Aufmerksamkeit zu genießen, mit der Alessandro sie während dieser Tage verwöhnte.

Er war stürmisch und zärtlich, einfühlsam und leidenschaftlich zugleich.

Da sollte kein Platz für grundlosen Argwohn sein. Alles war in bester Ordnung.

Nicht ohne Wehmut fragte sie sich flüchtig, wie es eigentlich weitergehen würde mit ihnen. Sie hatte das merkwürdige Gefühl, als ginge eine wunderbar unbeschwerte Zeit nun bald unwiderruflich zu Ende.

Ihre Heimreise verlief größtenteils schweigend, jeder hing seinen eigenen Gedanken nach. Als sie sich spät am Abend dem Ziel näherten, brach er das Schweigen.

»Bleib heute Nacht bei mir. Morgen bringe ich dich zurück.«

Sie sah ihn fragend an.

»Ist schließlich unsere letzte Urlaubsnacht«, erklärte er, den Blick abgewandt.

Teilte er dieses unbestimmte, bange Gefühl etwa, das sie beschlichen hatte?

Sie liebten sich auf dem Sofa, wie bei ihrem ersten Mal, mit großer Intensität. Ihr war, als nähme er bereits Abschied von ihr. Der Kamin brannte, und in ihren Gläsern funkelte dunkler Rotwein.

Danach lagen sie eng umschlungen beieinander.

Lara brach als erste das Schweigen. »Was ist los mit uns?«

»Was meinst du?«

»Es war anders als sonst, hast du das nicht gespürt?«

»Du bist anders als sonst. Du bist unruhig, seit wir Rom verlassen haben.«

»Findest du?«

»Ich hätte es nicht angesprochen, aber da du es nun schon erwähnst – ich habe den Eindruck, du hast irgendetwas auf dem Herzen. Willst du's mir nicht lieber sagen?«

Sie überlegte.

Wenn sie ehrlich zu sich war, musste sie zugeben, dass sie ein mögliches Ende ihrer Liaison durchaus bedauern würde. Zwar hatte er ihr keinen konkreten Anlass gegeben, das in Erwägung zu ziehen, aber andererseits dauerte ihre kleine Bettgeschichte nun doch schon ziemlich lange. Darüber hinaus wurde es für sie Zeit, die Weichen neu zu stellen, egal was dabei herauskam. Sie beschloss, das Thema »Beziehung« erst einmal hintanzustellen.

»Ich bin nun schon eine Weile hier«, begann sie ziemlich umständlich.

Alessandro fuhr sich durchs Haar und sah ihr fragend in die Augen.

»Ich sollte darüber nachdenken, was ich in Zukunft tun möchte. Allmählich bekomme ich das Gefühl, ich müsste zumindest anfangen, mir ein neues Ziel zu suchen. Ich kann nicht für immer auf der faulen Haut liegen. Ursprünglich hatte ich auch gar nicht vor, so lange zu bleiben, aber es hat mir gutgetan.«

»Ich hoffe, das hat zum Teil auch mit meiner guten Pflege zu tun«, scherzte er, und Lara musste lachen.

»Ja, in erster Linie damit«, bestätigte sie. Dann wurde sie wieder nachdenklich.

»Was hältst du davon, einfach hier zu bleiben?«, schlug er vor. »Für immer.«

Lara sah ihn überrascht an, dann nickte sie bedächtig. »Um ehrlich zu sein, daran habe ich auch schon gedacht.«

»Tatsächlich? Warum hast du nie etwas gesagt? Seit wann denkst du darüber nach?«

»Ein ... bisschen.«

»Ach! Und was spricht dagegen?«

»Ich müsste Arbeit und etwas zum Wohnen finden, und das sollte mir am besten beides auch einigermaßen gefallen. Ansonsten gibt es momentan für mich nicht viel, was dagegenspricht.«

»Und du könntest dir tatsächlich vorstellen, für immer hier zu leben? Obwohl die Gegend so arm und karg ist und du dich vielleicht auch einsam fühlen könntest?«

»Ja, trotz alledem. Mir gefällt es hier, ich mag diese Ruhe, und vor der Einsamkeit fürchte ich mich nicht, ich mag auch diese Landschaft. Ich habe bisher nichts gefunden, was mir fehlen würde. Aber eine vernünftige Tätigkeit wäre mir schon wichtig.«

Alessandro lehnte sich zurück, verschränkte die Arme im Nacken und fixierte sie prüfend.

»Ich wüsste da vielleicht etwas für dich«, meinte er und sah sie von der Seite an. »Du solltest es dir zumindest anhören, vielleicht interessiert es dich ja.«

»Und was wäre das?«

»Welche Sprachen außer Italienisch sprichst du?«

»Englisch einigermaßen akzeptabel, Französisch kaum, und das war's.«

»Das würde für den Anfang genügen. Du könntest eventuell in dem Hotel anfangen, in dem ich arbeite. Sie haben internationale

Gäste, richten Kongresse und Konferenzen aus, und ich könnte mir gut vorstellen, für dich dort was zu finden. Sie suchen immer mal wieder jemanden, der ihre anspruchsvollen Gäste betreut, Ausflüge organisiert, das Freizeitprogramm begleitet, Besorgungen für sie macht und vor allen Dingen auch dolmetscht. Das nicht professionell natürlich, keine Sorge«, beschwichtigte er, als sie bei dem Wort »dolmetschen« eine abwehrende Handbewegung machte. »Nur so für den Hausgebrauch. Irgendein kleines Problem haben solche Leute wie Ärzte, Künstler und Manager ja immer wieder, und wenn es nur das versprochene Parfüm für ihre Frau ist, für dessen Besorgung sie keine Zeit oder Lust haben.«

»Und für so einen Job gibt es Geld? Kindermädchen für verwöhnte Kongressteilnehmer zu spielen, wird bezahlt?« Sie schüttelte ungläubig den Kopf.

»Ja, und gar nicht so schlecht. Es ist ein Hotel mit gehobenem Standard, und sie haben bisher immer Probleme damit gehabt, jemanden zu finden, der dafür geeignet wäre.«

»Wenn das so schwierig ist, woher willst du dann wissen, dass gerade ich diesen Job machen könnte? Das hört sich eher nach nicht erfüllbaren Voraussetzungen an.«

»Ach was, du wärst genau die Richtige, glaube mir!«

»Warum bist du dir da so sicher?« Zweifelnd runzelte sie die Stirn.

»Weil ich mich vor Kurzem mit der Direktorin über genau dieses Thema unterhalten habe. Es liegt an der Kombination ...«

»Jetzt bin ich aber wirklich neugierig.« Auf ihren Ellbogen gestützt, hörte Lara ihm mit steigendem Interesse zu. »Lass diese komische Kombination doch mal hören.«

»Also«, begann er und machte eine kleine Kunstpause, wie um ihre Ungeduld zu schüren. »Die Situation ist folgende: Sie suchen eine Frau, das ist schon mal das Erste. Die Gäste sind überwiegend

Männer, mit denen kann eine Frau eben besser umgehen, das liegt auf der Hand. Zweitens sollte sie attraktiv und charmant sein, allein das löst manches Problem schon von selbst ...«

»Und das alles ist seriös?«, unterbrach ihn Lara, deren Gedanken sich einen Moment lang in eine für sie eher zweideutige Richtung verselbstständigt hatten.

»Absolut seriös und in keiner Weise so, wie du gerade denkst«, stellte er richtig. »Drittens wäre eine Familie aus Zeitgründen eher hinderlich, weil das kein Job mit geregelten Arbeitszeiten ist. Viertens sollte die gesuchte Person eine gewisse Reife haben, weil sich ein Teenager hier nicht eignet, schließlich geht es hauptsächlich um Gäste eines bestimmten Alters. Fünftens sollte sie auch noch gebildet sein. Du siehst, das ist kein Ding der Unmöglichkeit! Aber sie haben noch niemanden gefunden. Du scheinst mir diese Bedingungen allesamt zu erfüllen. Also, was hältst du davon?«

»Klingt wirklich nicht schlecht«, gab sie zu. »Es hört sich zumindest sehr vielversprechend an. Ich stelle mir das zwar durchaus auch anstrengend vor, aber es scheint interessant zu sein.«

»Das ist es. Warum siehst du es dir nicht wenigstens an?«

»Ja, das könnte ich«, bestätigte Lara nachdenklich.

»Ich könnte den Kontakt für dich herstellen.«

»Also gut«, versprach sie.

»Wenn es dir dort gefällt, wäre eines der Probleme schon mal gelöst, und du könntest bleiben. Die Sache mit der Wohnung ist auch nicht so tragisch, vielleicht kannst du vorerst eine Weile im Haus von Valerie wohnen, wenn sie nichts dagegen hat.«

»Hat sie nicht, aber irgendwann wollen die beiden auch mal wieder hier Urlaub machen, verstehst du?«

»Natürlich. Lara, überleg es dir, ja?« Seine Stimme hatte einen drängenden Klang, und sie sah ihn erstaunt an.

»Warum ist dir das denn so wichtig? Kriegst du etwa eine Prämie, wenn du für den Job jemanden finden solltest?«

Sie lachte amüsiert, doch Alessandro zog finster die Brauen zusammen.

»Nun tu doch nicht so, als ob du nicht wüsstest, warum«, grollte er.

Lara runzelte verständnislos die Stirn. »Wovon redest du?« Er wandte ihr frontal das Gesicht zu.

»Ist dir noch nicht aufgefallen, wie gern ich mit dir zusammen bin? Wie gut wir uns verstehen? Sollte dir tatsächlich entgangen sein, wie anziehend ich dich finde und wie sehr du mir gefällst? Das ist nicht dein Ernst, oder?« Seine Miene verfinsterte sich.

Lara wusste nicht, was sie erwidern sollte. Natürlich hätte sie ein Ende ihrer angenehm lockeren Beziehung bedauert, aber bis vor wenigen Stunden hatte sie keinen Deut weitergedacht, als dass sie gern mit ihm ins Bett ging und ebenso gern mit ihm etwas unternahm. Sicher, sie verstanden sich blendend, passten im Bett hervorragend zueinander, und auch die Tage in Rom waren wunderschön gewesen. Aber ihre Beziehung zu Alessandro mit ihren Zukunftsplänen in Verbindung zu bringen ...

Ihr Schweigen schien ihm zu missfallen.

»Muss ich noch deutlicher werden? Also schön: Ich möchte, dass wir beide zusammenbleiben. Ich möchte eine Beziehung mit dir aufbauen, und ich möchte dich nicht mehr verlieren. War das klar genug?«

»Klar und deutlich«, bestätigte sie mit tonloser Stimme und sah an ihm vorbei.

»Erscheint dir das als so absurd?« Es klang enttäuscht. »Du hast doch selbst erst vor Kurzem gesagt, wie sehr dir meine Aufmerksamkeiten gefallen, oder? Ich dachte, du wüsstest, warum ich so gern und so viel mit dir zusammen bin! Ich hatte während der ganzen Zeit auch ehrlich gesagt nicht den Eindruck, als ob dir meine Gesellschaft so unangenehm wäre, aber da scheine ich mich gewaltig getäuscht zu haben.«

Nun fand auch Lara ihre Sprache wieder.

»Nein, du hast dich nicht getäuscht, wirklich nicht«, versicherte sie ihm eilig. »Ich hatte nur nicht im Traum daran gedacht, du könntest – na, sagen wir – so ernste Absichten haben.«

»Ich habe durchaus ernste Absichten, oder glaubst du, ich wollte die ganze Zeit über nur mit dir ins Bett? Lara, heißt das etwa, dass du nichts anderes von mir willst als Sex?«

Sie fühlte, wie sie rot wurde, setzte sich auf und rückte ein wenig von ihm weg. Also stand wenigstens kein unmittelbarer Abschied bevor.

Aber – eine feste Beziehung …? Stirnrunzelnd sah sie ihn an.

»Nein, das heißt es nicht, oder ehrlich gesagt … ich habe es genossen, so wie es war mit uns, und … ich weiß nicht …« Nun fing sie an zu stottern. »Es war so ohne Komplikationen, ohne Verpflichtung und ohne Probleme. Es war einfach nur schön, das ist alles.«

»Das ist ja immerhin etwas.«

»Alessandro …« Sie legte ihm bittend die Hand auf den Arm. »Es tut mir leid, ich wollte dich nicht verletzen. Ich mag dich sehr, und ich bin wahnsinnig gern mit dir zusammen. Ich konnte mir eben nur nicht vorstellen, eine Entscheidung über meine Zukunft von einem Urlaubsflirt abhängig zu machen. Ich dachte nicht, dass es für dich mehr sein könnte.« Ihre Stimme wurde weich.

»Ich habe dich nie als einen flüchtigen Urlaubsflirt betrachtet, dafür habe ich viel zu viel Respekt vor dir«, bekannte er ernst.

»Wie es aussieht, habe ich mich da getäuscht. Ich hatte wohl Angst, mehr darin zu sehen und dann verletzt zu werden, wenn es nicht so gewesen wäre.«

»Für mich ist es mehr geworden, und es stört mich nicht im Geringsten.«

»Und was, wenn es nicht gut geht mit uns?«, fragte sie und suchte seinen Blick.

»Wir verlieren erst, wenn wir es nicht wenigstens riskieren.« Er stellte das Glas ab und nahm ihre Hand in die seine. »Lara, du sollst mich ja nicht gleich heiraten, aber wenn du dir ohnehin vorstellen könntest, hier zu leben, egal ob mit mir oder ohne mich, dann ist es einen Versuch wert, findest du nicht?«

Sie konnte nicht antworten, ihre Kehle war wie zugeschnürt. *Heiraten!* Allein, dass er dieses Wort nur gebrauchte!

Lara fühlte, wie ihr der Schweiß ausbrach. Ihr war auf einmal schwindelig, und sie hoffte inständig, dass er nicht bemerkte, wie bleich sie geworden war. Warum nur, verflucht, war sie nicht schon früher ehrlich zu ihm gewesen und hatte ihm reinen Wein eingeschenkt, warum hatte sie ihm nicht schon längst alles gesagt? Jetzt, in diesem Moment, in dem er ihr gestand, dass er eine ernsthafte Beziehung mit ihr haben wollte, konnte sie unmöglich wie der Elefant im Porzellanladen mit dieser Wahrheit herausrücken!

›Ach übrigens, ich bin zwar noch verheiratet, aber das ist halb so schlimm‹? Sie wollte ihn nicht vor den Kopf stoßen, nun musste sie also warten, bis – ja, bis wieder einmal ein geeigneter Moment kam, in dem sie es ihm ruhig und ohne Umschweife sagen und ihm die näheren Umstände erklären konnte. Wenn sie es tat, während er so aufgebracht war, konnte sie ihm nur wehtun!

Hilflos saß sie da. Alessandro deutete ihr verlegenes Schweigen falsch.

»Ich habe dich überrumpelt, das hätte ich nicht tun sollen«, meinte er. »Tut mir leid. Ich dachte nur ... Wenn du bleiben solltest, dann lass es uns doch einfach versuchen!«

Seine eindringlichen Worte zerrissen Lara schier das Herz. Er hatte diese Täuschung nicht verdient! Er war ein Draufgänger, er war stolz, und er war zu ihr ehrlich und aufrichtig gewesen.

Offenbar hatte er darauf vertraut, dass sie ebenso ehrlich zu ihm war. Er würde bitter enttäuscht sein. Sie würde einen weiteren Mann verlieren.

Nein, korrigierte sie sich, das ist eine andere Situation. Trotzdem spürte sie den Schmerz an derselben Stelle. Wie konnte das sein?

»Gib mir Zeit«, bat sie leise, das Gesicht abgewandt. Er sollte die Tränen in ihren Augen nicht sehen, diese Tränen der Scham und des schlechten Gewissens. Niedergeschlagen gab sie nach, als er sie an sich zog, und rang um Fassung. »Ich muss diese Überraschung verdauen, okay?« Sie musste überlegen, wie sie das wieder in Ordnung bringen konnte, aber nicht jetzt, nicht heute, nicht in dieser Nacht!

»Du hast so viel Zeit, wie du brauchst«, gab er ebenso leise zurück.

An Schlaf war für Lara danach kaum zu denken, zu viele wirre Gedanken gingen ihr durch den Kopf. Neben sich hörte sie Alessandros ruhige Atemzüge, obwohl sie nicht sicher war, ob er wirklich schlief, und sie wünschte sich inständig, sie hätte sich nicht zum Bleiben überreden lassen. Es war schon gegen Morgen, als sie schließlich in einen unruhigen Halbschlaf fiel.

Alessandro weckte sie am späten Vormittag scheinbar gut gelaunt, aber einsilbig. Lara war geistesabwesend und fühlte sich kaum in der Lage, ein vernünftiges Wort mit ihm zu wechseln.

»Hör mal«, meinte er schließlich, »wenn es dir lieber ist, dann vergessen wir das Ganze und machen einfach noch eine Weile so weiter wie bisher. Wir hatten schließlich eine gute Zeit miteinander, nicht wahr?«

»Die hatten wir tatsächlich«, bestätigte sie aufrichtig. »Aber wenn ich ehrlich bin, möchte ich eigentlich nicht vergessen, was du gesagt hast.« Er wirkte müde. Wahrscheinlich hatte auch er in dieser Nacht schlecht geschlafen und bereut, was er gesagt hatte.

»Du kannst nichts dafür, dass ich so reagiert habe. Es liegt ausschließlich an mir, und es tut mir leid, wenn ich dir damit wehgetan habe.«

»Nicht der Rede wert.« Er machte eine wegwerfende Handbewegung. »Man bekommt eben nicht immer das, was man sich wünscht.«

»Sei mir bitte nicht böse, aber ich muss zuerst Ordnung in meinen wirren Kopf bringen.«

»Ist schon gut.«

Sie fuhren los.

»Ich rufe dich später an, einverstanden?«, fragte sie, kurz bevor sie ankamen.

»Einverstanden.« Er schenkte ihr ein Lächeln. »Du weißt, ich freue mich immer, von dir zu hören.«

Erleichtert lächelte sie zurück. Offenbar hatte er ihr die Bitte um Bedenkzeit tatsächlich nicht übel genommen. Wäre sie nur nicht so blind für ihn gewesen!

Als sie um die Ecke bogen und sich Valeries Haus näherten, stockte ihr der Atem. Vor dem Gartentor parkte ein Auto mit deutschem Kennzeichen, und Lara erkannte blitzartig und mit einem Schockgefühl, das sie bis in alle Fasern durchdrang, das protzige Sportcoupé ihres Mannes.

8

»Scheiße«, war das Einzige, was Lara spontan dazu einfiel. Am liebsten hätte sie Alessandro ein heftiges »Fahr weiter!« zugerufen.

»Mir scheint, du hast Besuch«, meinte er ausdruckslos.

»Ja, scheint so.« Sie hatte Mühe, das Zittern in ihrer Stimme zu unterdrücken.

Sie hielten an und stiegen aus. Alessandro öffnete den Kofferraum und nahm ihr Gepäck heraus. Robert saß auf der Bank vor dem Haus, er sah ihnen mit finsterer Miene entgegen.

»Schön, dass du auch mal auftauchst«, war sein kühler Kommentar.

Lara fühlte sich, als würde sie neben sich stehen und die absurde Szenerie von außen beobachten.

Robert erhob sich, die Hände in den Taschen. »Wo bleibt deine Erziehung? Willst du uns nicht vorstellen?«

Automatisch gehorchte sie.

»Robert, das ist Alessandro, ein Freund von mir.«

Und dann auf Italienisch …

»Alessandro, das ist Robert, mein …« Sie schluckte und hatte das Gefühl, an dem Wort ersticken zu müssen, »… mein Ehemann.«

Wie im Trance beobachtete sie, wie die beiden Männer einander frostig zunickten. Alessandros Stimme klang eisig, als er sich abrupt von ihr verabschiedete.

»Wie es aussieht, hast du mich nicht mehr nötig, mach's gut.« Er drehte sich auf dem Absatz um und verließ das Grundstück.

»Ich ruf dich an ...«, rief Lara ihm hinterher. Es war das Einzige, was ihr in diesem Moment einfallen wollte, doch er würdigte sie keines Blickes mehr und stieg kommentarlos in sein Auto. Sie sah dem davonfahrenden Wagen nach, bis das Motorengeräusch verklungen war.

Sie konnte es nicht fassen: Robert war ihr bis nach Italien gefolgt und stand ohne die leiseste Vorwarnung plötzlich wie ein Gespenst leibhaftig vor ihr. Warum nur hatte Valerie ihr keinen Hinweis gegeben?

»Mir scheint, du wartest vergeblich darauf, dass dein Latin Lover es sich anders überlegt und umkehrt«, meinte er zynisch.

»Was um alles in der Welt willst du hier, und wie hast du mich überhaupt gefunden?«, fragte sie kalt.

»Das war nicht schwer zu erraten. Aber was hältst du davon, endlich die Tür aufzusperren und mich hineinzulassen? Ich warte schon seit Stunden auf dich, und wie du vielleicht bemerkt hast, haben wir sogar in deinem geliebten Italien gerade Winter!«

Missmutig schloss sie auf und ließ ihn wortlos eintreten. Wie lange mochte er wohl schon gewartet haben? Wenn sie ehrlich war, dann interessierte sie das überhaupt nicht! Im Gegenteil: Wäre er doch erfroren, ehe er Gelegenheit hatte, sie so zu brüskieren!

Robert zog seinen Mantel aus und hängte ihn über die Garderobe. »War wohl eine lange Nacht, was?« Der Spott in seiner Stimme war nicht zu überhören. »Hast du neuerdings immer einen Koffer bei dir, wenn du auswärts schläfst?«

»Geht dich nichts an«, beschied sie ihm kurz und trug ihr Gepäck nach oben.

Als sie wieder herunterkam, hatte er es sich auf dem Sofa bequem gemacht. In ihrer Ecke, wie sie wütend bemerkte. Verdrossen setzte sie sich ihm gegenüber in einen Sessel.

»Und was willst du nun?«

»Bert hat mir deine Unterlagen zugeschickt, und ich frage mich, was du dir eigentlich dabei gedacht hast. Das mit der Scheidung und dem absolvierten Trennungsjahr kann doch wohl nicht dein Ernst sein!«

»Ist es aber!« Lara blieb kurz angebunden, wild entschlossen, sich auf keinerlei Diskussionen einzulassen.

»Na gut, ich kann verstehen, dass du aufgebracht warst wegen dieser kleinen Affäre, aber musst du deshalb gleich so überreagieren?«

»Überreagieren?«, wiederholte sie langsam und dehnte das Wort gefährlich lange aus. »Was glaubst du eigentlich, wie ich mich gefühlt habe, als ich nach Hause kam und dich mit dieser Frau fand? In meinem Bett?«

»*Unserem* Bett«, korrigierte er penibel.

»Unser? Seit diesem Moment gibt es für mich kein ›unser‹ mehr, klar? Du hast mich belogen, du hast mich betrogen, du hast mich ganz gemein hintergangen, was soll ich mir von dir noch alles gefallen lassen, bevor ich deiner Meinung nach überreagieren darf?«

»Das war ein harmloses Abenteuer, nichts weiter! Ich hätte dich für so etwas doch nicht verlassen!«

»Soll ich dir etwa dankbar sein?«

»Kannst du denn nicht einmal in deinem Leben sachlich bleiben?«

Lara fragte sich, ob sie hier vielleicht im falschen Film war. Er hatte sie betrogen, und nun war sie die Schuldige, weil sie es wagte, Gefühle zu zeigen? Am meisten belastete sie der Gedanke an Alessandro, der wie ein dunkler Schatten über ihr zu schweben schien. Sie hatte ein kaum zu bändigendes Bedürfnis, zu ihm zu fahren, ihm die Situation zu erklären und ihn um Verständnis zu bitten. Stattdessen saß sie hier mit einem Mann, mit dem sie zwar offiziell noch immer verheiratet war, der für sie die Bezeichnung »Ehemann« aber schon lange nicht mehr verdiente, und musste sich mit ihm auseinandersetzen! Ein eiskalter Schmerz hielt ihr Herz fest umklammert. Sie hatte keine Wahl, sie musste das jetzt durchstehen.

»Warst du vielleicht sachlich? Verdammt noch mal, weißt du eigentlich, wie demütigend das war? Ich komme nichts ahnend nach Hause und finde dich mit einer anderen Frau in der Horizontalen!« Die Erinnerung an die beiden nackten Körper auf ihrem Bett, ihren Laken, ihren Kissen widerte sie noch immer an. »Blöder Zufall, dass ich zu früh dran war, was? Sonst hättest du ungestört weitermachen können!«

Er kniff die Augen zusammen, und Lara fragte sich, wie sie ihn nur jemals hatte attraktiv finden können. Sein halblanges dunkelblondes Haar erschien ihr mit einem Mal ungepflegt, die hellbraunen Augen farblos, und seinem Gesicht fehlte jede markante Kontur. Was hatte ihr nur je an ihm gefallen? Sie wusste es seit Langem nicht mehr, wie ihr nun klar wurde.

»Reg dich nur auf!«, konterte er. »Wie hattest du dir das auf Dauer vorgestellt? Sollte ich neben dir wie ein Mönch leben?«

Sie begriff, dass er unter die Gürtellinie gehen wollte. Na gut, dachte sie kampflustig und biss die Zähne aufeinander, gab ihm aber keine Antwort.

»Du warst doch schon lange vorher gefühllos wie ein Stein«, klagte er sie an. »Immer, wenn ich dir nahekommen wollte, hast du getan, als sei das ein notwendiges Übel! Glaubst du, das war angenehm für mich? Mit dir zu schlafen und dabei immer öfter das Gefühl zu haben, dass du nur noch deine Pflicht erfüllst? Wenn ich in der letzten Zeit überhaupt noch rangelassen wurde!«

Seine Stimme bekam einen bitteren Unterton.

Sie sah ihn mit großen Augen unverwandt an.

Robert sprach aus, was sie undeutlich gefühlt, sich selbst aber nicht einmal heimlich eingestanden hatte. Ihr Leben mit ihm hatte nur noch aus Kompromissen bestanden.

Sie hatte sich Stück um Stück von ihm zurückgezogen, bis er aus seiner Sicht keine andere Wahl mehr gehabt hatte, als das, was er von ihr nicht mehr bekam, bei einer anderen Frau zu suchen. Ihr Kampfgeist fiel in sich zusammen, als sie schlagartig die Zusammenhänge begriff.

Plötzlich tat er ihr nur noch leid.

»Glaubst du, für einen Mann ist das einfach?«, rief er nun.

»Was willst du von mir, Robert? Warum bist du hier? Wolltest du mir nur sagen, dass du mich unbedingt betrügen musstest, weil du einfach wieder einmal eine Frau gebraucht hast? Eine, die im Bett mehr Temperament zeigt als ich? Dafür hättest du die weite Fahrt nicht machen müssen.«

Ihre Stimme war ruhig und frei von Aggressionen. Sie fühlte sich ihm mit einem Mal himmelweit überlegen. Reifer, nüchterner als er. Seine Worte waren hart gewesen, aber sie taten ihr nicht weh. Mit überscharfer Klarheit wusste sie plötzlich, was wirklich geschehen war.

Robert schaltete in der Zwischenzeit einen Gang zurück. »Das ist wahr, schon gut! Ich wollte dir eigentlich keine Vorhaltungen machen, aber du warst in der ganzen Zeit davor so kalt. Das hat mich einfach rasend gemacht! Ich kam mir vor wie ein halber Mann, und ich hatte doch auch meine Bedürfnisse. Bedürfnisse, die dich offensichtlich nicht mehr interessiert haben! Da ist es eben passiert, ich habe es nicht geplant, ich hatte es nicht vor, das musst du mir glauben.«

»Ich glaube dir, keine Frage.« Lara wunderte sich selbst über ihre stoische Ruhe. »Ich bin im Gegenteil sogar froh darüber.«

»Was?« Er starrte sie fassungslos an. »Du bist mir nicht mehr böse?«

»Nein, ich bin dir nicht mehr böse«, wiederholte sie wahrheitsgemäß.

»Lara«, begann er, ermutigt durch ihre Gelassenheit, »Lara, ich bin hier, weil ich möchte, dass du zu mir zurückkommst. Ich möchte, dass wir neu anfangen, so als wäre nichts gewesen, dass wir es noch einmal miteinander versuchen. Ich werde dich nie mehr betrügen! Das war eine Kurzschlussreaktion, weil ich so enttäuscht von dir war, aber das wird nicht mehr passieren. Wirst du mitkommen? Wirst du mit mir nach Hause kommen?«

Sie sah ihn an, ihr Mitleid wuchs mit jedem Wort, das er sagte.

»Das kann ich nicht«, antwortete sie schließlich leise, aber entschlossen.

Sie hatte das Richtige getan, ihr Weg hatte sie von ihm fort bis hierhergeführt, und hier würde sie bleiben!

»Was soll das heißen, du kannst nicht?« Verständnislos beugte er sich vor. »Gerade noch sagst du, du bist mir nicht mehr böse, und jetzt willst du nicht mitkommen? Lara!« Seine Stimme wurde drängend. »Lass uns noch einmal von vorn anfangen! Wir können doch nicht unsere gemeinsamen Jahre einfach vergessen!«

»Ich werde sie auch nicht vergessen, aber ich kann nicht mehr umkehren. Du hattest recht mit dem, was du gesagt hast. Ich war kalt und gefühllos. Ich wollte es mir nur nicht eingestehen. Ich wollte es nicht wahrhaben, und ich wäre nie fähig gewesen, etwas an meiner Situation und meinem Leben zu ändern, wenn das alles nicht passiert wäre. Dafür bin ich dir fast dankbar. Du wirst mich niemals verstehen, das weiß ich, aber wenn du mich nicht betrogen hättest, wäre ich wahrscheinlich nicht mutig genug gewesen, dich oder mein gewohntes Leben zu verlassen.«

»Du wolltest mich verlassen?«

Lara hob die Achseln.

»Robert, unsere Ehe war nur noch eine Farce. Vielleicht hätten wir das beide niemals zugegeben, aber sie war eine einzige, große Lüge.«

»Nicht für mich, Lara! Ich will dich zurück! Du bist meine Frau, und du sollst es bleiben!«

Beinahe hätte sie laut aufgelacht, wäre da nicht diese dumpfe Traurigkeit gewesen, die sie bei jedem Gedanken an Alessandro überfiel. Innerhalb von vierundzwanzig Stunden machten gleich zwei Männer Besitzansprüche auf sie geltend! Alessandros Worte hallten in ihr nach: »Ich möchte dich behalten!« Und nun Robert: »Ich will dich zurück!«

»Ich bin schon lange nicht mehr deine Frau, Robert. Ich kann und will dieses Leben auf keinen Fall jemals wieder führen, das ist für mich vollkommen unmöglich.«

Er sah sie finster an. »Es ist wegen ihm, nicht wahr?«, stieß er schließlich zwischen den Zähnen hervor. »Du hast eine Affäre mit irgend so einem dahergelaufenen italienischen Hengst und willst deshalb unbedingt hierbleiben – bei ihm!«

Zorn stieg in Lara auf, doch sie schluckte eine Antwort hinunter.

»Rede schon! Ist er gut im Bett? Kann er etwas, das ich nicht kann?« Er lachte kurz und freudlos auf. »Natürlich kann er, das hat er bestimmt schon an Hunderten von deutschen Touristinnen geübt!«

»Robert, hör auf, es hat keinen Sinn. Es ist nicht wegen ihm, es ist wegen mir. Wir passen nicht mehr zusammen, vielleicht taten wir das noch nie. Wir haben uns auseinandergelebt, oder wir waren nie beieinander, ich weiß es nicht mehr. Jedenfalls war meine Kälte und Unnahbarkeit nur das äußere Anzeichen dafür. Es hat sich so entwickelt, und das alles sollte wohl passieren, damit ich mir endlich darüber klar werde, dass ich dich nicht liebe.«

Nun war es heraus.

Sie fühlte sich befreit und erlöst. Ihre Beziehung war nie wirklich leidenschaftlich gewesen, sie hatte in seinen Armen niemals die uneingeschränkte, hemmungslose Hingabe kennengelernt, die sie bei Alessandro empfand. Robert saß da und war wie vor den Kopf geschlagen.

»Du liebst mich nicht?«, echote er fassungslos. »Aber – aber es war doch immer alles in Ordnung, es hat doch alles bestens funktioniert! Was ist auf einmal los mit dir?«

»Funktioniert? Für dich hat es funktioniert, aber in Wahrheit habe ich funktioniert, das ist ein gewaltiger Unterschied. Und ich habe keine Lust mehr, in Zukunft weiter zu funktionieren. Ich bin kein Computer, damit ist jetzt Schluss!«

»Daran ist nur er schuld«, grollte er wütend. »Er hat dir den Kopf verdreht wie einem unreifen Teenager, und nun meinst du, du könntest alles hinschmeißen, nur weil ein dunkelhaariger Lover ein bisschen auf amore macht! Merkst du denn nicht, wie kindisch du dich aufführst? Wie lächerlich du dich damit machst?«

»Robert, ich will nicht mit dir streiten! Hier geht es allein um dich und mich, verstehst du das nicht? Er spielt in der Sache zwischen uns beiden überhaupt keine Rolle.«

»Und das soll ich dir glauben? Wo seid ihr denn hergekommen, du mit deinem Koffer? Hältst du mich für total bescheuert? Ich habe doch Augen im Kopf und weiß, was ich sehe!«

Lara seufzte gereizt. Wie hatte sie nur hoffen können, er würde sie verstehen? Natürlich gab er Alessandro die Schuld daran, dass sie nicht zu ihm zurückwollte. Auf diese Weise musste er sich nicht damit auseinandersetzen, was für eine Art Beziehung sie beide in Wirklichkeit geführt hatten. Langsam bröckelte ihre Gelassenheit. Das Bedauern und das Mitleid, das sie eben für ihn empfunden hatte, verschwanden unter einer Woge von Ungeduld.

»Jetzt hör mir mal genau zu!« Ihre Stimme gewann an Schärfe und wurde schneidend. »Ich wollte dir das alles eigentlich gar nicht sagen, aber du zwingst mich ja dazu. Ich hasse deine aufgeblasenen, arroganten Eltern, ich hasse deinen dämlichen Sportwagen, ich hasse deine oberflächlichen Freunde, und ich hasse deine blöden Designerklamotten. Das ganze Leben ist für dich eine einzige Jagd nach Prestige und Ansehen. Du bist gefühllos und ignorant. Ich habe für dich alles umgekrempelt, ich habe mich verbogen und verdreht, nur um so zu sein, wie du mich haben wolltest. Ich habe meine Hobbys und Interessen aufgegeben und mir deine angewöhnt. Wir sind in jedem Urlaub gefahren, wohin du wolltest, Hauptsache, du konntest hinterher mit deinen Golfpartnern um die Wette damit angeben. In jedem Lokal hattest du am Essen oder der Bedienung etwas auszusetzen und warst der tolle Hecht, der alles besser kann und alles weiß. In jedem Konzert hast du einen falschen Ton gehört, und an keinem Menschen konntest du auch nur ein einziges gutes Haar lassen, außer, er war dir für irgendetwas nützlich. Ich habe dich und die verlogene Scheiße mehr als satt. Darum konnte ich dich auch irgendwann nicht mehr ertragen, darum hatte ich keine Lust mehr, mit dir zu schlafen, darum ist überhaupt erst alles so gekommen. Ist es das, was du hören wolltest?«

Atemlos hielt sie inne. Ihre Hände zitterten, und sie wünschte nur, er würde es nicht merken. Sie hatte gehofft, er würde sie nicht zum Äußersten treiben, aber was hatte sie schon zu verlieren? Wenn nur rücksichtslose, brutale Ehrlichkeit ihn davon überzeugen konnte, dass es zwischen ihnen aus und vorbei war, bitte.

Robert hatte ihren Ausbruch fassungslos über sich ergehen lassen.

Als die Stille zwischen ihnen schließlich erdrückend wurde, stand er auf und trat ans Fenster.

»So ist das also«, meinte er schließlich dumpf, mit dem Rücken zu ihr. »Damit wäre alles gesagt, oder?«

Lara antwortete ihm nicht, sondern starrte nur stumm auf ihre Hände. Sie fühlte sich plötzlich sehr müde.

»Du hast wirklich kein Blatt vor den Mund genommen.« Er wandte sich zu ihr um. »Warum hast du mir nie etwas davon gesagt, wie unglücklich du tatsächlich warst?« Mit hängenden Schultern setzte er sich wieder. Er sah sie nicht an.

»Weil es mir selbst gar nicht bewusst war«, antwortete sie leise und aufrichtig. »Ich war wohl zu feige, der Wahrheit ins Auge zu sehen.«

»Und das schöne, bequeme Leben mit allen Annehmlichkeiten? Das hast du schon alles genossen, nicht wahr? War es nicht vielleicht so, dass du auch das nicht aufgeben wolltest?«

Sie hatte es fraglos zugelassen und sich damit auch selbst korrumpiert.

»Vielleicht. Aber wie du weißt, hätte ich dich dazu nicht unbedingt gebraucht.«

»Ja«, er nickte, »das hatte ich vergessen. Das verwöhnte Töchterchen aus höherem Hause!«

Lara verzog genervt den Mund. Das hatte sie alles schon bis zum Überdruss gehört.

»Wie auch immer, ich sehe ein, dass es wirklich keinen Sinn mehr hat mit uns beiden.«

Sie gab ihm recht, und insgeheim nötigte ihr seine Haltung Respekt ab.

»Damit sind wir jetzt wohl quitt«, schlussfolgerte er. »Du willst mein Leben nicht mehr führen, und ich denke nicht daran, es für dich zu ändern. Den Rest lassen wir besser Bert erledigen.« Er überlegte einen Moment und starrte auf die Spitzen seiner blank polierten Schuhe, als wollte er dort eine andere Lösung finden.

»Wenn du nichts dagegen hast, können wir uns einen zweiten Anwalt sparen. Unser Ehevertrag macht die Sache für ihn ziemlich einfach, und du wirst keine finanziellen Probleme haben, nehme ich an.«

Lara schüttelte stumm den Kopf.

Sie fühlte sich leer.

»Wie du dir wohl denken kannst, werde ich dir nicht mehr bezahlen, als ich unbedingt muss, aber was dir zusteht, das bekommst du auch.«

»Bert wird das schon regeln, und eigentlich will ich gar nichts von dir.«

»Lass nur«, wehrte er bitter ab »Du hast so viel gelitten mit mir, da ist eine kleine Entschädigung nur gerecht.«

Ihre Kehle war zugeschnürt, und sie kämpfte mit den Tränen.

Hör bloß auf damit, ermahnte sie sich wütend, *heulen kannst du später auch noch!* Sie schluckte ein paar Mal heftig und unterdrückte den Drang zu weinen.

»Was soll mit dem Haus passieren?«, erkundigte er sich sachlich. »Du willst doch sicher, dass ich ausziehe, oder?«

Sie überlegte einen Moment und wartete, bis sie sich ihrer Stimme wieder sicher sein konnte. »Nein. Ich will dort nicht mehr wohnen.«

»Dann werde ich dich also auszahlen. Ist das für dich in Ordnung?«

»Ja.«

»Die Firma?«

»Kannst du behalten. Ich habe kein Interesse daran.«

»Ich werde dir deinen Anteil ablösen. Das organisiere ich mit Bert.«

»Wirst du das finanziell denn schaffen?«

»Das lass nur meine Sorge sein.« Er stand auf und streckte sich.

»Dann fahre ich jetzt wohl besser.«

Mit grenzenloser Erleichterung sah sie ihn an. Dennoch pochten Gewissensbisse in ihr. »Jetzt gleich? Bist du nicht müde?«

»Nein. Ich habe in Bozen übernachtet, da fahre ich jetzt wieder hin. Du wirst verstehen, dass ich dich von meiner Gegenwart befreien möchte.«

Sie folgte ihm in die Diele, wo er seinen Mantel vom Haken nahm und ihn sich über den Arm warf. Distanziert streckte er ihr die rechte Hand hin, die sie ergriff und kurz schüttelte.

»Leb wohl, Lara. Schade, dass es so enden musste.«

Abrupt wandte er sich ab und öffnete die Tür. Dann war er fort.

Lara stand einen Moment lang benommen in der Haustür. Sie fühlte sich, als wäre sie gerade aus einem bösen Traum erwacht. So schnell ging das also, und ein Abschnitt ihres Lebens war vorüber. Sie hatte keinen Sieg errungen, sie konnte sich nicht freuen. Bei diesem Gefecht gab es nur zwei Verlierer.

Langsam ging sie ins Haus zurück und schloss die Tür hinter sich. Ihre erste spontane Reaktion war, Alessandro anzurufen, doch er antwortete nicht. Sie war versucht, Valerie zu fragen, warum sie sie nicht gewarnt hatte, doch Roberts Bemerkung hielt sie davon ab: »Das war nicht schwer zu erraten!« Ihre Freunde hatten wahrscheinlich selbst nichts von seinem Vorhaben gewusst. Sie zwang ihre Nervosität nieder und packte ihren Koffer aus. Mit mechanischen Bewegungen räumte sie sorgfältig ihre Sachen in den Schrank, sortierte die schmutzige Wäsche aus und hielt schließlich inne. Ihre Augen brannten, doch sie versuchte, den Drang zu unterdrücken.

Es half nichts. Was sich da in ihr lösen wollte, war die Anspannung der letzten Stunden, waren die inneren Kämpfe der letzten Wochen und Monate, war die Trauer über den Verlust alter Gewohnheiten. Ihr Leben, so wie sie es gekannt hatte, würde es nicht mehr geben, und wenn sie sich auch einerseits darüber freute und es so gewollt hatte, war es doch ein schmerzlicher Prozess. Etwas in ihr starb, um Neues entstehen zu lassen. War das Bekannte, Gewohnte auch zu einer Last für sie geworden, so stand sie nun trotzdem vor der Leere, die das Neue noch nicht ausfüllen konnte. Solange sie sich in dem ungewissen Schwebezustand ihrer Flucht befunden hatte, war sie im Niemandsland gewesen, das Alte noch nicht abgestreift, das Neue noch nicht begonnen. Nun gab es kein Zurück mehr, und sie musste die Kraft aufbringen, sich der Zukunft zu stellen, egal wie diese aussehen würde.

Schließlich raffte sie sich auf und ging ins Bad. Sie wusch sich das Gesicht und starrte angewidert in den Spiegel. Ihre Lider waren geschwollen, ihre Haut fahl und blass. Lara seufzte. So würde sie Alessandro nicht unter die Augen treten können.

Alessandro!

Er durfte keine Rolle spielen bei dem, was sie zu entscheiden hatte. Für sich selbst brauchte sie einen Neuanfang, sie allein musste davon überzeugt sein, das Richtige zu tun! Auf keinen Fall durfte sie ihre künftigen Entscheidungen von ihm abhängig machen. Dennoch musste sie ihm unbedingt erklären, was geschehen war, denn mochte es auch falsch sein, bei ihm Trost zu suchen oder zu erwarten, er war trotzdem ein positiver Aspekt ihres gegenwärtigen Lebens geworden. Sie holte tief Luft, trocknete hastig ihr Gesicht ab und schminkte sich sorgfältig. Schon als sie zum wiederholten Mal seine Nummer wählte, war sie sicher, dass er nicht zu erreichen sein würde, und ihre Befürchtung bestätigte sich. Sie überlegte, was sie tun konnte, dann zog sie sich um, setzte sich ins Auto und fuhr los.

Als sie sich daran erinnerte, wie Alessandro am Vormittag ohne Gruß und tief verletzt gegangen war, wurde ihr schlagartig bewusst, wie sehr sie sich in den letzten Wochen an ihn gewöhnt hatte, an seine Ideen, seine Zärtlichkeiten, seine Leidenschaft, an seinen unerschütterlichen Optimismus und seine selbstsichere

Zuversicht. Ihr wurde mit einem Mal klar, dass auch sie ihn nicht mehr missen wollte. Das Timing hätte nicht schlechter sein können, nun musste sie versuchen, die Scherben wieder aufzusammeln.

Wie sie erwartet hatte, war das Gartentor verschlossen, und sein Auto stand nicht vor dem Haus. Alessandro war nicht da. Sie versuchte es noch bei Loris, doch auch er hatte Alessandro nicht gesehen und keinerlei Ahnung, wo er sein könnte.

»Hattet ihr Streit?«, erkundigte er sich teilnahmsvoll, als er ihre bekümmerte Miene sah.

»Nicht direkt, aber es gibt etwas, das ich ihm dringend erklären muss.« Mehr wollte sie Loris dazu nicht sagen. »Wenn du ihn sehen solltest, sag ihm bitte, ich muss ihn unbedingt sprechen und suche ihn, ja?«

Loris versprach es, und Lara fuhr deprimiert nach Hause zurück. Fieberhaft überlegte sie, welche Möglichkeiten es gäbe, ihn zu finden, musste sich aber eingestehen, dass ihr nicht das Geringste einfiel. Sie wusste weder, in welchem Hotel er arbeitete, noch, wo er sich aufhielt, wenn er nicht zu Hause war. Sie hatten sich immer verabredet, entweder telefonisch oder persönlich, und wenn sie sich trafen, dann entweder bei ihm oder bei ihr. Und die Chancen, ihm rein zufällig zu begegnen, waren gleich null.

Ruhelos fuhr sie in den nächsten zwei Tagen immer die gleichen Runden – Goro, das Haus, ihr Pub und wieder zum Haus.

Als sie am dritten Tag nach Roberts Abreise wieder vor Alessandros kleinem Haus ankam, traute sie ihren Augen nicht – sein Auto stand tatsächlich vor der Tür! Mit zitternden Händen klingelte sie und hörte mit pochendem Herzen, wie sich Schritte der Tür näherten. Dann stand er endlich vor ihr. Sein finsterer Blick ließ keinen Zweifel an seiner Gemütsverfassung. Wortlos ließ er sie eintreten und schloss die Tür.

»Schön, dass ich dich endlich finde. Störe ich dich gerade?«

»Was willst du?« Er klang unwirsch.

»Dir etwas erklären.«

»Warum du immer noch hier bist?« Zynismus troff aus seinen Worten, als er weitersprach. »Wollte er dich etwa nicht mehr zurückhaben, nachdem du ein italienisches Abenteuer hattest?«

Sie beschloss, nicht auf das einzugehen, was er sagte. Sie musste es schaffen, dass er ihr zuhörte. Nur dann konnte sie hoffen, ihn zu besänftigen.

»Es war ein Fehler, dir nicht zu sagen, dass ich verheiratet bin.« Er blieb barsch und abweisend. »Es handelt sich dabei auch nur um eine völlig unwesentliche Kleinigkeit, also was soll's!«

»Lass es mich bitte erklären! Hör mir nur ein paar Minuten zu, danach gehe ich auch wieder, okay? Alessandro, mir ist klar, dass ich dich sehr verletzt habe ...«

»Ich hätte mir denken können, dass es einen Grund für dein sonderbares Verhalten geben musste.«

»Den gab es auch, und zwar mein eigenes schlechtes Gewissen, dass ich dir nicht schon früher die Wahrheit über alles gesagt habe! Das war falsch.« Sie senkte die Augen unter seinem dunklen Blick. »Aber bitte lass es mich dir jetzt erzählen und glaube mir, dass ich vollkommen ehrlich sein werde.«

»Warum solltest du es jetzt sein? Du hattest vorher auch keine Probleme, mich zu belügen!«

»Ich habe nicht gelogen«, stellte sie richtig. »Ich habe dir nur nicht alles gesagt, das ist für mich ein riesiger und wichtiger Unterschied. Du hast mich nie irgendetwas gefragt, also brauchte ich auch nicht zu lügen.«

»Und wenn ich dich gefragt hätte?«

Sie zuckte die Schultern.

»Anfangs fand ich, meine Vergangenheit ginge dich nichts an. Später wollte ich unsere Unbeschwertheit nicht mit traurigen Details trüben, und irgendwann war es für mich so sehr in den Hintergrund gerückt, dass es beinahe nicht mehr existierte. Je mehr Zeit verging, desto wohler fühlte ich mich, und diese wunderbaren Augenblicke wollte ich um nichts in der Welt aufgeben.«

»Hat dir noch nie jemand gesagt, dass das Leben meistens anders spielt, als du es dir wünschst? Dein schöner Plan ist offensichtlich nicht aufgegangen, was?«

»Nein, ist er nicht«, gab sie entmutigt zu.

»Nun mach es mal nicht so dramatisch«, wehrte er kühl ab. »Ich bin nicht der erste Mensch, der eine Enttäuschung verkraften muss. Also ... erzähl es mir.«

Laras Handflächen waren feucht von Schweiß. Ihr Herz schlug einen unregelmäßigen, hektischen Rhythmus, und sie suchte nach den richtigen Worten.

»Ich habe mich von ihm getrennt, schon bevor ich hierhergekommen bin. Als Valerie mich besuchte, habe ich alle Papiere unterschrieben, die für eine Scheidung nötig sind. Ich habe ihn verlassen, und dabei bleibt es auch. Dass er einfach hier auftauchen würde, konnte ich nicht ahnen. Er war mal ein Teil meines Lebens, und das hat mir zu schaffen gemacht.« Sie trat ans Fenster und sah hinaus, ohne etwas wahrzunehmen.

»Weil du ihn so sehr geliebt hast?«

»Nein, nicht deshalb!« Sie schüttelte heftig den Kopf. »Ich weiß heute gar nicht mehr, ob ich ihn überhaupt jemals geliebt habe. Unsere Trennung war nur der traurige Höhepunkt dessen, was ich bis dahin in meinem Leben alles falsch gemacht habe. Ich bin geflüchtet, hierher, in Valeries Haus. Um Abstand zu gewinnen, mich neu zu orientieren, um alles hinter mir zu lassen. Irgendwie neu anzufangen. Hast du mir nicht selbst das alles einmal gesagt? Ganz am Anfang, als wir uns gerade erst kennengelernt hatten, erinnerst du dich?«

Sie zögerte einen Moment und warf ihm einen forschenden Seitenblick zu, doch er reagiert nicht darauf, also fuhr sie fort.

»Ich war noch ziemlich jung, als ich Robert kennenlernte, und anfangs hat er mir imponiert. Als er mich heiraten wollte, habe ich Ja gesagt, weil alles so gut zu passen schien. Meine Eltern waren sehr glücklich über diesen standesgemäßen Schwiegersohn, und ich war zufrieden mit meinem Leben. Er schien eben der Richtige für mich zu sein. Ich weiß nicht, ob ich mir jemals eingestanden hätte, wie unglücklich ich eigentlich war, wenn ich ihn nicht mit einer anderen Frau in unserem gemeinsamen Bett überrascht hätte.«

Sie schwieg einen Moment und verzog unwillig den Mund. Alessandro beobachtete sie aufmerksam.

»Ich zog daraufhin zu Valerie und Bert, aber dort konnte ich nicht ewig bleiben. Darum kam ich hierher. Und vieles, was ich falsch gemacht habe, ist mir erst hier so richtig klar geworden, vor allen Dingen, dass ich allein an meiner Misere schuld war und niemand sonst. Ich war viel zu dumm, um zu begreifen, dass ich mich auf einen Mann eingelassen hatte, mit dem ich in Wahrheit gar nicht leben wollte. Ich habe es nur nicht gemerkt.«

Als die Stille für Lara unerträglich wurde, wandte sie sich zu ihm. »Das ist also meine Geschichte. So ungefähr zumindest. Deshalb war ich anfangs so abweisend und verschlossen. Ich wollte mich eigentlich nicht schon wieder auf etwas einlassen, das mich verletzen könnte. Ich wollte einfach nur meine Ruhe haben.« Sie lachte freudlos. »Aber wie du schon gesagt hast, das Leben spielt meistens anders. Mein nächster großer Fehler: Ich hätte nicht im Traum daran gedacht, dass du von mir, einer wunderlichen deutschen Touristin, mehr wolltest als nur eine flüchtige Bettgeschichte. Und als du dann damit herausrücktest, hatte ich die Chance bereits verspielt, dir unbefangen die Wahrheit zu sagen.«

Sie ließ den Kopf hängen, weil er noch immer schwieg, und wusste nicht weiter.

Ihr Herz zog sich zusammen. Konnte sie nun wirklich nichts mehr ausrichten? Die Stille im Zimmer tat ihr beinahe in den Ohren weh. Entmutigt verließ sie schließlich ihren Platz am Fenster und ging zur Tür.

»Dann werde ich wohl jetzt besser gehen, was? Mehr habe ich an Neuigkeiten nicht zu bieten.«

»Bleib und setz dich«, hörte sie seine scharfe Stimme hinter sich und erstarrte.

Sie wandte sich um, und ihre Blicke trafen sich. Seine Miene war noch immer ausdruckslos. Lara gehorchte und setzte sich auf den Stuhl, der am weitesten von ihm entfernt stand.

»Lass uns noch ein paar abschließende Kleinigkeiten klären, okay?«

Sie konnte den Ton seiner Stimme nicht so recht einordnen und nickte beklommen.

»Erinnerst du dich noch an unser Gespräch in Porto Garibaldi?« Sie nickte. »Du hast behauptet, du hättest Probleme mit deinem Arbeitgeber gehabt und seist deshalb verreist.«

»Das war in gewisser Weise auch richtig. Robert und ich haben zusammen in dem Architekturbüro gearbeitet, das früher meinem Vater gehört hat. Er ist dort als Juniorpartner eingestiegen und hat das Geschäft nach dem Tod meines Vaters weitergeführt, war also mehr oder weniger mein Chef.«

»Das wäre doch eine gute Gelegenheit gewesen, mir reinen Wein einzuschenken, findest du nicht?«

»Doch, das wäre es gewesen. Ich glaube, ich hatte damals einfach nicht genug Vertrauen, um dir alles zu erzählen, aber das hatte nichts mit dir als Person zu tun. Ich hätte wahrscheinlich niemandem so weit vertraut, um ihn darin einzuweihen. Der einzige Mensch überhaupt, der Bescheid wusste, war Valerie, sie hat schließlich alles von Anfang an mitbekommen, und wir kennen uns schon seit einer Ewigkeit.«

Lara hoffte, er möge das Verhör bald beenden. Da sie ohnehin keine Möglichkeit mehr sah, ihn davon zu überzeugen, dass sie ihn nicht absichtlich hinters Licht geführt hatte, verspürte sie nur noch das dringende Bedürfnis, diesen Raum und die bedrückende Atmosphäre so schnell wie möglich hinter sich zu lassen. Was danach kam, würde sie zwar wieder vor neue Probleme stellen, aber irgendwie musste sie auch damit fertig werden.

Als sie schon beinahe das Gefühl hatte, sie müsste nun jeden Moment aufspringen und davonlaufen, um seinem eisigen Schweigen zu entkommen, schnaubte er ungehalten.

»Ich glaube dir, oder besser gesagt, ich weiß, dass du die Wahrheit gesagt hast.«

Meinte er das ernst? Verunsichert sah sie ihm nach, als er in die Küche ging, den Kühlschrank öffnete, eine Flasche herausnahm und sich anschickte, sie zu öffnen. »Was tust du da?«

»Wir trinken auf unsere Versöhnung.« In seiner Stimme schwang Belustigung mit, als er mit der Flasche und zwei Gläsern zurückkehrte und ihr eines davon reichte.

Lara betrachtete schweigend die Perlen, die in der leicht goldfarbenen Flüssigkeit aufstiegen. Alessandro setzte sich ihr gegenüber auf die Couch und lehnte sich zurück. Ernst sah er sie an, doch die Bitterkeit war aus seinen Zügen gewichen.

»Ich bin heute nicht zufällig hier, sondern ich habe auf dich gewartet«, begann er. »Was mich an der Sache am meisten geärgert hat, war das Gefühl, du würdest mit mir nur spielen. Gut, du magst den gleichen Eindruck vielleicht auch von mir gehabt haben, aber dein Verhalten am Abend nach unserem Urlaub war mehr als eigenartig. Spätestens da hättest du wissen müssen, dass du dich in mir getäuscht hast und ich es mit dir ehrlich meinte.«

»Gerade das hat mich ja so sehr belastet.« In seinen Augenwinkeln lag ein Lächeln und sie entspannte sich etwas. »Mir ist klar geworden, wie falsch ich die Situation eingeschätzt habe, und dann fand ich nicht mehr den Mut, dir die Wahrheit einfach so vor die Füße zu werfen.«

»Das wäre aber eindeutig die bessere Variante gewesen, findest du nicht?«

»Jetzt im Rückblick schon, aber hinterher war ich bisher immer klüger als vorher.«

»Du hast mich unterschätzt.« Die Feststellung kam gänzlich nüchtern, frei von Vorwurf oder Bitterkeit.

»Ja«, gab sie zu, »ich habe dich unterschätzt, und ich hatte ein völlig falsches Bild von dir, das ist wahr. Ich wollte dich nicht verletzen, ich war nur viel zu sehr mit meinen eigenen Problemen beschäftigt.«

Er nickte. »Ich möchte jetzt nur noch wissen, was du nun eigentlich vorhast. Du hast bereits vor unserem Gespräch vor ein paar Tagen angedeutet, dass du eine Entscheidung treffen müsstest, was deine Zukunft betrifft, und ich hatte ehrlich gesagt damit gerechnet, dass du mit ihm abreisen würdest. Wie steht es nun mit deinen Plänen?«

Lara atmete tief durch. Dann straffte sie die Schultern und sah ihn an. »Ich bleibe. Ich gehe nicht zurück nach Deutschland. Irgendwie kriege ich das schon hin. Es ist vielleicht verrückt, was ich tue, es ist vielleicht wieder ein Fehler.« Sie hielt einen Moment inne und beugte sich vor, um ihm eindringlicher in die Augen sehen zu können. »Ich muss dir aber dazu noch etwas sagen, Alessandro, das für mich sehr wichtig ist.«

Er erwiderte ihren Blick ruhig und neigte sich ebenfalls ihr entgegen, die Ellenbogen auf seine Oberschenkel gestützt. »Was?«

»Es mag falsch sein, dir das zu sagen, und ich möchte dir damit nicht wieder wehtun, aber es ist ehrlich und du sollst es wissen.«

Ein amüsiertes Lächeln umspielte seinen Mund. »Dann mach es mal nicht so spannend. Jetzt weißt du ja, dass ich die Wahrheit vertrage.«

»Ich bleibe, weil ich glaube, dass es für mich so richtig ist. Du sollst dich mir gegenüber nicht verpflichtet fühlen, wenn du deine Meinung ändern solltest, was unsere Beziehung betrifft.«

»Ist akzeptiert. Heißt das im Klartext, dass du es mit mir versuchen möchtest?«

Er nahm ihr Gesicht in seine Hand. Ganz leicht fuhr er mit dem Daumen über ihre Lippen und zeichnete zärtlich deren Konturen nach. Lara schloss einen Moment lang die Augen und genoss seine sanfte Berührung. Wie sehr hatte sie ihn vermisst in den letzten Tagen!

»Ja«, murmelte sie und fühlte, wie alles in ihr schwach wurde und sich nach seiner Umarmung sehnte. »Ja, lass es uns einfach versuchen.«

Alessandro nahm ihr das Glas aus der Hand und stellte es achtlos so heftig auf den Tisch, dass es überschwappte.

»Komm mit nach oben, Lara. Heute ist es zum ersten Mal etwas anderes zwischen uns.«

Er hatte recht, sie empfand es genauso. Jetzt hatte ihr Verhältnis ein neues Stadium erreicht, eine neue Ernsthaftigkeit und eine neue Tiefe.

Als er sie oben im Schlafzimmer küsste, tat er das mit einer Heftigkeit, die sie erzittern ließ. Mit fliegenden Händen zog sie sich aus. Fast fiebrig ließ sie sich in seine Arme fallen, und der drohende Verlust, der über ihr geschwebt hatte, verlieh ihrem Liebesspiel eine neue Art von Hunger.

9

Die Dämmerung des kurzen Wintertages fiel schnell über sie herab, und die Fensterläden knarrten im Rhythmus eines kalten Sturms, der um das Haus fegte.

Lara kuschelte sich müde und zufrieden in Alessandros Arme. In ihrem Nacken konnte sie seinen Atem spüren, der langsam und regelmäßig ging. Sie fühlte sich geborgen und glücklich und wünschte sich nur noch eins: dass dieser Moment ewig dauern und er sie nie mehr loslassen würde. Hör auf zu träumen, schalt sie sich einen Lidschlag später, du weißt genau, wie die Realität funktioniert! Sie holte tief Luft und kehrte in die Wirklichkeit zurück.

»Was ist?« Alessandro schloss seine Arme fester um sie.

»Nichts. Ich habe mir nur gerade gewünscht, wir müssten dieses Bett nie mehr verlassen, das ist alles.«

»Weiß eigentlich außer mir noch jemand, wie leidenschaftlich du bist?« Er biss sie sanft ins Ohr, seine Stimme klang schon wieder rau vor Erregung.

»Es ist meine romantische Seite, die du da gehört hast.« Sie lachte leise, als sie eine Regung an ihrem Hinterteil spürte.

»Ach so.« Er rückte ein kleines Stück von ihr ab. »Ich habe schon befürchtet, du würdest heute gar nicht genug bekommen.«

Lara wandte den Kopf zu ihm. »Und du? Wer kann denn hier nicht genug kriegen? Ich habe es genau gespürt, er hat sich schon wieder bewegt!«

»Schuldig.« Er hob in gespielter Zerknirschtheit die Hände und grinste verschmitzt. In dem Zwielicht, das im Zimmer herrschte, fielen Lara deutlich die kleinen Fältchen auf, die um seine Augenwinkel spielten, wenn er lachte. »Aber nun Schluss damit, wir sollten uns noch etwas für später aufheben, findest du nicht? Außerdem habe ich für heute Abend andere Pläne.«

»So? Welche denn?«

»Wir gehen essen.« Er wurde ernst. »Lara, ich möchte dir noch etwas sagen, und das meine ich sehr ernst, okay? Ich kenne dich nun schon ein paar Monate, oder?«

Sie hatte keine Ahnung, worauf er anspielte.

»Und seit ich dich kenne, bist du sehr, sehr schlank. Richtig?«

»Richtig. Alessandro, was meinst du damit, zum Teufel?«

»Nicht fluchen, zuhören! Dein Körper gefällt mir, das ist ja nicht zu übersehen. Aber du hast, seit du hier bist, immer noch abgenommen, und wenn du so weitermachst, wirst du mir eines Tages sicher nicht mehr gefallen. Mir wäre es lieber, wenn du ein paar Kilo mehr auf den Rippen hättest. Ich weiß, du bist von Natur aus nicht der robuste Typ, aber du solltest wirklich aufpassen, dass du nicht irgendwann nur noch dein eigener Schatten bist. Weißt du jetzt, was ich meine?«

Sie lachte erleichtert auf. »Stimmt. Aber falls du befürchtest, ich könnte magersüchtig sein, kann ich dich beruhigen. Ich hatte nur einfach allein nicht viel Lust zu essen. Und in den letzten Tagen habe ich sowieso kaum mehr einen Bissen heruntergebracht, ich war viel zu nervös dazu. Aber ich verspreche dir, ich werde mich bessern, einverstanden?«

»Einverstanden. Ich werde deine Fortschritte natürlich täglich mehrmals und eigenhändig kontrollieren.« Er ließ mit einem vielsagenden Lachen seine Finger über ihre Rippen gleiten und kniff sie in den Po. Quietschend entwand sie sich seinem Griff, setzte sich auf und warf ein Kissen nach ihm.

»Wirst du wohl aufhören, mir blaue Flecken zu machen? Wehe, wenn ich dir dann nicht mehr gefalle!«

»Das ist völlig unmöglich.« Er griff nach ihrem Handgelenk und zog sie zu sich herab, bis sie auf seiner Brust zu liegen kam. »Du wirst mir wahrscheinlich bis an mein seliges Ende gefallen, du kleine Hexe!«

Wieder registrierte Lara mit Begeisterung, welchen Hunger er in ihr weckte.

Seine Art, sie zu küssen, sie zu berühren, ließ ihr Innerstes zu glühendem Gold schmelzen, bis es heiß und schnell durch ihre Adern in die intimsten Regionen ihres Körpers floss. In diesem Moment hätte schon die leiseste Berührung seiner Fingerspitze an ihrer empfindlichsten Stelle genügt, um die Spannung in ihr zur Entladung zu bringen.

Als er wenig später in sie eindrang, kam sie bereits, noch ehe er sich richtig in ihr bewegt hatte. Ihr Höhepunkt war kurz und heftig, doch das genügte, um Lara in die grenzenlosen Tiefen eines Universums aus Empfindungen zu schleudern.

Alessandro kam kurz nach ihr und lag noch einen Augenblick lang still auf ihr, um wieder zu Atem zu kommen.

»Soweit meine Pläne für heute Abend«, stöhnte er in gespielter Verzweiflung, als er sich aufrichtete. Dann bemerkte er die feuchten Linien auf ihrem Gesicht. »Was ist los? Habe ich dir etwa wehgetan?« Vorsichtig ließ er sich von ihr heruntergleiten.

Lara schüttelte den Kopf und schluckte heftig. »Nein, hast du nicht.« Ihre Stimme gehorchte ihr noch nicht ganz. »Es war nur so unglaublich intensiv, das ist alles. Das ist mir wirklich noch nie passiert!«

Er lachte erleichtert und wischte ihr die Tränen von der Wange.

»Und jetzt brauche ich wirklich eine kleine Stärkung, sonst wird wieder nichts aus meinen Rippenpolstern.«

Nachdem sie Laras Auto in Mesola abgestellt hatten, putzte sie sich ein wenig heraus, schlüpfte in einen langen, schmalen dunkelroten Rock, einen taillenkurzen Glitzerpulli und halbhohe Pumps. Als sie wieder zu ihm herunterkam, fühlte sie sich richtig wohl.

»So, ich bin gerüstet«, meinte sie. »Wofür auch immer.«

Er hob anerkennend eine Augenbraue. »Hübsch, sehr hübsch, aber ich fände es noch viel interessanter, wenn ich wüsste, was du darunter trägst!«

Lara grinste geschmeichelt. »Frag lieber nicht, sonst wird das nichts mit dem Abendessen! Also, wohin fahren wir?«

»Lust auf Fisch?«

»Natürlich, immer! Du kennst mich doch. Außerdem ist eiweißreiche Kost bei unserem Sportprogramm beinahe ein Muss.«

Gut gelaunt stiegen sie ins Auto.

»Du hast mir immer noch nicht gesagt, wohin wir fahren«, erinnerte sie ihn, während sie sich anschnallte.

»In eines meiner Lieblingslokale. Es ist ruhig dort, und man kann sich gut unterhalten«, erklärte er. »Es liegt auf halbem Weg zwischen der Hauptstraße und der Mündung des Po di Levante. Ist nicht weit von hier.«

Lara lehnte sich zurück und ließ entspannt die nächtlichen Lichter an sich vorbeiziehen. Nach etwa zwanzig Minuten bog Alessandro von der Hauptstraße ab, und sie sah ihn amüsiert von der Seite an. »Sag mal, habt ihr das in Italien alle?«

»Was haben wir alle?«

»Ihr sagt immer, es sei nicht weit, und dabei fahrt ihr fünfzig Kilometer einfach für ein paar gegrillte Fische.«

»Das ist ja auch nicht weit, oder?« Irritiert warf er ihr einen kurzen Blick zu.

Sie lachte. »Für mich schon. *Nicht weit* heißt bei mir *Gerade mal um die Ecke* oder *Zu Fuß erreichbar*. Was wir hier machen, ist für mich definitiv weit.«

»Wir sind doch schon da, siehst du?«

Er parkte den Wagen zwischen zwei kahlen Bäumen. Lara stieg aus und sah sich um. Das Restaurant war von außen kaum als solches zu erkennen, es lag direkt an einer kleinen Straße, die unterhalb der Dammkrone entlang in Richtung Flussmündung führte. Das letzte Dorf, durch das sie gekommen waren und das gerade einmal aus fünf Häusern bestanden hatte, war mit Sicherheit mehr als fünf Kilometer entfernt. Das Gebäude selbst war lang und schmal, der Eingang lag in der Mitte und führte durch einen kleinen Windfang nach links direkt in den einzigen Gastraum. Innen war alles mit roten Klinkern verkleidet, was dem Raum eine gewisse Wärme verlieh. Große Ölbilder hingen an den Wänden und kleinere an den wuchtigen, viereckigen Säulen, die in zwei Reihen angeordnet waren und optisch eine räumliche Unterteilung in Mittel- und Nebenzimmer schufen.

Nur drei der Tische waren belegt, stellte Lara fest, als ein Ober sie an einen säuberlich gedeckten, für zwei Personen vorbereiteten Tisch führte. Als er ihnen die Speisekarten aushändigen wollte, lehnte Alessandro ab.

»Vielen Dank, aber wir wissen, was wir gern hätten.«

Der Ober nickte anerkennend. »Ah, jetzt erkenne ich Sie, Signore, schön, Sie wieder einmal bei uns zu sehen. Guten Abend, Signora, es ist mir eine Freude. Ich schicke Ihnen sofort den Kollegen, der Ihre Bestellung aufnehmen wird.« Geschäftig eilte er davon.

Der Kollege erkannte Alessandro ebenfalls, und sie bestellten in zwangloser Atmosphäre: gemischte Fischvorspeisen,

Bandnudeln mit Taschenkrebssoße und Muscheln in Rotweinsud. Als die Rede auf den Hauptgang kam, wehrte Lara entsetzt ab.

»Das kann ich nie im Leben alles essen. Wollen wir nicht lieber erst mal abwarten, wie weit wir kommen? Vielleicht schaffe ich danach wenigstens noch etwas Süßes.«

»Also gut, Sie haben die Signora gehört, und ihr Wunsch ist mir Befehl«, beendete Alessandro an den Ober gewandt die Bestellung. »Wir sehen später weiter.«

»Danke.« Lara atmete auf und wandte sich an Alessandro. »Du warst anscheinend schon öfter hier«, bemerkte sie nebenbei und warf ihm einen kurzen Seitenblick zu. Er grinste nur.

»Eifersüchtig?«

»Was – ich?«

Er sah sich übertrieben neugierig um. »Isst denn sonst noch jemand hier mit uns?«

Sie ging nicht darauf ein.

Natürlich hatte sie sich gefragt, mit wem er wohl hier gewesen war, aber sich auf den Kopf zusagen zu lassen, dass sie eifersüchtig wäre – auf wen auch immer – das wollte sie sich nicht gefallen lassen. Sie hatte Alessandro nicht verloren, doch würde sie sich erst an das Gefühl gewöhnen müssen, wieder eine feste Beziehung zu haben. Nun auch noch mit »Signora« angeredet zu werden, als wäre sie seine Ehefrau, das erschien ihr angesichts ihrer noch nicht einmal überstandenen Scheidung geradezu als absurd.

»Über was wolltest du denn sprechen?«, fragte sie ihn, auf seine Bemerkung im Auto anspielend, als der Ober den Tisch verlassen hatte und sie wieder allein waren. Wenn Alessandro ein Restaurant suchte, in dem man ruhig reden konnte, dann hatte das mit Sicherheit seinen Grund.

»Über deine Zukunft.«

»Meine ... Zukunft?«, echote Lara.

»Ja, deine Zukunft. Bald ist Weihnachten, wie willst du die Feiertage verbringen?«

Lara hätte beinahe laut gelacht, so überrascht war sie. Er schaffte es immer wieder, eine gewisse Spannung in ihr aufzubauen, die sich in Nichts aufzulösen schien, wenn er auf den Punkt kam, um den es ihm eigentlich ging.

»Ich hatte mir gedacht, wir könnten über die Feiertage in die Berge fahren«, fuhr er fort. »Ich kenne ein nettes kleines Dorf in den Dolomiten, da hat einer meiner Bekannten eine Hütte ...« Als er ihren Blick sah, hielt er inne. »Was denn? Warum schaust du mich denn jetzt so an?«

Sie schluckte hart. Da er sie so direkt fragte, hielt sie es für angebracht, ihn in ihre bislang noch unausgereiften Pläne einzuweihen.

»Ich habe vorgestern mit Valerie telefoniert, und sie hat mich gefragt, ob ich über die Feiertage zu ihr nach Deutschland kommen möchte. Anscheinend hält sie es für ratsam, mich am so genannten Fest der Liebe nicht alleinzulassen.«

Sie warf ihm einen forschenden Blick zu, unsicher, wie er diese Neuigkeit auffassen würde. Alessandro schwieg einen Moment.

»Du bist aber nicht mehr allein, das weiß sie doch?«, forschte er.

»Ja, das weiß sie. Aber Bert ist zugleich mein Anwalt, und da ich mich mit Robert geeinigt habe, ist es Zeit, meine Scheidung auf den Weg zu bringen.«

Er nickte bedächtig. »Das kann ich verstehen. Wann willst du wiederkommen?«

»So bald wie möglich, am liebsten gleich nach Silvester. Valerie und Bert möchten einige Tage Urlaub machen, ich könnte von Venedig aus fliegen und mit ihnen im Auto zurückfahren. Wenn ich wieder da bin, werde ich mich nach einer Bleibe umsehen.«

Wieder ließ er sich Zeit mit seiner Antwort. »Du kannst dir vielleicht vorstellen, dass ich nicht gerade begeistert von dem Gedanken bin, auf dich zu verzichten, und sei es auch nur für ein paar Tage. Außerdem wäre ich wirklich sehr gern mit dir weggefahren.«

Lara legte ihm eine Hand auf den Arm. »Mir macht es auch nicht so richtig Freude, aber die Vernunft spricht eindeutig dafür. Irgendwann muss ich damit anfangen, wenn es mir mit der Scheidung ernst ist und ich tatsächlich hierbleiben will.«

Nachdenklich trank er einen Schluck Wein. »Es ist wohl unvermeidlich. Nun gut, wir müssen das Beste daraus machen, was?«

Lara war erleichtert. Der Gedanke, ihn mit diesem Entschluss zu enttäuschen, hatte ihr gar nicht gefallen. »Was wirst du an den Feiertagen anfangen?«

»Ich habe nicht so viel Auswahl, schließlich ist Weihnachten in Italien ein Familienfest, genau wie anderswo, aber wahrscheinlich werde ich stattdessen arbeiten.« Er zuckte mit den Schultern. »Von Familie kann bei dir wohl nicht mehr die Rede sein, was?«

»Nein«, stimmte sie ihm zu, »da hast du wirklich recht. Aber ich mag Valerie und Bert sehr gern, und das gleicht es ein wenig aus.«

Die letzten Tage waren für sie so turbulent gewesen, dass sie trotz der bunten Dekorationen, Lichterketten und Weihnachtsmann-Figuren überall keinerlei Hauch von weihnachtlicher Stimmung verspürt hatte.

»Weihnachten ist für mich eigentlich schon vorbei, seit ich kein kleines Mädchen mehr bin und erkannt habe, dass die schöne Zeit der Vorfreude und der familiären Geborgenheit unwiederbringlich verloren ist. Die letzten Jahre habe ich es im Grunde nur noch als Stress empfunden, mich mit passenden

Geschenken bei meinen Schwiegereltern einzufinden und die Menüfolge genügend zu würdigen.«

»Trotzdem schade, dass du Silvester nicht hier sein wirst.« Ein schelmisches Grinsen spielte um seinen Mund. »Wir könnten die Nacht einfach verschlafen – nach gewissen Aktivitäten natürlich.« Lara kicherte. »Das sähe dir ähnlich, was? Und um ehrlich zu sein, daran hatte ich auch schon gedacht. Wie feiert man denn in Italien üblicherweise Silvester?«

»Ganz unterschiedlich. In den letzten Jahren haben wir es uns zur Gewohnheit gemacht, uns bei einem aus unserem Freundeskreis zu Hause zu treffen, gemeinsam zu kochen und den Abend zwanglos bei Essen, Wein und Geplauder zu verbringen.«

»Klingt gut«, gestand sie. »Schade, dass es dieses Jahr nicht klappt. Aber das nächste Mal sicher.«

Lara lehnte sich ein wenig zurück, um den Ober beim Abräumen nicht zu behindern. Kaum waren die leeren Teller verschwunden, stand auch schon wieder die nächste Portion vor ihnen. Begeistert betrachtete sie das rosafarbene Gehäuse einer großen Krabbe, das man von der Bauchseite her ausgehöhlt hatte und das nun als Gefäß für einen wunderbaren Krebsfleischsalat diente.

»Es schmeckt tatsächlich fantastisch«, lobte sie seine Wahl. »Das hier könnte auch mein Lieblingsrestaurant werden.«

»Warte ab, ehe du dich entscheidest«, riet er. »Du kennst kaum ein anderes Lokal.«

»Wenn wir öfter so opulent essen, dann sollte ich mir wohl bald in der anderen Richtung Sorgen um meine Figur machen.«

»Dazu fehlt noch viel. Außerdem schadet es nicht, wenn ich noch ein wenig mehr von dir in die Hand bekomme.«

»Natürlich, in die Hand«, frotzelte sie. »Denkst du denn immer nur daran?«

»Du etwa nicht?«

»Na ja.« Sie tat kleinlaut. »Zurzeit schon. Mich wundert, wie du das angestellt hast, früher war ich nie so.«

»Du warst schon immer so«, widersprach er. »Nur konnte das kein Mann bisher in dir wecken. Aber eine leidenschaftliche Frau muss vorher schon in dir geschlummert haben. Ich habe das nicht in dich hineingezaubert, sondern nur in dir gefunden.«

»Immerhin wusstest du als Erster, wo du suchen solltest, das finde ich schön!«

»Ich auch!«

Beide lachten unbeschwert, und Lara fühlte schon wieder in ihrem Innersten den kleinen Funken wachsen, den er so rasch und mühelos entzündete. Sie sah ihm zu, wie er geschickt mit zwei leeren Muschelschalen das Fleisch aus einer anderen Muschel herauspickte. Fasziniert beobachtete sie seine kräftigen, feingliedrigen Finger. Diese Hände, mit denen er sie fast zum Wahnsinn treiben konnte vor Lust und Begierde, die andererseits auch eine vertrauenerweckende Stärke ausstrahlten. Es sind eben richtige Männerhände, dachte sie bei sich, so wie ich sie mir immer vorgestellt habe: Hände, die zupacken und zugleich streicheln und Geborgenheit geben können. Sie merkte, wie geistesabwesend sie auf seine Finger starrte, und hob den Blick. Ein warmes Funkeln lag in seinen dunkelblauen Augen.

»Ich bin froh, dass ich dich gefunden habe«, meinte er schlicht.

»Und ich bin froh, dass ich dich nicht wieder verloren habe«, gestand sie leise.

Die Tage vor ihrer Abreise nach Deutschland war Lara meist schon früh auf den Beinen. Alessandro hatte ihr mit Bedauern mitgeteilt, er müsste im Hotel aushelfen, da unerwartet viele Weihnachtsgäste gebucht hätten, und so wollte sie die nächsten Tage noch dazu nutzen, sich ein wenig mehr als sonst auf sich selbst zu konzentrieren.

Es gab für sie viel nachzudenken.

Bislang war sie noch unschlüssig, ob sie seinen Vorschlag annehmen wollte, im selben Hotel zu arbeiten wie er. Und wo sollte sie wohnen? Wenn sie blieb, war es nicht akzeptabel, das Haus ihrer Freunde auf Dauer in Beschlag zu nehmen.

Sie begann den vorletzten Tag mit einem Besuch im Kosmetiksalon und genoss es, sich seit Langem wieder einmal rundum verwöhnen zu lassen. Nach drei Stunden verließ sie das Studio mit einem tiefen Gefühl der Entspannung, überquerte die Straße und fragte nach einem Termin zum Haareschneiden. Diesmal hatte sie nicht so viel Glück wie beim ersten Mal und zog unverrichteter Dinge weiter. Da die Geschäfte teilweise schon für die Mittagspause schlossen, entschied sie, erst nachmittags einzukaufen und einen späten Milchkaffee zu trinken.

Auf dem Nachhauseweg fiel ihr auf, dass es ungewöhnlich früh anfing, dunkel zu werden. Von Osten zogen mit großer Geschwindigkeit schwere schwarze Wolken heran, die ersten Windböen erreichten sie bereits und zerrten an ihrem Haar. Am Haus begannen bereits die ersten Schneeflocken zu fallen.

Was nun kam, ähnelte einem Weltuntergang. Es wurde beinahe so dunkel wie in tiefster Nacht, ein eisiger Sturm pfiff um das Haus, klapperte bedrohlich mit den Rollos und trieb riesige Schneeflocken waagerecht vor sich her. Dann fiel der Strom aus. Lara tastete im Dunkel nach der Taschenlampe, und als sie diese schließlich fand, zündete sie alle Kerzen an, die sie in der Eile entdecken konnte.

Draußen war fast nichts zu erkennen, sie öffnete die Haustür einen kleinen Spalt, schloss sie aber sofort wieder, als der Wind sie ihr beinahe aus der Hand riss und ihr eisige Schneeflocken wie spitze Nadeln ins Gesicht schleuderte. Oben konnte sie von der Balkontür in ihrem Schlafzimmer aus die Hauptstraße erkennen. Die Fahrzeuge bewegten sich nur noch im Schneckentempo voran, und Lara bedauerte jeden aus tiefstem Herzen, der momentan unterwegs war.

Das Unwetter wütete fast zwei Stunden lang. Als der Blizzard nachließ und einer düsteren Winterabenddämmerung wich, traute sie ihren Augen kaum: Draußen hatte sich alles in eine Winterlandschaft verwandelt. Der Schnee mochte gut knöchelhoch liegen, was für diese Gegend äußerst ungewöhnlich war.

Das Klingeln ihres Telefons riss sie aus ihrem Staunen. Es war Alessandro.

»Ciao Lara, wie sieht's bei dir aus?«

»So weiß wie im Hochgebirge! Wie geht es dir? Wo bist du?«

»Ich hatte vor, dir einen Besuch abzustatten, aber ich bin kurz hinter Ferrara im Schnee steckengeblieben und nicht durchgekommen. Die Straßen sind fast unpassierbar, und es gibt jede Menge Unfälle, ich musste leider umkehren.«

»Wieso wolltest du überhaupt herkommen?« Sie war fassungslos. »Ich hatte mit dir gar nicht gerechnet!«

»Ich weiß, aber ich wollte dich überraschen. Daraus wird nun nichts werden, cara.«

»Du verrückter Kerl!« Sie lachte wider Willen und war erleichtert, dass ihm nichts passiert war. »Bleib, wo du bist, das ist besser! Hier hat wahrscheinlich keiner viel Übung mit Schnee, ich kann mir lebhaft vorstellen, wie das auf den Straßen aussieht.«

»Schade, ich wollte dich gern noch sehen heute, aber das müssen wir wohl verschieben!«

»Macht ja nichts«, tröstete sie ihn, »wir sehen uns doch schon übermorgen wieder!«

»Hör mal, lass morgen dein Auto lieber stehen und verlass das Dorf so wenig wie möglich, okay?«

»Machst du dir etwa Sorgen um mich?«

»Natürlich tue ich das, weißt du das nicht?«

Es tat ihr gut, die Wärme in seiner Stimme durchs Telefon zu hören.

»Ich verspreche es«, beruhigte sie ihn. »Du brauchst dich nicht zu sorgen. Pass gut auf dich auf.«

»Du auch. Ciao, amore.«

Am Tag ihrer Abreise holte Alessandro sie sehr früh schon ab. Er hatte natürlich darauf bestanden, sie zum Flughafen zu bringen, und da ihr Flug erst am Nachmittag ging, wollten sie den Tag gemeinsam verbringen.

»Freust du dich auf Venedig?«

»Das würde ich vielleicht, wenn ich nicht gerade abreisen müsste.«

»Versuch einfach, es zu genießen! In dieser Jahreszeit hat es seinen eigenen Reiz, es sind weniger Touristen als sonst da, und du erlebst es einmal so, wie es sein könnte, wenn es nur eine normale Kleinstadt wäre.«

Er hatte recht. Sie sollte sich die paar gemeinsamen Stunden, die noch blieben, nicht durch ihre Trennung trüben lassen.

Wie sehr er sich in den letzten Wochen mit all seinen Plänen und Aktivitäten auf sie konzentriert hatte! Alles, was sie gemeinsam unternahmen, schien nur das eine Ziel zu haben: ihr eine Freude zu machen. Wie hatte sie nur so lange glauben können, er wollte nichts außer einer flüchtigen Affäre von ihr? Alles schien zu beweisen, wie ernst es ihm mit ihr war. Sie dachte wieder an ihre gemeinsame Reise nach Rom. Er hatte ihr jeden Wunsch von den Augen abgelesen, hatte alles getan, damit sie die Tage genoss. Dabei war es eigentlich sein Urlaub gewesen, nicht ihrer!

Wir werden ja sehen, welche Macke er hat, dachte sie amüsiert, irgendwo an diesem perfekten Typen muss doch der Haken sein! Wenn sie in ihrem behüteten Leben etwas gelernt hatte, dann immerhin das: kein Licht ohne Schatten. Bisher jedenfalls kannte sie von Alessandro nur die Schokoladenseite, aber irgendeinen Fehler musste schließlich sogar er haben! Nur – welchen?

Sie kamen schleppend langsam voran, die Straßen waren noch vereist, und viele verunsicherte Autofahrer waren unterwegs. Sie stellten das Auto an der Piazzale Roma ab und nahmen den Vaporetto zum Markusplatz. Alessandro hatte mit seiner Vermutung richtig gelegen: Es waren nur sehr wenige Besucher unterwegs. Die Stadt lag unter einer bleischweren, grauen Wolkendecke und bot ihren typischen morbiden Charme denen, die sich darauf einlassen wollten. Hinzu kam der ungewohnte Anblick verschneiter Gondeln und mit kleinen Eiszapfen geschmückter Laternen. Hand in Hand bummelten sie ziellos durch schmale Gässchen und über kleine Brücken, ohne darauf zu achten, wohin sie gingen. Ihr Weg führte sie schließlich an die Rialtobrücke, die sie überquerten, um auf der anderen Seite ihre Wanderung fortzusetzen.

Plötzlich blieb Lara vor einer Boutique stehen.

»Ich habe für Silvester noch nichts anzuziehen«, bemerkte sie.

Er verstand sofort. »Du brauchst unbedingt dieses Kleid, nicht wahr? Ich bin sicher, es steht dir ausgezeichnet. Komm, probiere es an.«

Ehe er die Tür öffnen konnte, hielt sie ihn zurück. »Warte einen Moment.«

Er sprach nie über Geld, als hätte er es im Überfluss. Sie registrierte das mit einer Mischung aus Bewunderung, Amüsement und Unbehagen, doch sie war insgeheim überzeugt, dass der Schein trog. Um seinen Stolz nicht zu verletzen, hatte sie immer zurückhaltend reagiert, wenn er ihr etwas kaufen wollte, das ihr gefiel. Wenn sie nicht selbst zahlen konnte, ohne ihn vor den Kopf zu stoßen, verzichtete sie lieber darauf. Diesmal aber wollte sie weder verzichten noch ihn dafür bezahlen lassen. Ihrem flinken Blick war das Preisschild des Modells im Schaufenster nicht entgangen, und sie würde ihn auf keinen Fall so viel Geld für sie ausgeben lassen.

»Hör mal«, begann sie vorsichtig, »möchtest du mir eine Freude machen?«

»Natürlich.« Wie sie erwartet hatte, reagierte er misstrauisch. »Was führst du im Schilde?«

»Ich stelle es mir sehr romantisch vor, dich bei meiner Rückkehr mit etwas zu überraschen, das du vorher noch nicht gesehen hast! Wie wäre es, wenn du in der Bar dort nebenan etwas trinken gehst und mich einfach allein einkaufen lässt? Einverstanden?«

Er fixierte sie mit einem prüfenden Blick. »Lara, du willst verhindern, dass ich dir den Fummel kaufe, das ist alles. Versuch nicht, mich hinters Licht zu führen, ich durchschaue dich.«

Sie verdrehte ungeduldig die Augen. »Sei kein Spielverderber. Was glaubst du, wie viel Geld ich mir dieses Jahr spare, weil ich fast keine Weihnachtsgeschenke brauche? Davon machst du dir gar keine Vorstellung, also verdirb mir nicht die Freude, ja?«

»Wie du willst.« Er gab überraschend schnell nach.

Das Geschäft war klein, aber fein. Lara probierte das Modell aus dem Schaufenster, und wie Alessandro vorhergesagt hatte, stand es ihr hervorragend. Sie zahlte mit ihrer Kreditkarte und war froh, dass sie ihn dazu hatte überreden können, sie alleinzulassen.

Von der Bar aus, in der sie Alessandro vermutete, war der Eingang des Geschäfts nicht zu sehen. Schnell huschte sie hinaus und um die Ecke. Dort hatte sie auf dem Weg hierher einen Herrenausstatter entdeckt. Sie fand ihn sofort wieder und bekam, was sie gesucht hatte: einen unverschämt teuren königsblauen Schal aus Kaschmir. Da er gern Schwarz trug, würde er ihn gut kombinieren können, und die Farbe passte fabelhaft zu seinen Augen.

Zufrieden verließ sie den Laden und betrat die Bar. Alessandro lehnte lässig am Tresen und sah ihr entgegen. In seinen Augen funkelten warme Lichter, und ihr Herz flog ihm zu. Wie intensiv ihre Zuneigung zu ihm bereits war!

»Hattest du Erfolg? Möchtest du etwas trinken?«

Lara bejahte seine Fragen und bestellte sich einen Campari Soda. »Du wirst staunen.«

Er lachte gutmütig. »Wie ich euch Frauen kenne, fehlt doch sicherlich noch eine Kleinigkeit.«

»Das stimmt, ich brauche unbedingt Schuhe.«

»Ist das alles?« Er tat überrascht. »Du bist so bescheiden? Keinen Schmuck, keine Juwelen?«

»Nein, du bist das Juwel.« Sie schenkte ihm einen vielsagenden Seitenblick, und sein Lächeln wurde eine Spur tiefer.

»Dafür könnte ich dich auf der Stelle küssen«, drohte er, »aber auf eine Weise, die für die Öffentlichkeit ungeeignet ist.«

»Dann lass es lieber«, riet sie mit einem Blick auf den Barkeeper und wurde rot.

Auf ihrem Weg zurück zum Auto fand Lara auch noch die gewünschten Schuhe, gewann zu ihrer großen Zufriedenheit erneut das Ringen um die Bezahlung derselben, und ihre Ausstattung war komplett. Sie schlenderten müßig durch die engen Gassen, ließen sich vom Anblick sich plötzlich vor ihren Augen öffnender Plätze überraschen und sprachen wenig.

In gedämpfter Stimmung verließen sie die Stadt und machten sich auf den Weg zum Flughafen. Lara gab ihren Koffer auf und hatte noch Zeit, ehe ihr Flug aufgerufen wurde.

»Du brauchst nicht zu warten, ich finde mich schon zurecht. Fahr nach Hause«, versuchte sie ihn zu ermuntern. »Du hast einen weiten Weg vor dir, und die Straßen sind glatt. Es kann ohnehin nicht mehr lange dauern, bis es so weit ist.«

»Ich warte mit dir«, antwortete er kurz.

Dann schwiegen sie wieder. Nach ein paar Augenblicken nahm er ihre Hand fest in die seine, und sie sah ihn an. Seine blauen Augen wirkten dunkel, seine Miene war ernst. »Ich werde erst froh sein, wenn du wohlbehalten wieder zurück bist«, sagte er leise. »Ich vermisse dich jetzt schon und wünschte, du könntest bleiben.«

»Das wünschte ich auch«, gestand sie.

Plötzlich erschien ihr diese Reise so unwichtig und sinnlos, dass es ihr die Tränen in die Augen trieb. Sie schluckte ein paar Mal heftig und bezwang den Impuls, aufzustehen, umzukehren und einfach mit ihm wieder zurückzufahren.

Sei nicht kindisch, schalt sie sich, *es sind doch nur ein paar Tage, und wenn du zurückkommst, wirst du so schnell nicht wieder wegfahren!*

Sie trug die Tasche mit ihren neuen Einkäufen als Handgepäck bei sich und beugte sich hinunter, um das Päckchen herauszunehmen, das sie für ihn erstanden hatte.

»Ist nur eine Kleinigkeit«, meinte sie verlegen. »Ich wusste nicht so recht, was dir gefällt. Mach es aber bitte erst auf, wenn ich weg bin.«

Er versprach es.

Schließlich wurde es Zeit, durch die Sicherheitsschleuse zu gehen, und er begleitete sie noch, so weit es ging. Als sie sich ihm zuwandte, um sich von ihm zu verabschieden, nahm er sie fest in die Arme.

»Guten Flug«, murmelte er leise an ihrem Ohr. »Und sag deinen Freunden, sie sollen dich bloß sicher wieder bei mir abliefern, sonst bekommen sie es mit mir zu tun!«

Ihre Kehle war wie zugeschnürt. »Ciao, bis bald!«

»Ach ja, das hätte ich beinahe vergessen!« Er griff in die Innentasche seines Mantels und förderte etwas zutage, das wie ein großes, in rotes Geschenkpapier gewickeltes Bonbon aussah.

»Mach es aber erst auf, wenn du weg bist«, zitierte er sie.

Sie lachte unter Tränen und war ihm dankbar für seinen Humor. »Versprochen!«

Er küsste sie ein letztes Mal, dann drehte er sich abrupt um und ging mit langen Schritten davon. Lara sah ihm nach, bis er in der Menge verschwand.

Erst als sie auf ihrem Platz saß, holte sie tief Luft, um die Beklemmung abzuschütteln, die ihr fast den Atem raubte. Der Abschied war ihm schwergefallen, das hatte sie gespürt, obwohl er sich alle Mühe gegeben hatte, gute Laune zu zeigen und sich nichts anmerken zu lassen. Um sich abzulenken, zog sie das Bonbon aus ihrer Handtasche und drehte es in den Händen. Sie platzte fast vor Neugier, doch bezwang sie diese. Erst als das Flugzeug abgehoben hatte und unter ihr die Lichter der Lagunenstadt kleiner wurden, öffnete sie es vorsichtig.

Das Bonbon enthielt ein zweites, das in goldenes Geschenkpapier gewickelt war. Langsam und mit beinahe quälerischem Genuss zwang sie sich, die Klebstreifen sorgsam einzeln zu lösen, obwohl es sie in den Fingern juckte, sie einfach abzureißen. Als sie es endlich geschafft hatte, ohne das Papier zu beschädigen, stockte ihr der Atem. Ungläubig starrte sie auf das, was in ihrem Schoß lag.

Ein heißer Schmerz fuhr durch ihr Herz.

»Oh, mein Gott!«, entfuhr es ihr spontan, und sie war froh über das Dröhnen der Triebwerke, das ihre Stimme übertönt hatte.

Aufgezogen auf ein Röllchen aus schwarzem Samt, blitzte ihr ein Ring entgegen, der ihr den Atem stocken ließ: ein schwerer Reif aus mattiertem Gold, der über und über mit Diamanten unterschiedlicher Größe besetzt war.

Mit zitternden Fingern drehte sie das kleine weiße Etikett um, das daran hing und aussah wie ein Preisschild.

»Lara, willst du mich heiraten?«, las sie.

Atemlos und ungläubig ließ sie den Kopf auf die Lehne zurückfallen und starrte ins Leere. Das war unmöglich! Eben noch hatte sie sich beinahe in den Gedanken hineingesteigert, demnächst wieder eine Enttäuschung zu erleben, und im nächsten Moment hielt sie seinen Heiratsantrag in den Händen!

Sie konnte der Versuchung nicht widerstehen und streifte den Ring über. Nicht an der rechten Hand – fast war sie abergläubisch – aber an der Linken. Für den Ringfinger war er zu groß, aber am Mittelfinger passte er wie angegossen.

»Wie schön!«

Laras Kopf ruckte nach rechts in Richtung Fenster. Ihre Sitznachbarin lächelte ihr zu und deutete dann auf den Ring.

»Äh ... danke. Ich finde ihn auch ... bezaubernd.«

»Entschuldigen Sie, dass ich mich eingemischt habe, aber ich habe gesehen, dass Sie ihn gerade ausgepackt haben.« Die Dame im Businesskostüm machte eine entschuldigende Geste.

»Oh, kein Problem. Ich ... habe ihn gerade erst bekommen.«

»Herzlichen Glückwunsch. Wofür auch immer.«

Ein letztes Lächeln, dann widmete ihre Nachbarin sich wieder ihrer Zeitschrift und gab so zu verstehen, dass sie die Störung beenden wollte.

Lara starrte indessen wieder fassungslos auf ihren Finger. Er hatte ihr das Päckchen nebenbei in die Hand gedrückt, so als hätte er tatsächlich fast vergessen, es ihr noch zu geben, aber das war nur eine seiner üblichen kleinen Finten gewesen! Sie sollte nichts ahnen, und er hatte sie auch nicht von Angesicht zu Angesicht gefragt. Was bezweckte er damit? Bei jedem anderen Mann wäre das vielleicht ein Anzeichen von Feigheit gewesen, aber diese Möglichkeit schloss sie bei ihm schlichtweg aus. Wenn sie je einen Mann kennengelernt hatte, der zielstrebig und ohne Rücksicht auf Hindernisse das anging, was er erreichen wollte, dann ihn. Warum also auf diese Art? Sie fand keine Antwort darauf. Schließlich nahm sie den Ring wieder ab und verpackte ihn, so gut sie konnte. Es widerstrebte ihr, ihn am Finger zu behalten, solange sie ihm keine Antwort gegeben hatte.

Schneller als sie es sich versah, setzte das Flugzeug zur Landung an. Müde und erleichtert ließ sie sich von Valerie und Bert, die sie gemeinsam abholen kamen, in die Arme schließen. Auf dem Heimweg blieb sie still, und ihre beiden Freunde nahmen ihr Schweigen kommentarlos als Zeichen von Erschöpfung hin.

Erst als sie geduscht und im Gästezimmer ihren Koffer ausgepackt hatte, fühlte sie sich imstande, wieder einen klaren Gedanken zu fassen. Es war inzwischen spät am Abend, und Valerie hatte einen kleinen Imbiss vorbereitet, den sie im Wohnzimmer servierte. Lara machte es sich auf der Couch bequem und aß einen Happen.

»Du bist ganz schön müde, was?«, fragte Bert sie schließlich teilnahmsvoll.

»Seht es mir bitte nach, wenn ich so wortkarg bin, aber mir schwirrt ziemlich der Kopf«, begann sie zögernd.

Valerie sah sie besorgt an. »Was ist los? Hast du Kummer?«

»Nein, das nicht.« Sie wusste nicht recht, womit sie anfangen sollte. Dann zog sie das kleine Päckchen aus der Hosentasche und gab sich einen Ruck. »Haltet euch lieber gut fest«, riet sie, »ich muss euch etwas sagen.«

Sie faltete das Geschenkpapier auseinander und legte es auf den Wohnzimmertisch. Der Ring funkelte in allen Farben des Regenbogens, als er auf seinem schwarzen Untergrund vor ihnen lag und das Licht einfing. Bert stieß einen leisen Pfiff aus und beugte sich vor. Valerie starrte sie mit großen Augen an.

»Alessandro will mich heiraten.«

»Was?«, riefen die beiden gleichzeitig und tauschten einen fassungslosen Blick. Dann griff Valerie nach dem Ring, um ihn aus der Nähe zu betrachten.

»Wenn der echt ist, hat er sich den Antrag aber etwas kosten lassen!«, kommentierte Bert das Funkeln der vielen Steine.

»Er hat einen Stempel, ich habe schon nachgesehen«, gestand Lara. »Was mit den Steinen ist, weiß ich nicht, da kenne ich mich zu wenig aus.«

»Vierundzwanzig Karat Gold«, murmelte Valerie perplex. »Die Steine werden wohl kaum aus Glas sein! Da ist noch ein anderer Stempel, aber der ist zu klein, ich kann ihn nicht entziffern.«

»Gib mal her.« Bert betrachtete das Schmuckstück mit Kennerblick. »Wirklich ein sehr schöner Ring! Wenn du willst, kannst du ihn bei unserem Goldschmied schätzen lassen.«

»Das ist doch jetzt völlig unwichtig.« Valerie fand ihre nüchterne Ruhe wieder. »Viel interessanter ist, dass er Lara heiraten will.« Sie stöhnte kopfschüttelnd auf. »Meine Güte, wenn ich das geahnt hätte!«

»Was meinst du damit?« Lara war irritiert.

»Findest du nicht, dass das alles ein wenig zu schnell geht? Ihr kennt euch kaum und schon will er dich heiraten. Mir ist das nicht ganz geheuer!«

»Und das sagst gerade du?«

»Ja, ja, ich weiß! Ich habe dich direkt in seine Arme getrieben mit meinem Gerede. Aber ich dachte dabei mehr an ein unverfängliches Abenteuer und nicht daran, dass du so schnell in einer neuen Ehe landen könntest. Was hast du ihm geantwortet?«

»Bisher noch gar nichts.« Lara schilderte ihnen den Hergang seines Antrags und erntete wieder ungläubiges Kopfschütteln.

»Also mir ist das nicht geheuer«, wiederholte Valerie. »Was sagst du dazu, Bert?«

Der zuckte diplomatisch die Schultern. »Wichtig ist dabei nur, was Lara für ihn empfindet. Wenn sie glaubt, sie kann mit ihm glücklich werden, warum nicht?«

»Ach was!« Valerie wandte sich unwirsch ab. »Sie kennt ihn viel zu wenig, um das beurteilen zu können.«

»Sie ist erwachsen, Valerie! Sie wird schon wissen, was sie will«, mahnte er geduldig.

»Hallo, ihr zwei – ich bin anwesend!«

Lara war froh über Berts gelassene Reaktion. Allerdings sah die Wahrheit so aus: Sie wusste eben nicht genau, was sie wollte.

»Du solltest dir mit deiner Entscheidung auf jeden Fall Zeit lassen«, riet Valerie, »vielleicht hat er gerade das damit beabsichtigt, indem er dich nicht persönlich gefragt hat.«

»Das habe ich mir auch schon überlegt. Möglicherweise wollte er mich erst noch alles in Ordnung bringen lassen, ehe ich ihm eine Antwort gebe.«

»In diesem Fall hat er sich sehr rücksichtsvoll verhalten«, urteilte Bert. »Weiß er denn, dass du noch nicht geschieden bist?«

Sie bejahte. »Er weiß aber auch, dass ich die Scheidung schon eingereicht habe.«

Valerie stand auf. »Also ich werde erst einmal darüber schlafen«, meinte sie resolut, »und ich rate dir, Lara, dasselbe zu tun. Schließlich hast du noch ein paar Tage Zeit, bevor ihr euch wiederseht, bis dahin kannst du es dir reiflich und in Ruhe überlegen. Gute Nacht.«

Als sie endlich im Bett lag, rief Lara bei Alessandro an. Er nahm sofort ab, als hätte er ihren Anruf bereits erwartet.

»Ciao cara!« Er klang erfreut, aber auch leicht angespannt. »E allora?«

»Du bist total verrückt, weißt du das?«, lachte sie heiser.

»Ja, das bin ich allerdings und zwar nach dir!«

»Alessandro, hast du vergessen, dass ich momentan leider immer noch verheiratet bin?«

Lara fühlte, wie ihre Knie zitterten, und sie war froh, im Bett zu liegen.

»Du wirst eines Tages nicht mehr verheiratet sein, und dann will ich, dass du meine Frau wirst. So lange werde ich auf dich warten!«

»Du hast mich ziemlich überrascht, weißt du?«

»Ich erwarte nicht von dir, dass du dich sofort entscheidest, aber du sollst wissen, wie ernst mir unsere Beziehung ist.«

Seine tiefe, raue Stimme ließ sie erschauern.

»Ich weiß nicht, was ich sagen soll«, gestand sie aufrichtig und hoffte, ihn nicht zu verletzen. »Ich werde eine geschiedene Frau sein, Alessandro, ist dir das klar?«

»Das spielt für mich keine Rolle. Du bist die Frau, mit der ich den Rest meines Lebens verbringen will, ob geschieden oder nicht. Natürlich ist mir geschieden lieber, sonst kannst du mich ja nicht heiraten«, versuchte er zu scherzen. »Nimm dir Zeit, antworte mir erst, wenn du wieder hier bist, okay? Ich wollte dich nicht unter Druck setzen. Also noch mal – lass dir Zeit!«

Erleichtert atmete sie auf. Aber warum nur hatte er es überhaupt so eilig? Sie war ihm, seitdem sie sich kannten, stets einen Schritt hinterher, stellte sie fest. Oder er ihr einen voraus, wie man es gerade betrachtete. Er umwarb sie, er bemühte sich um sie, und sie hatte offensichtlich bis heute noch immer nicht richtig begriffen, wie intensiv sich ihre Beziehung für ihn bereits entwickelt hatte.

Sie hatte sich wohl auf eine Affäre mit ihm eingelassen, aber anscheinend hatte sie irgendwo unterwegs den Anschluss an ihn verpasst!

»Wo bist du jetzt?«, fragte er in ihre Gedanken hinein.

»Ich liege schon im Bett«, informierte sie ihn unbefangen, »aber ich wollte dich noch hören, bevor ich einschlafe. Du hast mich ganz schön durcheinandergebracht, das muss ich dir lassen!«

Am anderen Ende der Leitung war ein leises, sehnsüchtiges Lachen zu hören. »Wie gern wäre ich jetzt bei dir«, seufzte er.

»Ganz nah bei dir unter deiner Decke. Ich wüsste auch schon, was ich dann mit dir machen würde, amore!«

Die Leidenschaft in seiner Stimme war sogar über Hunderte von Kilometern zu hören, und Lara fragte sich, wie sie es nur tagelang ohne ihn und seine Berührungen aushalten sollte.

»Ich habe Sehnsucht nach dir«, gestand sie aufgewühlt, »und du fehlst mir so!«

»Unter deiner Decke?«, reizte er sie neckend.

»Ja, da auch. Ich möchte dich spüren, möchte dich riechen ...«

»Ich umarme dich, fühlst du es?« Seine Stimme war rau und dunkel.

Lara sah ihn vor sich, seine vor Leidenschaft verdunkelten Augen, seine vollen Lippen. Sie stöhnte leise auf. Die Anziehung, die er auf sie ausübte, grenzte an Hexerei. Allein das Beben in seiner Stimme genügte, um ihre Lust zu entfachen, und sie biss sich auf die Lippen.

»Hör auf damit, du machst mich verrückt«, hauchte sie ins Telefon und hörte ihn wieder leise lachen.

»Stell dir vor, was ich tun würde, wenn ich jetzt bei dir wäre«, schnurrte er, und ihre Selbstbeherrschung schmolz dahin.

»Wenn ich das tue«, keuchte sie, »dann kann ich mich wahrscheinlich nicht mehr bremsen ...«

»Sollst du auch nicht«, wisperte er, »ich verführe dich jetzt aus der Ferne.«

»Und du?« Ihre Stimme war nur noch ein leises Stöhnen.

»Ich mache mit, hörst du das denn nicht?«

Leidenschaftlich fabulierend erzählte er ihr jede Einzelheit dessen, was er in seiner Fantasie mit ihr anstellte, und lachte leise auf, als er schon kurz darauf ihr erlöstes Stöhnen vernahm und seines sofort danach folgen ließ.

Sie seufzte tief auf. »Oh, dio, ich vermisse dich fürchterlich! Was soll das nur werden mit uns beiden?«

»Ich kann es auch kaum erwarten, bis ich dich wieder in meinen Armen habe!«

»Was war etwas anderes mit euch?« Lara lehnte sich gähnend an den Türrahmen. »Worüber redet ihr gerade?«

Die beiden warfen einander einen verlegenen Blick zu.

»Guten Morgen«, sagte Bert dann. »Oder besser: Mahlzeit. Hast du gut geschlafen?«

Lara nickte wortkarg. Obwohl sie nun schon über eine Woche hier war, sie Weihnachten gefeiert und alles Mögliche erledigt hatten, musste sie sich trotzdem jeden Morgen erst wieder besinnen, dass bald Silvester war und sie sich in Deutschland befand.

»Ist noch Kaffee da?«

»Ich mache dir frischen.« Valerie wandte sich zur Kaffeemaschine um.

Bert erhob sich. »Ich habe noch zu tun, wir sehen uns später.«

Lara ließ sich auf seinen Stuhl fallen und strich sich das wirre Haar aus der Stirn. »Was haben wir heute für einen Tag?«

»Den achtundzwanzigsten. Warum?«

»Ach, nur so. Die Zeit, die ich in Italien verbracht habe, kommt mir wie eine Ewigkeit vor, hier fühle ich mich regelrecht fremd.« Sie sah aus dem Fenster. Ein bleigrauer Wintertag hing trübe jenseits der Scheibe, und sie fragte sich, wie sie die restlichen Tage ohne Alessandro überstehen sollte. »Er fehlt mir.«

»Das war eine schöne Überraschung, die du uns da präsentiert hast«, begann Valerie vorsichtig.

»Für mich auch. Ich hatte nicht die leiseste Ahnung davon.« Lara schüttelte geistesabwesend den Kopf. »Ganz im Gegenteil, ich hatte schon halb erwartet, dass er irgendwann mit mir Schluss machen würde!«

»Was wirst du tun?«

»Keine Ahnung. Egal, wie ich mich entscheide, mein Leben wird sowieso nie mehr so sein, wie es mal war. Und das ist gut so. Deshalb bin ich schließlich ausgebüxt.«

»Ich finde immer noch, du solltest nichts überstürzen.«

»Das werde ich schon nicht tun, keine Angst. Warum machst du dir solche Sorgen um mich? Ich finde es zwar rührend, aber ich glaube nicht, dass das nötig ist.«

»Na gut, wenn du es unbedingt wissen willst – es gibt da ein paar Dinge, die ich nicht verstehe. Und solange das so ist, finde ich eben einfach keine Ruhe.«

»Und das wäre?«

»Wenn ich dich richtig verstanden habe, weißt du eigentlich gar nichts über ihn, stimmt's?«

Lara schwieg. Das war ein Punkt, über den sie nicht gern nachdachte. Sie hatte ein Bild von Alessandro, das aus den Einzelheiten bestand, die er ihr über sich erzählt hatte, und bislang war das für sie ausreichend gewesen. Aber auch sie fragte sich, ob es ihr für eine Ehe genügte.

»Na ja ...« Sie lehnte sich zurück und überlegte. Solche Diskussionen führte sie nur ungern, schon gar nicht, wenn sie gerade erst aufgestanden war. Aber sie schaffte es auch zu anderen Tageszeiten, dem Thema auszuweichen, und spürte, wie sehr es Valerie beschäftigte. Also warum nicht jetzt?

»Was genau denkst du, Valerie? Wenn du schon ehrlich zu mir sein willst, dann sei es ganz.« Sie warf ihrer Freundin einen aufmunternden Blick zu und streckte die Beine unter dem Tisch aus.

»Wenn wir es genau betrachten, dann geht es mich eigentlich nichts an, und ich sollte mich vielleicht nicht in dein Leben einmischen«, begann diese vorsichtig.

»Das stimmt«, tönte es von der Tür her. Bert war auf dem Weg in sein Arbeitszimmer noch einmal an der Küche vorbeigekommen und warf seiner Frau über die Gläser seiner randlosen Brille hinweg einen warnenden Blick zu. »Zumindest war das damals bei Robert deine Überzeugung.«

»Genau!« Valerie wandte sich heftig zu ihm um. »Und das habe ich auch lange genug bereut. Wenn ich damals etwas gesagt hätte, wäre vielleicht alles anders gekommen, meinst du nicht?«

»Möglich«, gab er zu, »aber nicht notwendigerweise.«

»Streitet euch bitte nicht meinetwegen«, versuchte Lara zu beschwichtigen. »Niemand wird mich davon abhalten können, meine Fehler selbst zu machen. Aber immerhin bin ich heute – im Gegensatz zu früher – wenigstens bereit, zuzuhören.

»Gut.« Bert nickte anerkennend. »Dann will ich euch nicht länger stören. Lara, vergiss nur bitte nicht deinen Termin heute Nachmittag mit Robert.«

»Ich denke dran«, beruhigte sie ihn, und er zog sich zurück.

»Also – was hast du gegen Alessandro einzuwenden?«

Valerie verzog das Gesicht. »Weißt du, das ist nicht der richtige Ausdruck. Ich habe gegen ihn überhaupt nichts einzuwenden. Er ist unverschämt attraktiv und anziehend, humorvoll, sympathisch und was weiß ich sonst noch alles.«

»Was ist es dann?«

»Ich wünschte, ich könnte es dir genau erklären.« Sie holte tief Luft. »Ich versuche es mal. Für mich ist er die ganze Zeit wie ein Phantom geblieben. Was ich damit sagen will, ist – du kennst seine Lebensumstände nicht, du kennst seine Eltern nicht, du weißt nicht, wo er arbeitet. Du kennst vielleicht ein paar seiner Freunde und seine Großeltern, mehr aber nicht.«

»Er ist früher mit seinem Großvater fischen gegangen, der hat mir sogar selbst erzählt, dass er ihm alles beigebracht hätte. Und jetzt arbeitet Alessandro in einem Hotel in Ferrara. Er kennt sich in der Branche offensichtlich ein bisschen aus und ist wohl irgendwie so etwas wie Assistent in der Verwaltung.«

»Lara!« Valerie beugte sich vor und sah sie eindringlich an. »Findest du, das passt zusammen? Woher nimmt er die Zeit? Und was hat er die letzten Monate gemacht, als er fast jeden Tag mit dir zusammen verbracht hat?«

»Er war Muscheln fischen, das geht mit ein paar Stunden am Tag ab. Und im Hotel, sagt er, ist im Herbst und Winter nicht so viel zu tun. Das klingt für mich logisch.«

»Aber hätte er dich nicht wenigstens einmal dahin mitnehmen und es dir zeigen können? Das hätte man doch erwarten können, oder?«

»Wir haben eben die Zeit lieber anders verbracht. Außerdem hat er mir vorgeschlagen, dort zu arbeiten, und wenn ich den Gedanken verfolgt hätte, dann hätte er mich schon längst dorthin mitgenommen. Ich war es, die das alles nie interessiert hat.«

»Na gut. Lassen wir das mal gelten. Das erklärt meiner Meinung nach aber immer noch nicht, woher er das Geld hat, sich so teuer zu kleiden und dir einen solchen Ring zu kaufen.«

»Er mag schicke Sachen, dafür hat er eben weniger, und so einen Ring kauft man auch nicht jeden Tag. Worauf willst du hinaus?«

»Lara, ich könnte mir vorstellen, er gaukelt dir nur etwas vor. Er will mehr scheinen, als er ist, um dir zu imponieren!«

»Das ist doch kein Verbrechen, oder?«

»Nein, das ist es natürlich nicht. Aber wenn ich recht habe, solltest du dir gut überlegen, ob er dir das Leben bieten kann, das du gewohnt bist. Es ist verdammt noch mal nicht so einfach, seinen gewohnten Standard aufzugeben und auf vieles zu verzichten. Was, wenn du eines Tages davon genug hast, dich einzuschränken?«

»Valerie, glaube mir, das würde mir nicht das Geringste ausmachen. Ich hätte alles das haben können, wenn ich gewollt hätte, ich hätte nur zu Robert zurückzukehren brauchen. Und vergiss bitte nicht, ich werde finanziell von ihm völlig unabhängig sein. Ich habe erstens mein eigenes Geld, und zweitens werde ich vielleicht wirklich diese Stelle im Hotel annehmen. Es klingt interessant, und ich sehe es mir auf jeden Fall an. Ich will ja selbst nicht zu Hause sitzen und Däumchen drehen.«

»Und wenn er das irgendwann von dir erwartet? Weißt du denn, ob er nicht Kinder haben will, und du dann eben doch zu Hause sitzen und auf ihn warten wirst? In seinem Alter und noch dazu in Italien wäre das doch anzunehmen, nicht? Und wenn dann etwas schiefgeht?«

»Ich bin finanziell abgesichert, und Kinder waren zwischen uns kein Thema.«

»*Noch* nicht.« Valerie blieb hartnäckig. »Was ist, wenn es eines Tages seinen männlichen Stolz verletzt, dass er nicht ausreichend für dich sorgen kann? Hast du daran schon mal gedacht?«

»Ich kann mir echt nicht vorstellen, dass er mit so etwas Probleme hat. Er respektiert mich, gerade weil ich kein Hausmütterchen bin, sondern eine selbstständige Frau.«

»Du hättest Anwältin werden sollen«, stöhnte Valerie. »Auf alles hast du eine passende Antwort!«

»Weil ich das alles nicht so sehe wie du! Mir ist es sehr recht, dass er ein normaler Typ ist, der seinen Job hat und sich nicht für etwas Besseres hält. Wie du weißt, hatte ich genau davon die letzten Jahre eine Überdosis. Er hat einfache, nette, bodenständige Freunde, die mich so akzeptieren, wie ich bin. Ich fühle mich wohl bei ihm, weil er so natürlich ist. Valerie, alles, was du da aufzählst, sind für mich Gründe, die für ihn sprechen und nicht gegen ihn.«

Sie kniff die Augen zusammen. »Oder sollte ich deinen Worten entnehmen, dass du ihn für einen Hochstapler hältst?«

Valeries Schweigen bestätigte ihre Vermutung.

Lara schüttelte fassungslos den Kopf.

»Nein. Er ist alles andere als ein Angeber. Er hat nie behauptet, sich mehr leisten zu können als das, was er hat.«

Valerie hob hilflos die Schultern. »Und trotzdem – wenn du mich fragst, ich bin nicht überzeugt. Aber es ist dein Leben, du wirst schon wissen, was du tust.«

»Ich hoffe es. Jedenfalls werde ich ihn nicht überstürzt heiraten, darauf gebe ich dir mein Wort. Ich werde mir in aller Ruhe anschauen, wie es weitergeht, ich werde mir erst einmal überlegen, wo ich wohnen werde, ohne sofort mit ihm zusammenzuziehen. Bist du nun beruhigt?«

»Etwas. Du musst es ja wissen.« Mit einem Schluck leerte Valerie ihre Tasse und erhob sich. »Auf jeden Fall werde ich ihn noch mal auf Herz und Nieren prüfen, wenn ich ihn demnächst sehe. Und dann sage ich dir, ob er mich überzeugt hat. Auch wenn das an deiner Entscheidung nichts ändern sollte.«

Lara grinste gutmütig. »Das würde ich an deiner Stelle sicher auch tun. – Wohin gehst du?«

»Ich will noch ein paar Sachen einkaufen, kommst du mit?«

»Nein, das wird mir zu knapp. Ich will nicht zu spät zu Robert kommen, schließlich haben wir einiges zu besprechen.«

»Soll ich dich begleiten?« Mitfühlend legte Valerie ihr eine Hand auf die Schulter.

»Das geht schon, aber danke. Wir werden uns schon nicht gegenseitig die Augen auskratzen.«

»Hoffentlich. Bis später dann.«

Lara blieb noch eine Weile vor ihrem kalten Kaffee sitzen. Valeries bohrende Fragen stießen bei ihr auf nicht so taube Ohren, wie sie vorgab. Sie hatte sich selbst noch im Flugzeug vorgenommen, einige wichtige Details mit Alessandro abzuklären, bevor sie seinen Heiratsantrag annahm. Nicht weil sie ihm misstraute, aber sie wusste selbst, dass viele Dinge zwischen ihnen unausgesprochen geblieben waren. Sie hatte ihn nie drängen wollen, ihr mehr von sich zu erzählen. Zum einen war es ihr für den aktuellen Stand ihrer Beziehung nicht wichtig genug erschienen, zum anderen wollte sie ihm nicht das unbegründete Gefühl geben, sie hielte ihn für nicht gut genug. Ihr war klar, dass sie sich mehr leisten konnte als er, aber es hatte für sie nie gezählt, wenn sie mit ihm zusammen war. Die kleinen, aber intensiven Vergnügungen, die er ihr bot, genügten ihr vollauf. Sie liebte es, mit ihm spazieren zu gehen, mit ihm stundenlang bei einem Glas Orangensaft aufs Meer hinauszusehen oder ruhige Abende vor dem Kamin zu verbringen. Das hektische, anstrengende Leben, das sie mit Robert geführt hatte, erschien ihr im Gegensatz dazu aufreibend und unbefriedigend. Auch Alessandros Liebe zur Natur war etwas sehr Elementares, das sie uneingeschränkt teilte. Das alles war für sie viel wichtiger als materielle Dinge, die sie vielleicht mit ihm nicht mehr haben würde. Und welche, fragte sie sich, sollten das wohl schon sein?

Seine Eile war das Einzige, was sie etwas befremdete, aber anscheinend war es ihm zu wichtig, sie nicht mehr zu verlieren, als dass er länger hätte warten wollen. Angesichts ihrer unsicheren Situation brachte sie aber auch Verständnis für ihn auf. Woher konnte er schließlich sicher sein, dass sie es sich nicht doch noch anders überlegte und lieber in Deutschland blieb? Vielleicht hatte er sich bessere Chancen ausgerechnet, sie zu halten, wenn er ihr für ihre gemeinsame Beziehung eine gewisse Sicherheit bot und ihr damit auch einen handfesten Beweis für seine Aufrichtigkeit und seine ernsten Absichten lieferte.

Natürlich würde sie auch noch über ein paar andere Dinge ernsthaft mit ihm reden müssen, wenn sie sich dazu entschloss, ihn zu heiraten. Dinge, die sie selbst betrafen, nicht ihn, denn er durfte auf keinen Fall glauben, sie erwarte von ihm das, was sie doch gerade hinter sich ließ. Auf Luxus wie teure Reisen, Schmuck und ähnliches legte sie keinen so großen Wert mehr, wie sie es früher getan hatte. Er hatte ihr Kostbarkeiten gezeigt, die ihr inzwischen wichtiger waren als viele andere materielle Aspekte.

Sie fühlte sich bei ihm geborgen, sie durfte so sein, wie sie wirklich war, sie musste sich nicht verändern und verbiegen, nur weil er es für passend hielt.

Die unwiderstehliche körperliche Anziehungskraft zwischen ihnen war außerdem das Sahnehäubchen oben drauf. Noch nie in ihrem Leben hatte ein Mann eine solche Wirkung auf sie ausgeübt. Natürlich war guter Sex keine Basis für eine lebenslange Beziehung, das wusste sie. Aber sie hatte andererseits die Erfahrung gemacht, dass der Mangel daran ebenfalls keine Garantie für einen guten Ausgang darstellte.

Sie wollte allerdings lieber nicht darüber nachdenken, was Alessandro von ihrer finanziellen Situation halten würde, wenn sie mit ihm darüber sprach. Sie hatte gegenüber Valerie deswegen nur eine große Lippe riskiert. Wenn er nun gekränkt oder in seinem Stolz verletzt war? Was wusste sie schon wirklich von der Mentalität italienischer Männer und ihrer Einstellung gegenüber unabhängigen Frauen? Oder von seiner persönlichen Meinung darüber? Sie musste sich eingestehen: nichts.

Dass sie in den ganzen Monaten darüber geschwiegen hatte, wie unabhängig sie finanziell tatsächlich war, erleichterte die Sache natürlich auch nicht gerade. Sie musste jetzt endlich die Karten auf den Tisch legen und diese ungute Situation bereinigen! Das hier war keine Spielerei mehr, er wollte sie heiraten, das waren mehr als ernste Absichten, und sie würde vor ihrer Antwort seine Reaktion auf ihre Unabhängigkeit sehen müssen.

Und wenn Valerie recht hatte und er tatsächlich so etwas wie ein, nun ja nicht gerade Hochstapler, aber so etwas Ähnliches war?

Wenn er gewisse Anzeichen richtig gedeutet und daraus geschlossen hatte, dass sie eine gute Partie war, die er sich nicht entgehen lassen wollte?

Meine Güte – bekam sie jetzt auch noch Verfolgungswahn? Sie war keine millionenschwere Großindustrielle, die von einem Heiratsschwindler verfolgt wurde! Wahrscheinlich hatte sie zu viel Boulevardpresse gelesen!

10

»So einfach ist das also«, sinnierte Lara nach dem Abendessen. Sie und Valerie hatten den Tisch abgeräumt und machten es sich bei einer Tasse Kaffee gemütlich, während Bert sich wie gewöhnlich in sein Arbeitszimmer zurückzog.

»Was meinst du damit?«

»Das Umzugsunternehmen, bei dem ich heute Nachmittag war. Du gehst da hin, gibst den Leuten deine Adresse und vereinbarst einen Termin, dann kommen sie und räumen dein Haus aus. Fertig!«

»Ist es dir schwergefallen, Robert und dein Haus wiederzusehen?«

Lara überlegte kurz.

»Nein. Als ich dort war, wurde mir erst so richtig klar, wie ernst es mir damit ist, alles hinter mir zu lassen.«

»Und was hast du nun vereinbart?«

»Sie kommen am vierten Januar und nehmen alles mit, was ich bis dahin gepackt habe. Die Kleider brauche ich nur in spezielle Kisten umzuhängen.«

»Wir helfen dir natürlich dabei. Wenn wir uns aufteilen, ist das alles kein Thema. Bert übernimmt die Bilder, ich das Geschirr und die Gläser, und du machst deine persönlichen Sachen. Das haben wir in ein paar Stunden geschafft, du wirst schon sehen.«

Lara schenkte ihr einen dankbaren Blick. »Du bist wunderbar! Allein deine Energie macht alles nur halb so schlimm! Aber sag mal, wird es euch dann nicht zu spät mit eurem Urlaub? Ursprünglich wollten wir schon drei Tage früher fahren, nun können wir erst nach dem vierten Januar los.«

»Das macht überhaupt nichts. Bert kann sich das einrichten. Wann willst du angreifen?«

»Ich sollte es mit Robert absprechen.«

»Na, dann ruf ihn doch an!«

Während Lara Roberts Nummer wählte, begann Valerie, die Spülmaschine einzuräumen.

»Hallo. Was gibt es?« Er klang wenig begeistert.

»Ich habe am vierten Januar einen Termin mit der Spedition. Sie kommen und holen alles ab, ich muss nur vorher einpacken. Wann kann ich mit Valerie und Bert vorbeikommen und das erledigen?«

»Muss das jetzt sein? So schnell?«

»Ich möchte es hinter mir haben, und deshalb dachte ich ...«

»Ich wollte morgen zum Skilaufen fahren, es passt mir eigentlich überhaupt nicht.«

Wollte er ihr jetzt einen Strich durch die Rechnung machen? »Wir brauchen dich nicht dazu«, wandte sie ein. »Fahr du, ich habe meinen Schlüssel. Das ist doch die Lösung, oder? Auf diese Weise kriegst du von dem ganzen Rummel nichts mit, und wenn du wiederkommst, ist alles erledigt.«

»Mach es meinetwegen so, mir ist das egal.«

»Fein. Dann wünsche ich dir einen schönen Urlaub. Wohin fährst du denn?«, fragte sie mehr der Höflichkeit halber und hätte, noch während sie sprach, ihren Kopf darauf verwettet, dass er ›Sankt Anton‹ oder ›Davos‹ sagen würde.

»Davos«, antwortete er, und Lara hätte beinahe lauthals gelacht. Volltreffer! Wie gut sie ihn kannte! Und wie satt sie das hatte! Um nichts in der Welt hätte sie dabei sein mögen und fragte sich für einen kurzen Moment, mit welchem Wagen er wohl fahren würde, da ja nun ihr Allradkombi nicht dafür zur Verfügung stand. Aufatmend dachte sie an Alessandro. Wie sehnte sie sich nach ihm, nach den ruhigen Stunden bei einem Glas Wein vor dem Kamin oder einer Partie Billard bei Loris!

»Na gut, dann mal Ski Heil und schönen Urlaub.«

Sie berichtete Valerie von ihrem Gespräch.

»Ist doch viel besser, wenn er nicht dabei ist«, meinte diese resolut. »So steht er uns wenigstens nicht mit sauertöpfischer Miene im Weg.«

Lara gab ihr recht. Nun konnten sie sich ihre Zeit frei einteilen.

Blieb nur noch, Alessandro von der Verzögerung ihrer Abreise in Kenntnis zu setzen.

Wie sie erwartet hatte, war er enttäuscht.

»Noch später?«

»Ich weiß, mir gefällt das auch nicht. Aber damit kann ich vermeiden, noch mal hierher zu fahren. Mir reicht es schon, zum Gerichtstermin anzutreten.«

»Ja, natürlich.« Er seufzte. »Aber ich vermisse dich!«

»Ich dich auch. Aber dann ist wieder ein Stück erledigt, und wenn ich unten erst eine eigene Wohnung habe, lasse ich meine Sachen nachkommen. Das war es dann mit Deutschland.«

»Lara, wozu brauchst du eigentlich eine eigene Wohnung? Du kannst bei mir wohnen, wenn du wiederkommst.«

Dieses Thema hatte sie eigentlich vermeiden wollen, zumindest am Telefon.

»Natürlich«, wich sie aus. »Aber darüber reden wir am besten, wenn wir uns wiedersehen, meinst du nicht?«

Einen Augenblick herrschte Stille in der Leitung.

»Ja, das werden wir«, antwortete er dann. Lara lauschte angespannt in den Hörer. Wenn sie jetzt eines nicht vertragen könnte, dann wäre das eine getrübte Stimmung zwischen ihr und Alessandro.

»Ich bin froh, dass es so schnell geht«, meinte sie versöhnlich, »denn damit habe ich alle Brücken hinter mir abgebrochen. Bert kümmert sich um den Rest, und wir beide können uns völlig auf uns konzentrieren. Darauf freue ich mich schon sehr.«

»War es denn schlimm heute? Du warst bei ihm, nicht wahr?«

Das tiefe Timbre seiner Stimme ließ ihr Herz schmelzen. Sein Mitgefühl tat ihr gut, und sie lächelte mit zugeschnürter Kehle.

»Es ging. Auf jeden Fall habe ich gemerkt, wie wenig mich das alles noch interessiert. Ich bin froh, von hier wegzukommen, und ich freue mich auf dich.«

»Und ich mich auf dich, tesoro.«

Das Silvesterfondue war meisterlich, wie immer bei Valerie. Sie ließ es sich nicht nehmen, die Soßen dazu alle selbst zu kreieren, die Salate aus frischen Zutaten zusammenzustellen und selbstverständlich nur das beste Fleisch dafür zu kaufen. Sie ließen sich Zeit, plauderten entspannt, und Lara war froh, dass sie nur zu dritt waren. Ihre beiden Freunde nahmen keinen Anstoß daran, dass sie oft wortkarg und einsilbig blieb, wenn sie angesprochen wurde. Je näher der Tag rückte, an dem die Möbelpacker kommen sollten, desto erleichterter war sie. Die ersten Schachteln mit ihrer Wäsche, ihren Kosmetika und anderen sehr persönlichen Dingen hatten sie und Valerie schon verpackt, und sie wunderte sich darüber, wie schnell der Stapel Kartons in Roberts leerer Garage anwuchs. Sie zählte die Tage – nein, sie zählte vielmehr die Stunden – bis sie endlich Alessandros Umarmung wieder spüren würde. Ihn so zu vermissen! Hätte ihr das vor einem halben Jahr jemand prophezeit, hätte sie gelacht.

»Lara? Träumst du?«

»Entschuldige, was hast du gesagt?«

»Reich mir doch bitte den Maissalat. Er steht direkt vor deiner Nase!« Bert lachte amüsiert. »Wo warst du mit deinen Gedanken?«

»Na, wo wohl?« Valerie grinste. »Lara freut sich darauf, endlich wieder bei ihm zu sein, stimmt's?« Neckend zog sie eine Augenbraue hoch. »Was spricht denn dein Schatz eigentlich so, wenn ihr telefoniert?«

»Er sagt, er vermisst mich, was denn sonst.« Lara spießte lachend ein Stück Filet auf ihre Fonduegabel und platzierte sie vorsichtig im Topf.

»Das will ich ihm aber auch geraten haben«, grollte Valerie. »Wenn ich ihn sehe, werde ich ihm erzählen, wie schlafwandlerisch du vor lauter Sehnsucht warst. Körperlich anwesend, aber geistig weit weg.«

»Das muss Liebe sein!« Bert fischte nach dem Stückchen Fleisch, das ihm von der Gabel in den Topf gerutscht war. »Ich kann es kaum erwarten, diesen Wundermann endlich mal von Angesicht zu Angesicht zu sehen.«

»Er ist zum Glück ein Mensch aus Fleisch und Blut«, gluckste Lara und dachte dabei an Alessandros unwiderstehliche Berührungen, an seine warme, weiche Haut unter ihren Fingern.

»Weißt du schon, was du tun wirst?«, wollte Valerie wissen.

Sie spielte gedankenverloren mit einem Maiskorn auf ihrem Teller. »Ich glaube, ich werde ihn heiraten. Vielleicht. Irgendwann. Bestimmt nicht gleich in diesem Jahr, aber – eines Tages, kann sein.«

»Klingt sehr zielstrebig!«, frotzelte Valerie. »Aber wie schon gesagt, kläre, was es noch zu klären gibt, und dann schnapp ihn dir. Vielleicht hast du ja recht, du hättest es schlimmer treffen können.«

»Was? Hast du etwa deine Meinung geändert?« Lara warf ihrer Freundin einen skeptischen Seitenblick zu. »Kein Misstrauen mehr?«

»Ach was. Ich habe mir wahrscheinlich völlig grundlos Sorgen gemacht seinetwegen. Ich sehe, wie sehr du an ihm hängst. Ich glaube, du wirst das Kind schon schaukeln.«

»Brav, Valerie.« Bert nickte seiner Frau anerkennend zu. »Das ist auch meine Meinung. Lara ist ausreichend abgesichert. Egal, was der arme Kerl besitzt oder nicht, sie wird nie am Hungertuch nagen, wenn sie einigermaßen vernünftig mit ihrem Geld umgeht.«

»Dabei wirst du mir hoffentlich auch weiterhin helfen!«

»Natürlich, wenn du das willst!«

»Fein. Dann kann ja gar nichts mehr schiefgehen.«

»Sag mal, Lara«, erkundigte sich Valerie zwischen zwei Bissen Krabbensalat, »weiß er denn eigentlich, dass du finanziell unabhängig bist?«

»Nicht so richtig. Ich habe ihm nur erzählt, ich bräuchte mir keine großen Sorgen zu machen, weil ich etwas geerbt habe. Wie viel genau habe ich ihm verschwiegen, ich wollte nicht, dass er sich irgendwie … minderwertig vorkommt deshalb.«

»Ich werde mich in der Zwischenzeit darüber informieren, wie man Eheverträge in Italien regelt und dergleichen Dinge, wenn du das möchtest. Wie gut du bisher damit gefahren bist, haben wir ja gesehen«, schlug Bert vor.

»Tu das. Man kann nie wissen«, bestätigte Valerie.

Lara gab keine Antwort. Bei dem Gedanken, Alessandro ihre wahren finanziellen Verhältnisse verschwiegen zu haben, beschlich sie erneut ein mulmiges Gefühl.

Valerie hatte eine gute Idee, was Laras Unterkunft für die nächsten Wochen betraf. Sie würde ihren Nachbarn Danilo fragen, ob er Lara das kleine Haus überließ, das er wenige

Kilometer außerhalb des Dorfes besaß und im Sommer an Urlauber vermietete. Auch Freunde von Valerie und Bert hatten schon dort gewohnt. Das Haus war mit allem ausgestattet, was man brauchte, und Lara würde sich dort sicher wohl fühlen, bis sie etwas gefunden hätte, das ihr auf Dauer gefiele.

Allerdings hatte es Lara viel Hartnäckigkeit gekostet, ihre Freunde davon zu überzeugen, dass sie deren Haus nicht mehr länger in Anspruch nehmen wollte.

»Aber du kannst doch bleiben, solange du willst«, hatte Bert verständnislos gesagt. »Warum willst du unbedingt woanders wohnen?«

»Weil ich entschieden habe, dort zu bleiben, und mir deshalb auf jeden Fall etwas Eigenes suchen will. Danke für euer großzügiges Angebot, Bert, aber ich habe lange genug umsonst euer Haus benutzt.«

»Du kannst dich an den laufenden Kosten beteiligen, wenn dir das so sehr im Magen liegt. Aber ich halte es für unsinnig, wenn du deshalb auf Biegen und Brechen irgendetwas mietest oder sogar kaufst, was du gerade findest!«

Valerie hatte dem zugestimmt.

»Warte doch einfach noch ab, Lara, du solltest lieber nichts überstürzen! Sonst gibst du vielleicht Geld für etwas aus, das dir nicht richtig gefällt, und das könntest du bitter bereuen! Immerhin kaufst du nicht nur ein Paar neue Schuhe.«

Lara musste zugeben, dass ihre Freunde einerseits recht hatten. Andererseits jedoch war sie wild entschlossen, keine halben Sachen mehr zu machen. Sie hatte sich entschieden, ein neues Leben anzufangen, und das wollte sie mit allen Konsequenzen umsetzen. Dann war Valerie Danilos Haus eingefallen.

»Sobald wir da sind, fragen wir ihn. Dann kannst du dir mit deiner Suche noch ein wenig Zeit lassen, einverstanden?«

»Gut.«

Lara atmete auf. Das war eine akzeptable Lösung. Nun hatte sie nur noch ein größeres Hindernis zu bewältigen, und das war, den Rest ihrer Sachen bei Robert zu verpacken.

Mit der tatkräftigen Unterstützung ihrer Freunde klappte die Aktion wie am Schnürchen. Pünktlich um acht Uhr morgens rückte das Unternehmen mit einem großen Umzugswagen und zwei Möbelpackern an, und in kürzester Zeit hatten sie die wenigen Möbelstücke und alle Kartons in den Wagen geladen. Lara und Valerie räumten in der Zwischenzeit den Inhalt von Laras Kleiderschränken in die großen Kisten, und es war noch nicht Mittag, als der Möbelwagen schon wieder davonfuhr.

»Mach einen letzten Rundgang«, riet ihr Valerie. »Vielleicht fällt dir noch etwas auf, das du vergessen hast.«

Gemeinsam gingen sie alles durch, doch da war nichts mehr. Aufatmend schloss Lara die Haustür hinter sich. »Das wäre geschafft. Jetzt kann es losgehen.«

»Sag mal, möchtest du lieber heute noch fahren?«

»Heute noch?« Der Gedanke, Alessandro früher als erwartet zu treffen, war verlockend. »Nein«, meinte sie schließlich, »ihr habt auch noch einiges zu erledigen, das wird zu stressig.«

»Ich rede mal mit Bert«, meinte Valerie. »Vielleicht haben wir ja bis zum späten Nachmittag alles geregelt, dann könnten wir in die Nacht hineinfahren. Wir sind schließlich zu dritt, da können wir uns ohne Weiteres abwechseln, wenn einer müde wird. Und nachts ist es immer sehr angenehm auf den Straßen, weil weniger Verkehr ist.«

Bert war einverstanden, gegen Abend loszufahren. Sie packten das Auto, aßen noch eine Kleinigkeit und waren um sechs Uhr bereits auf der Autobahn.

Als Lara am nächsten Morgen die Augen aufschlug, lachte die Sonne in ihr Zimmer. Das Gefühl, etwas Wichtiges erledigt zu haben, machte sie zufrieden, also sprang sie voller Elan aus dem

Bett. Der Schnee, der vor ihrer Abfahrt alles so durcheinandergebracht hatte, war bereits verschwunden, und ein heller, klarer Wintertag begrüßte sie. Sie schnappte sich ihren Morgenmantel und tappte in die Küche. Bert erwartete sie bereits mit einer Tasse Kaffee.

»Morgen. Gut geschlafen?«

»Ja, sehr. Und ihr?«

Lara verkniff sich angesichts seiner noch sehr verschlafenen Augen ein Grinsen und zwinkerte ihm stattdessen zu.

»Ganz wunderbar.«

Das Gespräch versiegte. Bert war – das wusste Lara bereits – morgens nie besonders gesprächig und kam erst nach der dritten Tasse Kaffee einigermaßen in die Gänge. Als sie endlich das Bad einnehmen konnte und geschminkt und angezogen war, trafen sie sich alle wieder in der Küche, und der Tag konnte beginnen.

»Hast du ihn schon angerufen?«, erkundigte sich Valerie neugierig.

»Nein. Mach ich aber gleich. Ich wollte mich nur erst wie ein ganzer Mensch fühlen«, sagte Lara grinsend. Sie hatte den Anruf bewusst hinausgezögert, um die Vorfreude auf das Wiedersehen mit Alessandro zu genießen.

»Außerdem – falls er sagt, er will mich sofort sehen, möchte ich nicht erst noch mit Make-up und Pinsel hantieren müssen, sondern sofort losfahren können. Was werdet ihr beide machen?«

»Och …« Valerie warf einen fragenden Blick zu Bert. »Ich glaube, wir werden zuerst eine kleine Runde spazieren fahren und ein paar Sachen einkaufen. Aber jetzt los, ruf ihn an, damit du deinen Tag planen kannst. Wir zwei kommen zurecht!«

Als Lara ihre Zimmertür hinter sich geschlossen hatte und Alessandros Nummer wählte, hatte sie feuchte Hände und ihr Herz hämmerte. *Verliebt*, dachte sie. *Ich bin doch tatsächlich verliebt und nervös, ihn wiederzusehen!*

Es läutete lange, und als Lara schon enttäuscht wieder auflegen wollte, meldete er sich endlich.

»Lara! Ciao, amore, wie geht es dir?« Die Freude in seiner Stimme war nicht zu überhören.

»Bestens, und dir?«

»Gut, jetzt, da ich deine Stimme endlich wieder höre. Ich dachte schon, dir wäre etwas passiert!«

»Nein, nein, keine Angst, mit mir ist alles in Ordnung. Ich hatte nur unheimlich viel zu tun, aber jetzt ist das erledigt.«

»Wann fahrt ihr, wann sehe ich dich endlich wieder?«

»Valerie und Bert werden bald losfahren, und ich ...« Sie machte eine kleine Pause und genoss mit diebischem Vergnügen das schockierte Schweigen in der Leitung.

»Was soll das heißen, sie werden bald fahren? Lara? Bist du noch dran?«

»Natürlich bin ich noch dran«, versetzte sie unschuldig.

»Fährst du nicht mit? Nun rede schon!«

»Ich könnte eigentlich auch gleich fahren, ich bin schon angezogen und geschminkt und alles ...«

»Was zum Donnerwetter ...«, begann er und hielt inne, als er sie glucksend lachen hörte und den Spaß begriff, den sie sich gemacht hatte. »Du kleines Teufelchen, sag bloß, du bist schon da?«

»Ja, bin ich! Wir sind extra gestern Abend noch aufgebrochen, um einen Tag zu gewinnen. Wann kann ich dich sehen?«

»Das ist ja herrlich! Lass mich mal überlegen – ich bin im Hotel und kann erst nach Mittag los. Kommst du zu mir?«

»Klar. Wann?«

»Sagen wir um vier?«

»So spät?«

»Tut mir leid, ich wollte dich nicht enttäuschen, aber ich dachte, du würdest heute erst gegen Abend ankommen, und da habe ich mich überreden lassen, eine zusätzliche Schicht zu übernehmen.«

»Du arbeitest viel in letzter Zeit, was?«

»Ja, hier ist einiges zu tun momentan, aber ich fahre sofort los, wenn das Mittagessen erledigt ist, einverstanden?«

»Va bene. Ich sterbe vor Ungeduld, also beeil dich.«

Sie hörte sein charakteristisches dunkles, leicht vibrierendes Lachen. Ein Schauer lief über ihren Rücken.

»Ich zähle die Minuten, bis ich dich endlich wieder in die Arme nehmen kann, cara, glaub mir! Also dann, bis später!«

Sich mit dem Nachbarn über das Ferienhaus zu unterhalten und auch das gleich noch zu organisieren, war ein guter Zeitvertreib, denn als sie damit fertig war, registrierte sie zufrieden, dass es schon fast drei Uhr war. Sorgfältig zog sie sich an, brauchte lange bei der Auswahl ihrer Unterwäsche und schmunzelte in sich hinein beim Gedanken daran, wie Alessandro wohl die neuen Strumpfhalter gefallen würden, die sie zu Hause erstanden hatte. Sie kam sich ein wenig verrucht vor, und das gefiel ihr. Früher wäre sie nie auf die Idee gekommen, ihre weiblichen Reize auf diese Weise zu betonen, aber bei Alessandro machte es ihr Spaß.

Noch ein prüfender Blick auf ihr Make-up, eine Nachricht für ihre Freunde, dass sie vor dem nächsten Morgen nicht zurückkommen würde, und sie fuhr los. Wieder wurde sie nervös beim Gedanken, dass nur noch Minuten sie von Alessandro trennten. Sie war etwas zu früh dran, aber sie würde sich eben einfach vor die Haustür setzen und auf ihn warten.

Der wohlbekannte Schotterweg schien sich heute in die Länge zu ziehen, doch schließlich tauchte das kleine Häuschen vor ihr auf, als sie um die letzte Kurve bog. Sie parkte den Wagen und stieg aus. Lara hatte die Haustür noch nicht erreicht, als sie sich bereits öffnete und Alessandro ihr entgegenlächelte. Er streckte die Hand nach ihr aus und fasste sie um den Nacken, um sie für einen ungeduldigen Kuss an sich zu ziehen.

»Willkommen«, murmelte er an ihren Lippen.

Ohne einander loszulassen, bewegten sie sich langsam in Richtung Wohnzimmer. Lara brauchte keine Worte, um zu spüren, wie es um Alessandros Wiedersehensfreude stand. Ihr erging es nicht anders, also dirigierte sie ihn zielstrebig zum Sofa und forderte ihn mit einem kleinen Stups auf, sich zu setzen. Mit einer geschmeidigen Bewegung glitt sie auf seinen Schoß und zog ihren Rock etwas höher, um mehr Beinfreiheit zu haben. Ohne ihre Lippen loszulassen, lehnte er sich zurück und zog sie mit sich. Sie roch seinen vertrauten Duft, und ihre Nackenhaare sträubten sich lustvoll, als sie seine Erregung an ihrem Schoß spürte.

»Du hast mich wirklich vermisst, wie?«, neckte sie ihn und knabberte sanft an seinem Ohr.

Alessandro keuchte leise auf und statt einer Antwort begann er, sich langsam und rhythmisch zu bewegen. Sein Kinn streifte ihre Wange, als seine Lippen wieder die ihren suchten. Leidenschaftlich umspielte seine Zunge ihren Mund, öffnete ihn, drang in sie ein, umtanzte drängend ihre Zunge. Seine Hand glitt unter ihren Pullover, ihren Rücken hinauf, nach vorn, fand dort ihre Brüste, reizte und neckte ihre aufgereckten Knospen, und ihre Erregung breitete sich in heißen Wellen über ihren Körper aus. Mit der anderen Hand fuhr er langsam ihren Schenkel entlang aufwärts. Er stutzte einen Moment, als er den Strumpfhalter spürte, und seine Lippen lösten sich von den ihren.

»Du legst es wirklich darauf an, mich verrückt zu machen, nicht wahr?«, stöhnte er ihr leise ins Ohr.

»Funktioniert es?«

»Spürst du es nicht?«

Er umfasste ihre Hüften und presste sie fest gegen seinen Schoß.

»Oh ja, das tut es«, wisperte sie entzückt.

»Komm nach oben«, knurrte er ungeduldig, »ich habe lange genug auf dich gewartet, ich will dich endlich wieder fühlen, will dich ausziehen, will deine nackte Haut berühren, dich überall ...«

Sie verschloss ihm den Mund mit einem leidenschaftlichen Kuss. Auch sie barst vor Verlangen, längst war ihr Schoß feucht und sehnte sich danach, ihn und seine kraftvollen Stöße in sich zu spüren. Mit hastigen Bewegungen streifte sie Pullover und Rock ab und ließ beides achtlos zu Boden fallen. Nur noch mit ihrer reizvollen Unterwäsche bekleidet, blieb sie einen Moment lang reglos auf ihm sitzen. Seine Augen waren dunkel, sein Atem ging heftig.

»Das Schlafzimmer wäre die reinste Zeitverschwendung, findest du nicht?« Stattdessen rutschte sie ein wenig zurück, um an seinen Reißverschluss zu gelangen. »So lange halte ich das unmöglich aus!«

Schweißbedeckt und außer Atem blieb sie danach an ihn geschmiegt sitzen und wartete, bis ihre wild schlagenden Herzen einen ruhigeren Rhythmus gefunden hatten.

»Weißt du, worauf ich jetzt Lust hätte?«, fragte sie leise an seinem Hals.

»Lust? Schon wieder? Ich dachte, du wärst jetzt wenigstens eine Weile zufrieden«, brummte er zweideutig, was sie zum Lachen brachte.

»Ich rede von etwas anderem.«

»Und das wäre?«

»Ein Bad nehmen. Wir machen es uns in der Wanne gemütlich, und dann sehen wir weiter.«

»Weitersehen? Meine Aussicht gefällt mir ungemein« murmelte er zwischen ihren Brüsten. »Ich brauche keine andere.«

»Nun komm schon, deine Wanne ist groß genug für uns beide. Und die Aussichten werden sicher genauso gut sein wie jetzt.«

Seufzend ließ er zu, dass sie sich von ihm löste.

Während Lara nach oben ging, um das Wasser einlaufen zu lassen, holte er eine Flasche Prosecco aus dem Kühlschrank und nahm zwei Gläser mit nach oben. Alessandro fand sie auf dem Rand der Badewanne sitzend. Sie hatte alle Kerzen angezündet, die sie finden konnte, und prüfte mit der Hand die Wassertemperatur. Lächelnd sah sie zu ihm auf und nahm ihm die Gläser ab. Es gefiel ihr immer wieder, ihn zu beobachten, das Spiel seiner Muskeln zu sehen, seinen herrlichen, harmonischen Körper, der sie so erregte.

Sie glitten in die Wanne und machten es sich bequem, so gut es ging. Lara saß zwischen seinen Schenkeln und lehnte sich an seine Brust.

»Nun, wie sind die Aussichten?«, meinte sie leise mit geschlossenen Augen.

»Nicht zu überbieten«, bestätigte er und ließ ein paar Tropfen aus seinem Glas zwischen ihre Brüste laufen.

»Hmm«, machte sie nur, ohne sich zu bewegen.

Ein paar Augenblicke lang genossen sie beide die Atmosphäre und die Nähe des anderen. Alessandro stellte sein Glas ab und begann sanft, ihre Schultern und ihren Nacken zu massieren.

»Gefällt dir das?«

»Das könnte ich ewig aushalten«, bestätigte sie ihm.

»Das kannst du auch ewig haben, wenn du willst!«, murmelte er vielsagend an ihrem Ohr.

Lara wusste, worauf er anspielte – die offene Frage stand im Raum, seit er sie ihr gestellt hatte. Doch sie schwieg.

»Konntest du in Deutschland alles so regeln, wie du es wolltest?«, erkundigte er sich, ohne auf einer Antwort zu bestehen.

»So weit ist alles in Ordnung. Meine Möbel sind eingelagert – viele sind es ja nicht – meine Kleidung ebenfalls, sobald ich hier eine feste eigene Adresse habe, lasse ich mir die Sachen schicken.«

»Und was hast du nun vor? Schließlich musst du eine Entscheidung treffen, was du tun wirst. Wenn mich nicht alles täuscht, hast du meinen Antrag noch nicht angenommen. Wann wirst du dich entscheiden?«

»Bald«, antwortete sie nach kurzem Zögern.

Alessandro schwieg, bis Lara sich umwandte und ihm in die Augen sah. Seine Mundwinkel verrieten Anspannung, die Fältchen um seine Augen waren tiefer als gewöhnlich. Im Schein der Kerzen waren seine Augen beinahe schwarz.

Eine leichte Röte überzog Laras Gesicht, als sie ihn so ansah. Sie fühlte sich verlegen wie ein Teenager beim ersten Rendezvous, und das Herz schlug ihr bis zum Hals.

»Warum zögerst du?«, wollte er wissen.

Sie wandte sich ab und lehnte sich wieder an ihn. Ja, warum zögerte sie?

»Wir kennen uns kaum, und ich bin noch nicht einmal geschieden«, wich sie aus.

»Lara, wie lange sollten wir uns deiner Meinung nach kennen, bis du mir glaubst, dass ich dich liebe? Ist die Tatsache, dass ich dich heiraten möchte, nicht genug Beweis für dich, wie ernst ich es meine?«

»Ich zweifle nicht daran, dass du mich liebst«, widersprach sie heftig.

»Was ist dann das Problem?«

»Es geht alles so wahnsinnig schnell, und ich weiß nichts von dir. Wer du bist und wie du lebst und wie es sein wird, wenn wir zusammenbleiben – das alles ist mir vollkommen fremd!«

»Findest du?« Alessandros Stimme klang zweifelnd.

»Ja.«

Fand das wirklich sie?

Oder waren das nicht vielmehr Valeries Einwände, die sie unbewusst übernommen hatte? Und dennoch – waren diese Zweifel nicht berechtigt?

»Also schön«, gab Alessandro nach und lehnte sich zurück. »Was möchtest du von mir wissen?«

»Was ist mit deiner Familie? Ich halte es für wichtig, ob sie auch mit mir einverstanden ist.«

»Warum das?«

»Nun …« Erstaunt über seine Gegenfrage dachte sie einen Moment lang nach. »Immerhin sind wir hier in Italien, und euch ist doch die Familie das Wichtigste. Und wenn deine Eltern mich nicht leiden könnten und sich gegen unsere Heirat sträuben würden? Ich bin erstens Ausländerin und zweitens geschieden. Oder besser gesagt – noch nicht mal das! Was würdest du dann tun?«

»Meine Familie wird mit dem einverstanden sein, was ich entscheide. Und selbst, wenn sie es nicht wäre, ich bin schließlich wirklich erwachsen genug, um zu wissen, mit welchem Menschen ich mein Leben verbringen will.«

»Obwohl sie dir so viel bedeutet?«

»Du bedeutest mir inzwischen genauso viel.«

Du lieber Gott. Lara blickte fassungslos zur Decke, ohne etwas wahrzunehmen außer seinem Atem an ihrem Ohr und seiner muskulösen Brust unter ihren Schultern. Es tat zwar gut zu wissen, dass er im Ernstfall nichts auf das Urteil seiner Familie geben und stattdessen zu ihr stehen würde, aber zugleich bedeutete diese Aussage auch einen große Verantwortung für sie.

Sie schloss die Augen und seufzte tief.

»Was willst du noch wissen?«, machte Alessandro einen weiteren Versuch, sie zum Sprechen zu bewegen.

»Nichts.« Sie setzte sich auf und eine Gänsehaut überlief sie. Das Wasser wird kalt. Lass uns rausgehen.«, schlug sie vor.

Sie verließ die Wanne, und Alessandro folgte ihr. Während sie ein Handtuch um ihren Körper schlang, beobachtete sie ihn aufmerksam. Wenn ihr Verhalten ihn verstimmt hatte, so ließ er sich nichts anmerken, wortlos trocknete er sich ab und reichte ihr das Glas.

»Nimm es mir bitte nicht übel«, bat sie schließlich entschuldigend. »Ich weiß, ich bin ganz schön kompliziert.«

»Ist schon in Ordnung«, gab er zurück. »Wenn du noch Zeit brauchst, um dich zu entscheiden, dann sollst du sie haben.«

Sie trat zu ihm und küsste ihn, dankbar dafür, dass er nicht darauf beharrte. Sie hatte ein schlechtes Gewissen. Schließlich brachte er so viel Verständnis und Geduld für sie auf, dass er wirklich eine ehrliche Antwort verdient hatte! Sie holte Luft und öffnete schon den Mund zu einer Erklärung, doch wieder brachte sie es nicht über sich.

Was, wenn er wütend wurde bei dem, was sie ihm zu gestehen hatte? Wenn er es nicht ertrug, eine Frau zu heiraten, die finanziell unabhängig war? Konnte und wollte sie es in Kauf nehmen, dass er daraufhin eventuell einen Rückzieher machte? Sie wusste es nicht. Das Risiko schien ihr zu hoch zu sein und der Moment wieder einmal der verkehrte. Nicht jetzt, nicht heute Abend!

Scheiße, sie war ein Feigling. Warum kriegte sie es nicht auf die Reihe, ihm einfach zu sagen, wie es war? In ihrer Aussprache nach Roberts plötzlichem Auftauchen hatte er keinen Zweifel daran gelassen, wie sehr er es schätzte, wenn sie ihm gegenüber ehrlich war! Mit einem Mal klopfte ihr das Herz bis zum Hals. Wieder hatte sie ihn belogen. Na ja, nicht direkt belogen, aber ihm eben nicht die ganze Wahrheit gesagt.

Alessandro bemerkte ihre Verwirrung. »Sprich mit mir, wenn du willst«, ermunterte er sie eindringlich. »Du weißt, ich werde alles tun, um deine Bedenken zu zerstreuen.«

»Ja, das weiß ich.« Wieder wich sie ihm aus.

Nein, bitte nicht! Nicht jetzt, nicht heute. Ich werde morgen mit ihm reden, ganz bestimmt, aber nicht heute Nacht!

»Können wir einfach noch ein paar Tage vergehen lassen?«, bat sie ihn stattdessen laut. »Vielleicht war mir nur der Trubel zu Hause zu viel, und es renkt sich hier von selbst wieder ein.«

»Wie du meinst.« Er schenkte ihr ein strahlendes Lächeln, das jedoch seine Augen nicht erreichte.

Lara wurde schmerzlich bewusst, wie sehr ihr sonderbares Verhalten ihn verletzen musste, aber er blieb gelassen, und nichts deutete darauf hin, dass er sich über sie ärgerte.

»Reden wir heute nicht mehr darüber, einverstanden?«, schlug er vor.

»Einverstanden«, stimmte sie ihm erleichtert zu. Doch tief in ihrem Inneren spürte sie, dass sie sich nicht mehr allzu viel Zeit lassen durfte. Warum nur war sie so feige? Brauchte immer wieder einen Aufschub? Wenn Alessandro die Wahrheit nicht vertrug, war es dann nicht besser, den Tatsachen ins Auge zu sehen und die Dinge so zu akzeptieren, wie sie sich entwickelten?

Also dann morgen. Oder besser: das nächste Mal, wenn sie sich trafen. Dann aber würde sie ihm auf jeden Fall die Wahrheit sagen.

11

Ich habe gestern Danilo im Garten getroffen, und er hat mir den Schlüssel für sein Haus gegeben. Was hältst du davon, wenn wir hinüberfahren und schon mal meine Sachen hinbringen?« Lara schenkte Valerie ein bittendes Lächeln. Wenn ihre Freundin mithelfen würde, dann hätte sie den kleinen Umzug in der halben Zeit hinter sich gebracht. Als sie an diesem Morgen von Alessandro zurückgekommen war, hatte sie entschieden, dass es so weit war, diesen Schritt zu tun.

»Du bist wirklich entschlossen, das durchzuziehen?« Valerie sah sie skeptisch an. »Du weißt, dass du das nicht wegen uns tun musst.«

»Ja, das ist mir klar. Aber ich will einfach mal eine Weile so leben, ganz normal und allein, und dann sehen, wie sich das alles entwickelt.«

Valerie nickte. »Wenn du meinst. Also dann los, fahren wir.«

Das Häuschen war tipptopp sauber und angenehm warm. Die Einrichtung war nichts Besonderes, aber das hatte Lara auch nicht erwartet. Alles Notwendige war vorhanden und die Elektrogeräte immerhin neu. Ein offener Kamin im Wohnzimmer versprach Behaglichkeit an kühlen Winterabenden und Lara sah sich im Geiste schon zusammen mit Alessandro davorsitzen.

Und nicht nur davor sitzen ...

Nachdem sie ihre Kosmetiksachen ins Bad geräumt und ihre Wäsche verstaut hatte, fuhren sie noch einmal los, um die nötigsten Lebensmittel einzukaufen. Dann setzte sie Valerie zu Hause ab und verabschiedete sich von ihren Freunden.

»Ich melde mich morgen Nachmittag, wir könnten etwas zusammen unternehmen, wenn ihr Lust habt.«

»Gern. Vielleicht hast du bis dahin ganz andere Neuigkeiten für uns.«

Es begann bereits zu dämmern, als Alessandro anrief.

»Hast du heute Abend schon was vor?«, fragte er.

Jetzt war er da, der entscheidende Moment. Lara spürte, wie Nervosität in ihr hochstieg.

»Nein, habe ich nicht. Außer, dass ich dich gern sehen möchte.«

»Das möchte ich auch, cara«, schnurrte er zärtlich ins Telefon.

»Kannst du zu mir kommen?«, wollte sie wissen. Sie hoffte auf einen lauschigen Abend. Sie würden Danilos Kamin anzünden, ein Glas Rotwein trinken und in Ruhe über alles reden. Und so konnte sie Alessandro auch gleich ihr neues vorübergehendes Zuhause zeigen.

»Das würde ich gern, aber ich bin heute Abend im Hotel und kann da nicht weg. Komm doch einfach her.«

Enttäuschung machte sich in ihr breit. Im Grunde war nichts mehr so wie am Anfang ihrer Beziehung. Er schien ihr zu entgleiten, irgendwohin in eine lärmende, geschäftige und wichtigtuerische Welt, die ihr nicht im Geringsten gefiel.

»Ich muss aber dringend mit dir reden!« Es klang bei Weitem schroffer, als sie gewollt hatte, und seine Reaktion darauf war dementsprechend.

»Das kannst du hier auch.«

Lara lenkte ein. »Tut mir leid, aber mir wäre es unheimlich wichtig, dich zu sehen und mich in Ruhe mit dir zu unterhalten. Kannst du wirklich nicht herkommen?«

»Heute nicht, unmöglich. Was gibt es so Wichtiges, dass es nicht warten kann?«

»Uns!«

Einen Moment lang war Stille in der Leitung. »Aha«, machte er dann.

»Nein, nicht so wie du jetzt denkst!« Lara verdrehte die Augen. Warum nur war sie außerstande, sich anständig und konkret auszudrücken? »Verdammt, Alessandro, ich will einfach nur mit dir reden! Früher haben wir das ständig getan, und nie war es ein Problem, aber jetzt kriege ich nicht mal einen Termin bei dir!«

Nun lachte er schallend. »Da liegt der Hund begraben! Na los, gib dir einen Schubs und komm her, dann reden wir. Ich habe außerdem mit meinen Freunden hier gesprochen, und wenn du möchtest, könntest du dir heute Abend das Hotel ansehen. Du weißt schon, wegen der Stelle, von der ich dir erzählt habe.«

»Ach ja?«

Nun war sie es, die einsilbig blieb.

Sie hatte ab und zu an seinen Vorschlag gedacht, aber nichts mehr davon erwähnt, um ihn nicht in Verlegenheit zu bringen, falls er doch keine Möglichkeit hatte, sie dort unterzubringen. Nachdem sie nun aber entschieden hatte zu bleiben, sollte sie es zumindest als Möglichkeit in Betracht zu ziehen.

»Na gut, ich komme. Aber versprich mir, dass du dir Zeit nimmst, damit wir uns unterhalten können. Das ist sehr wichtig für mich!«

»Versprochen, tesoro, versprochen! Du weißt sehr gut, dass es auch für mich wichtig ist. Unheimlich wichtig sogar, ich kann dir gar nicht sagen, wie sehr!«

Lara war fast schon wieder versöhnt.

Der erste Frust über den unerwarteten Ablauf des Abends flaute ab, und sie reagierte wie üblich auf diesen besonderen Tonfall in seiner Stimme, der ihr verriet, wie sehr er sich nach ihr sehnte.

»Ich kann es kaum erwarten«, schickte er wie zur Bestätigung hinterher. »Du kannst demnächst losfahren, findest du nicht?«

»Okay, mache ich.« Sie seufzte leise. »Wo muss ich hin?«

Er beschrieb ihr den Weg. »Wirst du es finden?«

»Sicherlich, und wenn ich mich verirre, musst du mich eben aufsammeln. Ach, Alessandro – was soll ich denn überhaupt anziehen?«

»Was immer du willst, Hauptsache, du kommst! Ach ja, und noch etwas – stell dich darauf ein, hier bei mir zu übernachten.«

Ein wenig später machte Lara sich auf den Weg. Sie hatte Alessandro noch gar nichts von ihrem Umzug erzählt, fiel ihr ein, als sie schon im Auto saß, aber das machte jetzt auch keinen Unterschied mehr. An diesem Abend würde sich bestimmt eine Gelegenheit dazu bieten.

Sie konzentrierte sich auf die Strecke und hoffte, sie würde nicht schon beim ersten Mal zu spät kommen und einen schlechten Eindruck hinterlassen. Am Ende einer Platanenallee, deren Bäume ihre Scheinwerfer in der einbrechenden Dunkelheit streiften, fuhr sie nach links und folgte der Hauptstraße. Gewissenhaft zählte sie die Nebenstraßen, und nach der vierten bog sie wieder links ab und folgte der schmalen Straße bis zu dem großen, weit geöffneten Eisentor, das Alessandro ihr beschrieben hatte. Sie bremste und sah sich mit klopfendem Herzen um. Vor ihr öffnete sich ein Park, dessen Ausmaße sie im Zwielicht nur erahnen konnte. Die kiesbedeckte Auffahrt führte in einem geschwungenen Bogen vom Tor bis zur Treppe des Gebäudes und war beiderseits von Laternen erhellt. Das Haus selbst kam ihr vor wie aus einem Prospekt von Luxushotels. Es war ein kleines Schlösschen – nein, es war eher der Buckingham Palast in klein, in dessen hellglänzender Steinfassade sich golden das Licht der Laternen spiegelte. Im Erdgeschoß brannte in jedem der großen Fenster Licht, auch die breite Freitreppe vor dem Eingangsportal war hell erleuchtet.

Lara fühlte fast so etwas wie Panik in sich aufsteigen. Das hier war entschieden nichts für sie! Sie unterdrückte den spontanen Impuls, das Auto zu wenden und sofort wieder umzukehren, aber das wäre feige gewesen. Sie wollte sich auch nicht vorstellen, wie enttäuscht Alessandro sein würde, wenn sie ihn von unterwegs aus anrief und ihm sagte, dass sie vor der Tür umgedreht hatte und geflüchtet war.

Sie fuhr langsam die Auffahrt entlang und suchte einen Parkplatz, doch ehe sie in eine der wenigen Parklücken einbiegen konnte, kam zu ihrer Überraschung ein Hotelpage in Livree die Treppe heruntergerannt und stellte sich neben ihrer Fahrertür in Position. Lara ließ verblüfft das Fenster herunter.

»Ja, bitte?«

»Buonasera, Signora, willkommen im *Conte Alfonso*! Erlauben Sie, dass ich Ihren Wagen übernehme?«

Ach herrje – sie hatte ihr Auto schon lange einmal wieder putzen und die Sitze absaugen wollen. Es sah zwar nicht gerade wie ein fahrbarer Papierkorb aus, aber es war unordentlich genug, um ihr peinlich zu sein. Andererseits – darüber zu diskutieren würde es nicht besser machen.

Beklommen überließ sie ihm das Fahrzeug, stieg die Treppen hinauf und holte noch einmal tief Luft, ehe sie die Hotelhalle betrat.

Was sie sah, raubte ihr schier den Atem.

Überdimensionale Kronleuchter tauchten die Halle in helles, aber angenehm warmes Licht. Der blanke Marmorboden glänzte so makellos, als wäre er nass. Spiegel an den Wänden vervielfältigten ihr Bild, als sie auf den Empfang zusteuerte und dabei aus den Augenwinkeln die edlen, mit schweren Stoffen bezogenen Sitzmöbel musterte. Üppige Blumenarrangements hauchten der Pracht Wärme und Leben ein.

Lara hatte mit Robert und seinen Eltern schon manches gesehen, und da ihr Noch-Ehemann von jeher ein Faible für Häuser wie dieses gehabt hatte, waren sie mehrmals in solchen Hotels abgestiegen. Aber das hier übertraf alles, was sie kannte. Sie fühlte sich schlagartig wie eine provinzielle Dumpfbacke – rückständig, plump und absolut falsch angezogen.

An der Rezeption empfing sie eine junge Frau mit einem entwaffnend freundlichen Lächeln. Sie trug das dunkle Haar im Nacken zu einem klassischen Knoten geschlungen.

»Buonasera, Signora, was kann ich für Sie tun?«

Ihre dunkle Stimme passte perfekt zu ihrem Aussehen, und Lara musste neidlos zugeben, dass an ihrer Erscheinung alles tadellos war. Sie öffnete gerade den Mund, als sich energische Schritte näherten.

»Lara, wunderbar, dass du schon da bist!« Alessandro enthob sie der Verlegenheit einer Antwort, indem er sie unkompliziert auf beide Wangen küsste.

»Ciao!« Mehr brachte sie nicht heraus.

Sie war zu verdutzt von seiner Erscheinung. So hatte sie ihn noch nie gesehen und ihn sich auch niemals vorgestellt: Er trug einen dunkelgrauen Anzug aus glänzendem Stoff, Hemd und Krawatte im selben Farbton, und seine auf Hochglanz polierten schwarzen Lackschuhe strahlten mit dem Marmor und den Spiegeln um die Wette. Die Haare trug er streng nach hinten und mit Gel fixiert, und auf seiner Krawattennadel saß ein Stein, so blau wie seine Augen.

»Danke, Lorena, ich übernehme das persönlich.«

Er nickte ihr freundlich zu und zog Lara mit sich fort. Rechts von der Rezeption führte ein breiter Gang zu einer Treppe, und von dort aus öffnete sich eine doppelflügelige Glastür in einen halbdunklen Raum. Er bugsierte sie hinein und schloss die Tür hinter sich. Dann wandte er sich zu ihr und nahm sie fest in die Arme.

»Wie schön, dass du hier bist«, wiederholte er, leiser diesmal, und küsste sie mit Rücksicht auf ihr sorgfältiges Make-up sanft auf den Hals. »Ich hatte schon Angst, du würdest es dir im letzten Moment anders überlegen!«

»Das hätte ich auch beinahe«, gestand sie, nachdem sie ihre Sprache wiedergefunden hatte.

Alessandro schob sie auf Armeslänge von sich und sah sie fragend an.

»Warum das?«

»Alessandro, was hast du dir nur dabei gedacht, mich hierherzuschleppen? Ich wage ja kaum zu atmen, so nobel ist das hier! Und du! Wie du nur aussiehst!«

»Wie denn?«

»Als hätte man dich gerade eben erst aus einem Modemagazin gezaubert!«

Er machte eine wegwerfende Handbewegung. »Ach das! Dienstkleidung, nimm das nicht so ernst. Oder stört es dich etwa?«

»Willst du eine ehrliche Antwort oder eine höfliche?«

Seine Miene verfinsterte sich, und er zog irritiert die Augenbrauen hoch. »Ist wohl kein gutes Zeichen, wenn du da einen Unterschied machst.«

Lara antwortete nicht sofort. Doch dann gab sie sich einen Ruck.

»Es ist vielleicht nicht die allerbeste Gelegenheit hier, aber ich weiß nicht, wann ich sonst den Mut finde, mit dir zu reden. Können wir …«

Er hob abwehrend die Hand. »Nein, warte – es ist tatsächlich kein guter Moment. Lass mich noch etwas erledigen und dann, versprochen, bin ich ganz Ohr und nur für dich da, okay?«

»Was bleibt mir schon übrig?«, versetzte sie nicht ohne Bitterkeit.

»Na, nun sei nicht gleich beleidigt, hm?«, versuchte er einzulenken. Er zog sie nochmals kurz an sich, und für einen Moment schloss sie die Augen und genoss seinen vertrauten Duft. Wenigstens das hatte sich nicht geändert – er roch noch immer nach Alessandro.

»Na gut.« Sie seufzte. »Was hast du vor?«

»Ich muss dich einen Augenblick alleinlassen. Nur ein paar Minuten, okay? Dann bin ich wieder da und wir reden. Über alles, was du willst, und so lange du willst. Wir sollten nur nicht vergessen, irgendwann eine Kleinigkeit zu essen. Der Küchenchef hat mir versprochen, sich heute Abend besonders anzustrengen.«

»Ich kriege heute sicher keinen einzigen Bissen runter!«

»Das werden wir sehen, also los, mach's dir hier bequem, ich bin gleich wieder da!« Mit einem raschen Händedruck ließ er sie los und verschwand.

Als sich die Tür hinter ihm geschlossen hatte, sah Lara sich um. Sie befand sich in einem Raum, der Bibliothek und Kaminzimmer gleichermaßen war. Schwere Vorhänge hingen vor den Fenstern und Ölgemälde an den Wänden. Der Kamin, in dem ein knisterndes Feuer brannte, war an beiden Seiten und hoch bis zur Decke mit Stuck verziert.

Lara fühlte sich denkbar unwohl, als sie sich in einen der tiefen Sessel am Kamin fallen ließ. Alessandros Verhalten hatte ihr Unbehagen keinesfalls gelindert, sondern es im Gegenteil noch kräftig geschürt.

Nein, sie hatte es ihm nicht so spontan sagen wollen, aber sein Anblick hatte ihr absolut nicht gefallen. Das war nicht mehr im

Entferntesten der Alessandro, den sie gewohnt war und in den sie sich verliebt hatte. Ihre Zweifel würden durch diesen Abend kaum entkräftet werden, und sie wünschte sich inständig, Valerie wäre hier und sie könnte sich mit ihr beraten, um einen klareren Kopf zu bekommen.

Sie hatte nicht die leiseste Idee, was Alessandro bezweckte. Dass er die Muschelfischerei aufgeben wollte, kam ihr ziemlich überstürzt und unüberlegt vor, sie konnte es aber immerhin nachvollziehen. Er hatte ihr mehr als einmal eindringlich geschildert, wie unangenehm diese Arbeit im Winter war, wenn sie draußen auf dem Meer Wind und Wetter und Kälte und Sturm ausgesetzt waren oder gar nicht erst hinausfahren und damit auch kein Geld verdienen konnten. Aber gab es wirklich keine andere Alternative als das hier? Sie sah sich kopfschüttelnd im Zimmer um, dessen Ecken im Dunkeln lagen, da die Flammen des Kamins nicht bis dorthin drangen und die wenigen kleinen Tischlämpchen mehr Schatten warfen, als Licht zu spenden.

Unter anderen Umständen hätte ihr das Ambiente vielleicht gefallen, aber nicht in diesem Zusammenhang, nicht im Hinblick auf eine Zukunft mit Alessandro.

Das hier wollte sie auf keinen Fall, weder als Umgebung für sich noch für ihn! Wenn sie es schaffte, ihm ihre Bedenken klarzumachen, verstand er sie vielleicht gut genug, um darauf einzugehen und gemeinsam mit ihr eine andere Lösung zu finden. Sie musste es auf jeden Fall versuchen, denn so wollte sie es bestimmt nicht weiterlaufen lassen, das stand für sie unumstößlich fest.

Die Tür öffnete sich. Erleichtert wandte sie sich um, doch anstatt Alessandro trat die Dame ein, die sie an der Rezeption begrüßt hatte.

»Aber Signora, Sie sitzen ja völlig im Dunklen«, meinte sie überrascht.

»Oh, das macht nichts, es gefällt mir so«, hörte Lara sich hölzern antworten.

»Soll ich Ihnen nicht doch mehr Licht machen? Möchten Sie vielleicht etwas lesen, während Sie warten?«

»Nein, nein, es ist alles in Ordnung so, vielen Dank«, wehrte Lara ab.

»Ich bringe Ihnen eine kleine Aufmerksamkeit des Hauses.« Lorena hatte einen Sektkühler mit einer Flasche Champagner und zwei Gläser auf den Tisch gestellt, der Lara am nächsten war. »Alessandro lässt Ihnen ausrichten, dass er gleich bei Ihnen ist, es dauert nur noch ein paar Minuten!«

»Vielen Dank.«

Nichts schien heute so zu klappen, wie sie es sich gewünscht hatte. Ihr ganzes Treffen stand unter einem schlechten Stern.

Nachdem sie die Flasche geöffnet und ihr eingeschenkt hatte, entfernte sich Lorena wieder und schloss geräuschlos die Türen hinter sich.

Stille umgab Lara, die gedankenverloren an ihrem Glas nippte. Ihre Überlegungen, die von der jungen Frau so jäh unterbrochen worden waren, ließen sich nicht einfach wieder aufnehmen. Sie hatte den Faden verloren. Außerdem wurde ihr allmählich bewusst, wie lange sie nun schon allein hier saß. Die paar Minuten, von denen Alessandro gesprochen hatte, waren längst um ein Vielfaches überschritten.

Sie wurde allmählich nervös. Was tat er eigentlich?

Zum ersten Mal keimte in ihr der Verdacht auf, dass seine Arbeit vielleicht nicht so unbedeutend war, wie er sie immer hatte glauben machen wollen. Ein bisschen organisieren? Parkplätze zuweisen und verirrte Kinder zurückbringen? Sie konnte sich nicht vorstellen, dass eine Familie mit Kindern sich hier einen Urlaub leisten konnte, und wenn, dann hatten diese Kinder mit Sicherheit eine eigene Nanny dabei!

Wie hatte es nur passieren können, dass sie sich so nahegekommen waren und sie dabei so wenig von ihm wusste? Und das alles war nur ihre eigene Schuld, gestand sie sich ein, denn sie hatte sich stets mit seinen mageren Informationen zufriedengegeben, hatte nur selten nachgefragt und sich zugegebenermaßen eher wenig für diese Seite seines Lebens interessiert. Ihr hatte das gereicht, was sie von ihm erfahren und sich daraufhin zusammengereimt hatte. Ihr unbestimmtes Gefühl, ihn kaum zu kennen, war berechtigt, doch war das sein Fehler?

Das Feuer brannte langsam herunter, und sie überlegte, ob es wohl angebracht war, dass sie als Gast Holz nachlegte – war sie überhaupt ein Gast? Als Anhängsel eines Angestellten, was war man da?

Unwirsch schüttelte sie diesen Gedanken ab. Nein, die Situation gefiel ihr nicht im Geringsten, wiederholte sie sich nun schon zum x-ten Mal.

Lara spürte eine Bewegung hinter sich und fuhr erschrocken auf. Alessandro trat zu ihr, berührte sie sanft an der Schulter und setzte sich dann in den Sessel ihr gegenüber.

»Da bist du ja!« Es klang weniger vorwurfsvoll als erleichtert.

»Tut mir leid, dass es so lange gedauert hat, aber es ließ sich nicht vermeiden.« Er griff nach der Flasche und schenkte sich ein. »Aber jetzt bin ich da, also lass uns darauf anstoßen, dass der Rest des Abends nur uns beiden gehört.«

»Das wäre wirklich schön«, gestand sie. »Ich komme mir hier verloren vor ohne dich.«

Er lachte. Täuschte sie sich oder klang es ungeduldig? Sie sah ihm forschend ins Gesicht – er sah angespannt aus.

»Dieser Job hier – er tut dir nicht gut«, platzte sie spontan heraus.

»Was?« Er schien ihr nicht zugehört zu haben.

»Ich finde, du siehst müde aus!«

»Ach was, nein, ich habe nur Hunger. Ich musste das Mittagessen ausfallen lassen. Was hältst du davon, wenn ich uns jetzt etwas Feines organisiere, und dabei können wir uns dann in Ruhe unterhalten, einverstanden?«

Lara hatte zugegebenermaßen wenig Lust auf ein Abendessen in dieser merkwürdig angespannten Atmosphäre, aber wenn er essen wollte, würde sie eben mitmachen.

»Also gut, wenn du möchtest. Aber meinst du, wir finden hier ein Eckchen, wo wir ein wenig Ruhe haben?«

Er sah flüchtig auf die Uhr. »Fast schon neun, das Restaurant füllt sich gerade. Willst du hier essen? Es ist um diese Zeit der ruhigste Ort im Haus.«

Lara nickte erleichtert. Nun, da sie eigentlich schon entschieden hatte, hier nicht zu arbeiten, wollte sie auch so wenig wie möglich von diesem Hotel sehen und hören. Und wenn es sich vermeiden ließe, dann würde sie hier auch nicht übernachten.

Alessandro zog ein Telefon aus der Brusttasche, das Lara vorher noch nicht bemerkt hatte, und drückte eine Taste.

»Ich bin's. Könntet ihr uns eine Kleinigkeit ins Kaminzimmer bringen? Ein wenig Fisch vielleicht und vorweg eine schöne Portion Carpaccio.«

Er warf Lara einen fragenden Blick zu, den sie mit einem leichten Schulterzucken beantwortete. Ihr war es egal, sie würde ohnehin nur davon kosten. Innerhalb weniger Augenblicke schwirrten zwei junge Mädchen herein, und das ruhige Zimmer füllte sich mit flinker Geschäftigkeit. Sie schalteten die große Deckenbeleuchtung ein, schoben einen kleinen Tisch zwischen Alessandro und Lara, deckten ihn sorgfältig nach allen Regeln der Kunst und huschten nach einigem Hin und Her wieder hinaus.

»Du solltest öfter mit mir hier essen – so werde ich normalerweise nicht bedient«, scherzte er leichthin.

Sie blieb ihm eine Antwort schuldig.

»Nun mach doch kein Gesicht wie sieben Tage Regenwetter«, bat er, offenbar langsam etwas irritiert. »Du solltest doch wissen, wie das ist, wenn man versucht, seinen Job gut zu machen, und sich hineinsteigert. Da vergeht die Zeit sehr schnell.«

»Vor allen Dingen, wenn man nicht derjenige ist, der dasitzt und wartet«, versetzte Lara mit zunehmender Gereiztheit.

Es störte sie, dass er die Situation und ihre Reaktion falsch interpretierte, aber wollte das Gespräch erst auf das eigentliche Thema lenken, wenn das Essen serviert war. Sie würden nur wieder gestört werden und konnten nicht ungehindert reden.

»Nein, für den natürlich nicht«, gab er zu und warf ihr einen sonderbaren Blick zu. »Ich hatte allerdings nicht so wenig Verständnis deinerseits erwartet, um ehrlich zu sein. Was ist heute Abend mit dir los?«

Ein livrierter Kellner, der einen Servierwagen vor sich her in das Zimmer schob, enthob sie vorübergehend einer Antwort.

Sie wartete, bis er ihnen beiden vorgelegt und sich dann diskret wieder entfernt hatte.

»Lass es dir schmecken«, machte er ihr noch ein Friedensangebot, ehe er sich dem Carpaccio widmete.

»Danke, du dir auch.« Sie stocherte lustlos in ihrem Teller.

Er tat, als würde er es nicht bemerken. »Also, was wolltest du mit mir besprechen?«

Sie legte ihre Gabel beiseite und lehnte sich zurück. Nachdenklich sah sie ihn an. Ihr Instinkt sagte ihr, dass er nur halb anwesend war und sie ihn unter Umständen nicht wirklich erreichen würde, aber ihr Kopf hielt dagegen, dass es höchste Zeit war, die Karten offen auf den Tisch zu legen.

Was also sollte sie tun?

Sie entschied sich erst einmal für die kürzeste Variante und fiel direkt mit der Tür ins Haus.

»Ich werde auf gar keinen Fall hier arbeiten, Alessandro!«

Er hielt einen Moment erstaunt inne. »Warum nicht? Es wäre doch schön, wenn wir in Zukunft noch öfter zusammen sein könnten.«

»Wenn ich dich richtig verstanden habe, dann willst du diese Arbeit hier entsprechend ernst nehmen. In diesem Fall kann ich mir kaum vorstellen, dass du noch viel Zeit für mich haben wirst.«

»Wenn ich hier etwas erreichen will, dann muss ich das aber tun, siehst du das nicht ein? Lara, ich bin echt erstaunt!«

»Ich verstehe ja, dass du etwas erreichen willst.« Nun musste sie ehrlich sein, wenn es ihr auch schwerfiel. Verletzen wollte sie ihn schließlich auch nicht. »Aber muss es ausgerechnet hier sein? Diese Umgebung ist doch nichts für dich! Und für mich auch nicht, siehst du das nicht?«

»Wie zum Teufel meinst du das?« Nun hatte auch er die Gabel aus der Hand gelegt – nein, eher auf den Tisch geknallt – und sah sie ziemlich ärgerlich an. »Was soll das bitte heißen? Bin ich deiner Meinung nach nicht gut genug für diese Umgebung? Meinst du, ein ungebildeter Fischer aus Goro kann sich nicht benehmen?«

Er schien sich in Rage zu reden, und Lara hob abwehrend die Hände.

»Nein, um Himmels willen, so habe ich das nicht gemeint! Ich finde im Gegenteil, du bist zu schade dafür«, versuchte sie zu einer Erklärung anzusetzen, doch seine Miene war starr geworden.

»So siehst du mich also!« Seine Worte klirrten wie Eiszapfen.

»Nein, tue ich nicht. Wenn du mich nur erklären ließest«, fing sie an und hielt inne, weil es ihr bei der Aussicht auf diesen wirklich ernsten Streit, der sich gerade beim wichtigsten Thema anzubahnen schien, die Kehle zuschnürte. Sie schluckte heftig und versuchte, ihrer Verwirrung Herr zu werden.

Das Gespräch drohte sich nicht gut zu entwickeln, wenn es ihr nicht schnell gelang, die Richtung zu korrigieren! »Nein, nein und nochmals nein. Stopp! Hier gewinnen gerade jede Menge Missverständnisse, und das ist nicht gut.«

»Also schön, dann klär mich bitte auf.«

Nun schob auch er seinen Teller zur Seite, verschränkte die Arme vor der Brust und sah sie an.

»Ich habe entschieden, dass ich nicht hier arbeiten werde, und das hat nichts mit dir zu tun. Mir wäre es lieber, wenn du auf Dauer auch nicht hierbleiben würdest, und das hat etwas mit uns zu tun. Du … du bist plötzlich nicht mehr der Alessandro, den ich kenne …«

Das Telefon, das er nach der Bestellung wieder in die Jackentasche gesteckt hatte, fing an zu klingeln.

Er ließ es klingeln, bis es von selbst aufhörte.

»Sprich weiter«, forderte er sie mit ruhiger Stimme auf, und einen Moment lang war sie nicht sicher, ob seine Ruhe echt war oder ob er kurz vor einem Ausbruch stand.

Das Telefon fing wieder an und wieder machte er keine Anstalten zu antworten, sondern ließ es durchläuten.

»Willst du nicht doch lieber rangehen?«, schlug sie genervt vor.

»Nein.« Es klang sehr entschieden, und Lara fasste etwas Mut.

»Alessandro, ich weiß nicht, wie ich dir das erklären soll, aber du bist mir heute so fremd wie noch nie. Ich kann es selbst kaum begreifen, und ich kann es schon gar nicht präzise in Worte fassen, aber heute erscheinst du mir nicht du selbst.«

»Damit kann ich herzlich wenig anfangen.«

Sie runzelte die Stirn, suchte nach Worten, um ihre vagen Befürchtungen auszudrücken, doch er kam ihr zuvor.

»Lass mich versuchen, dir zu helfen. Ich stelle dir jetzt ein paar einfache Fragen, und wenn du mir darauf ehrliche Antworten gibst, kommen wir der Sache vielleicht näher, ist das für dich okay?«

Irrte sie sich oder klang seine Stimme merkwürdig kalt und provozierend? Sie schüttelte ihr eigenartiges Gefühl ab. Alles sollte ihr recht sein, wenn sie es nur schafften, diese sonderbaren Missverständnisse auszuräumen, die sich hier zwischen ihnen selbstständig zu machen schienen.

»Also dann, die erste Frage. Sollen mir deine Andeutungen vorsichtig klar machen, dass diese Arbeit hier deiner Meinung nach nichts für mich ist?«

Sie horchte der Frage einen Moment nach, um ja keine grammatikalischen Spitzfindigkeiten zu überhören.

»In gewisser Weise finde ich das.«

»Gut, nächste Frage: Würdest du also sagen, ich sollte mir lieber etwas anderes suchen als das hier?«

»Auf jeden Fall!«

Hier kam ihre Antwort spontan und wie aus der Pistole geschossen.

»Weil ich als kleiner Hotelangestellter unter deinem Niveau bin? Und zudem als einfacher Muschelfischer dazu auch nicht tauge?«

»Was?« Ihr stockte der Atem. Hatte sie da gerade richtig gehört?

Er beugte sich vor und hätte beinahe sein Glas umgeworfen. »Bin ich dir auf einmal nicht mehr gut genug?«

Lara spürte, wie ein eisiger Schauer über ihren Rücken lief. Hier ging gerade etwas schief und zwar gewaltig.

»Was redest du da nur für ...«

Ein Klopfen an der Tür unterbrach sie jäh.

»Nicht jetzt!«

Seine herrische Stimme nahm ihr fast den Atem – noch nie hatte sie einen solchen Tonfall an ihm gehört.

Es half nichts, die Tür öffnete sich. Es war Lorena von der Rezeption.

»Ich sagte doch, ich will nicht gestört werden«, antwortete er so kalt wie zuvor.

»Verzeihung«, wisperte sie mit zitternder Stimme, »aber da ist ein Anruf für Sie.«

»Später!«

»Aus Rom«, fügte sie hinzu.

Einen Moment lang zögerte er. Doch dann legte er Lara kurz die Hand auf den Arm und sah sie an, als wollte er sie hypnotisieren.

»Tut mir leid, tesoro, ich muss rangehen. Lauf bitte nicht weg, auch wenn es etwas dauern sollte, ja?« Schon war er fort.

»Scusi!«, murmelte Lorena verlegen, gerade noch hörbar, in ihre Richtung und zog leise die Tür zu.

Was um alles in der Welt war das gerade gewesen? Wie konnte er sich erlauben, mit einer Kollegin in einem derart unverschämten Ton zu reden? Die arme junge Frau hatte es sich auch noch widerspruchslos gefallen lassen! Mit der Gleichberechtigung war es anscheinend in ihrem geliebten Italien doch nicht so weit her! Würde er wohl mit ihr auch irgendwann mal so reden, wenn sie es schafften, diesen Abend gemeinsam zu überstehen und zusammenzubleiben?

Was ihr aber noch viel weniger gefallen hatte, waren seine sonderbaren, ja schockierenden Fragen gewesen. Was sollte das denn?

Ob er ihr nicht mehr gut genug war? Wie konnte er sie nur so missverstehen?

Er war ihr eben *zu gut* für so einen Laden, in dem man sich wahrscheinlich Tag für Tag zum Sklaven seiner launischen Gäste machen musste! Das hatte er auf keinen Fall nötig und in Gottes Namen würde sie es doch wohl noch irgendwie schaffen, ihm das klarzumachen!

Wieder stieg Nervosität in ihr hoch, und sie zwang sich, nicht aufzuspringen und im Raum hin- und herzulaufen. Der Geruch des erkaltenden Essens stieg ihr in die Nase, und drehte ihr fast den Magen um. Schließlich hielt sie es nicht mehr aus und verließ ihren Platz am Tisch, um sich näher an den fast erloschenen Kamin zu setzen.

Entschlossen griff sie nach einem Holzscheit und legte es vorsichtig auf die Glut und dann noch eins. Langsam ergriffen die Flammen davon Besitz, das Feuer loderte höher, und es wurde heller im Raum.

Sie starrte in die Flammen, ohne einen klaren Gedanken fassen zu können. Dieser Abend bis hierher war ein einziger Albtraum! Wie konnte es nur passieren, dass sie sich fast stritten und sie nicht mal mehr imstande war, klar und deutlich ihre Meinung zu äußern?

Wieder verging die Zeit, und sie saß da und wartete und wartete und Alessandro kam nicht. Als sie irgendwann auf die Uhr sah, war es schon nach zehn. Gerade, als sie schon fast entschieden hatte, aufzubrechen, kam er zurück. Sein Blick verhieß allerdings nichts Gutes.

»Bist du sauer auf mich?«, versuchte sie halb im Spaß den Stier bei den Hörnern zu packen, als er sich ihr gegenüber in einen Stuhl fallen ließ. Er beugte sich vor und sah sie eindringlich an.

»Sauer auf dich? Niemals, cara.« Er klang angespannt. »Aber es ist etwas Unangenehmes passiert, und ich muss noch heute Nacht nach Rom.«

»Nach Rom? Aber – wie – wie willst du das um diese Uhrzeit anstellen? Und warum gerade du – können die nicht irgendjemanden von der Geschäftsleitung schicken?«

Es erschien ihr so absurd, dass es ihr einen Augenblick lang so vorkam, als läge Rom auf einem anderen Stern.

Ausgerechnet jetzt!

Er konnte doch nicht einfach so verschwinden und sich auf diese Weise elegant aus der Affäre ziehen und – nach Rom?

»Ich nehme den Nachtexpress. Der geht in einer halben Stunde hier vom Bahnhof aus, und wenn ich mich beeile, dann erwische ich ihn auch tatsächlich noch.«

Nun war es endlich bis zu ihr durchgedrungen. Das war keine Finte, irgendetwas musste tatsächlich passiert sein! Sie hatte zwar keine Ahnung was, und wie ausgerechnet er das in Ordnung bringen sollte – mitten in der Nacht – aber er würde schon wissen, was er tat.

»Was sitzt du dann noch hier rum?«

»Ich will mich ordentlich von dir verabschieden«, war die entschlossene Antwort. »So, wie das heute gelaufen ist, darf es nicht stehen bleiben zwischen uns! Wir haben noch etwas zu klären.«

Unversehens fand Lara sich an seine Brust gelehnt und von seinen Armen umschlungen. Sein vertrauter Geruch hatte etwas so Tröstliches, dass sie sich fragte, wie um alles in der Welt die Missstimmung des heutigen Abends hatte entstehen können.

»Nichts ist so, wie du denkst«, versuchte sie noch, die Situation zu entschärfen.

»Mach dir keine Sorgen, es ist nichts passiert«, versicherte er.

»Jetzt sieh zu, dass du deinen Zug erwischst, sonst musst du nach Rom laufen!«

Er lachte kurz und freudlos, presste sie eine Sekunde lang fest an sich und ließ sie dann los.

Gleichzeitig wandten sie sich zur Tür.

»Soll ich dich zum Bahnhof fahren?«, schlug sie spontan vor. So hätten sie vielleicht noch ein paar Minuten mehr, um sich zu verabschieden oder zu reden oder sich gegenseitig zu bestätigen, dass ihre Beziehung durch diesen unseligen Abend keinen Schaden genommen hatte.

»Nein, ein Kollege fährt mich hin. Setz dich wieder an den Kamin, trink noch ein Glas und tu so, als ob ich gleich wiederkäme. Und wenn du müde bist, lässt du dir von Lorena dein Zimmer zeigen und schläfst dich aus! Ich melde mich, sobald ich zurück bin, okay?«

»Okay. Wie lange bleibst du?«

»Weiß nicht.« Er küsste sie und wandte sich zum Gehen. »Das hier kann ein paar Tage dauern, mach dir also keine Sorgen, wenn ich nicht gleich morgen von mir hören lasse.«

»Gute Reise!«

»Ciao!« Weg war er und ließ Lara mit einem unbestimmten Gefühl der Leere zurück.

Einen Moment lang war sie unsicher, was sie nun tun sollte. Sie hatte nicht die geringste Lust zu bleiben und die Nacht hier zu verbringen, andererseits erwartete sie zu Hause auch nichts und niemand. *Und überhaupt*, dachte sie spöttisch, *was ist schon zu Hause?*

Dann hatte sie eine Eingebung. Sie hatte Zeit, nichts drängte sie, sie hatte unvermutet die Gelegenheit bekommen – warum nutzte sie sie nicht, setzte sich in aller Ruhe hin und schrieb ihm alles auf, was sie ihm hatte sagen wollen und was ihr nicht gelungen war?

Erstaunlicherweise hatte an diesem Abend noch niemand das Kaminzimmer betreten wollen, also hatte sie hoffentlich auch weiterhin ihre Ruhe. Sie sah sich um. Wie sie vermutet hatte, lagen klassisch Schreibutensilien auf einem kleinen Sekretär bereit – natürlich das Feinste und Edelste, was man sich nur wünschen konnte. Vornehmes, neutrales Briefpapier, von dem nur das Wasserzeichen seine Herkunft aus diesem Hotel verriet, Füller der teuersten Marken, nichts fehlte.

Wenn sie nun auch noch die richtigen Inspirationen hatte und es schaffte, ihm das zu schreiben, was sie ihm offensichtlich nicht sagen konnte, dann käme vielleicht doch alles wieder ins Lot.

Sie überlegte lange und sorgfältig, wie sie anfangen sollte, doch als sie ihren Gedanken erst einmal freien Lauf ließ, flog die Feder nur so über das Papier.

Alessandro,

dieser Abend ist leider ziemlich schiefgegangen, dabei wollte ich dir unbedingt ein paar sehr wichtige Dinge erklären.
Zuerst einmal lass mich dir gestehen, dass mir dieses Hotel nicht gefällt und dass ich hier auf keinen Fall arbeiten möchte. Und ich wünsche mir sehr, dass auch du nicht hierbleibst. Ich finde sicher etwas anderes, und du könntest doch zu deinen Muscheln zurückkehren. Hier, in dieser Umgebung, bist du mir fremd und fern, bist du nicht mehr der, den ich liebe.
Ich habe so lange gezögert, dir zu antworten, weil ich feige war und Angst vor deiner Reaktion hatte. Ich habe dir etwas verschwiegen, und wir wissen beide, was du von Unehrlichkeit hältst. Ich habe es dir nicht gesagt, weil ich nicht abschätzen konnte, wie sehr dir der Gedanke missfällt, eine Frau zu heiraten, die mehr Geld besitzt als du.
Alessandro, ich bin nicht reich, aber ich bin finanziell unabhängig und brauche nicht zu arbeiten. Ich hatte die ganze Zeit über nur nicht den Mut, dir das zu sagen, ich hatte einfach keine Ahnung, wie du dazu stehen und wie du reagieren würdest!
Nun weißt du es also. Wenn du mich jetzt immer noch haben willst und dir auch vorstellen kannst, mit mir ein normales, ruhiges Leben ohne dieses komische Hotel zu führen, dann will ich mit großer Freude deine Frau werden, weil ich dich liebe!

Lara.

Sie überflog ihre Zeilen noch einmal kurz. Es klang holprig und ungeübt. Schreiben auf Italienisch war eindeutig nicht ihre große

Stärke, aber das Wesentliche war gesagt, und vielleicht würden sie später einmal über dieses Gestolpere gemeinsam lachen.

Aufatmend faltete sie den Bogen und steckte ihn in ein Kuvert, das sie sorgfältig zuklebte. Auf die Vorderseite schrieb sie groß seinen Namen.

Entschlossen verließ sie das Zimmer, und ihr wurde schlagartig bewusst, dass sie dort drinnen den ganzen Abend verbracht und vom Rest des Hotels gar nichts gesehen hatte. Als sie einen kurzen Blick zurückwarf, wurde ihr auch klar, warum sie niemand gestört hatte: Jemand hatte draußen ein Schild angebracht, das auf eine Besprechung im Kaminzimmer hinwies und darum bat, nicht einzutreten.

Sie wandte sich zur Rezeption, wo sie wie erwartet Lorena antraf. Wenn der jungen Frau Alessandros Auftritt von vorhin unangenehm gewesen war, dann ließ sie sich jedenfalls nicht das Geringste anmerken. Sie war verbindlich und von ausgesuchter Freundlichkeit, so wie bei ihrer Begrüßung.

»Sie möchten jetzt bestimmt Ihr Zimmer sehen, Signora?«, fragte sie mit strahlendem Lächeln.

»Nein, danke«, wehrte Lara verlegen ab. »Ich kann leider nicht bleiben. Aber wären Sie so freundlich, Alessandro das zu geben, wenn er zurückkommt?«

Sie legte den Brief auf den marmornen Tresen der Rezeption.

»Aber selbstverständlich, gern«, versprach ihr Gegenüber.

Gerade als Lara sich umwandte, trat eine ältere Dame durch das Hauptportal. Sie war eine echte Diva: silbergraues, in sorgfältige Wellen gelegtes Haar, dezentes, aber perfektes Make-up, ein bodenlanger Nerz, goldenes Abendtäschchen unterm Arm. Die Erscheinung bedachte Lara mit einem durchdringenden Blick, während sie an ihr vorbeirauschte und sich an die Rezeption wandte. Urplötzlich war ihr, als hätte ein eisiger Wind sie gestreift.

Lorena blieb bei ihrem Anblick der Mund offenstehen. »Guten ... guten Abend, Dottoressa!«

»Abend, meine Liebe. Na, junge Dame, was siehst du mich denn an wie ein Gespenst?«

»Ich – ich dachte – wir alle dachten, Sie wären heute Abend in Bologna in der Oper!«, stotterte sie.

»Ja? Dachten das alle? Nun, das war ich auch. Aber die Inszenierung dort hat mir nicht im Geringsten gefallen, daher bin ich noch vor der ersten Pause gegangen. Und nun bin ich hier.«

Ihre Stimme hörte sich an wie das Klingen vieler winziger Glasglöckchen – melodisch, aber kalt.

»Ich habe das Gefühl, dass heute hier in meinem eigenen Haus eine viel interessantere Aufführung läuft ... mach den Mund zu, hier fliegen keine gebratenen Täubchen durch die Gegend – auch wenn du gut eins vertragen könntest«, empfahl sie Lorena, die bei diesen Worten nicht mehr wusste, wie sie dreinschauen sollte, während die Dame langsam und sorgfältig ihre schwarzen Lederhandschuhe abstreifte.

»Wo ist Alessandro?«

»Auf dem Weg nach Rom«, gab Lorena Auskunft.

Silbergraue Augenbrauen schnellten in die Höhe.

»Also doch?«

»Es ging leider nicht anders!«

Verständnisloses Kopfschütteln war die Antwort. »Ich habe ihm gleich gesagt, dass man das ohne ihn nicht bewältigen würde! Aber er wollte ja unbedingt heute Abend hier sein. Und warum steht sein Porsche noch vor der Tür?«

»Der Dottore hat den Zug genommen ...«

Dieser Frau schien es absolut nichts auszumachen, dass Lara ihre Unterhaltung mithörte. Sie kam sich vor, als würde sie an einer fremden Tür Dinge belauschen, die sie nichts angingen, obwohl es sich um den Mann drehte, mit dem sie zusammen war.

Dazu sprach sie auch noch in unverständlichen, absurden Rätseln – sein Porsche? Der Dottore? Ihr war der dunkle, monströse Geländewagen direkt vor dem Hotelportal zwar aufgefallen, aber dass er Alessandro gehören sollte, konnte nur ein enormes Missverständnis sein. War hier von einem anderen Alessandro die Rede?

Empört nickte sie Lorena einen kurzen Dank zu und drehte sich um. Sie hatte ihre Tasche und den Mantel noch im Kaminzimmer, also würde sie ihre Sachen holen und dann nichts wie weg hier!

Eine Sekunde lang überlegte sie, wer dieser Eisberg wohl sein mochte, und kam zu dem Schluss, dass es sich wahrscheinlich um niemand anderen handeln konnte als die Direktorin des Hauses. Sie erinnerte sich vage, dass Alessandro sie einmal kurz erwähnt hatte. Auch ihr arrogantes Auftreten und ihre Äußerungen ließen kaum einen anderen Schluss zu. Sie schien Alessandro recht gut zu kennen und immerhin eine hohe Meinung von ihm zu haben. Ihm schien sie sogar zuzutrauen, den Untergang Roms aufhalten zu können – wenn es sich denn um Laras Alessandro handeln sollte.

Sie hatte gerade ein paar Schritte gemacht, da hörte sie erneut die gläserne Stimme.

»Ist das da zufällig die junge Dame aus Deutschland? Der besondere Gast des Abends, den man mir vorenthalten wollte?«

Lorena murmelte mit erstickter Stimme etwas Unverständliches, dann folgte Lara das Klappern von Absätzen.

»Auf ein Wort, junge Dame, wenn ich bitten darf!«

Perplex schaute Lara sich um. Die Dame im Nerz redete tatsächlich mit ihr.

»Meinen Sie mich, Signora?« Ungläubig starrte Lara die fremde Frau an.

»Sehen Sie sonst noch jemanden hier?«, war die schroffe Antwort. »Ich habe mit Ihnen zu reden.«

Ärger keimte in Lara auf über dieses anmaßende Gehabe. Wie sie mit ihr redete, grenzte schon an Unverschämtheit.

»Ich kenne Sie nicht, Signora, und ich wüsste auch nicht, worüber ich mit Ihnen reden sollte, um ehrlich zu sein«, gab sie zurück und wandte sich ratlos ab. Nur noch weg hier, sie kam sich vor wie im falschen Film!

»Das werden Sie gleich sehen, kommen Sie nur.«

Unvermittelt fand Lara sich mit der fremden Frau im Kaminzimmer wieder, wo sich erneut die beiden Flügeltüren hinter ihr schlossen.

»Setzen Sie sich«, wurde sie aufgefordert und blieb trotzig stehen, während ihr Gegenüber nachlässig den Nerzmantel über eine Stuhllehne warf und sich für ihr Alter ungeheuer elegant in einen der Sessel sinken ließ.

»Danke, ich stehe lieber«, lehnte sie kühl ab.

»Wie Sie meinen.« Die Ältere musterte sie scharf, während Lara demonstrativ nach ihrer Tasche griff und sich ihren Mantel über den Arm legte. Obwohl Lara stand, kam der Blick der Dottoressa derart von oben herab, dass Wut in ihr aufstieg.

»Signora, ich möchte nicht unhöflich sein, aber ich werde jetzt aufbrechen, denn ich habe noch eine lange Fahrt vor mir ...«

»Sie werden gleich erfahren, worüber ich mit Ihnen reden möchte, und Sie werden bleiben und es sich anhören. Schließlich habe ich Ihretwegen auf Tosca verzichtet und bin so spät noch aus Bologna hergekommen. Man hatte mich eigentlich genötigt, dort zu übernachten, aber ich bin schließlich nicht von gestern.«

Wieder fühlte Lara sich erbarmungslos unter die Lupe genommen. Sie verstand im Moment gar nichts, aber irgendetwas an dem scheinbar konfusen Gerede der alten Dame alarmierte sie. Es wirkte viel zu präzise, um verwirrt zu sein, und das beunruhigte Lara.

»Sie sind also die Frau, die Alessandro heiraten will.« Die Attacke kam unerwartet, die Stimme troff vor Ablehnung.

Lara erstarrte. Das hatte ihr heute Abend gerade noch gefehlt! Musste sie wirklich Alessandros Chefin über ihr Privatleben Rede und Antwort stehen?

Das ging ihr entschieden zu weit.

»Signora, Ihr Interesse in Ehren, aber das geht nur Alessandro und mich etwas an.«

»Ach, meinen Sie?«

»Ich werde mich doch mit Ihnen nicht über unsere Beziehung unterhalten. Ich weiß nicht einmal, wer Sie sind.« Lara geriet langsam sie in Rage.

»In der Tat, junge Frau, Sie bringen mich dazu, meine gute Kinderstube zu vergessen. Ich ...«, sie betonte die Worte genüsslich, »... bin Dottoressa Annamaria Mancin, die Hausherrin hier. Mir gehört dieses Hotel genauso wie noch zwei weitere, Sie sind also Gast in meinem Haus!«

Also hatte sie tatsächlich die richtigen Schlüsse gezogen: Die arrogante Alte war Alessandros Chefin! Sie beglückwünschte sich insgeheim zu ihrer Entscheidung, nicht hier zu arbeiten. Unter diesem Drachen hätte sie es garantiert keine zwei Tage ausgehalten. Sie fragte sich nur, wie Alessandro das ertrug. Und nun, fand sie, war es wirklich genug.

»Es freut mich außerordentlich für Sie, Signora, aber was Ihnen gehört oder nicht gehört, interessiert mich nicht im Geringsten. Sie haben kein Recht, mich hier zu verhören, als sei ich irgendein dahergelaufenes Straßenmädchen!«

Sie wandte sich ab, um zu gehen.

»Was denken Sie sich eigentlich dabei, den armen Jungen so auf die Folter zu spannen?«, hörte sie die spröde, eisige Stimme in ihrem Rücken.

Lara machte kehrt. »Signora, Sie mögen tausendmal seine Chefin sein, aber mir haben Sie nichts zu befehlen! Ich sage es Ihnen noch einmal: Unser Privatleben geht Sie nichts an.«

»Glauben Sie wirklich, Alessandro einen Gefallen damit zu tun, wie Sie sich mir gegenüber aufführen?«

Die blauen Augen sprühten sonderbare Funken, und Lara starrte sie gebannt an.

Diese Augen! Sie spürte, wie ihr kalt ums Herz wurde und sich ihr Magen zusammenzog. Doch dann fing sie sich wieder. Alessandro! Nicht eine Sekunde lang hatte sie daran gedacht, dass ihr Verhalten seiner Chefin gegenüber für ihn Konsequenzen haben könnte! Sie war angegriffen worden und hatte sich verteidigt, mehr nicht. War das nun eine Drohung gewesen, die sie ernst nehmen musste? Alessandro konnte schließlich nichts dafür, dass sie die Kontrolle verloren hatte, das würde ihm doch nicht etwa in Zukunft das Leben schwer machen?

»Was wollen Sie von mir?« Lara schaffte es, ihre Stimme wenigstens halbwegs höflich klingen zu lassen.

»Erst einmal, dass Sie sich setzen, so wie ein wohlerzogener, junger Mensch mit ein wenig Respekt vor meinem Alter das tun würde. Dann, dass Sie mir Rede und Antwort stehen. Denn schließlich habe ich das Recht dazu!«

Wenn die Dame Alessandro als Druckmittel ins Spiel bringen wollte, saß sie eindeutig am längeren Hebel! Laras Widerstand fiel in sich zusammen, denn sie hatte heute Abend begriffen, wie wichtig diese Arbeit für ihn war. Sie würde zwar mit ihm darüber noch reden müssen, aber ihm hier Knüppel zwischen die Beine zu werfen, ging trotzdem nicht an.

Also gehorchte sie mit zusammengekniffenen Lippen, legte Mantel und Tasche beiseite und setzte sich.

»Schon besser so«, lobte die Dottoressa spöttisch. »Ich hätte mich sonst gewundert, was unseren wohlerzogenen Alessandro an Ihnen so fasziniert haben sollte, dass er Sie unbedingt heiraten will. Also, wollen wir beide es nochmals versuchen wie zwei erwachsene Menschen?«

Der gönnerhafte Ton in ihrer Stimme brachte Lara erneut zum Kochen, aber sie schluckte ihren Ärger hinunter, versuchte, sich unter Kontrolle zu halten, und ließ einen erneuten, scharf musternden Blick über sich ergehen.

»Nun gut«, meinte die Dottoressa schließlich, »Sie machen einen durchaus ansehnlichen Eindruck. Ein bisschen mager vielleicht, aber das scheint bei euch jungen Leuten heutzutage ja Mode zu sein. Ansonsten mag es schon sein, dass ein Mann sich in Sie verguckt.« Sie seufzte ein wenig. »Aber ausgerechnet Alessandro! Gerade für ihn hätte ich mir wirklich eine elegantere Erscheinung als Frau gewünscht!«

»Ich sitze nur für Alessandro hier, Signora«, antwortete Lara leise und mit unterdrückter Wut, »weil ich weiß, wie wichtig diese Arbeit für ihn ist, und weil ich nicht möchte, dass er meinetwegen auch noch Schwierigkeiten mit Ihnen bekommt. Das heißt aber nicht, dass ich mich gern von Ihnen beleidigen lasse. Das habe ich nicht nötig!«

»Und Alessandro hat Sie nicht nötig, glauben Sie mir das!«

»Das habe ich auch nie behauptet. Wie sind zusammen, weil wir uns lieben, nicht, weil wir uns brauchen.«

»Dass er Sie liebt, daran besteht kein Zweifel, das sieht ein Blinder. Aber lieben Sie ihn auch?«

Lara starrte sie an. Der Nobeldrachen verstand es tatsächlich, den Finger in die Wunde zu legen. Liebte sie Alessandro wirklich? Und hatte sie es ihm schon mal gesagt, außer in dem Brief, den sie ihm soeben hinterlassen hatte? Sie konnte sich nicht erinnern und fühlte, wie ihr die Röte in die Wangen stieg.

»Ja«, antwortete sie schließlich bedächtig. »Ja, ich liebe ihn auch. Und zwar so, wie er ist, und nicht so, wie er gern sein möchte!«

»Was wissen Sie denn schon davon, wie er sein möchte? Außerdem haben Sie sich mit Ihrer Antwort sehr viel Zeit gelassen! Hätte Alessandro das mit anhören müssen, dann würde ihn das bestimmt nicht besonders gefreut haben!«

»Lange oder nicht, es ist die Wahrheit, und nur das zählt. Ich liebe ihn, und davon bringt mich niemand ab.«

»Das glaube ich Ihnen gern, meine Liebe, schließlich ist unser Goldjunge äußerst begehrenswert, nicht wahr? Aber machen Sie sich nichts vor, Sie sind nicht die Erste, und Sie werden bestimmt nicht die Letzte sein, die versucht, sich Alessandro zu angeln, und wenn Sie hundertmal aus Deutschland kommen!«

Lara konnte ein gereiztes Lachen nicht unterdrücken und schüttelte fassungslos den Kopf.

»Ich will Ihnen mal etwas sagen, Signora: Männer wie Alessandro wachsen sicher nicht auf Bäumen, aber so außergewöhnlich, wie Sie tun, ist er nun auch wieder nicht! Er ist ein normaler, sympathischer Kerl, aber ihn mir angeln? Da hat eher er mich geangelt, ich bin nämlich nicht hierhergekommen, um mir einen Mann zu suchen!«

»Sie haben sogar schon einen, wenn ich recht informiert bin. Und dass sie keinen Mann suchen, das behaupten Frauen Ihres Schlages anfangs alle, und am Ende wollen sie nur einen, der sie versorgt, damit sie das nicht selbst tun müssen, sondern sich ein bequemes Leben machen können! Und außergewöhnlich? Ja, das ist er, und zwar sehr.«

Lara glaubte fast, an ihrer Selbstbeherrschung zu ersticken. Welcher Schlag Frau war sie denn wohl? Trotzdem gelang es ihr, einigermaßen ruhig zu bleiben, obwohl sie sich vorkam wie in einem bösen Traum. Die Absurdität der Situation wurde ihr mehr und mehr bewusst: Sie saß hier am Kamin eines Nobelhotels mit der Direktorin desselben und musste sich mit ihr eine harsche Auseinandersetzung über ihr Privatleben und ihren Freund liefern! Was zum Teufel ging diesen Drachen ihre Beziehung an?

Sie gab sich einen Ruck. Genug der Rücksichtnahme auf Alessandro!

Wenn er wegen dieser Unterhaltung Schwierigkeiten bekommen sollte, dann nur zu, je schneller er von hier fortging, umso besser! Ein verstohlener Blick auf die Uhr zeigte ihr, dass Mitternacht längst vorüber war. Sie stand auf und griff nach ihrer Tasche.

»Zugegeben, Signora, er ist außergewöhnlich. Gut, ich stimme Ihnen zu. Und? Bei aller Besonderheit ist er immerhin auch noch ein menschliches Wesen, oder etwa nicht?«

»Ja, er ist ein menschliches Wesen, und Irren ist leider menschlich«, hörte sie die gläserne Stimme. »Sie sind der lebende Beweis für dieses Sprichwort. Dass er sich so in der Wahl seiner Frauen täuscht, ist leider nicht das erste Mal, und ich bedaure das zutiefst, glauben Sie mir! Sie sind weit unter seinem Niveau, und das wird er eines Tages zutiefst bereuen.«

Lara fuhr herum. Das ging eindeutig unter die Gürtellinie! »Ich hoffe, er wird schnell etwas anderes bedauern, nämlich hier zu arbeiten! Hier ist er absolut verschwendet, und wenn er nur ein bisschen Stolz hat, sind Sie ihn hoffentlich bald los, wenn ich ihm von diesem Abend und Ihren Unverschämtheiten erzähle!«

Sie schlüpfte in ihren Mantel und wandte sich ab. Ein kaltes Lachen hinter ihr war die Antwort.

»Was Sie sich bloß einbilden! Glauben Sie im Ernst, dass Alessandro Ihretwegen alles hier hinter sich lassen würde? Niemals wäre er so pflichtvergessen, eine derartige Dummheit zu begehen. Er ist immerhin mein Enkel, haben Sie das vergessen?«

Lara erstarrte, alles in ihr schien urplötzlich zu Eis zu gefrieren. Bestimmt hatte sie das Gehörte nicht richtig verstanden – sie hatte gesagt *mio nipote* – aber ließ das zwingend *mein Enkel*? Könnte sie vielleicht *mein Neffe* gemeint haben? Nur – was sollte das groß ändern?

Langsam, als hätte sie Mühe, sich überhaupt zu bewegen, drehte sie sich um. Die Dottoressa war aufgestanden und sah sie triumphierend an.

»Denken Sie immer daran: Familienbande in Italien sind etwas anderes als in Deutschland. Bei uns zählen gewisse Werte noch etwas, und mein Sohn hat Alessandro in diesem Sinne erzogen! Er würde sein Leben niemals für Sie aufgeben, schlagen Sie sich das aus dem Kopf. Und außerdem – was hätten Sie denn dann noch von ihm, hm?«

»Ihr Enkel?« Lara wiederholte das Wort mühsam und mit tonloser Stimme. »Nein, das glaube ich nicht.«

»Was heißt hier, das glauben Sie nicht?«

»Sagen Sie, dass das nicht wahr ist«, forderte Lara mit einer Mischung aus Verzweiflung und Schaudern.

»Natürlich ist es das! Woran – außer seinem Vermögen – sollten Sie sonst interessiert sein?«

An dem Mann – dem Menschen –, diesem anbetungswürdigen, charmanten, zärtlichen und unwiderstehlichen Kerl, der mich wieder ins Leben zurückgeholt hat, wollte sie schreien, doch sie bekam keinen Ton heraus. Sie konnte oder wollte es nicht fassen.

»Sein Vermögen?«, krächzte sie schließlich

»Das Familienerbe natürlich. Alessandro ist vor Fernando mein erstgeborener Enkel, was glauben Sie wohl, wer das alles einmal erben und die Hoteldynastie fortführen wird? Nando etwa?«

Lara schüttelte den Kopf. »Aber ... Vielleicht reden wir gar nicht von demselben Alessandro. Das kann doch nur ein Missverständnis sein!« Dagegen sprach eindeutig Fernando. *Nando*, den Alessandro als seinen Freund ausgegeben hatte und der in Wahrheit sein Bruder war!

»Nein, das ist gewiss kein Missverständnis! Wir reden hier von Alessandro Ronaldini, meinem Enkelsohn, dem Mann, der es sich leider in den Kopf gesetzt hat, ausgerechnet Sie heiraten zu wollen!«

Ein Irrtum war also ausgeschlossen.

Langsam drang die Realität zu Laras Bewusstsein durch: Dass ihr Alessandro nicht nur erstens der Enkelsohn dieser Furie war, sondern dass ihn zweitens offensichtlich ein Erbe erwartete. Und was für eins! War ihr dieses Hotel schon vorher von Herzen unangenehm gewesen, so wuchs es sich jetzt zu einem absoluten Horror aus.

Auf was für ein Theater war sie heute Abend nur hereingefallen? Und – wie ihr in einem Sekundenbruchteil bewusst wurde – nicht nur heute Abend!

Die Dottoressa hatte sich unterdessen etwas gemäßigt. Der Triumph war aus ihrem Gesicht verflogen.

»Wollen Sie ernsthaft behaupten, dass Sie nichts davon wussten?«

Lara antwortete automatisch und tonlos, fast ohne es zu wollen. »Nein, ich hatte nicht die geringste Ahnung. Er ist doch nur ein einfacher Fischer ...«

»Ma ché! Ach was!« Verachtung sprühte aus den Worten der Dottoressa, und sie kniff einen Moment lang die Augen zusammen. »Ach ja, ich weiß schon, seine Marotte – es stimmt also tatsächlich, dass er Ihnen nichts gesagt hat? Ich hatte es ihm nicht geglaubt, hielt es nur für einen seiner Scherze.«

Laras Erstarrung löste sich. Ihre Stimme kam ihr selbst fremd vor.

»Ein Scherz? Ja, aber ein verdammt schlechter! Wissen Sie was? Ich will mit ihm nichts mehr zu tun haben und mit Ihnen noch viel weniger! Dynastie? Sie sind eine bösartige Furie, und er ist ein verlogener Bastard! Geht doch allesamt zum Teufel, samt euren noblen Hotels!«

Nichts und niemand würde sie nun noch aufhalten können. Als sie aus dem Raum stürmte, riss sie die beiden gläsernen Türflügel so vehement auf, dass sie protestierend vibrierten. Fast bedauerte sie es, dass sie nicht in tausend Scherben zersprangen, das hätte genau zu ihrem Gemütszustand gepasst! In einem Rausch zwischen eisiger Wut und heißer Verzweiflung rannte sie an der Rezeption vorbei nach draußen und nahm um sich herum so gut wie nichts mehr wahr.

Wie sie an ihr Auto gekommen war, daran konnte sie sich später nicht mehr erinnern, ebenso wenig, dass sie das Hotelgelände verlassen hatte. Sie kam erst dann ein wenig zur Besinnung, als sie sich mit laufendem Motor am Straßenrand wiederfand. Mühsam steuerte sie eine Parklücke an, stellte den Motor ab und konnte endlich ihren wilden, heißen Tränen freien Lauf lassen.

12

Wie sie den Rest der Nacht verbracht hatte, daran erinnerte Lara sich später nur noch vage. Zuerst war sie einfach im Auto sitzen geblieben, doch dann war ihr die fixe Idee gekommen, Alessandros Romreise könnte auch nur einer seiner vielen Tricks gewesen sein, und er könnte zurückkommen und sie hier am Straßenrand vor dem Tor seines Hotels finden. Also war sie schnell losgefahren. Irgendwann hatte sie sich in alter Gewohnheit vor der Tür ihres früheren Domizils wiedergefunden, doch um halb vier Uhr morgens konnte und wollte sie ihre Freunde nicht wecken. Bei Einbruch der Dämmerung war sie dann schließlich auf dem Sofa in Danilos Häuschen aufgewacht.

Nun war sie hier, bei ihren Freunden. Bert war bereits auf einen Kaffee ins Dorf gegangen, und Valerie hatte Mühe, sie zu einer klaren Aussage zu bewegen, damit sie zumindest verstehen konnte, warum ihre Freundin so außer sich war.

»Er hat mich belogen, monatelang. Kein einziges Wort von allem, was er gesagt hat, ist wahr.« Laras Stimme war eisig, während sie mit versteinertem Gesicht an Valeries Küchentisch saß. »Es war alles von Anfang an eine einzige große Lüge. Und gestern Abend hat er auch noch empört getan, als ob ich ihn beleidigt und in seinem Stolz verletzt hätte! Er hat die ganze Maskerade bis zum letzten Moment aufrechterhalten!«

Draußen ging die Tür, Bert kam nach Hause.

»Was ist denn hier los?« Etwas ratlos sah er sich seiner fassungslosen Frau und einer zu Eis erstarrten Lara gegenüber.

»Gut, dass du kommst.« Valeries Stimme zitterte. »Ich weiß nicht mehr weiter. Sie kam, kurz nachdem du weg warst, und sagt nur, Alessandro habe sie belogen, aber ich kriege nicht aus ihr heraus, was sie meint!«

Bert setzte sich bedächtig und sah sie an. »Lara, beruhige dich! Sag uns, was passiert ist. Was hat er dir getan?«

Lara schien wie aus einer Trance zu erwachen. »Ich bin noch nie in meinem Leben so hintergangen worden«, setzte sie an, ehe sie es schließlich schaffte, in groben Zügen die Ereignisse des vergangenen Abends zu schildern. »Und ich bin noch niemals so beschimpft worden, wie von dieser Hyäne von Großmutter! Mir zu sagen, dass ich ihm nicht das Wasser reichen kann, zu unterstellen, dass ich nur hinter seinem Geld her sei – was bildet dieses Ungeheuer sich eigentlich ein? Ich bin doch nicht auf der Straße aufgewachsen! Glaubt mir, ich würde ihn am liebsten erwürgen!«

»Du solltest wohl eher ihr als ihm an die Gurgel gehen. Alessandro kann doch nichts dafür, er weiß wahrscheinlich gar nicht, was passiert ist. Und gegen sie scheinst du dich tapfer geschlagen zu haben«, kommentierte Bert mit einem schiefen Lächeln.

»Bert, ich bitte dich!« Valerie fand das gar nicht zum Lachen. »Du musst doch zugeben, dass das ein starkes Stück ist. Wenn das stimmt, hat er ihr tatsächlich die ganze Zeit etwas vorgemacht.«

Lara starrte blicklos vor sich hin. »Ich komme mir so dumm vor. Das müssen doch alle gewusst haben. Jeder hat sein Theater mitgespielt, und er hat sich vermutlich über mich lustig gemacht.«

»Er hat bestimmt eine Erklärung dafür, meinst du nicht?«

Lara sah ihn verständnislos an. »Eine Erklärung? Dazu wird er nicht mehr kommen, weil ich mit ihm nie mehr auch nur ein einziges Wort wechseln werde!«

»Aber du musst ihm doch die Möglichkeit geben, die Situation zu klären!«

»Ich muss gar nichts, und da gibt's auch nichts mehr zu klären. Ich kenne seine Lügen jetzt und noch mehr davon will ich bestimmt nicht hören. Ich habe mich schon genug zum Narren machen lassen, vor aller Welt, vor seinen Freunden, vor mir selbst – einfach vor jedem! Und am meisten vor dieser ungeheuerlichen Großmutter!«

»Aber Lara, das glaube ich nun wirklich nicht.«

»Er musste wegen Komplikationen heute Nacht nach Rom fahren – in dem Hotel haben wir gewohnt, als wir dort waren, und das war nebenbei sein eigenes! Ich hatte sogar noch Gewissensbisse wegen der Preise in dieser Nobelbude! Und natürlich haben dort auch alle dicht gehalten, vom ersten Kellner bis zum letzten Zimmermädchen haben alle sein Spielchen mitgespielt.«

»Warum mag er das nur getan haben?« Bert versuchte, das Problem von der vernünftigen Seite aus anzugehen. »Er muss doch irgendeinen Grund dafür gehabt haben.«

Lara schüttelte den Kopf.

»Mir ist vollkommen egal, warum er das getan hat! Ich hätte nur nie gedacht, dass ein Mensch mich dermaßen anlügen kann, ohne dass ich es merke.« Sie stutzte und hielt inne. Ihr Herz krampfte sich schmerzhaft zusammen. Schon wieder belogen. Ihre Wangen begannen zu glühen, und sie legte die Handflächen auf ihre heiße Haut. Mit großen Augen sah sie Valerie an. »Das ist das zweite Mal. Das zweite Mal, Valerie, dass ich einen Sack voll Lügen für die Wahrheit halte. Wie idiotisch kann man eigentlich sein? Meine Dummheit reicht für drei. Ich hätte es doch wissen müssen.«

»Unsinn«, wehrte Valerie ab. »Das hättest du nicht.«

»Ich habe es verdrängt. Alles. Es gab Hinweise. Die gab es doch, oder, Valerie? Es muss sie gegeben haben.«

Valerie schwieg und bedachte Lara nur mit einem unglücklichen Blick.

»Ich hätte sie erkennen müssen, hätte ihm nicht vertrauen, hätte niemals so naiv sein dürfen. Das hier habe ich genauso wenig geahnt wie das mit Robert, dabei hätte ich es sehen müssen ...«

»Rede dir das nicht ein. Kein Mensch kann so etwas vorhersehen. Du kannst doch nicht wegen einer negativen Erfahrung davon ausgehen, dass alle Männer schlecht sind und jeder dich hintergeht. Was wäre das für ein Leben?«

»Ein sicheres. Ein besseres als das hier. Eins, in dem mich Männer nicht dauernd belügen.«

Valerie seufzte mitfühlend.

»Ach, mein Liebes. Glaubst du denn, dass alles gelogen war? Vielleicht liebt er dich wirklich. Er wollte dich immerhin heiraten!«

»Hältst du etwa zu ihm, nach allem, was er mir angetan hat?«, fuhr Lara unwirsch auf.

»Nein, aber sieh mal«, Valerie rang angestrengt nach Worten. »Es ist nicht gesagt, dass das nicht wenigstens die Wahrheit war. Immerhin ist er kein Hochstapler, der auf dein Geld aus ist.«

»Nein«, bestätigte Lara bissig, »aber gelogen hat er trotzdem und mir unter falschen Voraussetzungen einen Antrag gemacht. Kannst du dir vorstellen, wann er mir die Wahrheit sagen wollte? Nach der Hochzeit vielleicht? Ach übrigens, Liebling, ich bin reich, aber das ist doch egal, wenn man sich liebt – so vielleicht?«

»Na ja«, begann Bert vorsichtig, »um ehrlich zu sein, was ist denn so schlimm daran, dass er Geld hat?«

»Alles!«, grollte Lara. »Schlimm ist, dass er mich monatelang hinters Licht geführt hat, dass er mich vor allen Leuten, seiner Familie, seinen Freunden, zum kompletten Narren gemacht hat. Dass er mir einen Job in seinem eigenen Hotel andrehen wollte! Mit dieser Großmutter als Chefin – ihr macht euch gar keine Vorstellung, was das für ein Mensch ist! Wie sie mich behandelt hat! Ich bin mein ganzes Leben lang noch nie so erniedrigt und gedemütigt worden!«

»Was wirst du nun tun, Liebes?«, fragte Valerie vorsichtig.

»Keine Ahnung«, war die düstere Antwort. »Ich weiß nur, dass ich ihn nie, nie wieder sehen will und dass ich mich die nächsten hundert Jahre vor aller Welt verstecken möchte, weil ich mich so abgrundtief schäme! Und da hatte ich ein schlechtes Gewissen, weil ich ihm nicht alles von mir erzählt habe, stell dir das nur mal vor! Was war ich für eine Idiotin!«

»Lara, nun sei nicht so streng mit dir selbst, das wäre jedem passiert an deiner Stelle! Er war zu überzeugend, wie hättest du das ahnen sollen? Ich bin auch auf ihn hereingefallen. Wenn ich nur daran denke, wie ich dir zugeredet habe, mit ihm etwas anzufangen, wird mir schlecht!«

»Hör auf damit, Valerie, sonst gibst du am Ende dir selbst die Schuld daran, und das würde es für mich nur noch schlimmer machen, als es ohnehin schon ist!«

»Aber was tun wir jetzt?« Fragend sah Valerie zu ihrem Mann hinüber, der ihren Blick ratlos erwiderte.

»Ich weiß es nicht. Das Problem ist, dass mich vorhin die Kanzlei angerufen hat. Wir müssen morgen schon zurück, weil ein Prozesstermin vorverlegt wurde.«

»Herrje! Auch das noch! Es ist zum Haare raufen!« Valerie schüttelte fassungslos den Kopf. »Wir können Lara unmöglich hierlassen, in dieser Verfassung! Lara, willst du mit uns kommen? Du kannst wieder bei uns wohnen, so lange du nur willst! Ich glaube, es ist wirklich besser, wenn du jetzt eine Weile nicht allein bist, was meinst du?«

»Keine Ahnung, ehrlich.« Lara holte tief Luft, richtete sich auf und sah zum Fenster hinaus. »Ich muss in Ruhe und ohne Druck darüber nachdenken. Aber vorher nehme ich noch ein schönes, heißes Bad, ich habe viel Schmutz abzuwaschen. Dann sehen wir weiter.«

Lara entschied sich zu bleiben. Es fiel ihr schwer, und sie bereute es bereits am ersten Tag, als sie feststellte, dass ihre Entscheidung leicht getroffen, aber nicht so einfach umzusetzen war. Es war plötzlich sehr einsam in der fremden Umgebung. Tatsächlich war ihr erster spontaner Wunsch nichts anderes gewesen, als so weit wie möglich davonzulaufen und einfach von der Bildfläche zu verschwinden. Aber würde ihr das weiterhelfen?

Nachdem Valerie und Bert gefahren waren, bestand Gaia darauf, dass Lara am späten Nachmittag zu ihr herüberkäme.

Sie ging zu Fuß hin, die beiden Häuser lagen nur ein paar hundert Meter auseinander. Lara war froh darüber, nach Valeries Abreise noch jemanden zu haben, mit dem sie sich unterhalten konnte.

»Michele ist beim Sport und geht danach mit Freunden essen, wir haben den ganzen Abend für uns allein! Also, was ist passiert?!«

Ja, es würde ihr guttun, sich bei dieser fröhlichen, warmen jungen Frau das Herz auszuschütten und zu hören, was sie zu der Sache zu sagen hatte.

»Gestern wollte ich nur noch weit, weit weg von allem, aber heute Morgen war mir klar, dass es mir nicht helfen würde, zu fliehen. Ich habe nicht viel geschlafen, da hatte ich genug Zeit, darüber nachzudenken. Ich kann nicht vor mir selbst weglaufen, auch wenn ich es versuche.«

»Da hast du sicher recht«, meinte Gaia nachdenklich. »Aber hier wird dich alles an ihn erinnern, jeder Ort, an dem du mit ihm gewesen bist, jedes Lokal, in dem du mit ihm gegessen hast – einfach alles eben!«

»Genau davor habe ich ein bisschen Angst«, gab Lara ehrlich zu. »Aber ich bin schon einmal davongelaufen, ohne das Problem zu lösen, und das Resultat war, dass es mich verfolgt hat.«

»Du meinst deinen Mann? Wie hieß er doch gleich – Roberto?« Sie benutzte die italienische Form seines Namens.

»Genau den. Außerdem würde das bedeuten, dass ich wieder einmal einen Mann über mein Leben bestimmen lasse. Ich habe mich dafür entschieden, hier zu leben, und ich habe den Mund so voll genommen, dass es meine eigene Entscheidung sei und dass Alessandro damit nichts zu tun hätte. Wenn ich jetzt gehe, dann habe ich vor allen Dingen mich selbst angelogen. Und ich hasse Lügen.«

»Aber warum kannst du ihm nicht verzeihen?«

»Sieh mal, Gaia, er hat mich nicht nur einmal ein bisschen beschwindelt – er hat mich über Monate hinweg regelrecht vorgeführt und nach Strich und Faden zum Narren gehalten! Ich war die Einzige in seiner Inszenierung, die nicht wusste, dass Theater gespielt wurde und dass er der perfekte Regisseur war. Jeder hatte seine Rolle, angefangen bei seinen Freunden, seinen Großeltern in Goro bis hin zu seinem Bruder, den er als seinen Freund ausgegeben hat. Alle außer dieser fürchterlichen Großmutter, die ist ihm wohl etwas aus dem Ruder gelaufen. Ohne sie wüsste ich vielleicht immer noch nicht Bescheid!«

»Na ja«, murmelte Gaia gequält. Mitfühlend sah sie ihre Freundin an. »Ich glaube, an deiner Stelle würde ich ihn umbringen.«

»Sag mal ... wusstest du denn auch nichts davon? Gar nichts?«

»Nein, ich hatte keine Ahnung. Die Welt ist hier zwar klein, aber wenn sich die Freundeskreise nicht überschneiden oder du nicht mit jemandem verwandt bist, der einen Cousin hat, der einen Cousin hat ... du weißt, was ich meine.« Gaia schien ehrlich bekümmert.

»Ja, ich weiß!«, schnaubte Lara. »Und da war keiner, nicht ein einziger, der den richtigen Cousin hatte und mich hätte warnen können! Oder wollen. Wahrscheinlich haben die alle Angst vor ihm oder ich weiß nicht was!« Wütend hieb sie mit der Faust auf den Tisch, dass die Löffel auf den Untertassen klirrten. »Ich möchte nur mal wissen, für wen er sich eigentlich hält, dieser arrogante, verlogene stronzo!«

»Hör mal, cocca, solche Vokabeln solltest du eigentlich gar nicht kennen!«, rief Gaia.

»Na, ist doch wahr!«

»Lara, sag mal ... darf ich dich etwas fragen? Was macht dich an der Sache eigentlich so furchtbar wütend? Er hat dich belogen, okay – er hat aber doch nicht behauptet, er sei der Direktor und ist in Wahrheit der Hausmeister, sondern er hat sich als Fischer ausgegeben und ist eigentlich der Goldfisch, so ist es doch, oder?«

»Ja, genau.«

»Und die Sache mit seiner Großmutter könnte er vielleicht auch aus der Welt schaffen – wenn du ihm davon erzählst, wird er sich bestimmt auf deine Seite stellen, meinst du nicht?«

»Gaia, solche Beleidigungen musste ich mir mein Leben lang noch nicht anhören! Meinst du etwa, das würde aufhören, wenn ich seine Frau wäre? Bestimmt nicht, im Gegenteil, wenn sie mich jetzt schon auf diese Weise ablehnt, wie wäre das dann erst später?«

»Aber du würdest doch nicht sie heiraten, sondern ihn!«

»Worauf willst du hinaus?«

»Na ja, er ist doch in Wahrheit eine ansehnliche Partie, so einen Mann wünscht sich normalerweise jede Frau! Entschuldige, wenn ich das so sage, aber du regst dich fürchterlich auf, dabei ist das ein Mann, den viele Frauen an deiner Stelle mit Handkuss heiraten würden: gutaussehend, charmant, ein aufmerksamer Liebhaber, und er hat auch noch Geld – wo ist das Problem? Seine Lügen? Dass du dadurch vielleicht eine schlechte Figur gemacht hast und andere über dich gelacht haben? Da solltest du meiner Meinung nach darüberstehen. Und die Großmutter hat hoffentlich nicht das ewige Leben. Nicht böse sein, ich sage dir nur ehrlich, was ich denke. Eine Lüge kann man doch verzeihen, wenn man jemanden wirklich liebt, und man muss es auch tun, weil man schließlich selbst nicht perfekt ist.«

Lara stiegen Tränen in die Augen.

Gaia sagte die Wahrheit: Sie war Alessandro gegenüber auch nicht aufrichtig gewesen.

»Sprich weiter«, bat sie.

»Ist es wirklich nur deshalb, weil er dich belogen hat?«

Sie unterdrückte ein Schluchzen.

»Lara, nicht weinen!« Gaia stand auf, kam zu ihr herüber und nahm sie in die Arme. »Es tut mir leid, ich hätte das nicht sagen sollen. Ich wollte dich nicht verletzen, glaub mir!«

»Alles, was du sagst, ist richtig.«

Gaia schwieg, sah sie aber aufmerksam und abwartend an.

»Da ist noch etwas anderes. Ich habe schon mal als Frau eines solchen Direktors gelebt, und ich will auf keinen Fall vom Regen in die Traufe kommen! Ich habe genau das hinter mir gelassen, was mich mit dem wahren Alessandro erwarten würde.«

»Ich verstehe dich nicht. Was meinst du damit?«

»Du kannst dir gar nicht vorstellen, wie ungeheuer vornehm und nobel diese Hotels sind! Man wagt kaum zu atmen, geschweige denn, laut zu sprechen. Solange ich mit Robert zusammen war, musste ich immer eine Rolle spielen, es war alles so unecht, so verlogen. Hier habe ich Alessandro kennengelernt, einen normalen, sympathischen Mann, der die Natur liebte, der mit mir spazieren ging, mit dem ich am Kamin saß, und der von mir anscheinend nichts weiter erwartete, als dass ich einfach nur ich selbst war. Gerade das hat mir so besonders gefallen, verstehst du?«

»Ich glaube schon. Du willst lieber den Fischer als den Goldfisch. Sag mal, wenn du von Anfang an die Wahrheit gewusst hättest, was wäre dann passiert? Hättest du trotzdem mit ihm was angefangen?«

Lara dachte lange nach. »Ich weiß es nicht«, gestand sie schließlich aufrichtig. »Vielleicht schon, aber dann hätte ich wahrscheinlich schon viel früher darauf geachtet, dass es gar nicht erst so intensiv werden konnte.«

»Du bist wirklich sonderbar, weißt du das eigentlich?« Gaia sah ihr herausfordernd in die Augen.

»Warum?«

»Weil die meisten Menschen froh wären, wenn sie ein Leben ohne finanzielle und wirtschaftliche Sorgen führen könnten, darum! Es ist nicht so einfach, wenn man jeden Tag um seine Existenz kämpfen und hoffen muss, dass die Kunden nicht ausbleiben und immer genug Geld verdienen, um es bei dir ausgeben zu können, und dass es lange genug gut geht, damit du die Raten für dein Haus bezahlen kannst.«

Lara schwieg betroffen. Aus dieser Perspektive hatte sie das Leben ihrer Freundin noch nie betrachtet, und sie fühlte sich unendlich egoistisch.

»Natürlich kann mich da niemand verstehen«, murmelte sie betreten. »Du hast ja recht. Ich muss dir wie eine Verrückte vorkommen, nicht wahr?«

»Nein, nein, so meine ich das nicht«, wehrte Gaia ab. »Ich will damit nur sagen, dass es vielleicht nicht jeder verstehen kann, warum du dich über den Reichtum des Mannes beklagst, der dir einen Heiratsantrag gemacht hat.«

»Es ist ein aber Unterschied, ob du sorgenfrei leben kannst oder ob du nicht mehr du selbst sein darfst.«

»Und du glaubst, mit Alessandro wäre es so?«

»Das glaube ich nicht nur, das weiß ich. Ich wäre todunglücklich in dieser Familie, mit diesem Druck im Nacken. Ich habe die Umgebung gesehen, in der er sich bewegt! Er war ein völlig anderer Mensch, er war mir fremd und sogar ein wenig unheimlich. Meinst du, er würde sich ändern, nur weil er mir so nicht gefällt?«

»Wahrscheinlich nicht. Was willst du nun tun? Was machst du, wenn er dich anruft?«

»Er hat schon angerufen.«

Gaia stutzte. »Und?«

»Ich bin nicht ans Telefon gegangen.«

»Er wird wieder anrufen.«

»Wahrscheinlich.«

»Ganz sicher. Weiß er denn eigentlich, was sich da während seiner Abwesenheit abgespielt hat?«

»Nein. Er wird aus Rom zurückkommen, er wird mich nicht erreichen, und niemand wird ihm sagen können, warum. Außer natürlich, seine Großmutter erzählt ihm alles, aber die wird sich wahrscheinlich hüten, das zu tun.«

»Ja, aber ...« Gaia hielt unwillkürlich die Luft an. »Er wird sich fragen, was los ist!«

»Na und?«

Nun starrte sie Lara mit offenem Mund an. »Was hast du vor?«

»Nichts. Ich werde lediglich nicht mehr mit ihm reden. Ich gehe nicht ans Telefon, er weiß nicht, wo ich wohne ...«

»Das weiß er nicht?«, unterbrach Gaia sie ungläubig.

»Nein. Das war allerdings Zufall, ich konnte ihm vorher nichts mehr von meinem Umzug erzählen, alles ging viel zu schnell. Er wird natürlich hierherkommen, Valeries Haus wird leer und verlassen sein, und außer dir weiß niemand, den er kennt, wo ich bin, und du wirst es ihm nicht verraten!« Lara warf ihrer Freundin einen scharfen Blick zu. »Und du wirst es ihm auch nicht sagen!«

»Weißt du, was du da von mir verlangst? Ich bin eine miserable Schauspielerin!«

»Gaia, du bist meine Freundin, also bitte, verrate es ihm nicht, ja? Bitte! Du musst das für mich tun, versprichst du mir das? Wenn nicht, muss ich wirklich von hier verschwinden und wenn es nur bis ins übernächste Dorf ist, und dann wirst auch du nicht mehr erfahren, wo ich bin!«

»Schon gut! Ich werde kein Sterbenswörtchen darüber verlieren, wo du wohnst, das verspreche ich dir! Aber findest du wirklich, das ist eine gute Idee?«

»Hast du denn eine bessere?«

»Sprich mit ihm! Sag die Wahrheit und mach ordentlich Schluss mit ihm.«

»Auf gar keinen Fall! Ich will ihn nie mehr sehen und damit basta. Er hat es nach all seinen Lügen nicht verdient, dass ich ehrlich zu ihm bin. Das hat er sich selbst zuzuschreiben.«

»Wenn du meinst.« In Gaias Stimme schwang Zweifel mit. »Es ist schlussendlich deine Sache.«

»Und sag bitte auch Michele, er soll dichthalten!«

»Ja, mache ich.«

Es fiel Gaia sehr schwer, ihr Versprechen zu halten, aber sie schlug sich tapfer. Und tatsächlich dauerte es nicht lange, bis Alessandro vor ihr stand.

Drei Tage, nachdem Lara sie eingeweiht hatte, kam er das erste Mal. Natürlich kannte er die Zeiten, in denen Gaia arbeitete, und wusste auch, wann am wenigsten los war, und so hatte er sie in einem Moment angetroffen, in dem sie allein waren.

Nach einer kurzen Begrüßung, die Gaia äußerst frostig erwiderte, kam er sofort zur Sache.

»Gaia, was ist los? Wo ist Lara?«

»Weiß ich nicht.«

»Das glaube ich dir nicht! Ich will wissen, was passiert ist, sie ist wie vom Erdboden verschwunden, beantwortet meine Anrufe nicht und gibt kein Lebenszeichen von sich! Ihr ist doch hoffentlich nichts zugestoßen?«

Ungerührt vom drängenden Ton in seiner Stimme fuhr sie fort, die Gläser aus den Regalen zu nehmen, sie alle einzeln zu polieren und dann wieder an ihren Platz zu stellen.

»Zugestoßen? Nein, außer dir ist ihr nichts zugestoßen! Ich an ihrer Stelle würde dir die Augen auskratzen.«

»Verdammt noch mal, nun sag mir schon, was hier gespielt wird! Du weißt offensichtlich mehr als ich und ich finde, ich habe ein Recht darauf, zu erfahren, was in aller Welt eigentlich passiert!«

»Ach! Du hast also wirklich keine Ahnung?«

»Nein! Ich komme aus Rom zurück und fahre sofort hierher, weil ich sie am Telefon nicht erwische, finde das Haus leer und verschlossen vor und von ihr keine Spur. Niemand weiß etwas von ihr, und niemand hat sie gesehen.«

»Vielleicht ist sie nach Deutschland zurück.«

»Unmöglich. Sie hat mir einen Brief hinterlassen und mir alles erklärt. Sie hat sogar geschrieben, dass sie mich heiraten wird – und jetzt soll sie einfach verschwunden sein?«

»Oh! Das ist merkwürdig. Na ja, sie hat es sich vielleicht anders überlegt!«

»So ein Unsinn! Das glaube ich dir niemals, das würde sie auf keinen Fall tun, dafür kenne ich sie viel zu gut ...«

Nun verlor Gaia ihre mühsam erkämpfte Beherrschung. »Du kennst sie also so gut, dass du sie monatelang anlügen musstest und ihr nicht die Wahrheit sagen konntest?«

Schockiert starrte Alessandro sie an. »Was sagst du da? Sie hat es erfahren? Aber wie, in Gottes Namen? Ich habe doch alles getan, was möglich war ...«

»Ich weiß nicht, was du dir dabei gedacht hast und warum du ihr unbedingt weismachen musstest, du seiest irgendein armer Schlucker, aber mit deinen Lügen und dem ganzen Theater hast du bei ihr genau ins Schwarze getroffen! Und erzähl mir nicht, wie leid dir das tut, du hast viel zu viel Unheil damit angerichtet!«

»Ich hatte meine Gründe«, versetzte er grollend.

»Dass du deine Gründe hattest, glaube ich dir gern! Aber das macht es nicht besser!«

»Sehr persönliche Gründe.«

»Die will ich gar nicht wissen, sie interessieren mich nicht im Geringsten!« Wütend schleuderte sie ihren Putzlappen in die Ecke und funkelte ihn giftig an. »Du interessierst mich überhaupt nicht, kapiert? Was mich interessiert, ist die Tatsache, dass du einen wunderbaren Menschen so tief verletzt hast, wie man es sich gar nicht vorstellen kann!«

Alessandros Gesicht wirkte auf einmal grau und müde.

»Ich wollte nur sicher sein, dass sie nicht mein Geld will, sondern mich«, erklärte er mit dumpfer Stimme. »Mannaggia la miseria!«

»Na, das hast du fein hingekriegt! Glaubst du wirklich, dass wir Frauen alle nur hinter Geld her sind? Du hast überhaupt keine Ahnung, was in uns vorgeht.«

»Das verstehst du nicht!«

»Nein – und ich will es auch gar nicht verstehen! Lara hat dein Geld nicht nötig, sie hat selbst genug, kapiert?«

Er stöhnte gequält auf. »Ja, das weiß ich inzwischen auch! Gaia, ich muss unbedingt mit ihr reden, hörst du? Ich muss es ihr erklären, sie wird mich verstehen!«

»Ich kann dir nur diesen guten Rat geben: Lass es sein! Sie will dich nicht sehen, und sie wird ihre Meinung sicher nicht ändern.«

»Ich bitte dich, sprich mit ihr. Versuche sie davon zu überzeugen, dass sie mich noch einmal trifft, nur ein einziges Mal.

Wenn sie dann noch immer so denkt, lasse ich sie in Ruhe. Mein Ehrenwort darauf.«

»Ich kann dir nichts versprechen, weil ich auf ihrer Seite stehe und nicht auf deiner. Sie ist meine Freundin, und sie vertraut mir. Ich werde sie nicht enttäuschen.«

»Ich werde warten. Irgendwann muss sie auftauchen.«

»Das wird sie bestimmt nicht.«

»Ich kann hartnäckig sein, du wirst schon sehen ...«

Die nächsten paar Tage überstand Lara erstaunlich gut, wovon sie selbst überrascht war. Alessandro rief unzählige Male bei ihr an, doch sie nahm das Gespräch nie an. Schließlich brachte sie es über sich und blockierte ihn. Mit Gaia hatte sie vereinbart, diese würde ihr eine SMS schicken, wenn sie sie sprechen wollte, doch meistens war sie selbst es, die bei ihr anrief.

Sie begann wieder, wie am Anfang ihres Aufenthalts in Italien, viele Ausflüge zu machen, nur fuhr sie diesmal stets in die entgegengesetzte Richtung, nach Norden über den Po, und erkundete die Gegend auf der anderen Seite des großen Flusses. Mit Sorgfalt vermied sie alle Orte, an denen sie jemals mit Alessandro gewesen war, zum einen, um ihm nicht zufällig zu begegnen, und zum anderen, um jede Erinnerung an ihn zu vermeiden.

Seinen Verlobungsring hatte sie gleich am zweiten Abend in ein altes Stück Zeitungspapier gewickelt und das Knäuel in den Kamin geworfen, nachdem sie es nicht über sich gebracht hatte, ihn im Fluss zu versenken, wie es ursprünglich in der ersten Wut ihre Absicht gewesen war. Das wäre ihr dann doch zu melodramatisch erschienen. Zurückschicken wollte sie ihn auch nicht, schließlich sollte er nicht einmal dieses Lebenszeichen von ihr bekommen, auch wenn das zweifellos die korrekteste Lösung gewesen wäre, schließlich gehörte ihr der Ring nicht wirklich! Sie verzichtete auch darauf, den Kamin anzuzünden, und hatte sorgfältig einen kleinen Holzstapel über dem Papierknäuel errichtet, um es nicht mehr sehen zu müssen.

Dann begann sie, sich zu langweilen.

Und je mehr sie sich langweilte, desto öfter dachte sie an ihn.

Und je öfter sie an ihn dachte, desto mehr tat es ihr weh.

Ihm machte es natürlich überhaupt nichts aus, dass sie ohne ein Wort aus seinem Leben verschwunden war, davon war sie überzeugt, aber sie fing an, ihn schmerzlich zu vermissen.

Schließlich zündete sie den Kamin an und sah zu, wie die Flammen langsam von den Holzscheiten Besitz ergriffen. Erst starrte sie gedankenlos und wie betäubt in das züngelnde Feuer, aber dann war es, als hätte ihr jemand etwas ins Ohr geflüstert – konnten Diamanten schmelzen? Mit einem erstickten Aufschrei griff sie nach dem Kaminbesteck und riss die Scheite auseinander. Ein weiterer Schubs ließ den bereits glühenden Papierballen vor ihre Füße kugeln. Hastig versuchte sie, ihn zu öffnen und den Ring herauszuholen. Der Gedanke, dass Alessandros Ring tatsächlich verbrennen könnte, machte sie so nervös, dass sie alle Vorsicht fahren ließ und sogar mit den Händen zugriff. Natürlich verbrannte sie sich gehörig die Finger.

Wütend und frustriert schüttete sie kurzerhand einen Eimer Wasser in den Kamin, und als sie sicher war, dass nichts mehr glühte, ging sie mit einem Kühlakku in der Hand zu Bett. Zum Putzen würde sie morgen noch genug Zeit haben. Als sie am nächsten Morgen in der Asche nachsah, war der Ring unversehrt geblieben. Er war zwar voller Ruß, aber die Steine funkelten wie zuvor, als sie sie polierte. Dann machte sie mit müden Bewegungen lustlos die Schweinerei sauber, die sie verursacht hatte.

An diesem Tag konnte sie nicht mehr aufhören zu weinen. Drei Wochen waren vergangen, fast ohne dass sie es gemerkt hätte.

Nein, sie hatte es gemerkt, jeder einzelne Tag war ihr wie eine Ewigkeit vorgekommen, und sie hatte sich oft dabei ertappt, dass sie die Straße entlang sah, wenn ein Auto heranfuhr, das aber stets zu den Nachbarn einbog. Immer in der verzweifelten, zwiespältigen Hoffnung und zugleich in der Panik, es könnte Alessandro sein, der sie doch irgendwie ausfindig gemacht hatte.

Und wie sollte es nun mit ihren Zukunftsplänen weitergehen? Sie fühlte sich wie gelähmt, doch sie musste irgendwann eine Entscheidung treffen.

Als es an der Tür klopfte, wischte sie mit zitternden Händen die Tränen ab und öffnete. Es war Gaia.

»Ich wollte nur mal nach dir sehen, weil du dich nicht mehr meldest – wie siehst du denn aus?«

»Ach, es geht schon wieder!«, wehrte Lara unwirsch ab. »Komm rein.«

»Ja, es geht, das sehe ich – du bist blendender Laune und strahlend glücklich!«

»Und was schlägst du vor?«

»Ruf ihn an!«

»Nie im Leben!«

»Testone! Du bist der größte Dickkopf, den ich kenne. Aber irgendetwas müssen wir uns einfallen lassen, es ist nicht gut, dass du so viel allein bist.«

»Ich will niemanden sehen.«

»Dann mach etwas Vernünftiges und geh arbeiten!«

»Arbeiten?« Lara sah sie entgeistert an.

»Ja, arbeiten.« Gaia ließ sich aufs Sofa fallen.

»Wo denn?«

»Am liebsten bei mir, ich könnte dich gut gebrauchen, das mit unserem Mädchen in der Nachmittagsschicht funktioniert nämlich nicht so, wie ich es mir vorstelle.«

»Nein, bei dir würde er mich zuerst suchen.«

»Sag mal, träumst du? *Würde* dich suchen? Er sucht dich schon lange!«

»So, tut er das?«, fragte sie gleichgültig.

»Er kommt jeden Tag mindestens zweimal«, versetzte Gaia. »Zum Glück weiß außer Michele und mir ja niemand, wo du bist, aber er sitzt an dem Tisch, an dem er mit dir immer gesessen hat, und wartet. Ich rede so wenig mit ihm wie nur möglich, aber er versucht immer wieder herauszufinden, wo du bist, ob du kommst und wie es dir geht.«

»Und was sagst du?«

»Dass ich nicht weiß, wo du bist, dass du bestimmt nicht kommst und dass es dir blendend geht. Keine Ahnung, ob er mir das glaubt oder nicht!«

Lara wandte sich ab und versuchte, ihren heftigen Atem unter Kontrolle zu bringen. Ihre Stimme zitterte.

»Und sonst?«

»Er sieht verdammt schlecht aus. Wenn du mich fragst, nimmt ihn das Ganze ziemlich mit. Ich soll dir natürlich bestellen, dass er dich unbedingt sehen und mit dir reden muss, und ich sage ihm immer, dass ich nichts für ihn tun kann, aber er gibt nicht auf. Es ist ein Bild des Jammers und er tut mir wirklich leid.«

»Das freut mich. Genauso hat er es auch verdient!«

»Findest du? Willst du dich nicht wenigstens einmal mit ihm treffen? Vielleicht hat er wirklich gute Gründe dafür, dass er das gemacht hat.«

»Die hat er sicher, aber ich will sie nicht wissen«, versetzte Lara heftig. »Wir haben uns nichts mehr zu sagen, das steht fest.«

»Wenn ich dich so ansehe, frage ich mich, ob du ihn immer noch liebst.«

»Das tue ich bestimmt nicht.«

»Bist du sicher?«

»Absolut.«

»Na, wenn du meinst!« Gaia zuckte die Schultern. »Aber was ich dir eigentlich vorschlagen wollte, ist Folgendes: du könntest im Lokal meiner Mutter arbeiten, wenn du magst. Das ist gleich an der Hauptstraße zum Nachbardorf. Sie sucht händeringend jemanden für den Service. Eins der Mädchen ist schwanger und wird wohl ab April ausfallen, und wenn es auf den Sommer zugeht, ist es schwierig, jemanden zu finden, der zuverlässig ist und dem man vertrauen kann. Wenn du willst, rede ich mit ihr. Du kannst es einfach mal versuchen, wenn es dir nicht gefällt, dann hörst du eben wieder auf! Leider kann ich dir nichts anderes anbieten, wir sind nun mal ein Clan von Gastronomen.«

»Kein Problem – das wäre wunderbar, danke! Ich hoffe nur, dass ich das auch kann, schließlich habe ich es nie richtig gelernt.«

»Das haben die Wenigsten, die diesen Job machen. Keine Sorge, du schaffst das schon. Es kann allerdings manchmal etwas anstrengend werden!«

»Ist mir recht.«

Alles war besser, als zu Hause zu sitzen und nachzudenken, das stand für Lara fest, daher nahm sie den Job an.

Luisa, Gaias Mutter, war als Chefin sehr geduldig. Sie nahm es Lara nicht übel, dass sie ein paar Tage brauchte, um sich an die neue Aufgabe zu gewöhnen. Mit ihren dreißig Jahren war sie älter als die anderen jungen Mädchen, die hier arbeiteten, und es stellte sich schnell heraus, dass sie ein dankbares Opfer für die verhassten Schlussdienste war. Da Lara es selten eilig hatte, nach der Arbeit nach Hause zu kommen, übernahm sie klaglos die leidigen Pflichten aufzuräumen, den Boden zu wischen, die Mülleimer zu leeren und die Flaschen zu entsorgen und gab den meist noch recht jungen Dingern dadurch die Gelegenheit, eine halbe Stunde früher zum Treffen mit ihren ragazzi zu verschwinden. Kein Wunder also, dass sie in kürzester Zeit sehr beliebt war.

Nach etwa drei Wochen nahm Luisa sie zur Seite. »Lass dich von den Gören nicht so ausnutzen, sie sollen dir gefälligst helfen! Es passt mir nicht, dass immer du die Drecksarbeit machst!«

»Ach, lass nur, Luisa, das geht schon in Ordnung. Sollen sie doch zu ihren Verabredungen gehen, sie sind ja noch so jung und begeistert vom Leben.«

»Und du bist schon hundert Jahre alt?«

»Manchmal schon.«

Lara hatte keine Lust zu erklären, dass es ihr lieber war, wenn sie fast bewusstlos vor Müdigkeit ins Bett fiel, und dass sie ihren freien Tag beinahe fürchtete.

»Das macht mir nichts aus, glaub mir!«, versicherte sie.

»Wenn du das sagst, kann ich dir nicht helfen! Aber morgen will ich dich hier nicht sehen. Es ist Mittwoch, wir haben keine Reservierungen, und es sind genug Mädchen da, um die Arbeit zu machen. Schlaf dich aus und mach dir einen schönen Tag. Und nun sieh zu, dass du ins Bett kommst, ich mache das hier fertig!«

Ohne auf Laras Proteste zu achten, nahm sie ihr den Besen aus der Hand und schickte sie nach Hause.

Lara war heilfroh, diese Ablenkung gefunden zu haben. Bei der Arbeit kam sie wenigstens nicht dazu, zu viel zu grübeln. Mehr als einmal hatte sie tatsächlich mit dem Gedanken gespielt, auf Gaia zu hören und einem Gespräch mit Alessandro zuzustimmen, doch jedes Mal entschied sie sich erneut dagegen. Es gab einfach nichts mehr zu reden!

An diesem Mittwoch fuhr sie wieder einmal in der Gegend spazieren. In letzter Zeit sah sie sich dabei immer häufiger die Häuser genauer an, an denen sie vorbeikam, suchte nach Verkaufsschildern. Der März rückte unbarmherzig näher, und es wurde langsam Zeit, sich nach einer geeigneten Bleibe umzusehen. Der Gedanke verursachte ihr Unbehagen, doch sie zwang sich dazu, die Suche fortzuführen. Sie würde bleiben, und das bedeutete, dass sie etwas Eigenes finden musste. Es sollte allerdings ein paar Kilometer von Mesola entfernt sein, hatte sie entschieden, sie fühlte sich dort einfach nicht mehr so wohl wie früher. Das Risiko, Alessandro zufällig irgendwo über den Weg zu laufen, war ihr zu groß, daher hatte sie es sich auch angewöhnt, zum Einkaufen über den Fluss ins Veneto zu fahren. Das Dorf, das sie so geliebt hatte, mied sie, so gut es ging.

Auf ihrer Fahrt überquerte sie den Po di Venezia, den breitesten der sieben Mündungsarme, und folgte dessen linkem Ufer bis an die Mündung. In gemächlichem Tempo zuckelte sie die Schotterwege entlang und stellte mit einigem Befremden fest, dass die ersten Anzeichen des nahenden Frühlings zu entdecken waren. An manchen Bäumen zeigten sich bereits die ersten grünen Knospen, das Gras fing an zu sprießen, das Licht, der Himmel und der Fluss, der ihn spiegelte, hatten eine andere Tönung angenommen. Vereinzelt blinzelten auch ein paar vorwitzige Blüten aus den Gräsern an den Uferdämmen.

Als sie mit dem Auto nicht mehr weiterkam, ließ sie es stehen und ging die letzten Meter bis zur Mündung zu Fuß. Sie versank ein wenig im weichen Schwemmsand, doch als sie schließlich die Landspitze erreicht hatte, an der er sich ins Meer ergoss, blieb sie überwältigt stehen. Die Stelle, an der sie sich befand, ähnelte mit ihren Büschen und Gräsern, mit dem angeschwemmten Treibgut und dem Schilf so sehr derjenigen, die Alessandro ihr im Herbst bei ihrem Picknick gezeigt hatte, dass sie glaubte, sich nur umdrehen zu müssen, um ihn hinter sich stehen zu sehen. Tränen schossen ihr in die Augen, als die Erinnerung sie mit aller Macht überfiel.

Das war es, was ihr keine Ruhe ließ und vor dem sie nicht davonlaufen konnte.

Lara ließ sich in den Sand sinken und weinte lautlos vor sich hin. Sie vermisste ihn, und das tat weh. Sie konnte die schmerzhafte Leere in sich vorübergehend betäuben, indem sie arbeitete wie verrückt, doch sobald sie zur Ruhe kam, war dieses Gefühl wieder da.

Der Wind, der einen Hauch von Frühlingswärme in sich trug, ließ die Tränen auf ihren Wangen zu salzigen Krusten trocknen. Möwen zogen ihre Bahnen und stürzten sich kreischend ins seichte Wasser, auf der Jagd nach kleinen Fischen. Am Horizont standen ein paar weiße Wölkchen. Sie sehnte sich danach, Alessandro zu sehen, mit ihm zu reden, sich von ihm die Namen der Vögel und Pflanzen erzählen zu lassen, wie er es so oft getan hatte. Seine Wettervorhersagen, die er auf die Form und Größe der Wolken begründete, hatten sie oft zum Lachen gebracht.

Der eiskalte Schmerz in ihrer Seele war so überwältigend, dass sie der Versuchung nachgab und über ein Treffen mit ihm nachdachte. Wenn er nur eine einigermaßen vernünftige Erklärung für sein Verhalten hätte, würde sie ihm glauben und verzeihen. Sie würden sich aussprechen und versöhnen und dann – sie stockte.

Und dann?

Ihren Blick für diese Schönheiten der Natur, für ihre einfachen und doch unbezahlbaren Werte hatte nicht zuletzt auch Alessandro geschärft. Damit hatte er ihr zwar etwas geschenkt, das ihr niemand jemals wieder wegnehmen konnte, aber zugleich war er damit für sie auch unwiederbringlich verloren. Sie würden nicht mehr an diesen einsamen, menschenleeren Stränden sitzen und die Wolken und die Vögel beobachten, er würde ihr keine Geschichten mehr über Fischerboote, nächtliche Fahrten und seinen Großvater erzählen und sie würden keine langen, stillen Mußestunden vor dem Kamin in seinem kleinen Haus verbringen. Kein Gespräch und keine Versöhnung dieser Welt konnten ihr das zurückgeben. Stattdessen müsste sie die gleiche Vorzeigefrau sein, die sie bei Robert gewesen war, und darum war es richtig, nicht mehr mit ihm zu reden, darum gab es nichts mehr zu sagen zwischen ihnen.

Nicht seine Lügen waren ihr Schmerz, nicht der Gedanke, wie sehr er sie damit der Lächerlichkeit preisgegeben haben mochte, und auch nicht mehr so sehr die unverschämten Beleidigungen seiner Großmutter, sondern dass er für sie verloren war. Der Alessandro, den sie gekannt, in den sie sich verliebt hatte, den gab es nicht. Es hatte ihn nie gegeben, sondern er war nur ein Trugbild gewesen, das er ihr vorgegaukelt hatte. Damit hatte jedes Gespräch von Anfang an seinen Sinn verloren, denn sie hatte sich in ein Phantom verliebt, das gar nicht existierte. Keine Macht der Welt konnte ihr den Menschen zurückbringen, den sie in ihm gesehen hatte.

Vielleicht hatte sie nur deshalb so gern dieses Bild von ihm geglaubt, weil sie damit die Gespenster ihrer Vergangenheit vertreiben wollte. Sie hätte alles an ihm akzeptiert, nur nicht das, was er wirklich war: ein reicher, verzogener, an Macht und Luxus gewöhnter Sohn.

Sie wusste nicht, wie lange sie so gesessen hatte, als sie schließlich zu frösteln begann. Sie raffte sich auf und fuhr mit einem Gefühl tiefster Einsamkeit nach Hause zurück.

Einige Abende später besuchte sie Gaia. Als das Gartentor sich langsam öffnete und sie über den Hof auf das Haus zuging, die hell erleuchteten Fenster sah und sich das harmonische, liebevolle Familienleben vorstellte, das sich hinter diesen Mauern abspielte, wurde ihr übel vor Trauer und Selbstmitleid.

Die Kinder rannten sie fast um, als sie eintrat. Auf dem Boden lag Spielzeug verstreut, auf dem Herd pfiff der Wasserkessel.

»Du siehst schlecht aus«, stellte Gaia fest, als sie sich an den Tisch gesetzt hatten und ihren Tee tranken. »Hast du heute schon etwas gegessen?«

»Nein, ich habe keinen Hunger. Mir ist schon nicht gut, seit ich vor ein paar Tagen so hastig meine Pizza gegessen habe.«

»Meine Mutter hat recht, du arbeitest zu viel. Du bist dünn geworden und viel zu blass. Sie hat mich angerufen, weil sie meint, du würdest auf mich vielleicht eher hören als auf sie. Leider kennt sie dich da schlecht. Sie findet es toll, dass du dich so engagierst, aber andererseits macht sie sich Sorgen um dich.«

»Keine Bange, ich habe mir nur den Magen verdorben. Das vergeht schon wieder.«

Gaia überlegte. »Wie lange geht das schon so?«

»Weiß nicht, eine Woche vielleicht.«

»Ziemlich lange für einen verdorbenen Magen, findest du nicht? Klingt mir eher nach einem ernsten Virus.«

Lara zuckte die Schultern.

Es war ihr ziemlich egal, wie es ihr ging, sie fand es lediglich beim Arbeiten unangenehm, da sie öfters das Gefühl hatte, sich nicht mehr lange auf den Beinen halten zu können.

»Ist nur etwas lästig.«

»Du wirst ihn wahrscheinlich auch von allein los, aber so was kann dauern! Hör mal, ich fahre morgen Vormittag nach Adria ins Krankenhaus und ich finde, du solltest mitkommen.«

»Fehlt dir etwas?«

»Nein, nur Routinekontrolle. Aber sie haben da auch eine Innere Abteilung, da können sie nachsehen, was du hast. Wir machen uns ein paar schöne Stunden, gehen Bummeln und Kaffeetrinken und sind bis Mittag wieder zu Hause. Da kommst du wenigstens auf andere Gedanken.«

»Also gut, einverstanden. Du hast recht, auf Dauer ist es unangenehm.« Sie seufzte ergeben. »Holst du mich ab?«

»Sagen wir, um neun? Oder ist dir das zu früh?«

»Nein, das passt mir gut. Sag mal ...« Lara schluckte. Sie schämte sich, die Frage zu stellen, die ihr auf der Zunge brannte.

»Ich weiß, was du wissen willst«, beantwortete Gaia ihren stummen Blick. »Er war schon seit zwei Wochen nicht mehr da. Scheint so, als hätte er endlich aufgegeben.«

»Ah, gut«, murmelte Lara, doch in ihrem Inneren brannte Enttäuschung. Wie blöd sie war! Sie wusste, dass es keinen Sinn hatte, und trotzdem tat es ihr weh, das zu hören.

»Sei froh, jetzt hast du endlich deine Ruhe.«

»Ja, endlich!«

»Wir warten noch ein bisschen ab, und wenn er sich nicht mehr blicken lässt, kannst du deinen Milchkaffee endlich mal wieder bei uns trinken.«

Nachdenklich stapfte sie durch die Dunkelheit nach Hause. Wie es aussah, hatte Alessandro seine Lektion gelernt, und das war gut so. Er würde sie schon bald vergessen haben, wenn sich erst einmal sein verletzter männlicher Stolz beruhigt hatte. Natürlich war einer wie er es nicht gewöhnt, von einer Frau einfach wortlos abserviert zu werden, das konnte er nicht auf sich sitzen lassen. Aufgeblasene Gockel waren sie schließlich alle, besonders die Italiener. Aber er würde sicherlich schon bald jemanden gefunden haben, der sein angeschlagenes Ego wieder aufpolierte. An Auswahl mangelte es in der Umgebung, in der er sich bewegte, bestimmt nicht! Lara malte sich aus, wie er eine rassige Dunkelhaarige umarmte, wie er mit dieser fremden Frau all die Dinge tat, die er mit ihr getan hatte: Verführung bei Kerzenlicht, Abendessen zu zweit, Ausflüge mit teuren Autos, um sie zu beeindrucken. Nein, das hatte er ihr ja unterschlagen. Mistkerl! Ihre Kehle schnürte sich zusammen, kalter Schmerz bohrte sich wie Messer in ihre Eingeweide.

Sie konnte nicht schlafen in dieser Nacht. Sein Gesicht verfolgte sie, ihr Magen rebellierte, mehrmals stand sie auf, um sich zu übergeben, dabei hatte sie ohnehin nichts gegessen. Sie zwang sich, Wasser zu trinken, um wenigstens ihren Kreislauf in

Schwung zu halten, und als der Morgen endlich dämmerte, war sie froh, dass sie sich zu diesem Arztbesuch hatte überreden lassen. Arbeiten konnte sie heute sowieso nicht, dafür fühlte sie sich zu elend. Als Gaia klopfte, hatte sie Mühe, sich überhaupt auf den zitternden Beinen zu halten.

»Mein Gott, du siehst krank aus!«, war Gaias erschrockene Reaktion auf ihren Anblick. »Ich glaube, es ist besser, wenn wir sofort zum Arzt fahren und unseren Bummel verschieben.«

»Das glaube ich auch«, gestand Lara kläglich. »Ich habe die ganze Nacht kein Auge zugetan. Ich kann dir gar nicht sagen, wie ich mich fühle.«

»Das brauchst du auch nicht, das sieht man dir schon von Weitem an!« Sie lieferte Lara in der Abteilung für Innere Medizin ab und vergewisserte sich, dass sie möglichst bald zu Untersuchung aufgerufen wurde.

»Warte hier auf mich. Ich gehe nach oben in die Gynäkologie und komme dich dann hier im Wartezimmer wieder abholen.«

Es dauerte tatsächlich nur wenige Minuten, bis Lara von einer Sprechstundenhilfe ins Behandlungszimmer des Internisten geführt wurde. Er war ein etwas älterer Mann mit einer angenehm ruhigen, besonnenen Art, was ihr sofort Vertrauen einflößte. Er erkundigte sich eingehend nach ihren Symptomen, ließ sich schildern, seit wann sie sich so elend fühlte, was sie gegessen hatte und ob ihr das schon öfter passiert wäre. Dann wurde ihr Blutdruck gemessen, sie musste eine Urinprobe abgeben und ins Nebenzimmer zum Ultraschall gehen.

»Ihre inneren Organe scheinen auf den ersten Blick in Ordnung zu sein«, kommentierte der Arzt die undeutlichen Schwarz-Weiß-Bilder. »Aber wir machen besser eine Blutuntersuchung. Dann sehen wir weiter.«

Als sie aus der Umkleidekabine trat, saß er an seinem Schreibtisch und füllte ein Rezeptformular aus.

»Ich habe Ihnen etwas für den Kreislauf aufgeschrieben, Ihr Blutdruck ist außergewöhnlich niedrig. Und noch etwas ...« Er sah nicht auf, sondern schrieb weiter. »Ich habe Proben in eine andere Abteilung geschickt. Sehen Sie bitte noch hinauf in den vierten Stock und holen sich dort das Ergebnis ab.«

Lara war nicht sicher, ob sie ihn richtig verstanden hatte, nickte aber.

»Fühlen Sie sich gut genug, um allein hinaufzugehen, oder sollen wir auf Ihre Freundin warten?«

Lara versicherte ihm, dass sie es bis dorthin schon schaffen würde, ließ sich die Rezepte aushändigen und machte sich auf den Weg.

Eine Tür öffnete sich, und Gaia trat heraus. Erstaunt riss sie die Augen auf, als Lara unerwartet vor ihr stand.

»Nanu? Ich dachte, du wartest unten?«

»Er hat einen Test machen lassen, und ich soll mir das Ergebnis hier abholen.«

Gaia begriff sofort, und noch ehe der Arzt, von dem sie sich eben verabschiedet hatte, die Tür hinter sich schließen konnte, hatte sie sich noch einmal umgedreht und fragte nach weiteren Testergebnissen. Sie winkte Lara ins Zimmer.

»Er sieht gleich nach«, wisperte sie ihr zu. »Soll ich gehen?«

»Nein, bleib bitte hier«, antwortete Lara hastig und sah dem Arzt nach, der in einem Nebenzimmer verschwand.

»Was hat er denn gesagt?«, erkundigte sich Gaia.

Ehe Lara antworten konnte, kehrte der Arzt zurück. Er blätterte in den Unterlagen, die er mitgebracht hatte, und sah zu Lara hoch.

»Signora, mein Kollege hat richtig geraten. Wenn sich unser Test nicht getäuscht hat, dann sind Sie tatsächlich schwanger.«

Lara saß wie vom Blitz getroffen da. Nein, das war unmöglich!

»Was? Aber ... wie ...« Sie sah ratlos zwischen Gaia und dem Arzt hin und her. »Das ... das kann doch nicht sein.«

»Wenn Sie in den letzten Monaten Verkehr hatten, dann ist es möglich.« Der Gynäkologe lächelte gutmütig.

»Wie groß ist die Wahrscheinlichkeit, dass Ihr Test sich geirrt hat?«

»Wir hatten hier noch kein Fehlergebnis, seit ich die Praxis betreue, aber die theoretische Möglichkeit besteht immer. Wann hatten Sie denn Ihre letzte Menstruation?«

Nun kamen all diese Fragen, die Lara in den letzten paar Minuten so sehr gefürchtet hatte. Sie hatte kaum zur Kenntnis genommen, dass ihre Tage ausgeblieben waren, sondern diese Verspätung mit ihrem seelischen Stress begründet. Immerhin nahm sie seit Jahren die Pille, und bereits während ihrer Ehe mit Robert hatte sie diese hin und wieder vergessen oder verspätet eingenommen, ohne dass jemals irgendetwas passiert wäre. So hatte sie sich auch während der Beziehung mit Alessandro darüber nie Gedanken gemacht, dass ihre Nachlässigkeit einmal Folgen haben könnte.

»Ich kenne zwar dieses deutsche Produkt nicht, das Sie mir genannt haben, aber es scheint eine leicht dosierte Pille zu sein, bei der es besonders auf die Regelmäßigkeit der Einnahme ankommt. Es hat nichts zu bedeuten, dass Sie nicht schon früher schwanger geworden sind, dafür kann es viele Gründe geben«, erläuterte er. Seine Worte drangen wie durch Watte an Laras Ohr und kamen kaum in ihrem Gehirn an. »… Sie können sich dort hinten freimachen«, war das nächste, das zu ihr durchdrang.

Während Lara sich ein weiteres Mal entkleidete, hörte sie im Nebenzimmer den Arzt mit Gaia reden, sie verstand aber nicht, was sie sagten. Wieder starrte sie auf das für sie völlig undeutliche Bild auf dem Monitor des Ultraschallgeräts, unfähig, einen klaren Gedanken zu fassen.

»Ah ja, hier – sehen Sie?« Er deutete auf einen Fleck, dessen Grau etwas dunkler war als seine Umgebung. »Hier haben wir den

Fötus. Ich würde meinen, dass Sie etwa in der achten Schwangerschaftswoche sind.«

Bis eben hatte Lara sich noch Hoffnungen gemacht, es könnte ein Diagnosefehler oder ein vertauschtes Testergebnis sein, aber diese Feststellung traf sie wie ein Hammerschlag. Benommen wischte sie sich die Reste des Gels vom Bauch. Während der Arzt ins Sprechzimmer zurückging, zog sich an und setzte sich wie in Trance wieder auf ihren Stuhl. Sie hörte wohl, dass er noch mit ihr redete, doch sie verstand kein einziges Wort. Acht Wochen – das bedeutete, es war wohl genau dieses eine Mal passiert, als sie Alessandro nach ihrer Rückkehr besucht hatte – dieses eine Mal, als sie noch gezögert hatte, ihm eine Antwort zu geben.

Was wäre wohl passiert, hätte sie anders reagiert?

13

Die Heimfahrt verbrachten beide größtenteils in ratlosem Schweigen, das sie nur mit ein paar belanglosen Bemerkungen unterbrachen. Gaia fuhr Lara nicht nach Hause, sondern bog in ihre Hofeinfahrt ein.

»Du bleibst erst mal bei mir. Du wirst eine Kleinigkeit essen, dann hole ich deine Sachen aus der Apotheke.«

Lara zwang sich, ein wenig Brot mit Käse zu essen, und als Gaia aus dem Dorf zurückkam und vorschlug, das schöne Wetter im Garten zu genießen, hatte sie sich wieder etwas gefangen.

Sie trugen zwei Stühle hinaus und suchten sich ein windstilles Plätzchen.

»Nun wirst du ihn wohl anrufen müssen«, meinte Gaia schließlich.

»Nein, ich werde ihn nicht anrufen. Für mich ist er gestorben.«

»Bist du verrückt? Du musst es ihm sagen, er ist schließlich der Vater. Ist er doch, oder?«

»Natürlich ist er der Vater, aber er wird es trotzdem nicht erfahren.«

»Was willst du tun?«

»Weiß ich noch nicht.«

»Willst du es etwa ... abtreiben lassen?«

»Auf keinen Fall!«, widersprach sie spontan.

Dieser Gedanke war ihr kurzzeitig durch den Sinn geschossen, doch sie hatte ihn sofort wieder verworfen. Ihr Gesicht war starr wie eine Maske, als sie sich ihrer Freundin zuwandte.

»Das ist mein Kind, und es geht sonst niemanden etwas an. Aber weißt du, was ich jetzt wirklich dringend brauche?«

»Einen Mann?«

»Ach was!« Lara musste trotz ihrer deprimierten Stimmung lachen. »Den brauche ich wahrscheinlich in meinem ganzen Leben nicht mehr! Was ich brauche, ist ein Haus! Ein Haus mit einem schönen großen Garten und das so schnell wie möglich.«

»Ein Freund von Micheles Vater ist Makler, den könnte ich fragen«, schlug Gaia vor.

»Tu das bitte, und sag ihm, es eilt!«

Gaia machte noch einmal einen Versuch, Lara umzustimmen. Sie wollte sie dazu bringen, gemeinsam mit Alessandro nach einer Lösung zu suchen.

»Es gibt keine gemeinsame Lösung, versteh das bitte«, beharrte Lara eigensinnig auf ihrem Standpunkt.

»Aber jedes Kind braucht einen Vater, ich finde es unmöglich, ein Kind so aufwachsen zu lassen! Du kannst doch gar nicht wissen, wie er reagieren wird, vielleicht freut er sich ja darüber!«

Lara schnaubte. Natürlich konnte ihre Freundin nicht verstehen, warum sie sich so hartnäckig weigerte, Alessandro zu sehen. Niemand würde das verstehen. Sie verschmähte einen Mann mit Geld, eine gesicherte Existenz und ein angenehmes Leben, aber sie konnte unmöglich zu alledem zurück.

»Dass er sich freuen würde, wäre das Schlimmste daran, genau darum will ich nicht, dass er etwas davon erfährt. Das ist mein Kind, ich werde es allein schaffen, dazu brauche ich ihn nicht.«

»Ein Kind braucht beide Eltern, sieh das doch ein! Ich weiß, wovon ich rede, ich habe selbst zwei Kinder, und ich kann dir sagen, es ist schon zu zweit schwierig genug, immer das Richtige zu tun!«

»Das glaube ich dir, aber es ist trotzdem besser, wenn er es nicht erfährt. Am Ende will er tatsächlich den Vater spielen, und dann habe ich ihn ein Leben lang am Hals.«

»Ich finde es ehrlich gesagt reichlich egoistisch von dir, dass du nur an dich denkst«, versuchte Gaia es noch einmal. »Stell dir doch mal vor, wie es für ein Kind sein muss, ohne einen Vater aufzuwachsen!«

»Ich hatte einen Vater und bin trotzdem ohne ihn groß geworden«, gab Lara kühl zurück. »Das hat nichts zu bedeuten. Ich wäre jederzeit ohne ihn ausgekommen, er war sowieso nie da. Das tue ich meinem Kind mit Sicherheit nicht an. Lieber gar keinen Vater als einen wie Alessandro. Es braucht nicht in einem goldenen Käfig aufzuwachsen!«

Der Gedanke, ein Kind zu bekommen, war Lara zuerst ein wenig unheimlich. Sie hatte zu Beginn ihrer Ehe eine Zeitlang gedacht, sie würden sich bald darauf einigen, doch dann hatte Robert ihr erklärt, er wolle sich noch Zeit lassen mit der Gründung einer Familie. Das war lange seine Ausrede gewesen, bis es auch für Lara so weit in den Hintergrund gerückt war, dass sie nicht mehr darüber gesprochen hatten.

Vor zwei oder drei Jahren hatte sie das Thema »Kind« noch einmal zur Sprache gebracht, aber da hatte er damit argumentiert, dass er erst noch sein Leben genießen wollte, zum Beispiel die Freiheit zu reisen, wann und wohin sie wollten, ehe er sich diese Verantwortung aufbürdete. Ja, er hatte »aufbürden« gesagt, und da war ihr klar geworden, dass er eigentlich gar keine Kinder wollte. Lara hatte nie wieder ein Wort darüber verloren.

Aber jetzt war sie schwanger, und ihr wurde bewusst, dass sie den Wunsch nach einem Kind nie ganz aufgegeben, sondern nur verdrängt hatte. Woher sonst wäre die spontane Entscheidung für die Schwangerschaft gekommen? Sie hatte nicht mal darüber nachdenken müssen, sondern es hatte sich sofort richtig angefühlt.

Einen Moment lang fragte sie sich ernsthaft, ob sie eine Rückkehr nach Deutschland in Erwägung ziehen sollte, verwarf den Gedanken aber schnell wieder.

Warum sollte sie mit dem Alltag hier nicht fertigwerden?

Sie hatte Freunde, die ihr helfen würden, und bis es so weit wäre, an Kindergarten und Einschulung zu denken, würde noch genug Zeit vergehen, damit sie sich über alles genau informieren konnte, was sie wissen musste.

Doch so weit war es noch lange nicht!

Sie musste zugeben, dass Gaias Argumente nicht spurlos an ihr vorübergegangen waren. Aber das Leben, das sie für sich selbst ablehnte, konnte sie ihrem Kind nicht zumuten. Schließlich hatte sie wenigstens keine finanziellen Sorgen wie manche anderen alleinerziehenden Mütter, was natürlich eine große Erleichterung bedeutete.

In einer der vielen schlaflosen Nächte, die sie im Kampf mit sich selbst um die richtige Entscheidung quälten, fragte sie sich allerdings auch, wie es dazu hatte kommen können, dass sie überhaupt schwanger geworden war. Hatte sie es heimlich gewollt und war deshalb mit der Pille nachlässig gewesen?

Sie ertappte sich schließlich dabei, dass sie sich ausmalte, wie eine gemeinsame Zukunft zu dritt mit ihm ausgesehen haben könnte. Wie sie gemeinsam ein Haus bezogen, das Kinderzimmer einrichteten, den Garten planten ... Wie Alessandro wohl als Vater gewesen wäre?

Wann immer sie an diesem Punkt angelangt war, wurde der kalte Schmerz um ihr Herz herum so intensiv, dass er ihr fast die Luft abschnürte. Entschlossen verbot sie sich diese Visionen für alle Zukunft.

Sie wollte und würde es nie wissen.

Mit absoluter Sicherheit wusste sie in diesen Tagen nur eins: Sie brauchte ein Nest, in dem sie sich mit ihrem Baby einrichten konnte.

Es dauerte ein paar Tage, ehe Gaia mit der Neuigkeit zu Lara kam, dass der Makler, den ihr Schwiegervater kannte, ihr nun etwas zeigen könnte.

»Er meint, er hätte ein geeignetes Objekt gefunden, das du dir jederzeit ansehen könntest. Es liegt allerdings auf der anderen Seite des Flusses, aber du sagtest ja, das wäre dir lieber.«

»Das klingt gut. Wo ist es genau?«

»Ich habe keine Ahnung. Er hat nur gesagt, du sollst ihn anrufen und einen Termin vereinbaren, hier habe ich die Nummer.«

Lara zögerte. Natürlich hatte sie vor, ihre Pläne umzusetzen, aber als es konkret zu werden versprach, verließ sie beinahe der Mut.

»Nun mach schon«, drängte Gaia. »Ich dachte, Danilo bekommt bald die ersten Gäste. Du könntest natürlich auch bei mir wohnen, so lange du willst, aber ich halte es für besser, wenn du alles hinter dir hast, wenn das Baby kommt!«

Seufzend gab Lara ihr recht und wählte die Nummer. Die Stimme am anderen Ende klang kühl und geschäftsmäßig, und sie kam sich sehr unsicher vor. Trotzdem vereinbarte sie noch für denselben Nachmittag einen Termin.

»Kannst du nicht mitfahren?«, bat sie verlegen.

»Das würde ich gern, cocca, aber es geht leider nicht! Ich muss unbedingt zu einem Termin in der Gemeinde, sie wollen wieder irgendetwas organisieren für Ostern.«

Lara seufzte ergeben. Na schön, sie würde das doch wohl hinkriegen, sich ein Haus anzusehen! Dennoch war sie nervös. Seit sie von ihrer Schwangerschaft wusste, vergrub sie sich noch tiefer in ihrer selbst gewählten Einsamkeit und versuchte, den Rest der Welt aus ihren Gedanken auszusperren. Gaia hatte ihr sofort verboten, weiterhin zu arbeiten, und Luisa, die zwar auf Lara nur ungern verzichtete, hatte ihr dabei recht gegeben.

Lara war pünktlich am Nachmittag an der vereinbarten Tankstelle, und kurz darauf parkte ein Wagen neben dem ihren. Ein Mann Mitte vierzig stieg aus und ging mit fragendem Blick auf sie zu.

»Haben Sie heute Vormittag bei mir angerufen? Ich bin Giancarlo Ghibetto, der Makler.«

»Freut mich, Sie kennenzulernen.« Sie schüttelten sich die Hände.

»Wollen wir gleich fahren? Ich bin etwas in Zeitnot.«

»Je eher, desto besser«, stimmte Lara zu und stieg zu ihm ins Auto.

Ghibetto wendete den Wagen und nahm die nächste Einfahrt ins Dorf. Er bog rechts ab und fuhr ein paar Kilometer parallel zur Hauptstraße nach Norden. Lara betrachtete die Umgebung. Hier war sie nur selten gewesen, meistens hatte sie sich die Gegend südlich des Flusses angesehen oder sich östlich der Straße Richtung Küste aufgehalten. Sie entdeckte ein paar schöne Häuser rechts und links und entschied spontan, dass es ihr hier gefiel. Wenn das Haus nun auch noch passte, würde sie nicht lange fackeln, die Zeit drängte. Sie überlegte, wie lange es dauern würde, ihre Möbel kommen zu lassen. Dann fiel ihr ein, dass sie fast keine Möbel mehr besaß. Daran hatte sie in den letzten Wochen gar nicht mehr gedacht. Sie würde unbedingt ein paar Einrichtungshäuser besuchen müssen, um das Notwendigste zu besorgen. Der Gedanke daran gefiel ihr beinahe – sie würde mit dem Kinderzimmer anfangen.

»Wir sind da!«

Die Stimme des Maklers riss sie aus ihren Gedanken.

Er hielt vor dem Haus und stellte den Motor ab. Lara stieg aus und sah sich um. Im selben Moment stieg eine eisige Kälte in ihr auf.

Sie kannte dieses Haus! »Was tun wir hier?«, fragte sie tonlos.

Ghibetto sah sie verständnislos an. »Wir besichtigen eine Immobilie, die zu verkaufen ist.«

»Aber ... warum will Nando sein Haus verkaufen?«

»Signorina, das weiß ich nicht. Das Angebot kam über einen Kollegen zu mir. Verkäufer ist eine gewisse ...«, er räusperte sich und blätterte in seinen Unterlagen, bis er die Information fand, »... eine gewisse Antonia Baraldi, und mir wurde gesagt, ich könnte das Haus vermitteln.«

»Oh nein«, wehrte Lara ab. »Ich fürchte nur, dass ich mir dieses Haus bestimmt nicht leisten kann. Es ist viel zu groß und sicher auch viel zu teuer.«

»Nach meinen Informationen soll es so schnell wie möglich verkauft werden, und wenn Sie mich fragen, dann ist das ein echtes Schnäppchen. Wollen Sie es nun sehen oder nicht?«

Lara nickte ergeben und folgte ihm mit gemischten Gefühlen ins Haus.

Warum war ihr unterwegs nicht aufgefallen, wohin er sie brachte? Dann fiel ihr wieder ein, wie neblig es an jenem Herbstabend gewesen und dass Alessandro damals eine andere Strecke gefahren war.

Nandos Haus – Alessandros Bruder verkaufte sein Haus, und dieser Makler brachte sie ausgerechnet hierher, um es sich anzusehen! War diese Welt wirklich so klein? Nun, sie konnte ihm den Gefallen tun, aber sie würde es auf gar keinen Fall nehmen, selbst wenn sie es geschenkt bekäme!

Drinnen war es still, fast totenstill, und als Lara an der Tür vorbeikam, hinter der das Wohnzimmer lag, waren die Erinnerungen so eindringlich, als könnte sie noch immer das

Gelächter und den Gesang, Rossanos Gitarre und ihre Gespräche von jenem Abend hören. Sie versuchte sich zusammenzureißen und stapfte steifbeinig hinter dem Makler her die Treppe hinauf. Ihre Knie zitterten. Wenn er mir die Bäder zeigen will, fange ich wahrscheinlich an zu schreien, dachte sie. Sie war so benommen, dass sie im ersten Augenblick nicht wahrnahm, welche Tür er öffnete.

Höflich überließ er ihr den Vortritt.

»Bitte, kommen Sie herein.«

Lara machte einen Schritt nach vorn in den Raum und fand sich in der Bibliothek wieder. Sie atmete kurz durch und versuchte sich zu entspannen, doch es gelang ihr nicht. Eigentlich, dachte sie, hätte sie den Mut aufbringen und eine Besichtigung schlichtweg ablehnen sollen.

Ein Geräusch ließ sie herumfahren. Sie sah gerade noch, wie Alessandro die Tür schloss und ihr den Weg nach draußen versperrte.

»Du!«, entfuhr es ihr fassungslos, und ihr Herz begann zu rasen. Sie bekam fast keine Luft, und wilde Panik stieg in ihr hoch. »Was zum Teufel tust du hier? Wo ist der Makler geblieben?«

Sie sah sich hilflos im Zimmer um, doch sie waren allein.

»Er ist gegangen, du wirst mit mir vorliebnehmen müssen. Und da du schon mal hier bist, können wir uns in aller Ruhe unterhalten, findest du nicht?«

Sie starrte ihn entgeistert an, dann dämmerte es ihr. »Du hast mich in eine Falle gelockt! Dieses Haus ist nicht zu verkaufen, was?«

»Nein. Es ist mein Haus, und noch habe ich vor, es zu behalten.«

»Verdammt!«, zischte sie.

Sein Haus! So weit hatte sie nicht gedacht, obwohl sie es hätte ahnen müssen. Sie war ihm auf ihre unnachahmlich naive Weise schon wieder auf den Leim gegangen. Ihre Hände waren feucht, und ihr Mund war trocken. Nervosität, Wut und Schmerz ballten sich in ihrem Bauch zu einem explosiven Cocktail zusammen.

»Dein Haus!«, stieß sie bitter hervor. »Ich hätte es wissen müssen! Alles deins – die Autos deiner Freunde, die Häuser deiner Freunde, die Hotels deiner Freunde, vielleicht sogar die Frauen deiner Freunde, was?«

»Du vergisst ein kleines Detail: Nando ist nicht mein Freund, er ist mein Bruder, das solltest du inzwischen wohl wissen.«

»Oh ja, das weiß ich inzwischen! Eine schöne Familie seid ihr, das muss man euch lassen – so ehrlich und aufrichtig!« Ihr Atem ging heftig. »Vor allen Dingen beneide ich dich um deine Großmutter. Ich kenne keinen liebenswerteren Menschen als sie!« Ihre Stimme troff vor Ironie.

Einen Moment herrschte eisige Stille. Dann senkte Alessandro den Kopf. »Das also haben mir alle verschwiegen! Ich habe gespürt, dass irgendetwas vorgefallen sein musste, als ich abgereist war, aber keiner hatte den Mut, es mir zu verraten.« Er hob den Kopf und holte tief Luft. »Das ist sogar noch schlimmer, als ich befürchtet habe! Ich wollte um jeden Preis vermeiden, dass du mit ihr zusammentriffst, aber an diesem Abend ist alles schiefgegangen, was nur schiefgehen konnte. Das war alles so nicht geplant. Ich wollte auf keinen Fall wegfahren!«

»Aber du warst der Einzige, der den Untergang Roms aufhalten konnte«, stieß sie zornig hervor.

»Ich kann mich nur für das entschuldigen, was wahrscheinlich passiert ist. Lass mich raten – sie war nicht zimperlich, wie?«

Lara wandte sich schnaubend ab.

Seine Großmutter war ihr fast schon gleichgültig, doch Alessandros Anblick hatte sie tief getroffen. Sogar in ihrem ganzen Aufruhr und ihrer Ablehnung konnte sie sehen, dass er unter den Vorkommnissen der letzten Zeit gelitten haben musste.

Er hatte dunkle Ringe unter den Augen, und die Lider waren leicht gerötet. Die steile Falte über seiner Nasenwurzel war ihr noch nie aufgefallen, und seine Mundwinkel waren nach unten gezogen. Auch hatte sie ihn schon deutlich gründlicher rasiert erlebt. Er sah erschöpfter aus als nach dem Hochwasser.

»Lass mich hier raus, ich rede nicht mehr mit dir. Ich will sofort gehen!«

»Erst, wenn wir uns unterhalten haben.« Alessandros Ton klang vollkommen ruhig; was in ihm vorging, ließ er sich nicht anmerken. Lediglich seine tiefblauen Augen funkelten in einer Weise, wie Lara es noch nie an ihm gesehen hatte.

»Ich will mich nicht mit dir unterhalten«, verkündete sie störrisch. »Ich habe dir nichts zu sagen, und ich will auch von dir nichts mehr hören. Du hast schon so viel geredet, und jedes Wort war eine Lüge! Es ist aus und vorbei, und dabei bleibt es auch.«

»Ich habe dich vielleicht beschwindelt, aber nur in Kleinigkeiten«, fing er an, ihr Atemholen nutzend. »Ich habe dir nicht immer über alles die ganze Wahrheit gesagt, aber alles, was ich dir von mir persönlich erzählt habe, war ehrlich ...«

»Ach, verschone mich mit deinen Haarspaltereien, die interessieren mich nicht«, unterbrach sie ihn schroff. »Nach allem, was du dir mir gegenüber erlaubt hast, will ich mit dir nichts mehr zu tun haben, geht das nicht in deinen Schädel? Weiß eigentlich irgendein Mensch in deinem Leben, wer du in Wirklichkeit bist? Ich jedenfalls kenne dich nicht, für mich bist du ein Fremder!«

»Natürlich kennst du mich!«

»Alles habe ich dir geglaubt, aber damit ist jetzt Schluss. Eins möchte ich allerdings noch zu gern wissen: Wann hattest du geplant, mich über dein Schauspiel aufzuklären? Auf dem Standesamt? Bugiardo! Lügner!«

Er stieß ein kurzes, bitteres Lachen aus. »So weit hätte ich es nicht kommen lassen. Ich wollte es dir sagen, sobald du meinen

Antrag angenommen hättest. Ein einfaches Ja zur rechten Zeit hätte mir gereicht.«

»Na wunderbar! Du hattest Angst um dein Geld? Jetzt weißt du wenigstens, dass ich es nie nötig hatte, dich deswegen zu nehmen.«

»Und wenn du von Anfang an ehrlich gewesen wärst? Dann hätte es gar nicht so weit kommen müssen! Vergiss in deiner Empörung nicht, dass du auch deinen Anteil an diesen Verwicklungen hast! Du hast mir genauso viel verschwiegen wie ich dir, und wenn dein Mann damals nicht aufgetaucht wäre, wüsste ich vielleicht heute noch nichts von ihm.« Nun war auch er wütend.

»Das hat mit deiner Geschichte nichts zu tun. Das ist etwas völlig anderes«, zischte sie aufgebracht.

»Ach ja, und warum?«

»Weil ich dir nicht unterstellt habe, du wärst hinter meinem Geld her, so wie du das von mir geglaubt hast!«

»Und das hatte nun wiederum mit dir nichts zu tun!«

»Nein? Mit wem dann? Mit irgendeiner geheimnisvollen Unbekannten?«

»Ja«, antwortete er unumwunden, und Lara blieb die Luft weg.

»Umso besser«, stieß sie heiser hervor. »Dann heirate sie doch!«

Diese Aufforderung entlockte Alessandro ein müdes Lächeln. »Das wollte ich auch. Und zwar vor zehn Jahren. Sie hatte mir eine Schwangerschaft vorgegaukelt, um mich zur Heirat zu bewegen. Und als alles geregelt und organisiert war, hatte sie sich plötzlich getäuscht. Zufrieden?«

Lara schwieg betreten.

»Ich habe mir damals geschworen, dass mir so etwas nie wieder passieren würde, und keine Frau hat seitdem mehr über mich erfahren, als ich sie wissen lassen wollte, basta.«

Lara trat ans Fenster und sah nachdenklich hinaus. Draußen bereitete sich der Nachmittag auf einen spektakulären Sonnenuntergang vor. Ein Schwarm Stare durchkämmte den Rasen auf der Suche nach Futter.

Wie sie vermutet hatte, war seine Begründung plausibel, darum hatte sie sich auch stets geweigert, sie anzuhören. Sie mochte nicht darüber nachdenken, welche Narben er mit sich herumtrug. Gekränkter Stolz, verletzte Gefühle, all das und noch vieles mehr verbarg sich hinter seinen dürren Worten.

»Du bist ein verdammt schlechter Menschenkenner, Alessandro, mich mit all deinen anderen geldgierigen Eroberungen in einen Topf zu werfen. Das allein reicht aus, nie mehr ein Wort mit dir zu reden, findest du nicht?«

»Lara, verdammt noch mal, was hätte ich denn tun sollen? Ja, ich hätte es besser wissen müssen, nachdem ich dich näher kannte. Aber mir war es sehr schnell ernst mit dir, darum wollte ich einfach kein Risiko eingehen. Kannst du das nicht verstehen?«

»Doch, ich verstehe dich sehr gut«, entgegnete sie nach einem kurzen Moment des Zögerns kühl und wandte sich ihm wieder zu. »Das ist aber leider nicht alles.«

»Was denn noch?«

»Du bist für mich nicht mehr der Mensch, den ich kannte, du bist mir fremd. Ich mag diesen Alessandro nicht, der teure Häuser hat, Porsche fährt, Luxushotels besitzt und so unglaublich wichtig ist wie du. Ich will mit so einem Menschen nichts zu tun haben, und ich will auch so ein Leben nicht führen. Ich habe die Nase von dieser Art von Leben gestrichen voll, da komme ich her, und das will ich nie wieder so haben!«

»Das konnte ich schließlich nicht riechen, oder? Viel über dich geredet hast auch du nicht, und ich wollte dir einfach nur das bieten, von dem ich dachte, du seiest es gewöhnt! Ich bin weder blind noch ein Volltrottel, oder denkst du etwa, mir wäre deine Art, dich zu kleiden, dein Stil, deine Eleganz nicht aufgefallen?

Oder meinst du, ich hätte das Auto nicht gesehen, das dein Mann fuhr? Oder deins etwa? Nur deshalb habe ich mich wieder auf diesen ganzen Mist eingelassen, mit dem ich eigentlich schon abgeschlossen hatte! Du solltest einerseits mit mir keinen Abstieg machen und andererseits wollte ich, dass du einfach nur mich liebst!«

»Ich habe nie irgendetwas von dir verlangt, also schieb die Schuld an deinem Theater jetzt nicht mir in die Schuhe!«

»Zum Teufel, Lara, sei doch nicht so stur! Willst du das denn wirklich nicht begreifen? Ich bin immer noch der Alessandro, den du bei Loris hinterm Tresen kennengelernt hast, und ich werde auch nie ein anderer sein! Was soll das Ganze eigentlich?«

Sie schüttelte den Kopf.

»Du warst niemals der, den ich hinter irgendeinem Tresen kennengelernt habe, das kannst du auch nie sein. Und jetzt mach bitte die Tür auf und lass mich gehen. Was dir damals passiert ist, tut mir leid, aber ich habe dir nichts mehr zu sagen.«

»Lara!« Er machte keinerlei Anstalten, sich von der Stelle zu rühren. »Hör mir bitte zu! Du gehst nicht, bevor wir das hier restlos geklärt haben.«

»Wir haben es restlos geklärt. Du hattest triftige Gründe für dein Verhalten, ich verstehe dich, und du tust mir leid. Du bist aber nicht der Mann, mit dem ich leben will, und damit genug.«

»Also dann – sag, was du willst! Soll ich alles aufgeben? Kein Problem, ich tue es morgen, mir liegt nämlich nichts daran, ich steige aus allem schneller wieder aus, als ich eingestiegen bin! Soll doch Nando die Geschäfte führen, ich gehe wieder fischen, wenn dir das besser gefällt. Das war und ist mehr mein Leben. Ich bin genauso, wie du mich kennst, mir sind dieselben Dinge wichtig wie dir!«

Lara schüttelte langsam den Kopf. Sie fühlte sich unendlich weit von ihm entfernt, so als beobachtete sie seinen Kampf um sie von einem anderen Stern aus. Es tat ihr weh, ihn all diese Dinge sagen zu hören, die sie zu einem anderen Zeitpunkt wahrscheinlich mit Freudentränen in den Augen begierig aufgesaugt hätte.

»Lass es, Alessandro. Das ist für immer zerbrochen, und du kannst es nie mehr zurückbringen.« Ihre Stimme klang sanft, fast so, als wollte sie ihn trösten.

Er sah sie schweigend an.

Lange, sehr lange sagte er kein Wort. Seine Augen wurden dunkel und schmal, ein harter Zug trat um seinen Mund.

Lara tat das Herz weh. Warum, warum nur hatte es so enden müssen? Was er ihr alles gesagt hatte, was er bereit war, für sie zu tun, dafür hätte sie ihn in einem anderen Leben vielleicht lieben können, aber nicht mehr in diesem.

Seine Worte rissen sie aus ihren Gedanken.

»Du willst also nicht nachgeben. Du meinst, nur du hast das Recht, verletzt zu sein, und nur du allein weißt, was im Leben richtig und falsch ist, nicht wahr?«

Die eisige Härte in seiner Stimme ließ sie frösteln. Er hatte sie nicht verstanden. Natürlich nicht.

»Nein, aber ich liebe einen anderen Alessandro, nicht dich. Und diesen anderen gibt es nicht mehr, oder es hat ihn nie gegeben. Und jetzt mach diese verdammte Tür auf und lass mich raus hier!«

»Setz dich!«

»Nein! Ich will hier raus!«

»Du scheinst eine Kleinigkeit zu übersehen.« Alessandro machte eine Pause und beobachtete sie scharf.

»Und was?«

»Unser Kind.«

Der Schlag traf sie völlig unvorbereitet und nahm ihr den Atem. Sie taumelte und sank auf den Stuhl hinter ihr.

»Woher weißt du …« Mit einem Blitz der Erkenntnis wurden ihr die Zusammenhänge klar. »Gaia.«

»Ich weiß es, und das genügt«, wich er aus. »Du hast doch nicht etwa im Ernst geglaubt, dass du dich davonschleichen und es mir verheimlichen kannst? Dass ich mein Kind ohne Vater aufwachsen lasse? Dass ich es zulasse, dass du mein Kind allein großziehst, ausgerechnet du! Eine Frau, die unreif und egoistisch genug ist, immer nur an sich selbst zu denken, und die als Mutter wahrscheinlich total versagen wird? Da hast du dich aber gründlich getäuscht, meine Liebe!«

Seine Worte fielen schneidend wie Rasierklingen, und jede einzelne Silbe von ihnen traf Lara tief ins Herz.

»Dein Kind? *Dein* Kind?« Ihre Stimme klang schrill. »Woher willst du wissen, dass es überhaupt dein Kind ist? Du traust mir doch alles zu, also trau mir auch zu, dass ich mit anderen Männern geschlafen habe, als ich zu Hause war! Mit Robert zum Beispiel oder mit sonst irgendeinem, den ich zufällig getroffen habe! Willst du vielleicht einen Bastard aufziehen?«

Triumphierend funkelte sie ihn an. Einen Moment lang kam es ihr so vor, als müsste Alessandro den Impuls unterdrücken, sie zu ohrfeigen.

»Ich weiß, dass es mein Kind ist, und es wird einen Vater haben und in einer ordentlichen Familie aufwachsen! Wenn dir das nicht passt, kannst du gehen, aber dann gehst du allein, und das Kind bleibt hier! In der Zwischenzeit werden wir heiraten, so schnell wie möglich, danach kannst du dich gern wieder scheiden lassen.«

»Du bist verrückt«, entfuhr es ihr. Sie starrte ihn ungläubig an. Seine Miene war ernst, sein Blick ruhig und entschlossen.

Nein, dachte sie gequält, er ist alles andere als verrückt! Mein Gott, einen Mann zu haben, der bis zum Äußersten kämpft um das, was er liebt, muss der Traum jeder Frau sein! Tränen stiegen ihr in die Augen.

»Das ist keine Lösung«, versuchte sie es dennoch mit erzwungener Ruhe, »und du weißt das.«

»Ist mir egal, du wirst schon noch zur Vernunft kommen!«

»Lass uns ein andermal darüber reden, wie wir das mit dem Baby regeln, wenn es erst einmal da ist, okay? Ich werde nicht einfach nach Deutschland verschwinden, ich bleibe hier, und du kannst es regelmäßig sehen.«

»Das genügt mir nicht.«

»Du ...!« Sie sprang auf und stürzte sich wütend auf ihn.

Alessandro packte sie ohne Mühe an den Handgelenken und hielt sie fest. Keiner wollte nachgeben.

Ihre Blicke trafen sich, und Lara hatte dieselbe Empfindung wie früher: seine Nähe, sein brennender Blick, die Wärme seiner Finger, das alles war ihr so unendlich vertraut. Es war einmal Geborgenheit gewesen. In seinen Augen konnte sie erkennen, dass es ihm genauso erging. Sie fielen übereinander her wie Verhungernde. Es hatte nichts Zärtliches, nichts Romantisches, es war beinahe gewalttätig. Sie nahmen sich nicht einmal die Zeit, sich richtig auszuziehen. Er presste sie gegen die Tür und nahm sie mit wildem Zorn. Wütend biss sie ihn in die Lippen, doch gleichzeitig schlang sie mit verzweifelter Kraft ihre Beine um seine Hüften. Sie spürte den Schmerz in ihrem Rücken, den das harte Holz der Tür ihr bei jedem seiner heftigen Stöße verursachte, hörte ihr eigenes Schluchzen, das wie ein animalisches Stöhnen klang, und schmeckte gleichzeitig mit dem Blut seiner Lippen auch das Salz ihrer Tränen.

Als es vorbei war, ließ er sie schwer atmend los. Lara sank langsam zu Boden und Alessandro lehnte sich neben sie an die Tür.

»Madonna santa!«, stieß er heiser hervor.

Lara schluchzte nicht, sie saß nur ruhig da und starrte an ihm vorbei ins Nichts. Aus ihren Augen liefen noch immer Tränen ihre

Wangen hinunter. Als er spontan die Hand ausstreckte, um sie abzuwischen, wandte sie das Gesicht von ihm ab.

»Fass mich nicht an«, sagte sie tonlos. »Fass du mich bloß nie wieder an!«

Alessandro schwieg.

Endlich stand Lara wortlos auf.

»Lara«, begann er, doch unter ihrem eisigen Blick verstummte er augenblicklich.

»Das hier ist nie passiert, verstanden?«, zischte sie. »Es hat nichts zu bedeuten!« Entschlossen griff sie nach ihrer Handtasche.

Alessandro nickte und erhob sich ebenfalls. »Komm, ich mache uns einen caffè.«

Widerspruchslos folgte sie ihm nach draußen. Am Treppenabsatz blieb sie noch einmal stehen und sah ihn an. »Wie konnten wir nur …?« Sie schüttelte den Kopf, ihre Stimme war nur ein Flüstern.

Das Eingeständnis ihrer eigenen Erregung lag unausgesprochen im »wir« dieser unvollendeten Frage. Das Gefühl absoluter Hilflosigkeit wallte in ihr auf, doch als er auf sie zutrat, um sie in die Arme zu schließen, trat sie reflexartig einen Schritt rückwärts.

»Komm mir bloß nicht nahe! Es reicht!«

»Lara!«, entfuhr es ihm entsetzt, doch es war schon zu spät.

Sie hatte bereits an der Treppe gestanden, ihr Fuß verfehlte die oberste Stufe, sie trat ins Leere und strauchelte. Dann fiel sie.

Wie in Zeitlupe stürzte sie die Treppe hinab. Sie sah, wie Alessandro verzweifelt den Arm nach ihr ausstreckte, sie aber nicht zu fassen bekam. Es war wie damals, als der Fluss sie mitgerissen hatte, und Lara griff instinktiv nach irgendetwas. An einen Pfosten des Treppengeländers geklammert kam sie zum Stillstand. Atemlos blieb sie einen Moment lang sitzen, bis sie wieder Luft bekam.

Alessandro eilte auf sie zu. »Bist du in Ordnung? Kannst du aufstehen?«

Er half ihr auf die Beine und sah ihr prüfend ins Gesicht, während sie sich noch etwas benommen an das Geländer lehnte. Ihre Hände zitterten.

»Alles okay? Tut dir etwas weh? Irgendetwas gebrochen oder verstaucht?«

Eindringlich sah er sie an. Sie fühlte sich schwindlig, schüttelte aber den Kopf.

»Mir geht's gut.« Sie wehrte seine Hände ab, die die ihren noch immer festhielten.

Alessandro schüttelte missbilligend den Kopf. »Was bist du nur so starrsinnig! Du kommst jetzt erst einmal mit mir in die Küche und trinkst etwas, und zwar ohne Widerrede«, entschied er.

Er hatte nicht unrecht – irgendwie mussten sie beide erst ihre Fassung wiedergewinnen, ehe sie überlegen konnte, wie sie nach Hause kommen sollte.

Sie sah ihm zu, wie er zwei Gläser aus dem Schrank holte und eine Flasche Mineralwasser öffnete. Einen Moment lang starrte er gedankenverloren aus dem Fenster, als wüsste er nicht, was er noch sagen sollte. Vielleicht überlegte er es sich ja noch anders, lenkte ein und ließ sie einfach gehen?

Ein plötzlicher schneidender Schmerz im Unterleib ließ Lara unvermittelt nach Luft schnappen. Die Attacke war so heftig, dass sie sich kaum noch auf den Beinen halten konnte. Unwillkürlich presste sie die Hände auf ihren Bauch und kauerte sich auf dem Boden zusammen.

»Lara? Lara, was ist los? So sag doch etwas! Himmel – was ist denn passiert?« Alessandro stürzte auf sie zu und beugte sich über sie. Seine Augen waren voller Entsetzen.

»Tut das weh!«, stöhnte sie atemlos und hatte Mühe, die wenigen Worte herauszubringen. »Ich ... das Baby ... Alessandro!«

Sie holte tief Luft und krümmte sich erneut keuchend zusammen, als der nächste heiße Stich sie durchfuhr. »Ruf Gaia an, ich ... brauche ihren ... Arzt ...«

Wie aus weiter Ferne hörte sie Alessandro telefonieren. Dann war er wieder bei ihr.

»Komm, ich bringe dich ins Wohnzimmer. Leg dich erst mal dort aufs Sofa!«

»Lass mich! Nein!«

Er kauerte sich neben sie auf den Boden, und sie hatte das Gesicht an seiner Schulter, seine Arme waren um sie geschlungen, und sie hörte, dass er beruhigend auf sie einredete, ohne recht zu begreifen, was er ihr eigentlich sagte.

Als die erneute Welle vorüber war, holte sie tief Luft und versuchte, sich von ihm zu befreien.

»Geht schon wieder«, brachte sie mühsam heraus und machte einen Versuch, auf die Beine zu kommen.

»Bleib hier, der Krankenwagen kommt gleich!«

»Ich blute dir wahrscheinlich gerade deinen teuren Teppich voll«, murmelte sie trotzig.

»Lara, wie kannst du in so einem Moment an so etwas denken? Schau mich an!«

Er zwang sie, ihm in die Augen zu sehen.

»Was schere ich mich wohl um irgendetwas anderes als um dich, hm? Und jetzt halt still. Oder geht's dir besser, wenn du dich ausstreckst? Soll ich dich nicht doch lieber zum Sofa bringen?«

Die grenzenlose Sorge und das Bedauern, das sie trotz ihrer Schmerzen aus seiner Stimme hören konnte, ließen ihren Widerstand brechen. Sie schüttelte den Kopf und lehnte sich schließlich an ihn.

Und wieder weinte sie. Nicht aus Wut oder Scham wie zuvor, sondern voll grenzenloser Traurigkeit. Diese Fehlgeburt erschien ihr wie das Messer, das das Letzte durchtrennte, was sie noch mit

Alessandro verband. Wenn das hier vorbei wäre, dann würde es nie mehr etwas geben, das sie gemeinsam hatten.

Das Schicksal selbst hatte so entschieden – sie war frei.

Lara ließ es noch zu, dass er sie in den Armen hielt, bis sie endlich draußen die Sirenen der Ambulanz aufheulen hörte. Sie ließ zu, dass er ihr vorsichtig auf die Beine half und sie dann der Obhut der Sanitäter übergab.

Dann schlossen sich die Türen vor ihm.

Hände, Nadeln, Stimmen, blinkende Lichter.

Das Gerüttel des Wagens.

Und schließlich eine gnädige, sanfte Dunkelheit.

Als Lara erwachte, schaffte sie es kaum, sich aus der zähen Dunkelheit zu befreien, in der sie sich befand. Sie konnte ihre Augen nur halb öffnen, es schien Nacht zu sein, aber sie war sich nicht sicher.

Erst viel später wurde sie richtig wach und sah sich um: nüchterne weiße Wände, ein funktionaler, kleiner Schrank, ein Tisch mit Blumen und zwei Besucherstühle Das zweite Bett im Krankenzimmer war nicht belegt. Auf dem fahrbaren Container entdeckte sie ihre Armbanduhr. Es war kurz nach sieben, hell draußen, früher Morgen.

Sie ließ sich in die Kissen zurücksinken. Schlagartig kehrte ihr Gespräch mit Alessandro zurück, ihr Streit, ihr harter Sex und ihr unglücklicher Sturz die Treppe hinunter. Sie erinnerte sich deutlich an die stechenden Schmerzen der Fehlgeburt.

Sie hatte ihr Baby verloren.

Der Gedanke an die heftige Szene in der Bibliothek verursachte ihr ein bohrendes Schamgefühl, so als hätten sie sich gegenseitig etwas angetan, das nicht wiedergutzumachen war.

Sie war sich nicht sicher, ob sie seine Anwesenheit hier in diesem Krankenzimmer nur geträumt hatte oder ob er wirklich bei ihr gewesen war. Aber er würde sie nun hoffentlich in Ruhe lassen, schließlich gab es jetzt absolut nichts mehr, das sie noch miteinander verband.

Mit einem angestrengten Seufzer schlug sie die Decke zurück und tappte ins Bad. Sie war noch schwach auf den Beinen, alle Handgriffe waren mühsam, doch sie schaffte es, allein zu duschen, und als die Morgenschwester mit dem Frühstück kam, war sie bereits fertig. Auf dem Weg zurück ins Bett sah sie nach den Blumen und entdeckte tatsächlich eine Karte von Alessandro. Es stand nichts darauf, außer seiner eigenen Unterschrift. Er war also wirklich da gewesen, und sie hatte keineswegs geträumt.

Lara war froh, wieder ins Bett zu kommen, und als sie sich von ihrem Ausflug ins Bad erholt hatte, begann sie sich zu langweilen. Da sie auf einen Krankenhausaufenthalt nicht im Geringsten vorbereitet gewesen war, hatte sie weder etwas zu lesen noch sonst irgendeinen Zeitvertreib zur Hand, und nach einer halben Stunde kannte sie jeden Kratzer an den Wänden, hatte die Spuren der Regentropfen am Fenster gezählt und fragte sich, wie es nun weitergehen sollte.

Die einzige Abwechslung neben dem Fernsehprogramm war die Visite des Arztes, den sie von ihrem Schwangerschaftstest her bereits kannte. Man hatte sie also nach Adria bringen lassen, wie sie gehofft hatte.

Er begrüßte sie mit freundlichem Lächeln und munterem Tonfall. »Nun, Signora, wie fühlen Sie sich heute?«

»Gut, danke. Ein bisschen schwach auf den Beinen vielleicht.«

»Das ist kein Wunder.«

»Wie lange bin ich schon hier? Ich fürchte, mir sind ein paar Stunden abhandengekommen.«

»Fast zwei Tage, um genau zu sein.«

»Was?« Lara war schockiert. »Zwei Tage?«

»Sie erinnern sich, was passiert ist?«

Er lehnte sich ans Fußende des Bettes, während Lara schweigend nickte. Sein Ton verlor die professionelle Munterkeit, als er fortfuhr.

»Ich hätte nicht vermutet, dass wir uns so bald wiedersehen würden, und noch dazu unter solch unglücklichen Umständen. Ich muss sagen, ich war nicht erfreut, als man Sie aus der Notaufnahme zu mir brachte.«

»Das glaube ich Ihnen.« Lara lächelte dünn und war fast versucht, sich bei ihm für die entstandenen Unannehmlichkeiten zu entschuldigen. Fragen lagen ihr auf der Zunge, doch jede von ihnen erschien ihr albern und unpassend. »Was können Sie mir sagen?«

»Nun«, begann er und blätterte in den Unterlagen, die er mitgebracht hatte. »Die Blutuntersuchung hat erwartungsgemäß die positiven Testergebnisse bestätigt. Sie waren schwanger, hatten aber einen spontanen Abortus. Wir mussten eine Ausschabung vornehmen, um eine Infektion zu verhindern, dabei – und auch schon zuvor – haben Sie leider viel Blut verloren. Ihr Allgemeinzustand war nicht gut, ich persönlich würde Sie sogar als unterernährt bezeichnen, und Sie haben nach wie vor einen zu niedrigen Blutdruck.«

»Meinen Sie, der Sturz war die Ursache?«

Er wiegte den Kopf. »Möglicherweise ja, das war immerhin ein Trauma. Allerdings hat dabei Ihre sonstige Konstitution eine große Rolle gespielt, denn Unfälle diese Art müssen nicht immer zwangsläufig zu einem Abgang führen.«

»Und wenn es aber nun ... sagen wir ...« Sie verschluckte sich und wurde über und über rot, zwang sich aber dazu, die Frage dennoch zu stellen. Es war ihr einfach zu wichtig. »Wenn es nun zu einer etwas heftigeren Form des Verkehrs gekommen wäre, ich meine ...« Sie hielt verlegen inne, und der Arzt verstand mittlerweile auch, worauf sie hinauswollte.

»Auch das ist unter normalen Umständen kein Auslöser für eine Fehlgeburt.«

Sie atmete erleichtert auf. »Das heißt, ich hätte das Baby wahrscheinlich auch verloren, wenn gar nichts passiert wäre?«

»Das kann man zwar nicht mit Sicherheit sagen, es ist aber auch keineswegs auszuschließen. Für Sie ist wichtig, dass Sie dabei ohne bleibende Schäden davongekommen sind. Aus meiner medizinischen Sicht gibt es keinen Grund, warum Sie nicht wieder schwanger werden sollten. Sie müssen aber grundsätzlich mehr auf Ihre physische Verfassung achten, sonst ruinieren Sie Ihre Gesundheit.«

»Und wie lange werden Sie mich noch hierbehalten?«

»Höchstens noch eine Nacht, zur Beobachtung. Ruhen Sie sich bis dahin aus, wir sehen uns morgen früh.«

Als man ihr das Mittagessen brachte, zwang sie sich lustlos, ein paar Happen zu essen. Danach holte sie sich ein paar Magazine aus dem Krankenhauskiosk und las sie akribisch durch. Sogar die Werbeanzeigen und das Impressum, nur um die Zeit totzuschlagen, die sie übrighatte. Wenn sie wenigstens eins von Valeries guten Büchern zur Hand hätte! Voller Wehmut dachte sie daran, wie Alessandro ihr nach der Hochwassernacht einen Berg an Büchern gebracht hatte, nur damit sie sich nicht langweile.

Später am Nachmittag stand sie am Fenster und sah grübelnd in die Dämmerung hinaus.

Sie konnte noch Kinder bekommen, sie würde bald entlassen werden, alles war in Ordnung – warum nur fühlte sie sich dann so leer? Hin und her geworfen wie ein Pingpongball, fast verlobt, getrennt, schwanger, dann wieder nicht, allein, ohne Heim – Lara fand, sie hatte alles Recht der Welt, sich selbst zu bemitleiden.

So traf Gaia sie an, als sie zu Besuch kam.

»Ich mache mir die schrecklichsten Vorwürfe«, meinte sie beklommen.

»Du? Warum denn das?«

»Nun ja.« Ihre Freundin druckste herum. »Irgendwie ... bin ich an alledem schuld.«

Lara sah sie fragend an. »Wie meinst du das.«

Gaia setzte sich auf die Kante eines der Besucherstühle. »Wenn ich mich nicht eingemischt hätte, wäre das alles nicht passiert. Jetzt hast du das Baby verloren, und ich bin schuld daran!«

Lara sah ihre Freundin wortlos an. Sie hatte noch keine Zeit gefunden – und über allem anderen auch darauf vergessen – darüber nachzudenken, dass Alessandro durch Gaia von ihrer Schwangerschaft erfahren hatte.

»Ich habe mein Wort gebrochen und die ganze Sache arrangiert«, platzte Gaia heraus. »Den Termin mit dem Makler, Alessandros Anwesenheit, euer Treffen! Ich wollte, dass es für euch beide gut ausgeht, und das hast du nun davon! Ich werde mir dafür wahrscheinlich ewig Vorwürfe machen!«

Lara schluckte. So also war das gelaufen.

»Nun sag doch was. Schimpf mit mir, schrei mich an ... irgendetwas!«

Gaias Stimme klang erstickt.

»Nein, ich schreie dich nicht an.« Langsam sortierten sich die Gedanken. Nicht Gaia war es, die sich im Unrecht befand. »Wäre ich nicht so hoffnungslos verbohrt gewesen, dann hätte es gar nicht so weit kommen müssen. Ich habe dich in ziemliche Gewissensnöte gestürzt, was?«

»Und wie! Ich konnte mich lange nicht entscheiden, was ich tun sollte, ich hatte dir versprochen, ihm nichts zu verraten, aber das mit dem Baby war einfach zu viel.«

»Verstehe.« Lara lehnte sich in die Kissen zurück, als plötzlich die Anspannung von ihr wich. »Das hätte ich viel früher begreifen müssen. Ich bin dir nicht böse, du hast es für mich getan. Ich hätte das alles gar nicht erst von dir verlangen dürfen.« Sie schilderte

Gaia das Gespräch, das sie mit dem Arzt geführt hatte. »Außerdem sagte er noch, ich sei unterernährt, stell dir das mal vor! Aber jetzt erzähl du mir mal, wie du die Geschichte eigentlich eingefädelt hast.«

»Als ich das mit dem Baby erfuhr, hielt ich es für absolut falsch, dass du Alessandro nichts davon sagen wolltest. Ich habe lange überlegt und dann entschieden, ihn anzurufen. Wir haben uns getroffen und dann gemeinsam diesen Plan ausgeheckt.«

»Ganz schön schlau! Ich hätte nie freiwillig zugestimmt, mich mit ihm zu treffen.«

»Das war uns auch klar, deshalb nutzten wir die Gelegenheit mit deiner Suche nach einem Haus und hofften, du würdest keinen Verdacht schöpfen.«

»Und habt dann diesen Makler in euren Plan eingeweiht, damit er mich zu Alessandros Haus bringt.«

»Nein, das war kein Makler. Als Alessandro erfuhr, was du vorhattest, gab er mir die Nummer eines seiner Angestellten, mit dem hast du telefoniert, und er war es auch, der dich zu ihm gebracht hat. Er wollte keinen Außenstehenden da hineinziehen, der vielleicht neugierige Fragen stellt oder seine Rolle verpatzt.«

»Dann hast du das mit dem Makler auch schon erfunden?«

Gaia lachte. »Nein, den gibt es wirklich, aber das war letztendlich die Lösung, die wir gesucht hatten. Du kanntest weder den einen noch den anderen, und wir brauchten jemanden, der dich zu Alessandro bringt.«

»Der hat seinen Job wirklich gut gemacht. Jetzt ist mir auch klar, warum du mich auf keinen Fall begleiten wolltest.«

»Ja, genau. Du hättest mir sicher sofort angemerkt, dass da etwas faul ist.«

»Über Lügen zur Wahrheit«, sinnierte Lara ironisch. »Hoffentlich hört das bald auf, sonst weiß ich nämlich nicht mehr, wer ich eigentlich selbst bin!«

»Das kann ich mir vorstellen. Du glaubst nicht, wie froh ich bin, dass dieses Versteckspiel wieder vorbei ist.«

»Wie kommt denn deine Mutter zurecht? Meinst du, ich kann wieder bei ihr anfangen, wenn ich hier erst mal draußen bin?«

»Sicher, ich denke, sie wird sich sogar sehr darüber freuen. Sie hat sich schon so an dich gewöhnt, dass du ihr richtig fehlst. Aber darüber können wir auch später noch reden, sag mir lieber, wie du dich fühlst!«

»Ehrlich gesagt, das weiß ich selbst noch nicht so genau. Ich hatte mich eben an den Gedanken gewöhnt, schwanger zu sein, da war es auch schon wieder vorbei. Ich fühle mich fast so, als würde ich in einem luftleeren Raum schweben. Die Pläne, die ich gerade noch hatte, haben sich in Nichts aufgelöst, und ich frage mich, was ich als Nächstes tun soll.«

Ehe Gaia antworten konnte, öffnete sich die Zimmertür. Eine Frau trat zögernd ein, sah die beiden fragend an und wandte sich schließlich an Lara.

»Verzeihung – sind Sie Lara?«

»Ja.« Ratlos musterte sie die Fremde: eine mit schlichter Eleganz gekleidete Dame mit halblangem aschblondem Haar und einem überwältigenden Blumenstrauß. »Kennen wir uns?«

»Bisher noch nicht. Ich bin Antonia Baraldi, Alessandros Mutter.«

14

Lara begriff sofort, wo sie diesem Namen in den letzten Tagen das erste Mal begegnet war. Gaia schnappte neben ihr verblüfft nach Luft, fing sich aber sofort und stand auf.

»Ich habe noch einiges zu erledigen, cocca, ich rufe dich abends an, um zu hören, wann sie dich nach Hause schicken.«

»Oh, ich wollte Sie beide wirklich nicht stören!«

»Nein, nein, keineswegs, ich wollte sowieso gerade gehen. Setzen Sie sich, bitte!«

Ehe Lara ihr widersprechen konnte, war Gaia schon verschwunden.

»Bitte, der hier ist für Sie!« Höflich reichte Antonia Baraldi ihr den Strauß und setzte sich auf den Stuhl neben dem Bett.

»Vielen Dank!« Lara wusste nicht, was sie sagen, wie sie reagieren sollte.

»Sie wundern sich bestimmt, warum ich so einfach hier bei Ihnen auftauche«, ergriff ihre Besucherin ruhig das Wort, ehe das Schweigen zwischen ihnen peinlich werden konnte.

»Da haben Sie recht«, gestand Lara freimütig und zog die Bettdecke etwas höher. Mit allem hätte sie gerechnet, aber nicht damit, dass ausgerechnet jemand aus Alessandros Familie bei ihr im Krankenhaus erscheinen würde.

»Ich gebe zu, dass meine Gefühle Ihnen gegenüber etwas zwiespältig sind – oder besser gesagt, waren.« Antonia zögerte kurz und tat so, als betrachtete sie ihre gepflegten Fingernägel, bei deren Anblick Lara das Bedürfnis verspürte, ihre Hände unter der Decke zu verstecken.

»Und ich gebe auch zu, dass ich lange überlegt habe, was ich tun soll.« Sie holte tief Luft und sah Lara nun geradewegs und offen in die Augen. »Aber ich finde, es hat Ihnen gegenüber viel zu lange viel zu viele Unwahrheiten gegeben, und das muss endlich aufhören! Ich hätte schon früher mit Ihnen reden sollen, vielleicht hätte sich manches dadurch verhindern lassen. Es war ein Fehler, das nicht zu tun.«

Lara schwieg. Diese fremde Dame war ihr nicht unsympathisch, aber sie fühlte sich ziemlich überfahren.

»Ich bin erwachsen, Signora«, wiederholte sie lahm das Argument, das sie kurz zuvor schon Gaia gegenüber gebraucht hatte. »Und Alessandro ist es ebenfalls. Was wir getan haben, war unsere freie Entscheidung.«

»Ihre nicht. Sie wussten zu wenig, um sich frei entscheiden zu können. Sie hatten das Recht auf mehr Ehrlichkeit, und ich gestehe, der Besuch bei Ihnen ist mir nicht leichtgefallen. Man mischt sich damit in das Leben anderer Menschen ein, und das erntet nicht immer Zustimmung.« Antonia lächelte. »Vor allen Dingen, wenn man erwachsene Söhne hat, die so eigensinnig sind wie meine.«

»Das glaube ich Ihnen gern«, antwortete Lara höflich.

»Wenn Sie lieber nicht mit mir sprechen möchten, dann könnte ich das durchaus akzeptieren. Sie müssen es mir nur sagen und ich gehe wieder. Der erste Zweck meines Besuches hat sich bereits erfüllt: Ich wollte mich persönlich vergewissern, wie es Ihnen geht.«

»Wie Sie sehen, geht es mir schon wieder gut, danke.«

Antonia nickte bedächtig. »Ich verstehe Ihre Zurückhaltung. Sie haben von unserer Familie nicht viel Gutes erfahren. Mein zweites Anliegen wäre daher, Ihnen die Wahrheit zu sagen. Falls es Sie noch interessiert und Sie damit einverstanden sind.«

»Warum, Signora?«

»Verstehen Sie mich bitte nicht falsch – ich komme nicht, um Sie umzustimmen, auch wenn es mich freuen würde. Es ist mir wichtig, dass Sie begreifen, warum das alles passiert ist – wie gesagt, falls es Sie jetzt überhaupt noch interessiert.«

Lara spürte, wie schwer es Alessandros Mutter gefallen sein musste, diese Entscheidung zu treffen. Da war eine Familie, die zusammenhielt, für die sie ein Außenseiter war, noch dazu eine Ausländerin; eine Familie, die ihre eigene Geschichte hatte, die sie nicht kannte und in die sie eingebrochen war. Damit hatte sie – ohne es zu wissen – wohl einiges Durcheinander angerichtet.

Trotz alledem kam diese Frau zu ihr und bot ihr an, sie darüber aufzuklären und ihr die fehlenden Mosaiksteinchen zu liefern. Eine Welle von Zuneigung stieg in Lara hoch, und sie schämte sich beinahe, so kalt und unhöflich gewesen zu sein.

»Sie müssen das nicht tun, Signora, ich meine – in Wahrheit geht es mich nichts mehr an. Schließlich können Sie nichts dafür, dass das alles passiert ist.«

»Nein, das vielleicht nicht, aber …« Wieder lächelte Antonia ihr eigenartiges, verhaltenes Lächeln. »Aber das ist eine lange Geschichte, und vielleicht strengt es Sie zu sehr an …«

»Nein, bestimmt nicht. Es ist mir nur äußerst peinlich, dass Sie mich in dieser Situation sehen, ich gebe momentan mit Sicherheit keine sehr glückliche Figur ab. Aber bitte bleiben Sie! Es tut gut, mit jemandem zu reden, der Alessandro wirklich kennt.«

Antonia schüttelte zweifelnd den Kopf. »Ob ich ihn wirklich kenne, weiß ich ehrlich gesagt gar nicht so genau. Aber das tut jetzt nichts zur Sache, nicht wahr?«

»Nein«, bestätigte Lara. »Sie kennen ihn auf jeden Fall besser als ich.«

»Und über Ihr Aussehen machen Sie sich mal keine Sorgen, schließlich sind wir Frauen unter uns. Wo wir schon dabei sind – ich schlage vor, wir duzen uns, einverstanden, Lara?«

»Sehr gern, danke, Antonia.«

Sie nickte zufrieden. »Fein. Ist es eigentlich wahr, dass du von Alessandro deshalb nichts mehr wissen willst, weil er dich über die ganzen Monate hinweg über die Wahrheit im Unklaren gelassen hat?«, begann sie langsam und ein wenig umständlich.

»Ja und nein. Das heißt, ja, das ist einer der Gründe.«

»Also gibt es noch andere«, vermutete Antonia vollkommen ohne Ironie.

Lara bezweifelte, ob eine Frau wie Alessandros Mutter den wahren Grund verstehen würde, und entschied, ihre Argumente bis auf weiteres für sich zu behalten.

»Ja.«

»Na schön. Ich gebe zu, wir alle hielten das Ganze für keine sehr glückliche Idee, als wir davon erfuhren, aber Alessandro hatte immer schon seinen eigenen Kopf ...«

»Was war keine gute Idee? Dass er eine Affäre mit einer deutschen Touristin hatte?« Auch Lara stellte diese Frage ohne jeden Unterton.

»Nein – sondern dass er dir nicht gleich die Wahrheit gesagt hat. Oder zumindest nicht zum passenden Zeitpunkt. Man beginnt eine neue Bekanntschaft ja nicht mit ›Hallo, ich bin Alessandro, und mir gehört dies und jenes‹, aber normalerweise ergibt sich das von selbst. Und das hat er verhindert und nach Belieben so gelenkt, wie er es haben wollte. Ich habe inzwischen gelernt, mir aus den wenigen Informationen meines Sohnes ein klareres Bild zu formen, und ehrlich gesagt, war ich schon lange neugierig auf dich, aber er hat ein Zusammentreffen stets vermieden.«

»Du wolltest mich kennenlernen? Ich hatte eher die Befürchtung, ich wäre als Deutsche und noch dazu mit einer gescheiterten Ehe absolut unpassend für eine ordentliche italienische Familie!«

Antonia lachte herzhaft. »Da siehst du, was er angerichtet hat! Weißt du, mit einem Menschen wie Alessandro auszukommen, ist auch für seine Eltern nicht immer einfach. Er hat seinen eigenen Kopf, seine eigenen Vorstellungen vom Leben, woher auch immer! Er ließ sich nie etwas vorschreiben, sondern wollte stets etwas anderes, als sein Vater und ich planten. Da ist er anders als sein Bruder. Es war schon schwierig, ihn zum Studium zu bewegen. Damals glaubten wir, er würde es nun etwas ruhiger angehen lassen, aber dann passierte diese unselige Geschichte mit seiner Verlobten.«

»Ja, er hat erwähnt, dass er heiraten wollte.«

»Dann weißt du bereits, dass sie ihn reingelegt hat. Hat er dir auch erzählt, wie sich das Ganze genau abgespielt hat?«

»Nein, nicht im Geringsten. Ehrlich gesagt – ich habe nur eine sehr zensierte Version zu hören bekommen.«

»Ich habe dir eingangs gesagt, es wäre mein Anliegen, dass du mich und damit vielleicht auch Alessandro wirklich verstehst, deshalb muss ich weiter ausholen, wenn es dir nichts ausmacht.«

»Nein, überhaupt nicht.«

Lara lehnte sich in die Kissen zurück und entspannte sich. Antonia hatte eine angenehm ruhige Art, sich auszudrücken, die es leicht machte, sich auf ihre Worte zu konzentrieren.

»Also gut – wo fange ich nun an?«

Die Geschichte, die Lara zu hören bekam, war tatsächlich etwas länger ...

Cesare Ronaldini, Alessandros Vater, stammte aus einflussreichem, wohlhabendem Haus, seine Familie betrieb schon seit Generationen Hotels. Die drei Brüder, von denen einer

Cesares Vater war und ebenfalls Cesare hieß, hatten die Kriegswirren wirtschaftlich einigermaßen unbeschadet überstanden und machten in den folgenden Jahren gute Geschäfte. Sie zeigten Geschick und das richtige Gespür im Umgang mit ihren Gästen, hatten Frauen mit Geschmack und brachten es fertig, ihre Häuser auf ein hohes Niveau zu führen.

Zwei der Brüder starben kurz hintereinander kinderlos, und so fiel das Vermögen, das aus jeweils einem Hotel bestand, an Cesare, den Älteren. Auch dieser hatte wiederum nur einen Sohn, Cesare, der damit der einzige Erbe war.

Antonia Baraldi war erst sechzehn, als sie Cesare Ronaldini am Hafen von Goro traf. Er war dort, um sich nach einem neuen Fischlieferanten für das Hotel seines Vaters umzusehen, und das frische, natürliche und sehr hübsche junge Mädchen, das resolut mit anpackte und ihrem Vater das Boot entladen half, gefiel ihm auf Anhieb. Antonia war von Natur aus eher schüchtern, doch es schmeichelte ihr natürlich sehr, dass der attraktive Bursche sie postwendend auf eine Limonade einlud. Er war kaum älter als sie, und schon nach wenigen Treffen wusste sie, dass er ihre große Liebe werden würde. Er besuchte sie, so oft er konnte, und sie verbrachten einen ausgelassenen Sommer voll trunkenen Glücks. Als der Herbst kam, wurden seine Besuche rarer, und sie verging beinahe vor Liebeskummer. Dann, kurz nach Neujahr, stand er plötzlich wieder vor ihrer Tür. Im Februar war Antonia schwanger, Alessandro kam zur Welt, als sie siebzehn war.

Cesare bestand darauf, das Mädchen zu heiraten, das er geschwängert hatte, notfalls auch gegen den Willen seiner Eltern, die gegen diese Verbindung waren. Schließlich konnte Antonias Familie den Ronaldinis nicht im Entferntesten das Wasser reichen, sie waren einfache Fischer aus Goro und er der schwerreiche Erbe einer Familie, die stolz darauf war, auf adlige Vorfahren aus der Zeit der Este zurückzublicken.

Cesares Mutter, natürlich ebenfalls aus einflussreichem Haus, versuchte mit allen Mitteln, diese Mesalliance, wie sie es nannte, zu verhindern. Ihr Sohn hingegen war viel zu anständig und vor allen Dingen viel zu verliebt, um das Mädchen sitzen zu lassen. Er ließ sich durch nichts von seinem Vorhaben abbringen. Es machte ihm nicht das Geringste aus, dass seine Braut nicht standesgemäß war.

Annamaria Mancin war als Schwiegermutter ein harter Brocken für die junge, unerfahrene Antonia. In den ersten Jahren ihrer Ehe weinte sie oft bittere Tränen. Mehr als einmal hatte sie das Gefühl, nichts richtig machen zu können, keine Anerkennung zu finden und in der Familie ihres Mannes nie akzeptiert zu werden. Damals schwor sie sich, dass ihren Schwiegertöchtern dieses Schicksal erspart bleiben sollte, wer auch immer sie sein mochten.

Der alte Drachen, wie sie ihre Schwiegermutter heimlich nannte, war ab dem Zeitpunkt von Alessandros Geburt vernarrt in ihn, sie verwöhnte und verhätschelte ihn, erlaubte ihm alles, und er wuchs auf wie ein kleiner Prinz. Antonia, die einfachen Verhältnisse stets vor Augen, in denen sie selbst aufgewachsen war, hielt das nicht nur für maßlos übertrieben, sondern fürchtete auch, es könnte den Charakter ihres Sohnes verderben. Sie versuchte daher nach Möglichkeit, diese Erziehungsfehler dadurch auszubügeln, dass sie ihren kleinen Sohn so oft es ging zu ihren Eltern brachte, ganz normalen, einfachen, aber sehr herzlichen Menschen.

Der enge Kontakt zu seinen geliebten Großeltern war es, der Alessandro für sein Leben prägte. Sein Großvater lehrte ihn die Liebe zur Natur und zum Meer, er zeigte ihm alles, was er wusste, als ob sein Enkel eines Tages selbst ein einfacher Fischer werden sollte. Dieses schlichte, naturnahe Leben, wenn es auch mühsam und anstrengend war, gefiel Alessandro schon bald viel mehr als die Aufgabe, die ihn erwartete. Da er einen jüngeren Bruder hatte, war es für ihn bald klar, dass dieser einmal in die Fußstapfen des Vaters treten würde, nicht er. Unterschiedlicher als die beiden konnten Geschwister kaum sein. Fernando war sanft, gehorsam und fügte sich selbstverständlich in das Leben, das ihm vorgezeichnet war.

Während dieser Jahre fing Antonia leise und unmerklich an, sich gegen ihre Schwiegermutter aufzulehnen. Da Cesare der Ältere wenige Jahre nach der Geburt seines ersten Enkelsohnes gestorben war und auch Annamarias angebeteter Sohn das Verhalten seiner Frau guthieß, hatte die dominante Dame immer weniger Rückendeckung in ihrem eigenen Haus. Antonias Trotz nötigte ihr irgendwann genug Respekt ab, um sich schließlich mit ihrer Schwiegertochter abzufinden. So wandelte sich die offene Feindschaft langsam zu einem einigermaßen wohlwollenden Waffenstillstand.

Als Alessandro erwachsen wurde, kostete es seine Eltern viel Überzeugungskraft, ihm klarzumachen, dass auch er Verantwortung dafür übernehmen musste, was er an Annehmlichkeiten in vollen Zügen genoss. Schließlich erklärte er sich widerwillig bereit, sich darauf vorzubereiten, eines Tages die Geschäfte und das Erbe zu übernehmen. Er machte seine Ausbildung an der Hotelfachschule in Cortina d'Ampezzo, studierte Management in England und absolvierte Praktika in internationalen Luxushotels. Die Semesterferien verbrachte er abwechselnd in einem der drei Familienhotels, um das Personal kennenzulernen und die nötigen Einblicke zu gewinnen. Wenn er schon tat, was er tun musste, dann wollte er es wenigstens richtig tun, er hasste halbe Sachen von Kindesbeinen an. Da er ein heller Kopf war, hatte er nie Probleme damit, sich etwas zu merken oder komplizierte Zusammenhänge zu verstehen, also schloss er erwartungsgemäß mit Bravour ab.

In dieser Zeit, gegen Ende seines Studiums, lernte er Fabia kennen. Sie stammte aus sehr einfachen, aber ordentlichen Verhältnissen. Ihre Eltern waren beide kleine Postbeamte, die es sich nicht leisten konnten, ihre Tochter studieren zu lassen. Alessandro störte sich nicht daran, im Gegenteil, schätzte er doch auch seine einfachen Großeltern und die Freunde seiner Jugendzeit sehr. Er hatte sich in Gesellschaft normaler Menschen seit jeher wohler gefühlt als beispielsweise im Freundes- und Bekanntenkreis seiner illustren Großmutter. Hier trennte er Berufliches und Privatleben, so strikt er konnte.

Er war eine Zeit lang mit Fabia zusammen, verbrachte manchmal mit ihr ein Wochenende in Ferrara oder nahm sie mit ins Veneto. Es schien eine unverbindliche Studentenbeziehung zu sein, nichts Ernstes. Man hörte ihn nie von Liebe oder einer gemeinsamen Zukunft sprechen, bis sie ihm eines Tages eröffnete, sie sei von ihm schwanger.

Das Beispiel seines Vaters und dessen Anstand vor Augen, schlug Alessandro dem Mädchen die Heirat vor. Seinen Eltern gefiel dieser Gedanke nicht. Das bei ihnen damals war etwas anderes gewesen, eine völlig andere Zeit und vor allem die große Liebe. Sie wagten nicht direkt, es ihm auszureden, aber seine Mutter suchte mehrmals ein Gespräch unter vier Augen, um ihm ihre Bedenken klarzumachen. Antonia ging es dabei nicht darum, aus welchen Verhältnissen das Mädchen stammte, sie war ja selbst nicht standesgemäß gewesen. Sie hatte den Eindruck, dass Fabia nicht die richtige Frau für Alessandro wäre. Sie spürte instinktiv, dass er sie nicht so liebte, wie sein Vater damals sie geliebt hatte, und Ehrgefühl allein erschien ihr für einen solchen Schritt einfach zu wenig. Vielmehr wünschte sie ihm die gleiche Liebe, die sie selbst bei seinem Vater gefunden hatte.

Alessandro dagegen ließ sich nicht beirren, bestand auf der Hochzeit, und so wurde alles arrangiert. Er kaufte ein großes Haus und richtete es ihr ein. Die zukünftige Braut schmiss den Job, widmete sich ihrer Freizeit, dem Geldausgeben und ihrer Schwangerschaft. Alles schien in bester Ordnung zu sein. Die Gäste wurden geladen, Standesamt, Kirche, Hochzeitsessen, Blumenarrangements organisiert, ja, man hatte sogar schon die Gastgeschenke ausgesucht, als Fabia sich in Widersprüche verstrickte.

Es begann damit, dass Alessandro sie zu einer Routineuntersuchung beim Frauenarzt begleiten wollte und sie ihm nur ausweichende Antworten gab. Mal war sie angeblich gerade bei der Untersuchung gewesen, mal behauptete sie, sie wisse noch nicht, wann sie den nächsten Termin bekäme. Er nahm an, es wäre ihr vielleicht peinlich, sich von ihm begleiten zu lassen, und bat seine Mutter, mit ihr zu sprechen und ihre Unterstützung anzubieten. Doch Antonia kam in dieser Angelegenheit nicht weiter als Alessandro selbst. Ein Gespräch mit Fabias Mutter führte ebenfalls zu keinem Ergebnis, und eines Tages wurde es Antonia zu bunt. Sie fühlte sich an der Nase herumgeführt und suchte ein ernstes Gespräch mit ihrem Sohn, in dem sie ihm ihren Verdacht schilderte: Sie befürchtete, dass alles nur erfunden sei. Gemeinsam stellten sie die junge Frau vor die Wahl: Entweder Fabia nannte ihnen auf der Stelle Namen und Adresse ihres Arztes und ließ sich zur nächsten Untersuchung begleiten, oder Alessandro würde die Hochzeit abblasen.

Unter vielen Tränen behauptete Fabia, sie habe wirklich geglaubt, ein Kind zu erwarten, und zufällig am Morgen zuvor ihre Tage bekommen. Schließlich und endlich gab sie aber zu, dass sie die Schwangerschaft nur vorgetäuscht habe, um Alessandro, der für sie eine traumhaft gute Partie darstellte, zu einer Ehe zu bewegen. Die Hochzeit wurde abgesagt und die Gäste wieder ausgeladen.

Das war nun über zehn Jahre her.

Alessandro war gerade Mitte zwanzig gewesen und hatte es nie in Betracht gezogen, dass jemand sich ihm gegenüber eine derartige Lüge erlauben könnte. Danach änderte er sein Leben von Grund auf. Schließlich hatte er sich nur widerwillig auf die Familiengeschäfte eingelassen und musste nun die bittere Erfahrung machen, dass der Luxus, den er als selbstverständlich genoss, auch hässliche Schattenseiten mit sich brachte. Es gab Menschen, denen jedes Mittel recht war, sich ohne Skrupel die Vorteile zu verschaffen, in die er ohne eigenes Zutun einfach hineingeboren worden war.

Er warf alles hin, renovierte in der Nähe von Goro das kleine, unscheinbare Fischerhaus, das früher den Eltern seiner Großmutter gehört hatte, und ging wieder mit seinem Großvater aufs Meer hinaus. Von seiner übrigen Familie kapselte er sich fast völlig ab. Niemand hätte von ihm vermutet, dass er, der Sonnyboy, das Glückskind, dieses Erlebnis so tragisch nehmen würde, aber das tat er ...

»Liebte er sie denn so sehr?«, unterbrach Lara an dieser Stelle Antonias Erzählung. Der Gedanke, dass sie in der ganzen Zeit, die sie mit ihm zusammen verbracht hatte, unwissentlich gegen das Phantom einer unvergessenen Liebe angekämpft hatte, behagte ihr nicht. »Und wenn er sie so sehr geliebt hat, warum hat er sie dann nicht trotzdem geheiratet?«

»Nein, er hat sie nicht geliebt, darum waren wir auch gegen diese Heirat. Und sie wusste das, sonst hätte sie nicht zu solchen Mitteln greifen müssen, um ihn an sich zu binden. Hätte er sie geliebt, hätte es gereicht, abzuwarten.«

»Aber wenn er sie nicht so geliebt hat, warum wollte er sie dann unbedingt heiraten? Ist das bei euch in Italien heute immer noch so?«

Antonia lächelte. »Nein, Lara, keineswegs. Niemand hätte es von ihm verlangt. Nur er selbst. Es hätte genügt, die Vaterschaft anzuerkennen, aber er glaubte, er müsse sich seinen Vater zum Vorbild nehmen und einem Ehrenkodex folgen, der längst aus der Mode gekommen ist. Er fühlte sich einfach verantwortlich dafür. Und ein Kind in die Welt zu setzen, ist nun mal keine Kleinigkeit.«

»Aber ich verstehe immer noch nicht, warum er dann so enttäuscht war. Kein Kind, keine Heirat, keine Probleme – was störte ihn so daran?«

»Dass sein Charakter und sein Anstand so schamlos ausgenutzt wurden. Es war keine enttäuschte Liebe, sondern nur Ärger, Bitterkeit und verletzter Stolz. Und auf diesem Boden fing seine Vorsicht an zu wachsen«, erläuterte Antonia weiter.

In der Folgezeit wechselte Alessandro seine Freundinnen wie andere Männer die Hemden und hütete sich, eine Beziehung über das Körperliche hinausgehen zu lassen.

Seine Eltern machten sich große Sorgen um ihn, standen unausgesprochene Ängste aus, wenn sie ihn an stürmischen Tagen mit seinem Großvater draußen auf See wussten, aber Alessandro schien das alles nicht zu stören. Er lebte sein eigensinniges Leben und war nur selten dazu zu bewegen, seiner Familie auszuhelfen, wenn wirklich Not am Mann war. Deshalb wurde mehr und mehr Nando dazu herangezogen, die Geschäfte eines Tages zu übernehmen.

Im vergangenen Sommer hörte sein Großvater auf hinauszufahren, er tat sich schwer, er wurde alt, und einmal ging er sogar über Bord und wäre beinahe ertrunken. Alessandro überredete ihn, sich zur Ruhe zu setzen und das Boot zu verkaufen, er selbst engagierte sich mit Freunden zusammen in der Muschelzucht und fing an, sich wieder etwas für die Belange der Hotels zu interessieren. Das wahre Motiv, warum er sich wieder mehr den Geschäften zuwandte, blieb seinen Eltern lange

Zeit ein Rätsel. Vielleicht langweilte er sich, vielleicht wurde ihm die Verantwortung bewusst, die Nando nun allein würde tragen müssen, und vielleicht war ihm auch klar, dass sein jüngerer Bruder damit nicht so spielend fertig werden würde wie er selbst. Er machte allerdings unmissverständlich klar, dass er sich nicht völlig den Geschäften widmen würde, und schlug sogar vor, eins oder zwei der Hotels zu verkaufen. In sein Privatleben weihte er schon lange niemanden mehr ein. Die Dottoressa fragte ihn gelegentlich, wie er sich seine Zukunft vorstelle, was nur aus ihm werden solle und wann er endlich heiraten wolle. Er gab ihr immer die gleiche Antwort: »Nonna«, sagte er, »ich heirate dann, wenn ich die Richtige gefunden habe.«

An diesem Weihnachtsfest ließ er seine Familie unerwartet und aus heiterem Himmel wissen, es sei nun so weit. Er habe die Frau gefunden, die er schon im nächsten Jahr heiraten würde.

»Den Rest der Geschichte kennst du ja«, schloss Antonia ihre Erzählung. »Ich wusste allerdings schon länger Bescheid und hatte mich bereits gefragt, wann er uns endlich einweihen würde.«

»Was? Woher denn?«

»Du warst doch bei meinen Eltern, erinnerst du dich?«

»Natürlich!«

»Du hast großen Eindruck auf die beiden gemacht, und ich wette, ihr wart noch nicht richtig außer Sichtweite, als meine Mutter mich anrief, um mir von dir zu erzählen. ›Stell dir vor‹, sagte sie zu mir und war richtig aufgeregt, ›stell dir vor, Sandro hat ein Mädchen mitgebracht! Das hat er noch nie getan, und sie interessiert sich auch noch für meinen Gemüsegarten! Das ist keine mit aufgeklebten Wimpern und meterlangen Fingernägeln. Diesmal wird was draus, du wirst schon sehen!‹ Da war mir klar, dass es nur eine Frage der Zeit wäre, bis er uns seinen Entschluss mitteilen würde.«

»Weil ich ungeschminkt war und ihren Gemüsegarten mochte?«, fragte Lara amüsiert. »Damals war ich Alessandro praktisch gerade erst begegnet, und unsere Beziehung war rein freundschaftlich.«

»Oh, alte Menschen sehen oft mehr als man selbst. Alessandro jedenfalls war sehr verliebt und wild entschlossen, dich zu heiraten. Er wollte nur die gleiche Erfahrung nicht noch einmal machen und hat dich daher über seine wirtschaftlichen Verhältnisse im Unklaren gelassen. Er hat dir seinen Antrag als kleiner Angestellter oder einfacher Muschelfischer gemacht und wollte dich erst dann aufklären, wenn du ihn angenommen hättest. Aber unglücklicherweise hast du deine Antwort immer wieder hinausgezögert.«

Lara schluckte. »Ich hatte das unbestimmte Gefühl, dass irgendetwas nicht stimmte, dass ich ihn gar nicht richtig kannte.«

»Wie wahr!«, seufzte Antonia. »Er wollte um jeden Preis verhindern, dass du den wahren Sachverhalt erfährst und ihn wegen seines Geldes heiratest.«

»Dabei habe ich sein Geld nicht mal nötig«, grollte Lara grimmig.

Antonia sah sie fragend an.

»Ich bin finanziell vollkommen unabhängig«, erklärte sie. »Ich brauche von niemandem Geld. Hat er dir das nicht erzählt?«

»Nein! O dio! Warum hast du ihm das nie gesagt?«

»Weil ich seinen Stolz nicht verletzen wollte. Schließlich habe ich ihm seine Geschichte vom einfachen Fischer oder kleinen Hotelangestellten oder was auch immer geglaubt. Ich wollte nicht, dass ihn das belastet! Ich hatte mir so oft vorgenommen, es ihm zu sagen, aber dann habe ich es einfach nicht über mich gebracht. Ich hatte wohl einfach Angst, ihn deswegen zu verlieren«, gestand sie leise.

Antonia war fassungslos.

»Wie können zwei Menschen, die sich offensichtlich lieben, nur so große Geheimnisse voreinander haben? Und er wollte dich unbedingt bei uns unterbringen, weil er dachte, du bräuchtest das Geld.«

»Ich wollte lediglich eine sinnvolle Beschäftigung haben, um nicht nur auf der faulen Haut zu liegen und auf ihn zu warten. Übrigens wollte ich ihm an diesem Abend in Ferrara endlich alles beichten, weil ich dachte, das wäre ich ihm schuldig, ehe ich Ja sage. Ich hatte gerade angefangen, als er angerufen wurde und überstürzt aufbrechen musste.«

»Welch eine verrückte Verkettung unglücklicher Umstände. Es ist nicht zu fassen!« Antonia seufzte.

»Dann musste ich auch noch in die Fänge deiner Schwiegermutter geraten!«

»Alessandro hat es erwähnt. Es muss fürchterlich für dich gewesen sein. Ich bedaure es zutiefst, dass wir dir das nicht ersparen konnten. Weißt du, eigentlich hatte die ganze Familie an dem Plan mitgearbeitet, sie an diesem Abend aus dem Weg zu schaffen. Daher haben wir sie auch nach Bologna in die Oper geschickt, aber sie muss wohl etwas geahnt haben und früher zurückgefahren sein. Jedenfalls hat der Chauffeur später erklärt, dass sie um nichts in der Welt am Heimweg zu hindern war.«

»Na ja, schön war es nicht gerade«, entschied Lara sich, zu untertreiben.

Sie hatte das Gefühl, wenn sie die Szene wiedergäbe, so wie sie sie in Erinnerung hatte, dann würde Antonia nur versuchen, sich bei ihr dafür zu entschuldigen. Und das war gewiss nicht angebracht.

»Alessandro weiß erst seit – na ja, seit eurem unseligen Treffen vorgestern – dass sie diejenige war, die sich eingemischt hat und ihn auffliegen ließ. Es dürfte dich vielleicht interessieren, dass er ihr eine gewaltige Szene gemacht und sie vor die Wahl gestellt hat: Entweder geht sie und zieht sich aus den Geschäften zurück, oder er tut es.«

»Wie bitte?« Das war ihr äußerst unangenehm.

Antonia bemerkte es und lachte leise. »Keine Bange, das ist keineswegs so absurd, wie es klingen mag. Sie hat schließlich ein gewisses Alter, und es ist nun langsam an der Zeit. In Wirklichkeit hat sie die Zügel schon lange nicht mehr in der Hand, aber sie liebt es sehr, sich wichtig zu fühlen, und diesen Zahn will ihr Lieblingsenkel ihr nun ziehen.«

»Oje! Und das ausgerechnet meinetwegen! Wie ist das Duell denn ausgegangen?«

»Die Entscheidung steht noch aus. Wenn sie den Fehler macht, Alessandro diesmal zu unterschätzen, dann buona notte!«

Wieder lachte sie und es hörte sich fast amüsiert an.

Einen Moment lang schwiegen beide. Laras Kopf schwirrte, sie würde Zeit brauchen, ihre Gedanken zu ordnen.

»Weiß Alessandro eigentlich, dass du hier bist?«

»Nein, Gott bewahre! Er ist viel zu stolz, das hätte er nie geduldet. Ich fürchte mich zwar nicht vor ihm, aber seine Laune ist so schon übel genug, da wollte ich kein Öl ins Feuer gießen.«

»Jetzt werden mir manche Dinge natürlich klar, die ich vorher nicht wahrgenommen habe. Oder nicht sehen wollte«, sinnierte Lara nachdenklich. »Warum er zum Beispiel so lange verhindert hat, dass ich mit irgendjemandem aus seiner Familie in Berührung komme. Mit seinen Großeltern in Goro ließ er mich damals keine Sekunde allein, und von Nando behauptete er, er sei sein Freund. Wäre ich dir begegnet, hätte ich mit Sicherheit etwas geahnt.«

»Darum fuhr er auch immer dieses unauffällige kleine Auto«, ergänzte Antonia, »obwohl er sich erst im Sommer den Geländewagen zugelegt hat.«

»Und für jede meiner Fragen hatte er eine plausible Antwort«, fügte Lara kopfschüttelnd hinzu. »Er muss seine Vorgehensweise bis ins Detail geplant haben. Das muss ganz schön anstrengend, gewesen sein was?«

»Das war es wohl auch.«

»Na ja«, räsonierte Lara sarkastisch, »immerhin waren ein paar Kleinigkeiten auch wahr, schließlich waren seine Großeltern echt, das Hotel, in dem er arbeitet, gibt es wirklich, und er weiß tatsächlich, wie man einen Fisch fängt.«

Sie lachte bitter, und Antonia runzelte mitfühlend die Stirn.

»Es ist schon spät, ich sollte gehen, damit du dich ausruhen kannst. Du siehst müde aus.«

»Darf ich dir noch eine letzte Frage stellen?«

»Natürlich.«

»Wie ist Alessandro wirklich?«

Antonia zog mit einem sonderbar zufriedenen Lächeln eine Braue hoch. »Ist dein Interesse an ihm möglicherweise doch noch nicht erloschen?«

Lara zog es vor, ihr eine Antwort schuldig zu bleiben.

»Nun«, sie überlegte kurz, »er ist ein schwieriger Mensch, das war er schon als kleiner Junge: stolz, dickköpfig, selten bereit, Kompromisse einzugehen. Was sich stets als richtig erwies, denn dieses eine Mal, als er gegen seine innerste Überzeugung handelte, führte zu jener unseligen Verlobung. Er liebt die Natur, auch damit hat er uns oft verblüfft, und er macht sich nicht viel aus materiellen Dingen. Er genießt sie, wenn er kann, aber er braucht sie nicht, das hat ihn uns gegenüber immer unabhängig gemacht, nach unserem Geschmack sogar zu sehr. Nicht er ist erpressbar, wir sind es. Was er will, das tut er, und kein Preis ist ihm zu hoch, darum war es auch nie eine Frage für uns, dich als Schwiegertochter zu akzeptieren – deutsch hin, geschieden her. Wir hatten die Wahl, unseren Sohn ein weiteres Mal zu verlieren, oder eine Tochter zu gewinnen. Aber vermutlich«, sie seufzte tief, »ist dieses Thema ohnehin erledigt.«

Antonia erhob sich und reichte Lara die Hand.

»Auf Wiedersehen«, sagte sie schlicht. »Ich würde dir gern meine Freundschaft anbieten, und auch meine Hilfe, solltest du sie denn jemals brauchen, aber das erscheint mir im Moment wenig angebracht. Jedenfalls bin ich froh, dich besucht zu haben, und ich wünsche dir alles erdenklich Gute!«

Eine Sekunde lang hatte Lara den Eindruck, Antonia wollte sie umarmen und warte nur auf ein Zeichen von ihr, doch der Moment verstrich.

»Danke. Ich ...« Tränen traten ihr in die Augen.

»Schon gut, ich verstehe. Wenn du deine Meinung noch ändern solltest, hier ist meine Nummer ...«

Nachdem Antonia sie verlassen hatte, war Lara sehr aufgewühlt. Diese Frau hatte ihr imponiert, und sie dachte mit Abscheu an Roberts Mutter. Sie war so gänzlich anders gewesen als diese sympathische, kluge Person, die das Herz hatte, zu einer Fremden ans Krankenbett zu kommen und ihr mit großer Aufrichtigkeit die Geschichte ihrer Familie zu erzählen. Was wäre sie für eine Schwiegermutter gewesen!

Es fiel ihr schwer, ihre Gedanken zu ordnen. Sie fühlte undeutlich, dass sie etwas unternehmen musste, irgendetwas. Aber was? Was war in dieser Situation das Richtige? Als die Tür sich öffnete und Gaia eintrat, war sie über die Ablenkung hoch erfreut.

»Was tust du noch hier? Hast du denn nichts Besseres zu tun, als deine Zeit ausgerechnet bei mir zu verbringen? Du wolltest doch später anrufen!«

Gaia strahlte über das ganze Gesicht. »Bene, ich sehe, es geht dir schon wieder viel besser! Ich habe dir etwas mitgebracht, das dich bestimmt besonders freuen wird.«

Sie stellte vorsichtig ihre Tasche auf den Tisch und entnahm ihr eine kleine, mit Alufolie bedeckte Auflaufform.

»Nein, das glaube ich nicht!«

»Doch. Das wird unserem lieben Doktor gefallen, wenn er schon Angst um deinen Appetit hat. Meine Großmutter hat dir Tiramisu gemacht, sie lässt dich herzlich grüßen und dir ausrichten, du sollst alles aufessen, sonst versohlt sie dir den Hintern!«

Sie zog auch noch zwei Löffel hervor, und dann machten sie sich gemeinsam über das delikate Dessert her.

»Du errätst übrigens nie, was Alessandros Mutter von mir wollte«, sagte Lara zwischen zwei Bissen.

»Alessandro hat sie geschickt, um dich umzustimmen?«, vermutete Gaia hoffnungsvoll.

»Nein, er weiß gar nicht, dass sie bei mir war. Abgesehen davon wird er wohl auch kaum mehr versuchen, mich umzustimmen.«

»Woher willst du das wissen? Schließlich hat er dir schon mal Blumen gebracht, vielleicht ist das ein gutes Zeichen, dass er wiederkommen wird.«

»Ach was, er hat bestimmt endgültig die Nase voll von mir.« Lara erinnerte sich zwar nur dunkel an seinen Besuch, aber ein Gefühl von Abschied hatte sich bei ihr festgesetzt. »Nein, das war es nicht. Seine Mutter wollte wissen, wie es mir geht. Und dann hat sie mir von ihrer Familie erzählt. Von früher, und von sehr vielen Dingen, die ich über Alessandro noch nicht wusste.«

»Oh, oh«, machte Gaia vielsagend, und als sie merkte, dass Lara nicht mehr weitersprach, sondern nur nachdenklich in der Nascherei stocherte, schwieg sie.

»Der Arzt hat gesagt, ich kann morgen nach Hause«, kam es nach einer längeren Pause zusammenhanglos.

»Sag mir nur wann, ich hole dich ab!«

»Morgen Vormittag. Ich habe so viele Dinge zu erledigen …« Lara ließ den Satz unvollendet.

»Einiges habe ich schon in die Hand genommen«, gestand Gaia. »Ich dachte, es würde dir recht sein. Ich habe deine Sachen aus Danilos Haus geholt und bei mir im Gartenhaus untergebracht. Dein Auto wartet auch schon auf dich, mach dir also darüber keine Gedanken.«

»Ich habe meine Schlüssel schon vermisst.«

»Die habe ich. Was fällt dir sonst noch ein?«

Lara sah ihre Freundin einen Moment lang wortlos an. »Womit habe ich dich eigentlich verdient?«, fragte sie schließlich kopfschüttelnd, als ihre Stimme wieder gehorchte.

Gaia zuckte die Achseln. »Du gehörst inzwischen zur Familie.«

15

Die Nacht erschien Lara endlos. Sie war viel zu unruhig, um zu schlafen. Sie lag still auf dem Bett, die Hände auf ihren Unterleib gelegt.

Da ist nichts mehr, dachte sie unwillkürlich, und eine Gänsehaut breitete sich in ihrem Nacken aus. Könnte sie sich nicht so gut an die körperlichen Schmerzen der Fehlgeburt erinnern, hätte sie vielleicht sogar bezweifelt, dass dieses Kind je eine realistische Möglichkeit gewesen war. Jetzt kam es ihr viel eher wie ein Traum vor, dass da in ihr ein neues Leben gewesen sein sollte.

Lange hielt sie es im Bett nicht aus. Die Flure, in denen sie rastlos auf und ab wanderte, lagen im kalten Neonlicht. Es war still, nur selten hörte sie ein Geräusch – wie hin und wieder das Brummen einer Lüftung oder entfernte Schritte aus einem anderen Stockwerk.

Sie stieg die Treppen hinunter in die schmucklose Eingangshalle, deren Wände in farblosem Gelb gestrichen waren, ging vorbei am Kiosk, dessen metallene Rollläden verschlossen waren, und sah hinaus auf den spärlich beleuchteten Hof. Durch die großen Glasfenster konnte sie draußen die Katzen beobachten, die auf Jagd gingen. Einmal fuhr ein Krankenwagen vorbei, dann war es wieder ruhig. Der Himmel war wolkenlos und sternklar, ein fast voller Mond strahlte sie an und schien sich über sie lustig zu machen.

Eine Weile stand sie so ans Fenster gelehnt und versuchte, Ordnung in ihre wirren Gedanken zu bringen. Sie wusste, wenn sie sich jetzt ins Bett legte, würde sie in ein paar Minuten doch wieder aufstehen. Dabei wünschte sie sich nichts sehnlicher, als zu schlafen und so ihre wild durcheinanderwirbelnden Gedanken wenigstens kurz abschalten zu können.

Es waren vor allem die Erinnerungen an ihn, die sie quälten. Alessandro, wie sie ihn das erste Mal gesehen hatte, als sie völlig überfordert bei Loris hinter der Bar gestanden hatte. Ihr Ausflug ins Delta. Sein Lächeln an dem Abend, als sie und Valerie mit ihm und seinen Freunden Essen gegangen waren. Der erste Kuss. Ihre erste gemeinsame Nacht nach dem Hochwasser. Die Reise nach Rom. Seine Ernüchterung, als bei ihrer Rückkehr plötzlich Robert vor ihr gestanden hatte. Sein Vorschlag, in Italien und bei ihm zu bleiben. Sein Heiratsantrag und der Ring.

Der Ring – einen Moment überlegte sie fieberhaft, wo sie ihn nach dem missglückten Versuch, ihn zu verbrennen, aufbewahrt hatte, doch es fiel ihr nicht ein. Sie würde ihn suchen, entschied sie, sobald sie wieder zu Hause wäre. Aber wo war das?

Seufzend wandte sie sich ab und rüttelte im Vorbeigehen gedankenlos an der Eingangstür. Sie war tatsächlich offen, und sie trat hinaus. Sie atmete tief die frische, noch kühle Nachtluft ein.

Was sollte sie nun tun? An ihn zu denken, tat immer noch weh. Aber sie hatte es selbst so gewollt, sie hatte eine Entscheidung getroffen und ihre Gründe dafür gehabt. Sogar als sie sein Kind erwartet hatte, hatte nichts sie umstimmen können, nicht einmal er selbst – und er hatte wahrhaftig viel dafür getan, sie zum Umdenken zu bewegen.

Warum nur fühlte sich ihre Hartnäckigkeit plötzlich so falsch an? Was war anders?

Langsam ging sie wieder hinein und stieg die vier Stockwerke zu ihrem Zimmer hinauf. Sie tastete sich durchs Halbdunkel und ließ sich aufs Bett fallen. Mit baumelnden Beinen starrte sie lange aus dem Fenster.

Was war nur los mit ihr? Was war das für eine Schwäche, was hatte dieser Wankelmut zu bedeuten? Liebte sie ihn tatsächlich immer noch?

Der Morgen dämmerte bereits, als Lara endlich in einen tiefen, von lebhaften Träumen geprägten Schlaf fiel. Sie hörte nicht, dass man ihr das Frühstück brachte, und als sie erwachte, war es heller, sonnendurchfluteter Vormittag. Und nun wusste sie auch mit vollkommener Klarheit, was sie zu tun hatte.

Lara war bereits fertig angezogen, hatte ihre wenigen Habseligkeiten gepackt und wartete ungeduldig darauf, das Krankenhaus zu verlassen, als Gaia kam, um sie abzuholen.

Ihre Freundin hatte sie in ihrem Gartenhaus untergebracht. Lara war ihr sehr dankbar dafür, doch sie hoffte, diese Gastfreundschaft nicht allzu lange in Anspruch nehmen zu müssen. Obwohl sie noch nicht wieder die Alte war, fühlte sie sich voller Energie und Tatendrang. Sie hatte wieder eine Perspektive, ein Ziel, das sie verfolgen konnte, und das würde sie zumindest für den heutigen Tag in Anspruch nehmen. Morgen war morgen, dann wäre sie einen Schritt weiter. Oder auch nicht, ermahnte sie sich in einem halbherzigen Versuch, ihren glühenden Optimismus zu dämpfen.

Gaia traf sie dabei an, wie sie ihre Schminksachen durchwühlte. »Was suchst du denn?«

»Alessandros Ring. Er muss hier irgendwo sein – ah, da habe ich ihn ja.« Sie steckte ihn in die Hosentasche. Sie hatte ihn noch nie getragen, und auch jetzt erschien es ihr nicht richtig. *Erst, wenn ich weiß, dass Alessandro mich noch will*, dachte sie.

»Was hast du vor?«, wollte Gaia wissen. »Du führst doch etwas im Schilde, oder?«

»Ich muss mit Alessandro sprechen. Unbedingt.«

Gaia schwieg einen Moment lang. »Wie das? Du hast nicht zufällig deine Meinung geändert?«

»Doch ... Ach, Gaia, ich war so dumm!«

»Woher kommt diese Erkenntnis so plötzlich?«

»Ich habe dank Antonias Geschichte endlich begriffen, dass ich vollkommen im Unrecht war!«

»Wie meinst du das?«

Misstrauisch sah Gaia sie von der Seite an.

»Ich hätte auf dich hören und vernünftig mit ihm reden sollen. Ich hätte ihm die Möglichkeit geben müssen, mir all das selbst zu sagen, was seine Mutter mir erzählt hat. Du hattest von Anfang an recht, und ich war einfach nur uneinsichtig. Dass ich das nicht begreifen konnte!«

Kopfschüttelnd griff sie nach ihren Autoschlüsseln.

»Und was genau hast du nun begriffen?«

»Ich dachte, der Alessandro, in den ich mich verliebt hatte, wäre nur ein Phantom, das es gar nicht gibt, aber das stimmt nicht! Er ist der, den ich kenne, und zugleich auch dieser Fremde, der mir unheimlich ist. Klingt verrückt, was?«

»Klingt nach Lara! Was willst du also tun?«

»Mit ihm reden und endlich seinen Heiratsantrag annehmen, wenn er mich überhaupt noch will!«

»Lara!« Gaia griff nach ihrer Hand und zwang sie, innezuhalten und ihr in die Augen zu sehen. »Ich will dir nicht den Mut nehmen, aber versuch bitte, deine Situation realistisch zu sehen! Du hast ihn sehr, sehr tief verletzt. Vielleicht hast du den Bogen überspannt.«

Lara senkte die Augen und nickte bedrückt. »Ich weiß, daran habe ich auch schon gedacht. Ich kenne ihn nicht gut genug, um mir vorzustellen, wie er reagieren wird. Ich habe auch keine Ahnung, wo er ist, aber ich muss es einfach versuchen! Ich würde es mir mein ganzes Leben lang nicht verzeihen, wenn ich es nicht wenigstens probiert hätte.«

»Dann ruf ihn an.«

»Habe ich schon. Nicht erreichbar.«

»Und jetzt?«

»Ich werde ihn eben suchen müssen, irgendwo werde ich ihn schon finden.«

Gaia seufzte und umarmte sie besorgt. »Wie fühlst du dich? Soll ich dich fahren?«

»Nein, das geht schon, aber danke für das Angebot!«

»Na, dann viel Glück!«

Lara machte sich auf den Weg. Im Geiste ging sie eine Reihe von den Orten durch, die sie gemeinsam besucht hatten und die ihnen etwas bedeuteten. Sie versuchte, sie nach Wahrscheinlichkeiten zu ordnen. Zuerst fuhr sie ins Dorf und drehte dort eine Runde. Sorgfältig suchte sie die Parkplätze ab, es konnte ja sein, dass er zufällig gerade hier war. Dann schaute sie bei Valeries Haus vorbei, aber es lag natürlich verlassen da.

Ihr nächster Weg war sein Haus, das kleine, unscheinbare Fischerhäuschen, in dem sie so viele und intensive Stunden miteinander verbracht hatten. Lange Minuten stand sie vor dem verschlossenen Gartentor und starrte auf das verlassene Gebäude. Es schien Ewigkeiten her zu sein, seit sie hier ihre letzte gemeinsame Liebesnacht verbracht hatten. Hätte sie damals nur den Mut und die Vernunft aufgebracht, seine Frage zu beantworten und seinen Heiratsantrag anzunehmen, dann wäre alles anders gekommen!

Unsinn, schalt sie sich, *du verklärst das Ganze! Es hätte dich auch damals schon unendlich gestört, was du dann von ihm erfahren hättest, und du hättest genauso unvernünftig darauf reagiert wie einen Tag später.* Aber wenigstens hätte sie es von ihm erfahren, und vielleicht hätte er die richtigen Worte gefunden, sie davon zu überzeugen, dass ihre Bedenken falsch waren.

Hätte, hätte, hätte!

Mit aller Macht kam ihr der erste Abend in Erinnerung, als er sie durch den Nebel hierhergebracht hatte. Sie erinnerte sich daran, wie sie ihn schon einmal gesucht hatte, als Robert so unerwartet aufgetaucht war. Im Gegensatz zu jetzt war das damals ein Kinderspiel gewesen, und sie hatte kaum annehmen können, dass er sie absichtlich hier erwartete. Für ihn schien das Kapitel erledigt zu sein.

Panik stieg in ihr hoch. Er konnte einfach aus ihrem Leben verschwinden, und sie würde niemals erfahren, wohin. Wenn er nicht wollte, würde sie nie im Leben von irgendeiner Menschenseele erfahren, wo er sich gerade aufhielt, davon war sie überzeugt!

Sie atmete tief durch. Dann nahm sie ihren ganzen Mut zusammen und wählte Antonias Nummer. Ihr fiel keine andere Lösung ein, sie kam allein nicht weiter. Sein neues Haus war ihr noch kurz in den Sinn gekommen, aber sie schob den Gedanken von sich. Wenn er dort sein sollte, dann würde sie es hoffentlich erfahren.

Es läutete lange, ehe sich eine Frauenstimme meldete.

»Pronto?«

»Pronto, Antonia?«

»Sì?«

»Ich bin es, Lara«

»Ciao, wie geht es dir?«

»Gut, danke, ich bin heute entlassen worden.«

»Das freut mich zu hören.«

»Antonia …« Sie schluckte ihre Nervosität hinunter. »… du hast mir Hilfe angeboten. Darf ich sie in Anspruch nehmen?«

»Natürlich!«

»Ich suche Alessandro.«

Am anderen Ende der Leitung war es still.

»Antonia?«

»Ja, ich bin noch dran. Ich war nur etwas überrascht.«

»Das glaube ich gern, aber kannst du mir bitte sagen, wo ich ihn finden könnte? Ich möchte unbedingt noch einmal mit ihm sprechen.«

»Alessandro ist zu meinen Eltern gefahren. Ob er jetzt noch dort ist, weiß ich nicht. Er wollte sich von ihnen verabschieden.«

»Verabschieden? Wohin denn?«

»Beeil dich einfach, vielleicht triffst du ihn noch an.«

»Mache ich, vielen Dank!«

Mit wild klopfendem Herzen fuhr sie so hastig los, dass unter ihren Reifen der Kies aufwirbelte. Ihre schlimmsten Befürchtungen schienen sich zu bewahrheiten. Was plante er nur? Sie war erst einmal bei Alessandros Großeltern gewesen und erinnerte sich nur noch undeutlich an den Weg. Ein paar Mal fuhr sie im Kreis, doch schließlich fand sie die Straße, an deren Ende das Haus lag. Sein Auto war nicht da, dennoch fasste sie sich ein Herz. Ehe sie läuten konnte, wurde die Tür geöffnet, und sie stand Alessandros Großmutter gegenüber.

»Buongiorno, Signora«, presste sie verlegen heraus. »Entschuldigen Sie die Störung, aber ich suche Alessandro!«

»Ich weiß schon Bescheid«, entgegnete die alte Dame zu ihrer Überraschung mit verständnisvollem Kopfnicken. »Meine Tochter hat mich gerade angerufen.«

»Ah.« Laras Knie zitterten. »Ist er noch da?«

»Nein, er ist vor etwa einer halben Stunde weggefahren.«

Eiskalte Enttäuschung nahm ihr den Atem. Sie war zu spät.

»Aber wenn du Glück hast«, fuhr sie fort, »dann findest du ihn unten am Strand. Er ist früher immer so gern dort gewesen. Immer wenn er Kummer hatte oder einfach nur keine Menschenseele sehen wollte, ist er dorthin verschwunden und stundenlang nicht wiedergekommen. Weißt du, wo das ist?«

Lara verneinte. Ihr Mund war trocken, dafür hatte sie schweißnasse Hände. Konzentriert lauschte sie der Wegbeschreibung, die sie bekam, bedankte sich und fuhr eilig los.

Wie ihr Alessandros Großmutter geschildert hatte, endete der Weg hinter ihrem Haus nach etwa zwei Kilometern vor einem Damm, der die Felder vom Strand abtrennte. Von hier aus führte nur noch ein sandiger Fußpfad weiter, und ihr Herz machte einen heftigen Sprung, als sie tatsächlich Alessandros Auto am Ende des Weges stehen sah. Dicht hinter ihm hielt sie an. So konnte er wenigstens nicht wegfahren.

Einen Moment lang blieb sie sitzen, die Hände nervös ums Lenkrad geklammert. Weiter als bis hierher hatte sie nie gedacht, sie wollte ihn nur finden, mit ihm reden, aber was? Sie hatte sich nichts überlegt, hatte keine Argumente, keine Gesprächstaktik. Wie würde er reagieren, wenn er sie sah, was würde er tun? Davonlaufen? Sie atmete tief aus. Es half nichts, sie musste es darauf ankommen lassen! Schließlich stieg sie aus und kletterte die paar Schritte zur Dammkrone hinauf.

Von ihrem erhöhten Standort aus überblickte sie einen weiten Bogen des vor ihr liegenden Strandes. Und sah ihn.

Alessandro saß auf einem von den Winterstürmen angeschwemmten Baumstamm nicht weit von ihr entfernt. Lara musste all ihren Mut zusammennehmen, damit ihre Beine ihr gehorchten. Die Strecke bis dorthin, wo er saß, erschien ihr endlos. Beim Näherkommen erkannte sie, dass er gedankenverloren Muscheln ins Wasser warf. Die Wellen berührten fast seine Füße. Das Rauschen des Meeres übertönte das leise Geräusch ihrer Schritte im Sand, und so nahm er sie erst wahr, als sie schon dicht bei ihm war.

Er sah auf, als sie neben ihn trat. Sein Gesicht zeigte keine Reaktion, nur seine Augen schienen eine Nuance dunkler zu werden. Er ließ eine weitere Muschel ins Meer segeln.

»Störe ich?« Etwas Besseres fiel ihr beim besten Willen nicht ein.

»Wir leben in einem freien Land, du kannst gehen, wohin du willst, auch an diesen Strand. Wie geht es dir?«

Seine Stimme klang ausdruckslos und unpersönlich, und Laras Herz zog sich schmerzhaft zusammen.

»Wieder gut, danke!«

Alessandro nickte. Er sah aus, als hätte er länger nicht mehr geschlafen und war unrasiert. Harte Linien zogen sich um seinen Mund, und auf seiner Stirn stand eine tiefe Falte. Am liebsten hätte sie sich ohne weitere Umschweife in seine Arme geworfen, doch stattdessen trat sie ratlos von einem Fuß auf den anderen und wusste nicht, was sie sagen sollte. Wenn er es ihr nur nicht so schwer machen würde! Andererseits hatte er allen Grund dazu, sie war es schließlich gewesen, die ihn rücksichtslos vor den Kopf gestoßen hatte!

Ratlos sah sie hinaus aufs Wasser, sah die Möwen ihre Runden ziehen, ohne sie wirklich wahrzunehmen, zählte die Wellen, die heranrollten, ohne zu begreifen, wie viele es waren.

»Was willst du?«, fragte er schließlich, ohne sie eines Blickes zu würdigen.

»Ich wollte mit dir reden.« Ihre Stimme gehorchte ihr kaum.

»Was gibt es noch zu reden?«, meinte er bitter. »Du hast mir bereits alles gesagt, oder?«

»Bitte, Alessandro! Ich habe viel gesagt, aber das war nicht richtig.«

Er gab ihr keine Antwort. Lara hatte das überwältigende Bedürfnis, ihn zu berühren, ihre Hand auf sein Knie zu legen, ihn einfach zu umarmen, doch die abweisende Kälte, die er ausstrahlte, verbot es ihr. Ratlos starrte sie ihm ins Gesicht, bis er ihren Blick erwiderte.

Ermutigt versuchte sie es noch einmal. »Es ist wahr, ich habe viele Dinge zu dir gesagt, die ich besser nicht hätte sagen sollen, und das tut mir auch aufrichtig leid ...«

Er rückte ein wenig zur Seite, um ihr Platz zu machen. »Wie hast du mich hier überhaupt gefunden? Es weiß doch keiner, wo ich bin, außer ...« Er überlegte. »Natürlich, ich hätte es mir ja denken können. Wer von meiner bekümmerten Familie hat sich diesmal wieder eingemischt?«

Da er es ohnehin erfahren würde, beschloss sie, ihm die Wahrheit zu sagen. »Deine Mutter hat mich gestern im Krankenhaus besucht. Von ihr wusste ich, dass du bei deinen Großeltern warst, und von deiner Großmutter habe ich erfahren, dass du hier draußen bist ...«

Er zog die Augenbrauen hoch, enthielt sich aber eines Kommentars dazu. »Du siehst blass aus. Geht es dir wirklich gut?«, fragte er stattdessen noch einmal. »War es unser – du weißt schon! Lag es etwa daran, dass das mit dem Baby passiert ist?«

Sie schüttelte den Kopf. »Nein. Der Arzt sagt, es war nicht deswegen.«

»Gott sei Dank!« Wieder schwieg er. Schließlich schwang er ein Bein über den Baumstamm, sodass er rittlings darauf saß, und wandte ihr das Gesicht zu. »Du bist doch nicht gekommen, um dir mit mir gemeinsam das Meer anzusehen, oder? Ich bin froh zu hören, dass es dir gut geht, aber was gibt es noch? Was willst du? Du wirst ab sofort deine Ruhe vor mir haben. Wolltest du das hören? Keine Sorge, du wirst in Zukunft vor mir sicher sein, reicht dir das?«

Die bittere Schärfe in seiner Stimme, und das dunkle Glühen in seinen Augen nahmen ihr fast den Atem. Von ihm ging eine unheimliche, kalte Ruhe aus, die sie frösteln ließ.

»Deshalb bin ich nicht gekommen«, widersprach sie.

»Weshalb dann? Was willst du noch? Ich habe dich belogen, ich habe dich hinters Licht geführt und ich bin nicht der Mann, den du lieben kannst, colpa mia, ich bekenne mich schuldig.«

»Darum geht es mir aber nicht mehr, ich habe dir ebenso viel verschwiegen. Ich habe nur einfach nie die passende Gelegenheit gefunden, aber immerhin wollte ich es dir wenigstens sagen! Du aber hast mich bewusst über alles im Unklaren gelassen, das war nicht fair!«

»Das habe ich doch gerade zugegeben, warum bist du immer noch nicht zufrieden?«

»Weil es nicht das war, worüber ich mit dir reden wollte, das möchte ich dir ja erklären«, setzte Lara an, doch er unterbrach sie barsch.

»Ich weiß selbst, dass es das allein nicht war. Du bist zwar etwas kompliziert, aber schließlich hat sogar ein solcher Dummkopf von Mann wie ich begriffen, was dich an mir und meinem Geld so sehr stört. Aber ich bin der, der ich bin, Punktum. Ich lasse dich in Ruhe, lass du auch mich in Ruhe!«

»Das will ich aber nicht«, wiederholte sie kläglich.

»Ich wollte auch schon vieles in meinem Leben nicht, das kannst du mir glauben!« Wieder schwangen Bitterkeit und Sarkasmus in seiner Stimme mit. »Und sogar ich habe gelernt, dass man nicht immer alles bekommt, was man will! Meinst du, nur weil du es bist, genügt es zu sagen, ich will dies schon und ich will jenes nicht, und alles erledigt sich von selbst?«

»Nein. Es war ein Fehler. Ich habe alles falsch gemacht, ich war dumm und stur und rücksichtslos«, begann Lara erneut.

»Schön, dass du es einsiehst.«

Wie dickköpfig er doch war! Wenn er sie nur ausreden lassen würde. Konnte er nicht erkennen, dass sie sich um ihn bemühte? Vermutlich hatte er das noch nie erlebt, schoss es ihr durch den Kopf. Der traurige Gedanke weckte ihren Kampfgeist, und so ließ sie sich von der abweisenden Kälte in seiner Stimme nicht abbringen. »Ich war sehr ungerecht dir gegenüber, ich habe mich völlig verkehrt verhalten und dir gar keine Chance gegeben, mir etwas zu erklären.«

»Da sagst du mir aber nichts Neues!« Er schnaubte verächtlich. »Lass deine Selbstanklagen, sie führen zu nichts. Die Fehler zwischen uns beiden habe ich begangen, und nicht du. Das alles hätte nicht passieren müssen, die Schuld liegt allein bei mir.« Er sah an ihr vorbei und fuhr sich nachdenklich mit der Hand durchs Haar. »Du ahnst ja nicht, welche Vorwürfe ich mir gemacht habe, als du das Baby verloren hast. Ich war fast verrückt vor Angst um dich! Das waren die schlimmsten Stunden meines Lebens, und ich habe mir geschworen, dich in Ruhe zu lassen, wenn du nur wieder gesund würdest. Ich werde den Anblick nie vergessen: du in diesem Bett, so blass, so zerbrechlich, so hilflos. Ich musste mir immer wieder sagen, dass ich allein daran schuld war!«

Er schüttelte den Kopf und sah bedrückt zu Boden, als läge dort etwas, das diese Erinnerung auslöschen und ihm die Schuldgefühle nehmen könnte.

»Ich habe dir versprochen, dass du frei von mir sein würdest, und dieses Versprechen werde ich halten. Unsere Fronten sind geklärt, jeder von uns geht seiner Wege, und alle sind zufrieden. Ich habe dich sehr geliebt. Ich wollte gewisse Dinge vermeiden, indem ich dir die Wahrheit verschwieg, und ich hielt das für eine gute Idee. Da du mit meiner Mutter gesprochen hast, weißt du, wovon ich rede. Ich hatte unrecht, nicht du, meine Pläne sind mir nicht aufgegangen, und darunter hattest du zu leiden.«

Lara beschloss, das Risiko einzugehen. Ihr blieb noch ein kleiner Hoffnungsfunke, und sie musste es unbedingt versuchen.

»Du hast mich wirklich geliebt?«

»Ja. Wenn ich nach diesem Zirkus eins noch genau weiß, dann das.«

»Und liebst du mich denn immer noch?«

Nun sah er sie finster an. »Was soll diese Frage? Bist du gekommen, um in meinen Wunden zu bohren? Willst du sehen, wie weh es tut? Ich kann dir sagen, es tut verdammt weh! Freut dich das?«

»Nein, es freut mich nicht«, beteuerte sie heftig, unangenehm berührt von dem unverhohlenen Schmerz in seinen Augen. »Ich möchte es nur gern wissen. Ich kann mich nämlich nicht daran erinnern, ob ich es dir jemals gesagt habe, aber … ich liebe dich.«

»Lara«, begann er nun wieder mit ruhiger Stimme, doch diesmal beugte er sich vor und nahm ihre Hand in die seine. »Mach es uns bitte nicht so schwer!«

»Aber es ist nicht so leicht, das aufzugeben. Weil ich weiß, dass ich es nicht aufgeben will.« Lara freute sich über die Wärme, die von seinen Händen auf die ihren überging, und sie genoss das Gefühl seiner Berührung. Ihre Angst und Nervosität, ihre Zweifel waren einem noch nicht greifbaren, aber immerhin bereits im Keim vorhandenen Hauch von Hoffnung gewichen.

Als hätte er ihre Gedanken gelesen, ließ er plötzlich ihre Hand los und zog sich wieder etwas von ihr zurück. »Verstehe«, meinte er, »du machst es dir einfach. Erst bin ich der Richtige für dich, dann bin ich es wieder nicht. Heute scheine ich es wieder zu sein. Kannst du dir vorstellen, dass nicht alle Menschen deine Gedankensprünge mitmachen wollen?«

Entsetzt und fassungslos starrte sie ihn an. Sie hatte sich schon so nah am Ziel geglaubt, doch er wischte mit einem Satz alles wieder weg.

»Wie meinst du das?«, fragte sie.

»Du spielst mit meinen Gefühlen, das meine ich damit. Heute so, morgen so. Du liebst mich, du liebst mich nicht, du liebst mich … und so weiter!«

Lara schwieg betreten.

»Ich habe diese Spiele satt, ein für alle Mal. Es hat mich genug gekostet, mich auf eine ernste Beziehung einzulassen, sie dann wieder zu verlieren, es zuerst nicht fassen zu können und es dann doch endlich zu akzeptieren. Und nun kommst du daher und erzählst mir, dass ab heute wieder alles anders ist, und ich soll doch bitte meine Meinung ändern, nur weil du die deine geändert hast.«

»Ja, so ungefähr ist es wohl«, gestand sie. Das war es, was sie befürchtet hatte, und zugleich spürte sie, wie sehr sie sich nach ihm sehnte, gerade weil er so war. »Ich liebe dich, und ich möchte dich nicht verlieren. Für mich ist das wirklich so einfach.«

»Und du kannst dir nicht vorstellen, dass ich keine Freudensprünge darüber mache, nicht wahr?«

Wieder gab sie keine Antwort.

»Ich weiß, dass du das Leben nicht führen möchtest, das dich mit mir erwartet hätte«, fuhr er fort, und seine Stimme verlor ihren aggressiven Ton wieder. »Ich glaube dir sogar, dass du mich liebst, aber … für wie lange diesmal?«

»Warum sagst du das?«, begehrte sie auf.

»Weil es die Wahrheit ist! Zwischen uns hat es genug Lügen gegeben, darum sage ich dir das. Dir ist zwar jetzt bewusst geworden, dass ein Mensch verschiedene Seiten haben kann, aber du vergisst, dass du auch mit ihnen umgehen musst. Du wirst irgendwann in deinem Leben eventuell lernen, einen Menschen so zu akzeptieren, wie er wirklich ist, mit allen seinen Vorteilen und Schattenseiten, wenn nicht in diesem Leben, dann vielleicht in einem anderen. Du hast deine Vorstellungen, wie eine Beziehung sein soll, du willst nicht im goldenen Käfig leben – korrigiere mich, wenn ich mich täuschen sollte – und du stellst dir das alles so einfach und romantisch vor.«

»Mit dir würde ich sogar im goldenen Käfig leben!«, widersprach sie heftig und mit zitternder Stimme. »Ich war romantisch, ja! Aber ich weiß, dass ich dich mehr liebe, als ich jemals in meinem Leben einen Menschen geliebt habe. Und dass ich für dich alles tun würde, was ich sonst für keinen Menschen jemals tun würde. Wir sind beide stur und viel zu stolz, das ist kein Problem, das sich von heute auf morgen löst. Aber ich will es versuchen. Auch zwei Dickköpfe können miteinander glücklich werden. Dann lerne ich eben zu streiten, anstatt mich immer zurückzuziehen. Du bist es mir wert.«

Die skeptischen Falten um seine Mundwinkel schienen sich zu glätten »Jetzt auf einmal?«

»Ja, jetzt auf einmal.« Trotzig sah sie ihn an und zuckte zusammen, als er schallend zu lachen begann.

»Tapfer bist du, das muss man dir lassen«, meinte er schließlich, als er sich wieder beruhigt hatte. Belustigt sah er sie an, und Lara erkannte in seinen Augen das Funkeln, das sich so oft gezeigt hatte, wenn er sich über sie amüsierte. »Ist das denn wirklich dein Ernst, dass du alles für mich tun würdest?«

»Ja, mein absoluter.«

Lara zitterte vor Anspannung, jede Faser ihres Herzens stand unter Strom. Durfte sie tatsächlich hoffen, dass er ihr glaubte? Dass er seine fast unerträgliche Abwehr endlich aufgab und sie doch noch vernünftig miteinander über alles reden konnten?

»Dein absoluter Ernst? Alles und mit allen Konsequenzen?«

»Mit allen Konsequenzen.« Sie wartete atemlos ab, bis er endlich weitersprach.

»Soll das etwa heißen, du würdest tatsächlich mit mir in dieser absolut verhassten Glitzerwelt leben, die du so sehr verabscheust? In meinen noblen Hotels arbeiten, meine feinen Gäste umsorgen, ihre Launen erdulden und dich für sie jeden Abend in Schale werfen? Meine Großmutter ertragen und dich mit meinem Personal herumärgern?«

Lara nickte heftig. »Nichts, was du sagst, kann so schlimm sein, wie ohne dich zu leben! Und das Großmutter-Monster wird wohl irgendwie zu bändigen sein, Antonia hat es schließlich auch geschafft!«

Wieder lachte er, leise und erstickt diesmal. »Du weißt gar nicht, worauf du dich da einlässt!«

»Das ist mir total egal!«, beteuerte sie leidenschaftlich. »Wenn du mir hilfst, dann kriege ich das schon hin.«

»Es wäre genauso fürchterlich für dich, wie du es dir immer vorgestellt hast!«

»Nein, wäre es nicht!«

»Warum nicht?«

»Weil es diesmal mit dir wäre. Weil du da wärst. Ich habe mich in dich verliebt, weil du anders bist, als alle Männer, die ich kannte ...«

»Welch großes Kompliment!«

Sie ließ sich nicht beirren und sprach eifrig weiter. »... aber ich habe den Fehler gemacht, dich trotzdem mit allem zu vergleichen, was ich erlebt habe, und das war falsch!«

»Das soll ein Mensch begreifen!«

»Aber du begreifst es doch, oder?«

»Natürlich! Du würdest also wirklich mir zuliebe dieses Risiko eingehen?«

»Ja, das würde ich! Ich würde dir auf den Mond folgen, wenn du es von mir verlangen würdest.«

Er nahm mit der ihr so vertrauten Geste ihr Gesicht in seine Hand und fuhr mit dem Daumen sanft die Kontur ihrer Lippen nach. Bei dieser Geste zog sich ihr Herz krampfhaft zusammen. Er hatte ihr so sehr gefehlt, dass es körperlich wehtat.

»Ich wollte wissen, wie weit du wirklich gehen und was du für mich tun würdest, wenn es nötig wäre«, erklärte er geduldig und mit sanfter Stimme. Seine Finger zitterten leicht.

»Ich würde alles für dich tun!«, versicherte sie.

»Beruhige dich, tesoro, man kann ja nicht vernünftig mit dir reden. Es wird kein Luxusleben mehr für dich geben, fürchte ich.«

»Warum spielst du so mit mir? Ich liebe dich, und ich will dich nicht verlieren, aber jetzt ist sowieso alles umsonst!«

»Du hast mir nicht zugehört. Ich sagte, es würde kein Luxusleben für dich geben, ich sagte nichts davon, dass es gar kein Leben mit mir geben würde! Du bist doch sonst die Meisterin der kleinen, feinen Unterschiede, was du kannst, kann ich auch! Ich habe gestern eine sehr wichtige Entscheidung getroffen: Ich wollte nicht mehr hier leben, wo mich alles an dich erinnert hätte, deshalb habe ich beschlossen, von hier fortzugehen und anderswo neu anzufangen.«

»Fortzugehen? Wohin?«

»Einer meiner Freunde hat einen alten, halb verfallenen Bauernhof in Umbrien ...«

»Schon wieder einer deiner Freunde?«, unterbrach sie ihn spontan, was ihn zum Lachen brachte.

»Du hast recht, was sollst du mir schon noch glauben? Aber diesmal ist es wirklich nur ein Freund! Ich habe ihn gefragt, und er würde mir das Anwesen verkaufen. Ich könnte das Haus renovieren und einen agriturismo daraus machen. Eine einfache Sache. Ich würde Olivenöl produzieren, normale Gäste haben, und das alles liefe ohne großen Schnickschnack.«

»Wirklich? Ist das dein Ernst? Du willst hier tatsächlich alles aufgeben und einfach fortgehen?«

»Mein voller Ernst. Das Haus liegt etwas entfernt vom nächsten Ort, mitten in einem riesigen, alten Olivenhain, und es soll ziemlich einsam sein dort.«

Lara schwieg und dachte nach. »Warum erzählst du mir das? Ist das wieder irgendeine deiner Fallen, die du mir dauernd stellst, um mich auszuhorchen?«, forschte sie schließlich eindringlich.

»Keineswegs. Ich lasse dir die Wahl – wenn du nicht willst, dann gehe ich auch nicht, dann bleiben wir hier. Meine Eltern würden sich freuen.«

»Du machst deinen Entschluss von mir abhängig?« Lara konnte es kaum glauben.

»Ja, entscheide du! Aber überlege es dir gründlich, es gibt dann keinen Weg mehr zurück!«

»Soll das etwa bedeuten, du willst das nicht allein machen? Du würdest mich mitnehmen?«

»Das liegt bei dir. Du kannst es dir aussuchen: Entweder wir bleiben oder wir gehen.«

Lara starrte ihn fassungslos an. Er legte sein Leben in ihre Hände und überließ ihr die Entscheidung über – ihre gemeinsame Zukunft? *Wir* bleiben oder *wir* gehen, hatte er gesagt!

»Es könnte aber wirklich sehr einsam werden.« Noch immer konnte er es offensichtlich nicht lassen, sie ein wenig auf die Folter zu spannen.

»Das macht mir nichts aus, wenn ich nur mit dir zusammen bin! Ich könnte mich um die Gäste kümmern, meinst du nicht? Nur von Oliven verstehe ich nun wirklich nicht die Bohne. Andererseits … Ein Garten ist ein Garten. Das werde ich auch noch lernen.«

Er gab ihr darauf keine Antwort, sondern sah eine Weile schweigend vor sich hin.

»Du kannst dir gar nicht vorstellen«, begann er schließlich zusammenhanglos, »wie mich dieses ganze Theater genervt hat!«

»Was meinst du?«

»Ich war so gefangen in meinen Plänen, so überzeugt, das Richtige zu tun, dass ich einfach nicht mehr aufhören konnte damit. Ich war schon fast so weit, alles hinzuwerfen und dir einfach die Wahrheit zu sagen. Es war auf Dauer so verdammt anstrengend.«

Das Gespräch mit Antonia kam Lara wieder in den Sinn. Genauso hatte sie es formuliert, wie er es nun ausspracht. Sie schwieg und wartete ab, dass er weiterredete.

»Es war anstrengend, und es hat mir unheimlich viele Möglichkeiten genommen. Ich wäre so gern mit dir gereist, ich wollte dir unbedingt so viel zeigen, wollte mit dir shoppen gehen und dir alles schenken, was dir gefallen könnte, aber ich hätte mich unweigerlich verraten. Das ist mir dann spätestens in Venedig klar geworden, als du es nicht zugelassen hast, dass ich dir dieses dämliche Kleid kaufe! Ich bin so oft schwach geworden, hätte dir fast die Wahrheit gesagt.«

Lara konnte ein kurzes Auflachen nicht unterdrücken.

»Wir sind zwei schöne Idioten gewesen, weißt du das? Wir beide, mit unseren komischen Geheimnissen!«

»Allerdings! Du warst übrigens ein paar Mal nahe dran, mir auf die Schliche zu kommen, weißt du das eigentlich?«

»Nein, wann denn zum Beispiel?«

»Es fing schon bei dem Abendessen mit Nando an. Er nannte mich ein ›Sorgenkind‹, weißt du noch?«

»Ja.« Sie erinnerte sich noch gut an diesen Abend. »Du und dieses dämliche Haus! ›Nando hat es gerade erst gekauft und noch nicht fertig eingerichtet‹ – was für ein Blödsinn!«

»Aber es hat dir dort gefallen, gib es zu!«

»Ja, sehr. Wenn wir schon dabei sind – wie lange hast du das Haus eigentlich schon?«

»Zehn Jahre. Neuneinhalb davon stand es leer. Als ich dich traf, habe ich es renovieren lassen, habe alle Möbel rausgeworfen und ein bisschen was Neues gekauft. Den Rest wollte ich dir überlassen. Ich hatte mir das so schön vorgestellt, wie du es dir nach deinem Geschmack einrichten würdest!«

Lara staunte. »Ich dachte damals, diese Tina wäre so furchtbar wählerisch, dass sie lieber in einem halb leeren Haus wohnte, als sich endlich für ein paar Möbel zu entscheiden!«

Alessandro lachte etwas unlustig. »Nein, wer sich nicht entscheiden konnte, warst du – und zwar für mich!«

Sie schwieg und senkte schuldbewusst den Kopf.

»Dann kamen die Probleme mit dem Management in Rom, gerade als wir dort waren, und ich mich unbedingt um ein paar Sachen persönlich kümmern musste. Ich tat so, als müsste ich telefonieren, aber ich hatte einiges persönlich zu regeln, darum kam ich an diesem Abend erst so spät los. Als du mich in der Lobby überrascht hast, habe ich fast damit gerechnet, dass du Verdacht geschöpft haben könntest, dabei war ich doch so um mein Inkognito bemüht!«

»Ach was, ich dachte eher, du hättest dich eben verplaudert!«

»Verplaudert? Während eine Frau wie du auf mich wartet? Wir hatten in Rom einen Geschäftsführer eingestellt, der Gelder veruntreute. Der Verdacht kam mir schon, als wir dort waren, und hat sich vor ein paar Wochen erhärtet. Dieser Betrüger ist daran schuld, dass ich so eilig aufbrechen musste und alles auf diese unglückliche Weise aufflog! Na, wenigstens wird er ein paar Jahre im Knast verbringen!«

Nun sah sie ihn schräg von der Seite an. »Weißt du, eigentlich möchte ich dich seit dieser Nacht doch lieber nicht als Chef haben. Wie du mit deinem Personal redest, ist eine blanke Katastrophe!«

»Findest du?« Er sah sie stirnrunzelnd an.

»Allerdings. In den Vorlesungen über Personalführung hast du wahrscheinlich regelmäßig gefehlt!«

»Tja, dann gibt es wohl nur eine einzige Alternative dazu.«

Alessandro stand auf und ging ein paar Schritte von ihr fort. Das Meer hatte sich mit einsetzender Ebbe zurückgezogen, und seine Schuhe hinterließen tiefe Spuren im nassen Sand. Ein paar Augenblicke stand er nur da und sah aufs Meer hinaus.

Lara trat neben ihn. »Und was wäre diese einzige Alternative?«

Endlich zog er sie an sich und schloss sie tief aufatmend in die Arme, während Lara mit geschlossenen Augen seine Kraft und das Gefühl von Sicherheit und Geborgenheit genoss, das er ihr gab.

»Ach, Lara, amore mio.« Er seufzte tief, vergrub das Gesicht in ihrem Haar und sie atmete seinen vertrauten Duft ein. »Was sollte ich denn ohne dich anfangen, kannst du mir das vielleicht verraten? Soll ich vielleicht allein frühmorgens die Lerchen singen hören? Oder abends ohne dich bei Kerzenschein das Grillenkonzert genießen? Aber engagieren werde ich dich auf keinen Fall! Wenn du schon zwischen Zypressen und Olivenbäumen aufwachen willst, dann wirst du mich eben heiraten müssen!«

Lara fasste mit einer freien Hand in ihre Hosentasche und fand dort, was sie gesucht hatte. Sie hielt ihm den Ring entgegen und ihre Stimme vibrierte vor Glück.

»Möchtest du ihn mir diesmal vielleicht persönlich anstecken?«

Epilog

Lara schaute aus dem Fenster und genoss wieder einmal den Anblick, der sich ihr bot, während sie gedankenverloren in dem großen Topf vor ihr auf dem Herd rührte.

Alessandro und Cesare debattierten mit heftigen Gesten am anderen Ende des großen, von Nebengebäuden umgebenen, zentralen Innenhofes. Aus der Ferne konnte sie nicht hören, worum es ging, aber sie kannte nun auch ihren Schwiegervater gut genug, um zu wissen, dass er sich inzwischen besser mit Olivenöl auskannte als Alessandro selbst. Wahrscheinlich konnten die beiden sich wieder nicht auf das beste Datum oder die nötige Anzahl an Saisonarbeitern für den Zuschnitt der Olivenbäume einigen.

Hinter den Hügeln in der Ferne verabschiedete sich eine blutrote Sonne in ihre wohlverdiente Nachtruhe und hinterließ ein prächtiges Farbenspiel an Rot- und Orangetönen. Hohe, schlanke Zypressen und vereinzelte Pinien am Horizont zeichneten sich scharf gegen den glühenden Himmel ab, während die weiter entfernt liegenden Hügelkuppen sich bereits in Dunstschleier zu hüllen begannen. Im Hof kreiselten ein paar Blätter in der sanften Brise und wehten dann sachte davon in den beginnenden Abend hinein, während die Katzenmutter, die vor ein paar Wochen gut behütet im Heuschuppen Kätzchen bekommen hatte, entschied, dass dies der richtige Abend wäre, um die Jungen mit der Welt bekannt zu machen.

Lara warf einen letzten Blick aus dem Fenster und erhaschte noch eben ein Lächeln von Alessandro. Die beiden Männer hatten die Diskussion beendet und kamen nun aufs Haus zu. Es dauerte nicht lange, und sie hörte die beiden hinter sich in die Küche treten. Cesare wusch sich die Hände und hielt seine Nase über den brodelnden Topf. Alessandro trat zu Lara und schlang liebevoll von hinten die Arme um sie.

»Wie geht's euch beiden denn heute?«

Sie lehnte sich seufzend an ihn. »Sehr gut. Er spielt gerade wieder Fußball, spürst du das?«

Aufmerksam hielt er inne, die Hände auf die Wölbung ihres Bauches gepresst.

»Nein, wahrscheinlich ist gerade Halbzeit!« Er ließ sie los und lehnte sich neben sie an den Herd.

»Was hattet ihr beiden denn so Wichtiges zu bereden da draußen?«, wollte sie neugierig wissen.

Vater und Sohn wechselten einen Blick, dann ergriff Cesare das Wort. »Erinnerst du dich an Giacomo, unseren Nachbarn im Süden?«

Sie bejahte.

»Er hat endlich eingewilligt, uns sein Weingut zu verkaufen.«

»Ist nicht wahr!«, entfuhr es ihr ungläubig und sie suchte Alessandros Blick.

»Doch, es stimmt«, bestätigte der.

»Dann könnt ihr endlich euren eigenen Wein machen! Seid ihr denn jetzt wenigstens zufrieden?« Sie wusste, wie lange die beiden ihren Nachbarn nun schon bearbeiteten. Der hatte keine Kinder und konnte über das Geschäft heilfroh sein.

»Sehr! Uns fehlt nur noch eins.« Lara hielt im Rühren inne und sah ihn mit großen Augen an. »Wir brauchen unbedingt einen fähigen Önologen, sonst wird das nichts mit unserer Hausmarke!«

»Und wer soll das sein?«

Alessandro lachte belustigt. »Das fragst du? Ich dachte, es wäre von vornherein klar, dass nur du dafür in Frage kommst! Du bist doch die Kluge in der Familie, und Nando hat in Rom genug um die Ohren!«

»Ich? Und was ist mit den Kindern? Darf ich dich daran erinnern, dass in Kürze zwei davon hier herumsausen werden?«

Antonia trat zu ihnen und stellte einen großen Korb mit frischen Auberginen auf den Tisch. »Macht doch nichts«, warf sie ein, »es sausen ja auch genug Großeltern herum, oder?«

Nun lachte auch Lara. »Wie wahr. Und Alessandro wollte sowieso nie ein Hausmütterchen!«

»Na, siehst du! Wie lange dauert die Pasta noch?«

»Ist in fünf Minuten fertig, falls Alessandro mich in Ruhe weiterkochen lässt!«

Mit einem Zwinkern wandte Antonia sich ab und verließ zusammen mit Cesare die Küche. Lara wandte sich wieder ihrer Soße zu.

Seit die Ronaldinis zwei ihrer Hotels verkauft hatten und zu ihnen auf den Hof gezogen waren, schienen die beiden mit jedem Tag jünger zu werden. Cesare ging in der Olivenproduktion auf, und Antonia liebte es, ihre stets wenigen, aber handverlesenen Gäste nach Strich und Faden zu verwöhnen.

Und dann war da ja noch Prisca. Prisca, die im Handumdrehen den Nobeldrachen das Fürchten gelehrt und seit ihrer Geburt vor zwei Jahren das Ruder in der Großfamilie an sich gerissen hatte. Bald würde sie ein Brüderchen bekommen.

»Was denkst du gerade?«, unterbrach Alessandro ihre Gedanken.

Sie zögerte einen Moment, um die richtigen Worte zu finden.

»Wie überglücklich ich hier bin«, fasste sie alles auf einmal in einem kurzen Satz zusammen.

Er schwieg einen Augenblick und trat ans Fenster. Dann wandte er sich zu ihr um.

»Nicht nur du«, antwortete er schließlich. »Dank deiner Hartnäckigkeit sind wir hier alle glücklich und fühlen uns wohl. Das hast du gut gemacht!«

Lara lächelte in sich hinein.

Sie waren angekommen. Und das hatten sie beide gut gemacht …

Ende

Anhang

Eine kleine Kaffee-Kunde:
caffè: Espresso
macchiato: Espresso mit etwas Milchschaum
cappuccino: Espresso mit Milch und Milchschaum
macchiatone: Mehr als Macchiato und weniger als Cappuccino
caffè corretto: »korrigierter« Espresso, mit einem Schuss Grappa, Sambuca oder anderem hochprozentigem Schnaps
crema: Der feinporige Schaum, der sich durch den Wasserdruck auf der Oberfläche von gutem Espresso bildet

Printed by Amazon Italia Logistica S.r.l.
Torrazza Piemonte (TO), Italy

40659850R00228